Im Himmel der Liebe

Barbara Bretton

Im Himmel der Liebe

Deutsch von Maria Mill

Weltbild

Originaltitel: *Just Like Heaven*
Originalverlag: Jove, New York

Besuchen Sie uns im Internet:
www.weltbild.de

Die Autorin

Barbara Bretton wurde 1950 in New York City geboren. 1982 veröffentlichte sie ihren ersten Roman, dem mehr als 40 weitere folgen sollten. Die meisten von ihnen stürmten die Bestsellerlisten. Ihre Bücher wurden in zahlreiche Sprachen übersetzt und werden heute in mehr als 20 Ländern gelesen. Die Gesamtauflage weltweit beträgt mehr als 10 Millionen Exemplare. Barbara Bretton hat eine ganze Reihe von Preisen gewonnen. Heute lebt sie, seit mehr als 30 Jahren glücklich verheiratet, in Princeton, New Jersey. Im Weltbild Buchverlag erschienen bereits ihre Bestseller *Ein Sommer am Meer, Ein Traum für jeden Tag* und *Der Tag, an dem wir tanzten;* weitere Romane sind in Vorbereitung.

Weltbild Taschenbuch

1

Coburn, New Jersey – 9 Uhr 30

Kate French verlagerte den Telefonhörer von der linken Schulter auf die rechte und griff tiefer in ihre Wäscheschublade.

»Mom!« Ihre Tochter Gwynn war kein Teenager mehr, ihrer Stimme aber war das nicht anzuhören. »Hörst du mir zu?«

»Ich höre jede Silbe.« Kate zerrte eine einsame Stricksocke und ein rosa Seidenmieder (vorsintflutlich, noch aus der Disco-Ära) heraus und warf sie auf das Bett hinter sich.

»Und was soll ich tun?«

Leider hatte Kate bei diesem Gespräch nach fünf Minuten den mütterlichen Autopilot eingeschaltet und den Faden verloren. War Gwynn noch immer bei ihrer Mitbewohnerin Laura und deren übertriebener Verehrung der New York Giants, oder hatte sie bereits zu einem alten Lieblingsthema aller French-Frauen übergeleitet: der Zergliederung von Kates nicht existierendem Liebesleben?

Sie beugte sich hinunter und spähte tiefer in die parfümierten Ecken. Ein schlichter Baumwollschlüpfer. War das etwa zu viel verlangt? »Erklär's mir doch noch mal, Schatz.«

»Ich weiß, was du machst«, sagte Gwynn. »Du beantwortest E-Mails, während ich dir hier mein Herz ausschütte. Das solltest du wirklich nicht tun.«

»Ich bin nicht am Computer, Gwynnie.«

»Ich höre doch die Tasten klicken.«

»Du hörst nur deine Mutter, die ihre Wäscheschublade nach einem …«

»Bleib dran! Ich krieg gerade noch einen Anruf.« Der Abstand zwischen dem dreizehnjährigen Mädchen, das ihre Tochter einmal gewesen war, und der inzwischen dreiundzwanzigjährigen Frau entpuppte sich als nicht ganz so gewaltig, wie Kate es sich erhofft hatte. Sie warf einen Blick auf ihren Wecker auf dem Nachttisch. *Mach schon, Gwynnie. Ich hab zu tun.*

»Das war Andrew.« Gwynn, die Verliebte, hatte Gwynn, die Tochter, abgelöst. Sie klang völlig verzückt. Ein Ton, der sich in Kates Ohren wie ein Griffel auf der Schiefertafel anhörte. »Er hat vom Schiff aus angerufen! Ist das nicht der ...«

»Ich leg jetzt auf«, sagte Kate. »Ich habe eine Verabredung in Princeton, und ich bin spät dran. Wir können doch ein andermal weiterreden, oder?«

»Aber Mom, ich hab dir doch immer noch nicht ...«

»Ich weiß, ich weiß, aber es hilft einfach nichts. Ich will wirklich alles hören, Schatz, aber nicht jetzt.«

»Du fährst nach Princeton?«

»Ja, aber nicht, wenn ich nicht in den nächsten zehn Minuten hier draußen bin.«

»Wenn ich jetzt losgehe, könnte ich dich zum Mittagessen beim Mexikaner treffen und dir persönlich von meinen Neuigkeiten berichten.«

»Ich dachte, unter der Woche machst du bei O'Malleys die Mittagsschicht.«

»Montags ist nichts los. Es wird ihnen gar nicht auffallen.«

»Du kannst doch nicht einfach wegbleiben, Gwynn. So hast du auch schon deinen letzten Job verloren!« *Und wenn du hingehst, kommst du andauernd zu spät. So wirst du nie was erreichen.*

»Das machst du immer mit mir.«

»Was denn?« Sie warf einen Blick auf ihre Uhr. War sie denn die Einzige in der Familie, für die Pünktlichkeit eine Bedeutung hatte?

»Immer wird aufgerechnet und Buch geführt. Warum

kannst du nicht einfach akzeptieren, dass mein beruflicher Werdegang anders verläuft als deiner, und mich mein eigenes Leben leben lassen?«

»Müssen wir dieses Gespräch unbedingt jetzt führen, Gwynnie?« Ihr Biorhythmus war noch immer auf Londoner Zeit eingestellt, und sie hatte keine Lust, mit einer eigentlich selbstständigen jungen Frau, die immer noch erwartete, dass Mommy ihr die Kfz-Versicherung bezahlte, persönliche Rechte und Freiheiten zu erörtern.

»Du klingst sauer.«

»Was du da hörst, ist der Jetlag.« Sie wartete auf die zu erwartende Reaktion ihres einzigen Kindes, doch sie kam nicht. »Hast du vergessen, dass ich fast zehn Tage in England war? Vom Zeitgefühl her bin ich immer noch in London.« *Klingelt da was bei dir, Gwynn?* Irgendwie bildete sie sich ein, dass es die meisten Töchter bemerken würden, wenn ihre Mütter außer Landes waren.

»Du warst ewig weg. Deswegen hab ich dir ja auch so viel zu erzählen.«

»Es hilft alles nichts, Schatz. Ich muss wirklich weg.«

»Geht's dir denn gut?«, fragte Gwynn. »Du bist ganz anders als sonst.«

»Wir reden später, Schatz«, sagte sie und legte auf.

Normalerweise hätte Kate sich schuldig gefühlt, ihrer Tochter derartig das Wort abzuschneiden, doch an diesem Tag fühlte sich sich lediglich erleichtert. Sie liebte Gwynn mehr als ihr Leben, aber die melodramatischen Ausbrüche ihrer Tochter hatten etwas an sich, das ihr buchstäblich den Atem raubte.

»Okay«, sagte sie, als sie das Handy aufs Bett warf. »Und jetzt zur Sache.«

Es musste doch noch irgendetwas Tragbares im Haus sein. Eine zehntägige Reise nach England konnte doch nicht sämtliche Wäschevorräte einer Frau erschöpfen. Sie zog die zweite Schublade ihrer Kommode heraus und kippte den Inhalt auf einen Haufen. T-Shirts aus diversen Inselparadiesen. Strapse mit winzigen, auf handgeklöppelte Spitze gestickten Rosen, Relikte einer längst vergangenen Valentinsfeier. Mehr BHs, als jede Frau mit Größe 75B in drei Leben gebraucht hätte. Eine Muschelkette. Die schwarze Spitzenmantille, die sie während ihres letzten Urlaubs als Ehefrau in einem Laden in Sevilla gefunden hatte. Eintrittskarten, ein Programm des McCarter-Theaters, ein verschrumpelter Dackel-Ballon und das mit Sicherheit schlimmste Geburtstagsgeschenk, das ihr ihre Mutter Maeve je gemacht hatte: der berüchtigte rote Spitzentanga.

Maeve war Anfang der turbulenten Sechziger jung gewesen und meinte, die Flamme der Rebellion entzünden zu müssen, wo immer sich ihr eine Gelegenheit dazu bot. Und wie ließ sich bei ihrer vierzigjährigen Tochter wohl besser so etwas wie Leidenschaft entfachen, als wenn sie ihr vor sämtlichen Freunden, Kollegen, Verwandten sowie einem halben Dutzend potenzieller Liebhaber unerhört aufregende Unterwäsche überreichte? Leider hatten die Gefühle, die Maeve damit bei ihrer Tochter auslöste, überhaupt nichts mit Liebe, aber viel mit Verlegenheit zu tun gehabt. Kate hatte zwar versucht, es sportlich zu nehmen, aber sie hatte ihre ganze Selbstbeherrschung aufbieten müssen, um ihrer Mutter nicht an die Gurgel zu springen.

Sie hielt den Tanga in die Höhe. Er hätte nicht mal eine Barbiepuppe notdürftig bedeckt, von einer ausgewachsenen Frau ganz zu schweigen. Was, um Himmels willen, hatte Maeve sich bloß dabei gedacht?

Sie überlegte, noch rasch zu Target zu fahren und einen Dreierpack Unterhosen zu kaufen. Aber die Uhr tickte, und Professor Armitage war nicht für seine Geduld bekannt. Dazu kam die Tatsache, dass sie mehr als erschöpft war. Der Jetlag setzte ihr eigentlich nur selten zu, an diesem Tag aber hatte sie Mühe, die Augen lange genug offenzuhalten, um mit dem Anziehen fertig zu werden.

Sie zwängte sich mühsam in das Nichts aus Spitze und Elastik und warf einen Blick in den Spiegel. Das war ja besser als ein Koffeinstoß! Der Tanga hätte einen Warnaufkleber gebraucht. So viel Realität so früh am Morgen war schwer zu verkraften.

Sie betrachtete sich genauer. Das konnte doch wohl nicht wahr sein! So viele Dellen konnte der menschliche Körper nicht besitzen. Vielleicht sollten sie ein Etikett mit Anweisungen für Dessous-Geschädigte hinzufügen. Sie schlüpfte aus dem Tanga, wirbelte ihn herum und versuchte es noch einmal.

Eine Einundvierzigjährige in rotem Spitzenhöschen war ein Bild für die Götter. Aber zum Glück war es ja ein Anblick, den kein anderer Irdischer je zu sehen bekommen würde.

Rocky Hill, New Jersey – 9 Uhr 45

»Herzlichen Glückwunsch«, meinte die Maklerin, als Mark Kerry ihr die vier unterschriebenen Kopien des Vertrags überreichte. »Jetzt ist es offiziell: Ihr Haus ist verkauft.« Es war auch der Punkt, von dem an es kein Zurück mehr gab. »Und nun?«, fragte er und hätte sich gewünscht, mehr Begeisterung über den Verkauf zu empfinden.

Bev überflog die Blätter mit den Unterschriften und schob sie in einen großen Ordner. »Die voraussichtliche Auflösung ist in sechs Wochen. Ich kümmere mich um die Begutachtung, die Hausabnahme, Radon-Test, Rauchmelder und so weiter und so fort. Sie müssen lediglich packen und umziehen«, sagte sie und lächelte vergnügt.

»Und die Genehmigungen der Gemeinde fürs neue Dach, besorgen Sie die?«

»Sehen Sie!« Bev verdrehte die Augen. »Wenn er nicht angewachsen wäre, würde ich meinen Kopf vergessen. Wir brauchen die Dach-Genehmigungen, die unterschriebene Auskunft über die Verwendung von Bleifarbe und den Namen Ihres Anwalts. Sie können sie mir zufaxen, und ich hole mir die Originale dann ab.«

»Bis jetzt war es ja fast schmerzlos.«

»Fünf Tage vom Aufgeben des Angebots bis zum Vertrag«, meinte Bev mit unverkennbarer Befriedigung, »und wir haben einen guten Preis erzielt. Viel mehr ist nicht drin.«

Sie gab ihm ein Formular mit wichtigen Telefonnummern und tätschelte ihm metaphorisch den Rücken.

»Sie wirken ein bisschen irritiert«, sagte sie, als er sie den Kiesweg hinunter zu ihrem Wagen begleitete. »Den unangenehmen Teil haben Sie hinter sich, das verspreche ich Ihnen.«

Sie hatte leicht reden. Demnächst, am Memorial-Day-Wochenende, würde er sich auf dem Rückweg nach New Hampshire befinden, um zu sehen, ob eine Heimkehr wirklich möglich war.

Wo war es eigentlich, sein Zuhause? Dieses kleine Stein-Cottage in New Jersey hatte zwar nicht sehr viele Pluspunkte, aber irgendwie war es ihm in den letzten zwei Jahren doch zur Heimat geworden. Oder so nahe dran, wie das eben möglich war.

Zwei briefmarkengroße Schlafzimmer. Winzige Küche. Kein Esszimmer. Kein Wohnzimmer. Ein Kellergeschoss mit den üblichen Problemen. Als er damals durch die Haustür getreten war, hatte er gewusst, das war der Ort, wo er hingehörte.

Doch nichts währte für immer.

Der zweite Vertrag, den er unterschreiben musste, lehnte am Toaster – zusammen mit einer Notiz seiner alten Freundin Maggy Boyd, die ihn durch das gesamte Verfahren lotste.

Das Komische war, dass er mit mehr Zeit gerechnet hatte. Bev hatte ihn zur Geduld gemahnt. Der Immobilienmarkt in New Jersey sei nicht mehr so heiß wie früher einmal, und es könne schon eine Weile dauern.

Doch das tat es nicht.

Kris und Al Wygren tauchten am Sonntag, seinem ersten

Besichtigungstermin, bei ihm auf und verliebten sich Hals über Kopf in das Häuschen. Sie liebten die schiefen Fenster, den großen offenen Steinkamin, die knarrenden Dielen, einfach alles. Er wies sie auf sämtliche Mängel und Unzulänglichkeiten hin, und sie mochten es nur noch mehr.

Die Wygrens waren höchstens fünf- oder sechsundzwanzig. Frisch verheiratet. Sie war gerade schwanger geworden. Bereit, sich ein eigenes Nest zu bauen.

Er und Suzanne waren genauso gewesen. Jung und verliebt, ihre ganze Zukunft vor ihnen ausgebreitet wie eine Blumenwiese. Nicht, dass er auf diesen Vergleich verfallen wäre. Das war Suzanne in Reinkultur. Sie hatte das Leben derart optimistisch betrachtet, dass es ihn im Nachhinein noch verblüffte.

Ihre Mutter hatte immer gemeint, Gott habe bei der Erschaffung Suzannes einen großzügigen Tag gehabt. Er hatte ihr Schönheit, Esprit, Intelligenz und ein gutes Herz geschenkt und einen Sinn für Humor, der Mark nach all den Jahren manchmal noch immer ein Schmunzeln entlockte.

Doch das eine, was Gott ihr nicht hatte schenken wollen, war gerade das, worauf es ankam: ein langes Leben.

Sie hatte einen Helden in ihm gesehen. Die Sorte von Mann, die sein Vater gewesen war und die er gern hätte sein wollen. Doch die Zeit war nicht auf ihrer Seite gewesen. Sie war ihm geraubt worden, als er sich noch mitten in seiner persönlichen Entwicklung befand.

Wenigstens hatte Suzanne ihn nie straucheln und fallen sehen. Hatte ihn nie vor ihrem Hauseingang auf der Nase liegen sehen, nie gerochen, wie er nach billigem Whiskey und Schmerzen stank. Sie war nicht mehr da gewesen, hatte seine Fluchtversuche vor den Erinnerungen an ihre Vergangenheit nicht miterlebt. Die verlorenen Tage, die dunklen Nächte gehörten ihm allein, und dafür war er dankbar.

Nie hatte sie erfahren, dass ihr Held auch nur ein Mensch war.

Coburn, New Jersey – ungefähr halb elf

Kate stand auf der 287 in der Nähe der Abfahrt Bedminster im Verkehr, als eine Welle über sie hinwegschwappte, die unangenehm an Brechreiz erinnerte. Jetlag auf leeren Magen war ja schon schlimm genug, aber weil es so scheußlich war, gab sie dem Tanga die Schuld.

Als sie sich der Bridgewater Commons Mall näherte, ließ der Verkehr zwar nach, aber ständig klingelte ihr Handy. Zweimal meldete sich ihre Assistentin Sonia. Clive rief aus England an, um ihr zu sagen, dass sie ihre Sonnenbrille vergessen hatte. Armitages Sekretärin wollte sich vergewissern, dass sie auch pünktlich kommen würde. Jackie, die Polsterin, kam mit einem weiteren ihrer kleinen Notfälle, um ihren Preis um weitere zehn Prozent in die Höhe zu treiben.

Alle riefen sie aus verschiedenen Gründen an, doch jeder Anruf endete gleich. Du klingst erschöpft ... Du brauchst einen Urlaub, keine Einkaufsreise ... Ich mach mir Sorgen um dich ...

Ein Segen, dass es Anklopfen gab, die großartigste Ausweichstrategie, die je erfunden worden war. Was hatten die bloß alle? Sicher, ihr waren die dunklen Ringe unter ihren Augen auch schon aufgefallen, aber das lag in der Familie. Die hatte auch Maeve, und Maeves Mutter hatte sie ebenfalls gehabt. Und wenn sie nicht ganz falsch lag, durfte sich auch Gwynn darauf gefasst machen. Kate war keine Zwanzig mehr. Nicht mal Estée Lauder konnte die Uhr zurückdrehen.

Sie rutschte auf dem Fahrersitz herum, zerrte an dem elastischen Gurt, der auf ihren Hüftknochen drückte. Ihre Mutter hatte ihr versichert, der Tanga werde ihre innere Göttin befreien und sie in eine Sirene verwandeln, die imstande war, Männer vom Sportfernsehen und von Baywatch-Wiederholungen fortzulocken, doch bis jetzt zeigte die innere Göttin nicht viel Wirkung.

Als sie sich der Abfahrt zur Route 1 näherte, begann ihr

Handy, die Wilhelm-Tell-Ouvertüre zu spielen. Die Erkennungsmelodie ihrer Mutter.

»Was hast du Gwynn erzählt? Sie hat heulend bei mir angerufen.«

»Hallo, Mutter. Ich dachte, du wärst in New Mexico.«

»Bin ich ja auch, aber unser Mädel hat mich mit ihrer Leidensgeschichte aufgeweckt. Was ist los bei euch?« Maeve befand sich am anderen Ende des Landes, um für ihren neuen Selbsthilfe-Ratgeber zu recherchieren, doch das Familiendrama überwand alle geographischen Entfernungen.

»Das war nur wieder mal Gwynn, wie sie leibt und lebt«, meinte Kate. »Sie wollte reden, aber ich musste mich anziehen und losfahren.«

»Du hast sie verletzt. Sie hatte dir was zu sagen.«

»Einmal in dreiundzwanzig Jahren lege ich den Hörer auf – und das ist dann ein schwerwiegender Zwischenfall?« Sie atmete mehrere Male tief durch und versuchte, sich zu beruhigen. »Ich habe seit fast sechsunddreißig Stunden kein Auge zugetan, Maeve, und mein Körper glaubt, es ist drei Uhr nachmittags.«

»Du klingst irgendwie anders«, bemerkte Maeve. »Was ist los mit dir, Schätzchen? Wir machen uns Sorgen um dich.«

»Ist Merkur etwa wieder rückläufig? Mir fehlt nichts, was sich durch einmal Ausschlafen nicht kurieren ließe. Warum fragen mich plötzlich alle, ob's mir gut geht?« Jetlag war ja kein neues Phänomen.

»Vielleicht, weil du eindeutig anders bist als sonst. Du kommst mir ein bisschen deprimiert vor, zerstreut …«

»Ma!« Kate schrie geradezu in das winzige Mikrofon ihres Telefons. »Ich glaube, jetzt geht deine Fantasie mit dir durch.«

»Vielleicht kommst du ja doch so allmählich in die Wechseljahre«, meinte Maeve.

Dieser Morgen wurde wirklich immer schlimmer. Nicht die Möglichkeit!

»Und wie ist es in London mit Liam gelaufen? Hat es gefunkt?« Ihre Mutter war absolut unverwüstlich.

»Wir haben an meinem ersten Tag dort Tee miteinander getrunken. Und damit hatte sich's.«

»Sharon meinte, er sei perfekt für dich. Sie wird maßlos enttäuscht sein.«

»Soll Sharon doch nächstens mal dich mit all den Liams und Nigels dieser Welt verkuppeln. Ich sag es dir doch immer wieder, dass ich nicht auf der Suche bin, und ich meine es ernst.«

»Mag ja sein, dass du nicht auf der Suche bist, aber würdest du einen Guten – sofern einer auftauchen würde – denn abweisen?«

»Ich weiß nicht so recht, ob es überhaupt Gute gibt«, erwiderte Kate. »Wenigstens keine, an denen ich Interesse hätte.«

»Das ist doch nicht normal, Schatz. Du klingst, als hättest du aufgegeben.«

»Das ist doch nichts Neues, Mom. Ich bin als Single völlig zufrieden, auch wenn das alle anderen in helles Erstaunen zu versetzen scheint. Können wir's nicht einfach dabei belassen?«

»Sara Whittakers Sohn ist wieder in der Stadt. Er hat die letzten paar Jahre in Tokio gearbeitet, er ist Graphiker. Ich glaube, ihr zwei würdet euch gut verstehen.«

»Mom, ich hab noch einen Anruf in der Leitung. Wir müssen das auf später verschieben.«

»Mir brauchst du nicht mit dem Anklopf-Vorwand zu kommen, Schätzchen. Ich weiß, wann du genug hast.«

Kate musste lachen. »Diesmal ist es wirklich ein Anruf«, sagte sie, während ihre Gereiztheit verflog. »Ich ruf dich heute Abend an. Versprochen.«

Paul Grantham, ihr alter Freund und Vertrauter, war als Nächster an der Reihe.

»Lang genug hat's ja gedauert, French.«

»Gott sei Dank bist du es«, sagte sie und rückte ihren Kopfhörer zurecht. »Seit ich aus dem Flieger gestiegen bin, hört dieses Ding nicht mehr auf zu klingeln.«

»Und – wie war die Einkaufsreise? Gibt es denn noch was auf der anderen Seite des großen Teichs?«

»Nicht viel«, gestand sie. »Aber ich bin vielleicht auf eine Goldader gestoßen.« Sie erzählte ihm von dem Stapel von Briefen aus der Zeit des Amerikanischen Unabhängigkeitskrieges, die sie in einem winzigen Laden unweit der Grenze von Lincolnshire gefunden hatte und die an die Frau eines Oberst in New Jersey geschrieben worden waren.

»Und wann weißt du, ob du die Hauptader gefunden hast?«

Wie aus dem Nichts tauchte plötzlich mit plärrender Hupe ein Lastwagen hinter ihr auf. »Oh, verdammt! Tut mir leid!« Sie schwenkte mit heftig klopfendem Herzen in ihre Spur zurück. »Was hast du eben gesagt?«

»Alles in Ordnung?«, fragte er. »Du klingst mir ein bisschen außer Atem.«

»Ich bin nicht außer Atem. Das muss die Verbindung sein.« Die und ihr ansteigendes Adrenalin.

Sie wartete, während Paul die Frage einer Assistentin beantwortete.

»Tut mir leid«, sagte er. »Verrückter Morgen. Wir gehen doch immer noch auf die Klinik-Gala diese Woche, oder?«

»Dann steht Lisa wohl nicht mehr zur Verfügung.«

»Lisa sucht jemanden, der bereit ist, sich ganz auf sie einzulassen«, sagte er, »und wir wissen ja beide, dass ich mich für dich aufspare.«

Es war ein alter Scherz zwischen ihnen, doch in letzter Zeit hatte sie das Gefühl, dass sich hinter den Worten ihres alten Freundes mehr verbarg, als sie beide sich eingestehen wollten.

Paul war Partner in einer renommierten Anwaltskanzlei in Manhattan, noch einer aus der Coburner Highschool-Klasse von 1982, der es geschafft hatte. Er gehörte zu ihrem Leben, so lange sie denken konnte, hatte sie vom Kindergarten bis zum Ende der Highschool begleitet. Er hatte sich mit ihnen in Rutgers herumgetrieben, als Kate erfolglos versuchte, Ehe, Mutterschaft und College unter einen Hut zu bringen, und er war ihr ein guter Freund geblieben, auch nachdem ihre jeweiligen Ehen in die Scheidungsstatistik eingegangen waren. Sie hatten es früher schon mal mit einem Date probiert, doch die Absurdität der Situation – sich in Schale zu werfen und einander bei Kerzenlicht und einer Flasche Taittinger in die Augen starren zu sollen – hatte sie beide in hilfloses Gelächter ausbrechen lassen, wobei es dann mehr oder weniger geblieben war.

Wenigstens hatte sie dies bis vor Kurzem gedacht.

»O mein Gott«, stieß sie plötzlich zwischen zusammengebissenen Zähnen hervor. »Ich bin fast auf einen Bullen aufgefahren.«

»Bist du auch wirklich okay?«, fragte er. »Vielleicht solltest du dir mal einen Tag frei nehmen und dich ausschlafen.«

»So was sagt man höchstens zu seiner alten Tante«, schnappte sie zurück. »Fürs Altersheim bin ich noch nicht reif, Paul.«

»Weißt du was«, meinte er. »Wie wär's, wenn wir zwei uns nach unserer Pensionierung zusammentäten: Wir legen unsere Renten zusammen und gründen eine Wohngemeinschaft.«

»Sehr charmant!« Sie brachte den Wagen zum Stehen. »Kein Wunder, dass Lisa am Wochenende nicht mit dir zur Gala will.«

»Sie ist achtundzwanzig. Ich kann nicht warten, bis sie in Rente geht.«

Sie suchte nach etwas Passendem, Witzigem, das sie darauf erwidern konnte, doch ihr Hirn war völlig leer gepustet.

»Kate?« Pauls Stimme stieß durch den Nebel. »Bist du noch dran?«

»Tut mir leid«, sagte sie einmal mehr. »Ich weiß gar nicht, was heute mit mir los ist.«

»Hast du was gegessen? Wahrscheinlich hast du Hunger.«

»Ich hab mir am Flughafen ein Brownie und einen Frappuccino gekauft, während ich auf die Zollabfertigung meiner Koffer wartete.«

»Und jetzt klappst du gleich zusammen. Fahr zu einem McDonald's und kauf dir einen Egg McMuffin.«

Er klang ungewohnt besorgt, sodass sie sich fragte, wie schlimm sie eigentlich klang.

»Ich habe keine Zeit. Armitage erwartet mich in zwanzig Minuten.«

»Scheiß auf Armitage. Besorg dir was zu essen. Du pfeifst auf dem letzten Loch.«

Eine zweite Übelkeitswelle packte sie. Vielleicht hatte er ja recht. »Ich bin jetzt gleich bei der Princeton Promenade«, sagte sie und wechselte auf die rechte Fahrspur. »Die haben eine tolle Cafeteria.« Sie konnte sich einen Sportriegel und eine Flasche Wasser kaufen und unverzüglich weiterfahren.

»Gute Idee.«

»Oh, warte! Ich muss gar nicht halten. Ich hab noch Nüsse im Handschuhfach.« Sie beugte sich über den Beifahrersitz und ließ auf der Suche nach den geräucherten Mandeln – Überbleibsel ihrer letzten Fahrt an die Küste zur halbjährlichen Atlantique City Extravaganza – das Handschuhfach aufschnappen. Die Antiquitätenmesse in Atlantic City war ein Muss für jeden Antiquitätenhändler aus New Jersey, und Kate machte da keine Ausnahme. French Kiss behauptete sich zweimal im Jahr an prominenter Stelle. Sie ging ihre Versicherungskarte, Fahrzeugschein, Benutzerhandbuch durch, schob eine kleine Taschenlampe und eine aufgerissene Tempo-Packung beiseite. Wo waren die Mandeln?

Sie schwenkte auf den Kotflügel eines weißen Escalade zu und steuerte, von einem Chor verärgerter Hupen begleitet, in ihre eigene Spur zurück.

»Was zum Teufel ist denn da los?«, fragte Paul. »Das klingt ja, als wärst du bei einem Rollschuhrennen.«

Sie erblickte sich kurz im Rückspiegel, und das seltsame Gefühl in der Magengrube verstärkte sich. Eine einzelne Schweißperle rann ihr über die Stirn auf das rechte Auge zu. Draußen waren kaum fünfundzwanzig Grad. Bei solchem Wetter brach niemand in Schweiß aus, und sie am allerwenigsten.

»Du hast recht«, sagte sie. Alle hatten sie recht. »Ich stelle eine Gefahr dar. Ich sollte wohl sofort von der Straße runterfahren.«

»Soll ich kommen und dich abholen?«

Sie setzte ihren Blinker und bog nach rechts auf den Parkplatz der Princeton Promenade. »Sei nicht albern. Du bist in Manhattan. Wenn ich was gegessen habe, geht es mir wieder gut.«

»Ich schick dir einen Wagen. Wir benutzen Fahrdienste im gesamten Einzugsgebiet von New York.«

Sie entdeckte eine Parklücke zwei Reihen weiter und steuerte darauf zu. »Ich halte hier an. Esse was. Und alles ist wieder in Ordnung.«

»Ich verlass mich auf dich.«

Sie kurvte um das Ende der – vom Eingang her gesehen – dritten Reihe und glitt in die Parklücke, als ein verbeulter blauer Honda sich hinter ihr quer stellte. »Aha«, sagte sie.

»Was ist denn los?«

»Ein Kerl in einem alten blauen Auto starrt mich an. Meint anscheinend, dass ich ihm den Parkplatz weggeschnappt habe.«

»Und, hast du?«

»Er hat nicht geblinkt.« Sie zögerte und vergegenwärtigte sich das Ganze noch einmal. »Kann schon sein.«

»Wo ist er?«

»Steht direkt hinter mir.«

»Versperrt er dir den Weg?«

Sie ließ sich tief in den Sitz sinken. »Ich mach so was nie. Ich bin die höflichste Autofahrerin der Welt.«

»Ist er immer noch da?«

»Ja.«

»Soll ich die Mall-Security anrufen? Ich kann einen anderen Anschluss benutzen.«

Sie zögerte. »Vielleicht könntest du – oh, Gott sei Dank! Er fährt weg.« Sie verfolgte ihn im Rückspiegel. Gut aussehende Männer ihrer Altersgruppe hatten nicht das Recht, Grateful-Dead-T-Shirts zu tragen.

Paul wollte während ihres gesamten Besuchs im Einkaufszentrum mit ihr quatschen, doch ihr Akku war fast leer. Sie wurde ihn nur los, wenn sie ihm versprach, ihn nach ihrem Besuch bei Professor Armitage zurückzurufen.

Normalerweise hätte sie sich solche Fürsorge verbeten, doch bis jetzt war nichts an diesem Morgen auch nur annähernd normal verlaufen. Diese ganze Fürsorglichkeit sah ihm überhaupt nicht ähnlich. So besorgt hatte er das letzte Mal geklungen, als seine Tochter ihm mitgeteilt hatte, dass sie Model werden wolle.

Ein vages Gefühl von Bedrohung schnürte ihr die Brust zu und wollte sie nicht mehr loslassen.

»Okay«, sagte sie laut. »Nun dreh mir bloß nicht noch ganz durch.«

Das Problem war so offensichtlich, dass es geradezu lächerlich war: Sie brauchte etwas zu essen und zu trinken, und zwar sofort. Die Cafeteria befand sich in der Nähe des Multiplex am Südende des Einkaufszentrums. Eine riesige runde Uhr zur Linken des Sushi-Palasts gab ihr eine Auskunft, die sie nicht benötigte. Armitage erwartete sie in exakt dreizehneinhalb Minuten an seiner Haustür. Selbst wenn sie sich hier nichts zu essen kaufte, würde sie es nicht mehr rechtzeitig schaffen.

Warum hatte sie die Sache nicht einfach abgesagt, als sie am Morgen am Flughafen festsaß und auf ihre Kisten und

Koffer wartete? Warum war sie so versessen darauf gewesen, so viel wie nur möglich in diesen Tag hineinzustopfen?

Sie schluckte schwer gegen die plötzliche, bittere Übelkeit in ihrer Kehle. Die Luft war weich, süß und frühlingsfrisch, und sie sog große Schlucke davon ein, um so das Unbehagen loszuwerden, doch es half nichts.

Sie klappte ihr Handy auf, sagte »Ruf Armitage an«, und wartete, während es eine Verbindung herzustellen versuchte.

»Ruf Armitage an«, sagte sie noch einmal.

Doch auch diesmal hatte sie kein Glück.

Sie musste sich in der Cafeteria ein Telefon suchen und …

Und dann?

Professor Armitage. Das war's. Konzentrier dich! Der Gedanke an den Zorn des Professors war nicht halb so entnervend wie dieses merkwürdige Gefühl von Abgetrenntheit, das immer intensiver zu werden schien. Wenn Armitage die Dokumente nicht in der Notaufnahme der nächsten Klinik begutachten wollte, dann würde er einfach Verständnis haben müssen.

Aber für was denn Verständnis? Eine Sekunde lang wurde ihr schwarz vor Augen, während wirre Bilder ihr Gehirn überschwemmten. Professor Armitage' wolliger grauer Bart. Seine wilden kleinen Augen. Die kalte, glatte Metallbox in ihren Händen. Die Art, wie dieser blöde Tanga sie genau an einer Stelle kniff, wo kein vernünftiger Mensch gekniffen werden wollte. Das zischende Geräusch in ihrem Kopf …

Bloß nicht in Ohnmacht fallen!, ermahnte sie sich. Sie würde ja sterben vor Scham, wenn die in der Notaufnahme entdeckten, was sie unter ihrem pfirsichfarbenen Baumwoll-Twinset und den Perlen trug.

Ein Schauder lief ihr die Wirbelsäule hinauf, und sie verdrängte den Gedanken so weit als möglich. Offenbar war auch ihre Einbildungskraft jetlag-geschädigt und aus dem Gleichgewicht wie der ganze Rest von ihr, und sprang ohne Vorwarnung von einem bizarren Gedanken zum nächsten.

Vom Kranksein hatte sie nicht die geringste Ahnung. Ihr letzter Krankenhausaufenthalt lag dreiundzwanzig Jahre zurück, als sie Gwynn geboren hatte. Sie besuchte eher Kranke und brachte ihnen Blumen, Pralinen und Erzeugnisse der Regenbogenpresse mit, damit sie sich die Zeit vertreiben konnten. Und sie ging immer erst nach Hause, wenn die Besuchszeit vorbei war.

Der Tanga kniff sie bei jedem Schritt und zwickte noch mehr, wenn sie stehen blieb. Sie wollte nur zwischen den geparkten Wagen verschwinden und ihn schnell ein wenig lockern, doch das war ja klar: Der Kerl, dem sie beim Parken zuvorgekommen war, stand zwei Reihen weiter und guckte genau zu ihr herüber.

Schlimm genug, dass sie Unterwäsche trug, die ihr zehn Jahre zu jung und zwei Größen zu klein war. Dass sie von einem zornigen Mann in einem Grateful-Dead-T-Shirt dabei erwischt wurde, wie sie in aller Öffentlichkeit daran herumfummelte, durfte sie sich gar nicht erst vorstellen. Eine Sekunde lang begegneten sich ihre Blicke, dann sah sie weg. Sein Blick war beunruhigend direkt, allerdings nicht zornig, und das verunsicherte sie. Sie hatte Ärger oder Gereiztheit erwartet, entdeckte aber weder das eine noch das andere. Er flirtete nicht mit ihr, doch es war etwas in seinem Blick, das sie nicht genau benennen konnte. Sie konnte sich nicht erinnern, wann sie ein Männerblick das letzte Mal derart aus der Fassung gebracht hatte. Nun beeinträchtigte der dumme Tanga schon ihr Urteilsvermögen.

Sie warf ihm einen weiteren raschen Blick zu. Groß, hager. Dichtes dunkles Haar, das in der Sonne glänzte. Außerdem trug der Typ ein Grateful-Dead-T-Shirt. Was gab es da noch zu sagen?

Eine Frau mit drei kleinen Kindern im Schlepptau hastete in einer Duftwolke aus Babypuder und Seife an ihr vorbei. Der süßliche Geruch brachte ihren Magen zum Schlingern, und eine Sekunde lang dachte sie, sie müsste in Ohnmacht fallen. Durch tiefes Einatmen der frischen Frühlingsluft versuchte sie, sich noch einmal zu stabilisieren, doch plötzlich wurde ihr eng um die Brust, als ob irgendeine unsichtbare Kraft ein Band um ihren Brustkorb schlänge und immer fester zuziehe, und sie merkte, dass sie zu Boden ging.

Oder lag sie vielleicht schon dort? Sie war sich nicht sicher. Sie nahm die Welt um sich herum nur noch verschwommen wahr – wenn man von dem ekelerregenden Geruch nach eingemachtem Ingwer, altem Juicy Fruit und Motoröl absah.

Ich schlafe, dachte sie. Denn welche andere Erklärung konnte es dafür geben? Das hatte nichts mit dem wirklichen Leben zu tun. Mach die Augen auf, Kate. *Diesen Traum kannst du wirklich nicht gebrauchen.*

Das Zimmer roch wie ein Müllcontainer. Die Matratze war steinhart, die Laken hatten sich um ihre Beine verheddert, und sie hatte ein Gefühl, als ob sie …

Sie schlug die Augen auf und brüllte. Das heißt, sie versuchte zu brüllen, bekam aber nicht genug Luft, um mehr als ein lautes Flüstern zustande zu bringen.

Der Typ im Grateful-Dead-T-Shirt, derselbe Kerl, dem sie den Parkplatz weggeschnappt hatte, beugte sich über sie und zupfte an ihrem Rocksaum.

»Schön, dass Sie wieder da sind«, sagte er, als plauderten sie Cocktails schlürfend bei T.G.I. Friday's. »Ich hab mir schon Sorgen gemacht.«

Er zupfte erneut, und sie versuchte, nach ihm zu schlagen, doch ihre Arme waren bleischwer.

»Aua!« Er tat, als wollte er ihr ausweichen. »Immer mit der Ruhe. Ich bin auf Ihrer Seite.«

Sie überlegte sich ein halbes Dutzend Antworten, die sie ihm entgegenschleudern konnte, brachte jedoch keine einzige über die Lippen. Was war nur los mit ihr? Normalerweise war sie um kluge Antworten nicht verlegen. »Nehmen Sie Ihre Hände weg«, stieß sie hervor. *Mehr bringst du nicht zustande? Ist ja erbärmlich.*

»Sie wollen doch nicht, dass ganz Princeton diese rote Spitze zu sehen bekommt, nicht wahr?«

O Gott ... der Tanga ... lass mich einfach liegen, damit ich vor Scham vergehen kann ...

»Was ist denn passiert? Sind Sie gestolpert? Eben sind Sie noch auf die Promenade zugegangen, und im nächsten Augenblick ...« Er machte eine Geste, ließ rasch die Hand sinken.

Sah er nicht, dass sie am liebsten unter einen Wagen gerollt wäre, um sich dort zu verkriechen? Warum versuchte er, Konversation zu machen?

Es war keine komplizierte Frage, aber es wollte ihr einfach nichts darauf einfallen.

»Passiert Ihnen das öfter?«

»Nie.« Sie räusperte sich. »Absolut nie.«

»Ich werde Ihnen noch mal den Puls messen.«

Noch mal?

»Als ich ihre Carotisarterie kontrolliert habe, lag er bei über hundert. Das ist nicht gerade toll.«

Nicht jeder Grateful-Dead-Fan konnte die Vokabel »Carotisarterie« mit solcher Leichtigkeit in seine Rede einflechten. War es möglich, dass er tatsächlich wusste, was er da tat?

»Nein, danke.« Aber gegen eine extrastarke Ibuprofen-Tablette hätte sie nichts gehabt. Ihre Schulter. Ihr Rücken. Ihre Hand. Sogar die Zähne taten ihr weh vom Sturz. Ihre linke Kieferseite pochte richtiggehend.

»Ich bin Sanitäter.« Er zog einige Karten aus seiner Tasche, und sie tat, als mustere sie sie, tatsächlich aber verschwamm ihr der Text vor den Augen. »Fünfzehn Jahre Erfahrung. In New Hampshire und New Jersey.«

»Das ist wirklich nicht nötig«, sagte sie. Oder wollte es wenigstens sagen. Sie hatte Mühe, dem Gespräch zu folgen, und noch mehr Mühe, ihre Gedanke und Worte zu synchronisieren.

»Tun Sie mir einen Gefallen, und legen Sie sich hin. Sie

sehen aus, als würden Sie gleich wieder in Ohnmacht fallen.«

Sie wollte protestieren, doch plötzlich klang der Vorschlag, sich mitten auf dem Parkplatz der Princeton Promenade flach auf dem Boden auszustrecken, wie die beste Idee, von der sie je gehört hatte. Er breitete eine Zeitung aus und legte sie unter ihrem Kopf auf den Boden, doch die Geruchskombination aus Ingwer, Motorenöl und ausgelutschtem Kaugummi drang durch und brachte sie zum Würgen.

Er legte ihr zwei Finger auf den Puls an der Innenseite des Handgelenks und kontrollierte die zweite Hand mit Hilfe seiner Armbanduhr. »Hundertzwanzig. Ist Ihnen schlecht?«

Sie nickte. *Schon im Wagen war dir übel. Vielleicht solltest du ihm das sagen.*

»Leiden Sie unter irgendwelchen Beschwerden, die das hier verursacht haben könnten?«

Sie war kerngesund. Warum sah er das denn nicht selbst?

»Nehmen Sie irgendwelche Medikamente ein?«

»Vitamine.«

»Haben Sie Schmerzen?« Der Mann war unerbittlich.

»Nein – Schmerzen nicht direkt.«

»Unbehagen?«

O Gott. Sogar durch die sie umgebenden Nebelschwaden konnte sie sehen, wohin das führte. »Ja.« *Gib's zu, French: Du sitzt ganz schön in der Patsche.*

»Wo?«

»Im Rücken.«

»Ein durchdringender Schmerz?«

»Nicht durchdringend ... Druck.« Drei Worte, und sie war völlig fertig. Was ging denn bloß mit ihr vor?

»Okay. Ich will Sie nicht beunruhigen, aber wir müssen 9-1-1 anrufen.« Er zog ein Handy aus seiner Gesäßtasche und tippte die Zahlen ein.

Das Band um ihre Brust wurde enger, und der Schweiß brach ihr aus.

»Ja, ich bleibe bei ihr … danke.« Er schob das Handy zurück in die Hosentasche. »Wahrscheinlich haben Sie recht. Ich glaube auch nicht, dass es was zu besagen hat, aber Sie werden sich sehr viel besser fühlen, wenn Sie das aus dem Mund eines Arztes hören als von einem Typen mit einem Dead-T-Shirt.«

Sie hätte gern über seinen Witz gelacht, brachte jedoch nur ein flüchtiges Lächeln zustande. Sie schwitzte. Wie war das nur möglich? Sie wollte sagen: »Das sieht mir überhaupt nicht ähnlich«, doch es erforderte mehr Energie, als sie aufbringen konnte. Er wischte ihr mit dem Handrücken über die Stirn, und sie hätte fast geheult über die Freundlichkeit seiner Geste. »Herzinfarkt?«, flüsterte sie.

»Ja«, sagte er. »Das könnte durchaus sein.«

»Lügen Sie mich an«, presste sie hervor. »Es ist mir egal.« Sie versuchte, sich zum Lachen zu zwingen, doch das eiserne Band um ihren Brustkorb ließ es nicht zu.

Er hielt sich nicht zurück, doch wegen des tiefen Mitgefühls in seinem Blick fühlte sie sich sicher.

»Es kann eine Verdauungsstörung sein, eine Panikattacke, ein gezerrter Muskel. Aber wenn es das Herz ist, sollten wir lieber heute als morgen Hilfe holen.«

»Sind Sie sicher, dass Sie kein …«

Sie wollte »Arzt« sagen, aber der Schmerz explodierte und riss alles mit sich fort. Ein tiefer, vernichtender Schmerz aus der Mitte ihres Körpers, der sie ihrer Identität, ihrer Erinnerungen, ihrer Zukunft beraubte, ihr alles nahm und nur alles durchdringenden Schrecken zurückließ.

»O Gott …« Sagte sie es oder dachte sie es nur? Sie wusste es nicht. Ihr war, als ob sie wie ein Heliumballon an einem sehr dünnen Faden über dem Parkplatz schwebe.

Er beugte sich über sie. Sie spürte seinen warmen Atem an ihrer Wange. »Was ist? Möchten Sie beten? Ist es das, was Sie mir sagen wollen?«

Nein … nein … sorgen Sie dafür, dass es aufhört …

»Bleiben Sie bei mir.« Seine Stimme flog auf dem lauten Windstoß in ihrem Kopf zu ihr hin. »Ich lasse Sie nicht gehen.«

Nicht gehen lassen … lass mich nicht gehen … ich habe Angst … das passiert wirklich alles … o Gott … Gwynnie … Ich muss Gwynnie sehen … muss ihr sagen, dass ich sie liebe … ich weiß nicht mal Ihren Namen, und Sie sind derjenige, der es meiner Tochter sagen muss …

»Der Krankenwagen ist unterwegs … Sie kommen wieder in Ordnung … Sie müssen nur noch ein bisschen durchhalten … ich bleibe bei Ihnen …«

Ich schaffe es nicht mehr … ich will, aber ich kann nicht … lass mich nicht gehen … lass mich nicht gehen …

»Reden Sie mit mir … los … sehen Sie mich an … öffnen Sie die Augen und schauen Sie mich an … nehmen Sie meine Hand und halten Sie sich fest … ich lasse Sie nicht los.«

Irgendwo in einem anderen Universum nahm er ihre Hand und hielt sie fest, doch es war zu spät. Seine Worte waren die letzten, die sie hörte.

2

Er merkte es, als es geschah. Ihr Lebensfunke erlosch. Der Krankenwagen war immer noch gute sechs bis sieben Minuten von ihnen entfernt. Aber sie hatte keine sechs Minuten mehr. Die Gelegenheit zu ihrer Rettung, das dafür verfügbare Zeitfenster, schrumpfte mit jeder Sekunde.

»Kommen Sie!«, drängte er. »Gehen Sie jetzt nicht!«

Sie atmete nicht mehr. Der rasche Puls war verschwunden.

»Was ist los?« Eine Frau mit zwei Kindern blieb stehen.

»Was ist?« Ein Mann lehnte sich aus seinem offenen Wagenfenster.

»Er sagt, sie hat das Bewusstsein verloren«, rief die Frau.

»Weiß er denn, was er tut?«

Die Frau mit den Kindern trat näher heran. »Kennen Sie sich auch aus?«, fragte sie.

»Herz-Lungen-Wiederbelebung«, sagte er, als er den Atemweg frei machte. »Ich bin ausgebildet.«

»Ist ihr schlecht?«, ertönte eine andere Stimme von hinten. »Soll ich jemanden anrufen?«

Er machte den Atemweg der rothaarigen Frau frei und versuchte, alles auszublenden, was ihn von seiner Aufgabe ablenkte.

»Was macht er denn da?«, fragte ein Mann. »Ist die Polizei verständigt?«

»Sie hat einen Herzinfarkt. Der Krankenwagen ist unterwegs.«

»Wer sind Sie?«, fragte wieder die erste Stimme. »Wissen Sie, was Sie da tun?«

Alle redeten gleichzeitig, und ihre Stimmen vermischten sich mit dem Wind und dem Vogelgezwitscher und dem leisen Brummen der Autos, die über Route 1 glitten, während die rothaarige Frau immer weiter von ihnen fortdriftete.

Konzentriere dich, ermahnte er sich.

In der Ferne hörte er eine Sirene.

Blende alles aus und konzentriere dich.

Er betastete ihre Halsschlagader und suchte einen Puls. Keinerlei Anzeichen für eine Atmung.

Ein plötzlicher Zorn ließ ihm die Brust schwellen. Ihre Zeit war noch nicht um, das spürte er instinktiv. Nichts geschah ohne Grund. Gott hatte ihn in diesem Moment an diesen Ort geführt, und an ihm war es nun, die Sache zu übernehmen.

Er füllte seine Lungen, kippte ihren Kopf nach hinten, kniff ihre Nase zusammen, blies dann langsam Luft in ihren offenen Mund und sah zu, wie die Brust sich langsam hob.

Er wartete eine Sekunde, füllte wieder die Lungen und wiederholte das Ganze.

Immer noch nichts.

Die Sirene klang nun schon näher.

Er legte seine Hände auf ihre Brust und drückte hart und fest nach unten.

Einszweidreivierfünfsechssiebenachtneunzehn …

»Sie tun ihr weh!« Eine schrille Stimme durchschnitt seine Konzentration.

»Er weiß, was er tut.« Eine andere Stimme, ebenfalls aus der Nähe.

Nichts. Immer noch kein Puls. Keine Atmung.

Er kippte ihren Kopf nach hinten, drückte ihre Nase zusammen und versuchte, Leben in ihren reglosen Körper zu atmen, einmal und noch einmal.

Wieder legte er die Hände auf ihre Brust. Ihre Knochen fühlten sich zart und zerbrechlich an. Sie würde blaue Flecken davontragen. Er brachte seine Hände in Stellung und drückte wieder rasch nach unten und wieder und wieder. »Komm schon … nun komm schon … ich lass dich nicht gehen … hilf mir … atme … du schaffst es … du musst nur atmen!«

Die Kommentare um ihn herum rissen nicht ab.

»So macht man das nicht.«

»Doch, genau so.«

»Er hat doch keine Ahnung!«

»Sie hat sich bewegt! Ich hab gesehen, wie sich ihr Arm bewegt hat!«

… elfzwölfdreizehnvierzehn … fünfzehnsechzehnsiebzehn …

Das Geräusch war hart und kratzend, das schönste Geräusch, das er je gehört hatte. Sie atmete wieder selbstständig. Ihr Puls war schwach, aber es war ein Puls, und er schickte ein dankbares Stoßgebet gen Himmel. Ihre Lippen bewegten sich, aber er konnte nicht hören, was sie sagte. Es spielte auch keine Rolle. Sie weilte noch unter den Lebenden.

»Alles wird wieder gut«, sagte er, als der Krankenwagen einige Meter vor ihnen knirschend anhielt. »Jetzt ist Hilfe da.«

Ihre Blicke begegneten sich. Er wollte weitersprechen, merkte jedoch, dass es auf seine Worte gar nicht ankam. Sie blickte direkt durch ihn hindurch, sah ihm mitten ins Herz. Er nahm ihre Hand, und sie hielt sie fest, und einen Moment lang war nichts anderes auf der Welt von Bedeutung.

»Was haben wir denn hier?«, fragte eine hochgewachsene Rettungssanitäterin. Auf ihrer Brusttasche war der Name Emily eingestickt.

»Möglicherweise Herzinfarkt«, erwiderte Mark. »Sie hatte einen Atemstillstand, aber ich habe sie wiederbelebt.«

»Sehr gut. Wie lange war sie weg?«

»Zehn Sekunden. Nicht länger.«

Emily beugte sich über die rothaarige Frau. »Ich bin Emily, und das da drüben ist Bill. Wir sind da, um Ihnen zu helfen. Haben Sie Schmerzen?«

Ihre haselnussbraunen Augen schlossen sich zuckend und öffneten sich wieder.

»Ich nehme das als ein Ja. Können Sie mir Ihren Namen sagen?«

Sie versuchte es, doch es gelang ihr nicht. Ihr Griff um Marks Hand wurde fester. Ihr Atem ging schnell und flach, und er spürte, dass sie ihm wieder entglitt. Ihre Hände waren lang und schlank. Die Nägel waren in einem blassroséfarbigen Elfenbeinton lackiert. Als einzigen Schmuck trug sie eine runde Männerarmbanduhr an einem schwarzen Lederband. Emily griff nach der kleinen Schultertasche, die die rothaarige Frau umgehängt hatte, öffnete sie und schaute hinein.

»Gut. Sie hat eine Brieftasche dabei. Dann kann die Verwaltung die Identität überprüfen.«

Emily schob die Menge der Schaulustigen zurück. Bill zog eine Trage aus dem Krankenwagen und rollte sie herbei. Rasch hoben die beiden Sanitäter die rothaarige Frau darauf und eilten mit ihr zum Krankenwagen zurück.

»Sie können nicht mitkommen«, sagte Emily zu ihm. Sie war eine auch körperlich beeindruckende Erscheinung. Und er hatte keinen Zweifel, dass sie, wenn nötig, auch Gewalt anwenden würde.

»Ich lasse sie nicht allein.« Kam nicht in Frage, so wie sich die Frau an ihm festklammerte. Wie sie ihn mit ihren haselnussbraunen Augen fixierte, als sei er alles, was zwischen ihr und dem großen Unbekannten stand.

»Ich habe versprochen, bei ihr zu bleiben«, sagte er.

»Sind Sie mit ihr verwandt?«

Er schüttelte den Kopf.

»Es tut mir leid. Sie können uns ja folgen, wenn Sie wollen.«

»Ich bleibe bei ihr«, sagte er, zog dann seinen eigenen Ausweis aus der Tasche und hielt ihn ihr unter die Nase. Er würde sein Versprechen nicht brechen.

Emily warf einen Blick darauf und zuckte die Schultern.

»Ich denke, wir können schon mal eine Ausnahme machen«, meinte Bill über Emilys Schulter.

Es wurde eng im Krankenwagen. Bill kletterte wieder hinter das Steuer, und Mark versuchte, Emily nicht zu behindern, während sie Elektroden auf Brust und Beinen der rothaarigen Frau befestigte. Sie würden ein Zwölf-Elektroden-EKG anbringen, das alle Informationen über Handy direkt in die Notaufnahme übertrug, sodass sie sie zur geeignetsten Einrichtung bringen konnten.

»Scheiße.« Emily kontrollierte ihre Bildschirme.

Die Angst ließ ihm das Blut in den Adern gefrieren. »Was ist los?«

»Ich kriege keine gescheite Verbindung zustande. Wir müssen sie direkt nach St. Francis bringen, damit die die Sache klären.« Sie schüttelte angewidert den Kopf und griff nach dem an der Seitenwand befestigten Hörer. »Die Verbindung ist zusammengebrochen ... Wir bringen sie jetzt rein ... weiblich ... fünfundreißig ... atmet selbstständig ... Puls hundertzweiundzwanzig ... Atmung achtundsiebzig ... Blutdruck achtundneunzig zu zweiundfünfzig ... hat, bevor sie das Bewusstsein verlor, über Brust- und Rückenschmerzen und Übelkeit geklagt ... Ein Passant führte nach Atemstillstand Wiederbelebungsmaßnahmen durch ... Wir sind seit vier Minuten im Einsatz ... das reicht.«

Dünner Schweiß bedeckte das Gesicht der rothaarigen Frau. Ihre schönen haselnussbraunen Augen waren weit aufgerissen vor Angst und Schmerz.

Emily öffnete eine Packung und drückte eine Pille heraus. »Kauen Sie die. Sie schob der Frau die weiße Tablette zwischen die Lippen. »Das ist Aspirin. Es wird die weitere Behandlung nicht behindern.

Die Rothaarige blickte zu ihm auf, und er nickte. Als sie zu kauen begann, fühlte er sich geradezu lächerlich glücklich. Ob sie wohl begriff, was da vor sich ging, oder ob sie das alles mehr oder weniger mechanisch tat? Es war lange her, dass er einem Menschen so wichtig gewesen war. Nicht einmal sich selber.

»Wir sind fast da«, sagte er zu ihr, den Mund an ihr Ohr gepresst. »Sie machen ein EKG, kontrollieren Ihre Blutgase ... Sie brauchen sich keine Sorgen zu machen ... es kommt alles wieder in Ordnung.«

Das war hier nicht der Platz für Wahrheiten. Er wusste nicht, ob sie wieder gesund würde. Sie waren hier in der wirklichen Welt, einem Ort, wo Menschen, die viel Besseres verdient hatten, Unaussprechliches erlebten. Man musste sich an etwas Größerem als am eigenen Ego festhalten können, einem Glauben an irgendetwas, das dem Chaos einen Sinn gab.

Und wenn er ihr das vermitteln konnte, war er schon glücklich.

Sie versuchte, etwas zu sagen, und war offensichtlich frustriert von ihrer Unfähigkeit, sich verständlich zu machen. Er beugte sich noch näher zu ihr hinunter, konnte die Worte aber nicht verstehen. Die Sauerstoffmaske zischte leise. Eine kastanienbraune Locke hing ihr über die Wange, fühlte sich seidig und kühl an, und er strich ihr die Strähne behutsam hinters Ohr. Sie roch nach Frühling. Aber das wollte er gar nicht wissen.

Sie drückte ihm die Hand und sah an ihm vorbei. Er drehte sich um und entdeckte die auf einem Klappsitz stehende Metallbox. »Die gehört ihnen, stimmt's?« Wieder das Zu- und Aufflattern der Lider. »Ich sorge dafür, dass sie bei Ihnen bleibt.«

Der Krankenwagen rollte in die Auffahrt von St. Francis und kam vor der Notaufnahme zum Stehen. Die Hintertüren schwangen auf, und die Frau wurde in großer Eile und Dringlichkeit von ihm weggerollt. Sie schrie auf, ob aus Überraschung oder Schmerz, wusste er nicht. Er packte die Metallbox und rannte hinter ihr her, wurde jedoch an der Tür abgewiesen.

»Nur Patienten«, meinte der korpulente Wachmann. »Benutzen Sie den Eingang hier um die Ecke.«

»Hören Sie, können Sie nicht eine Ausnahme machen? Ich hab ihr versprochen, bei ihr zu bleiben. Sie wird …«

»Sie läuft Ihnen nicht davon. Benutzen Sie den anderen Eingang.«

Er rannte bis zur Ecke und merkte dann, dass es die falsche war. Er kehrte wieder zurück, umrundete zwei Krankenwagen, bog erneut um eine Ecke und wartete, bis sich die automatischen Türen auf einen leeren Korridor hin öffneten, der mit Hinweisschildern auf die Cafeteria, Röntgenabteilung, Physiotherapie und Notaufnahme bestückt war. Er suchte sich einen Weg durch das Korridorlabyrinth, dessen Ausläufer ihn tiefer ins Klinikinnere führten. Er hielt einen Assistenzarzt an, der ihm versicherte, dass er sich auf dem richtigen Weg befand.

Er passierte die Abzweigung zur Röntgenabteilung und hatte gerade die Tür zur Physiotherapie hinter sich, als er jemanden seinen Namen rufen hörte.

»Mark? Mark? Hey, Mann, ich dachte mir doch, dass du das bist.«

Er blickte über die Schulter zurück. Jacob Margolies, einer seiner Nachbarn, grinste ihn – eben aus der Physiotherapie kommend – aus seinem Rollstuhl an.

»Bin ziemlich in Eile, Jake. Können wir später reden?«

»Alles okay? Du siehst nicht …«

Er liebte Jake wie einen Bruder, doch er hatte jetzt keine Zeit. Er rannte um die Ecke und geradeaus und platzte mitten in den Wartebereich für die Notaufnahme hinein.

»Kann ich Ihnen helfen?« Eine angenehm wirkende Frau in der Uniform der Sicherheitsbediensteten saß an einem schlichten beigen Schreibtisch. Sie schob Mark ein Anmeldeformular zu.

»Ich suche jemanden … eine Frau, Herzinfarkt … Sie haben Sie eben im Krankenwagen eingeliefert.«

»Name?«

»Mark Kerry.«

Ein kleines Lächeln. »Der Name der Frau, Sir.« – »Keine Ahnung.« Er erklärte rasch, was geschehen war.

Die Sicherheitsbedienstete blickte suchend auf ihren Bildschirm. »Ich habe hier keine weiblichen Herzpatienten, die heute Morgen eingeliefert worden sind.«

»Sie haben Sie hinten reingebracht. Es ist erst zwei Minuten her.«

»Trotzdem hätte ich es auf dem Schirm, Sir.«

»Kann ich reingehen und nachsehen?«

»Lassen Sie mich sehen, was ich herausfinden kann.« Sie hob einen blassgrünen Hörer ab und drückte mehrere Knöpfe. »Ich suche eine Herzinfarktpatientin ... eben aufgenommen ... danke.« Sie blickte zu Mark auf. »Sie ist nicht mehr bei uns.«

Sein Kopf wurde völlig leer, und er empfand nur noch Verzweiflung.

»O Gott, es tut mir leid!« Die Wächterin berührte seine Hand. »So habe ich es nicht gemeint. Sie haben sie in eine andere Klinik gebracht.«

Vor Erleichterung fiel er fast auf die Knie. »Wohin?«

»Uups.« Sie griff nach dem Hörer und wählte erneut. »Die Herzpatientin, wo haben Sie sie hingebracht ... hm, wo ist Jen ... Sie muss es wissen ... Du hast sie also nicht angemeldet ... Okay ... Trotzdem vielen Dank.«

Er brauchte keine Übersetzung. »Sie verstehen das nicht. Ich muss sie finden.« *Ich hab's ihr versprochen. Ich hab gesagt, dass ich sie nicht gehen lasse.* »Ich habe etwas von ihr. Es sollte mit ihren Sachen eingeliefert werden.«

»Tja, ich weiß nicht, was ich Ihnen sagen soll, Sir. Sie ist nicht da, und so werden Sie wohl einfach weitersuchen müssen. Sie werden sie sicher finden.«

Aber er wusste, so lief das nicht im Leben. Manchmal glitten einem Menschen einfach durch die Finger, und man konnte sie nicht zurückholen, egal, wie sehr man sich bemühte.

Kates Krankenzimmer – vier Tage später

Alle behaupteten, es sei ein Wunder, Gott habe sie beschützt, und Kate nahm an, dass wohl etwas Wahres dran sein musste. Ein völlig Fremder war lange genug aus seinem Leben herausgetreten, um ihres zu retten. Sogar sie musste einräumen, dass da etwas Wunderbares mit im Spiel war.

Sie erinnerte sich, dass sie einem Kerl in einem hellblauen Wagen versehentlich seinen Parkplatz weggeschnappt hatte, und das Nächste, was sie wusste, war, dass sie sich auf der Herzstation befand und sich wunderte, was der ganze Trubel eigentlich sollte. Etwas Lebensveränderndes war zwischen diesen beiden Ereignissen eingetreten, und sie hätte sich nur zu gerne daran erinnert.

»Nach und nach wird es Ihnen schon wieder einfallen«, hatte Dr. Lombardi zu ihr gesagt. »Sie haben ein traumatisches Erlebnis hinter sich. Lassen Sie sich Zeit.«

Aber sie wollte es gleich wissen. Die Geschichte des guten Samariters in Grateful-Dead-T-Shirt, der auf dem Parkplatz der Princeton Promenade eine Reanimation durchgeführt hatte, erlangte den Status einer Vorstadtlegende. Der Rettungssanitäter erzählte es einer Rezeptionistin, die es einem anderen Sanitäter erzählte, der es einer Krankenhausangestellten berichtete, die es der Notaufnahmeschwester sagte, die es Dr. Lombardi erzählte, von dem sie es schließlich hatte.

Sie gehörte zu den Glückspilzen. Ihr Herzinfarkt war nur ein kleiner gewesen, und die rasche Verabreichung eines schwachdosierten Aspirins kombiniert mit einem starken Thrombolytikum und einem diagnostischen Angiogramm hatte die Attacke im Ansatz gestoppt, ehe es zu einem bleibenden Schaden kommen konnte.

Das Ganze war nichts weiter als eine Unterbrechung, eine kleine Umleitung auf einer ansonsten wunderbaren und staufreien Schnellstraße. Vor dem Anfall war sie kerngesund gewesen, und nun war sie es wieder. Abgesehen von der Tatsache, dass sie sich momentan zu Gast im Central Jersey Medical Center befand, hätte man fast meinen können, es sei nichts geschehen.

Das war die gute Nachricht.

Und die schlechte? Ihre Mutter, ihre Tochter, ihre Kollegen, und das gesamte Kontingent von Tanten, Cousins und Cousinen aus ganz Südjersey wussten genau, was das Ganze sollte, und sie alle hatten sich in ihrem Krankenzimmer zusammengefunden, um es ihr zu erklären.

»Gott hat dich nicht ohne Grund gerettet«, meinte ihre Tante Pat, während sie eine Handvoll Trüffel aus einer der vielen im ganzen Zimmer herumstehenden, geöffneten Pralinenschachteln hinunterschlang. »Und jetzt musst du deine Seele erforschen und rauskriegen, was für ein Grund das ist.«

»Eigentlich hat ja nicht Gott mich gerettet«, sagte sie. »Offenbar war es ja ein Typ in einem Grateful-Dead-T-Shirt, dem die Ehre gebührt.«

»Sag das nicht!« Das kam von ihrer Cousine Dorothy. »Natürlich war es Gott, der dich gerettet hat! Er war bloß Gottes Gesandter.«

Auf der anderen Seite des Zimmers begann sich jemand zu bekreuzigen, was sich rasch im ganzen Zimmer ausbreitete.

»Gott hat einen Plan«, meinte Mary Fran, die Ex-Nonne. »Wir müssen das alles nur zulassen.«

»Ich habe einen Rosenkranz für dich gebetet«, verkündete Tante Sheila vom Sofa neben der Tür. »Ich habe die Gottesmutter darum gebeten, dein Herz zu stärken, damit du den bevorstehenden Prüfungen standhältst.«

»Danke, Tante Sheila. Ich weiß das zu schätzen.« Ich brauche das zwar nicht, aber ich bemühe mich sehr, es zu schätzen. »Ich glaube nicht, dass mir noch Prüfungen bevorstehen, aber es ist schön zu wissen, dass ich dagegen gewappnet bin.«

»Ich habe Father Loughlin gebeten, dich in die Gebetskette in Blessed Sac einzuschließen.« Cousine Dorothy hatte nicht vor, sich von irgendwem übertrumpfen zu lassen. Kate war überrascht, dass sie nicht einen persönlichen Draht in den Vatikan für sich beanspruchte.

»Tatsächlich?« Sheilas Gesichtsausdruck war alles andere als heiligmäßig. »Father Barrett hat mir versprochen, Kate morgen in der Frühmesse zu erwähnen.«

Kate fühlte sich allmählich wie ein Volleyball in einem heiligen Ausscheidungsspiel. »Ich weiß eure Sorge zu schätzen, aber das alles ist gar nicht nötig. Ich bin so gut wie neu. Ihr braucht keine Messen für mich lesen zu lassen.«

So wie sie sie anstarrten, hätte man meinen können, sie hätte sich im Vestibül von St. Patrick bis auf ihren roten Spitzengeburtstagstanga entkleidet.

»Deine Cousine Linda hat geheult, als sie ihr erzählten, dass ich ein Messe für sie bestellt hatte, so glücklich war sie.« Sheila beäugte die 1000-Gramm-Schachtel Schokotrüffel neben ihrem rechten Ellbogen, als ob die eine Art Trostpreis für Kates Undankbarkeit darstellten. »Sie hat behauptet, es habe ihre Genesungszeit um die Hälfte verkürzt. Wenn du mich fragst, so war es definitiv ein …«

Bitte nur das nicht. Wenn sie noch mal mit ihren Wundern anfingen, würde sie aus dem Fenster springen. Von Wundern war es nur noch ein Ave-Maria bis zu Mutter Teresa, und ehe man auch nur »Heilige Dreifaltigkeit« sagen konnte, würden sie versuchen, einen in ihren Plan einzuspannen, Papst Johannes Paul II. heiligzusprechen und zum Schutzheiligen der Witwen Südjerseys zu ernennen.

»Interessiert sich auch jemand für Sex oder Politik?«, murmelte sie im Flüsterton. Ob das eine oder das andere, es wäre eine Erlösung. War ihre Familie immer derart kirchenbesessen gewesen, oder schaffte sie selbst es nur nicht mehr, das auszublenden?

Pat blickte sich demonstrativ im Zimmer um. »Deine Mutter und Gwynn sind nicht gekommen?«

Wenn sie sich nicht unterm Bett verstecken, nein. »Sie sind zur Mall rübergefahren, um meinen Wagen abzuholen. Er steht seit Montag dort rum.«

»Dein Wagen steht seit Montag vor dem Einkaufszentrum?« Dorothy klang völlig platt, aber wenigstens lenkte es sie vom Thema Religion ab. »Und du meinst wirklich, dass es noch da steht?«

»Princeton hat eine sehr niedrige Kriminalitätsrate«, sagte Kate. »Ich bin mir sicher, dass er noch da ist.«

Dorothy wollte etwas einwenden, doch Sheila stieß sie in die Rippen. »Kates Herz«, zischte sie in einer Art Bühnenflüstern. »Reg sie nicht auf. Wir wollen nicht, dass noch mal was passiert.«

»Mein Herz ist so gut wie neu«, sagte sie und wünschte sich bloß, sie hätte nicht wie eine Zehnjährige geklungen, die darum bettelte, aufbleiben und Letterman sehen zu dürfen. »Ich habe nicht vor, euretwegen einen Herzstillstand zu erleiden.«

»Wie du meinst, Liebes.« Das war wieder Sheila. »Du wirst es selber am besten wissen.«

Das tat sie ganz offenbar nicht, denn hätte sie es selber am besten gewusst, hätte sie ihren Wagen selbst abgeholt und es Maeve und Gwynn überlassen, sich mit dem Rest der Familie herumzuschlagen.

»Und wie ist der Kaplan hier?«, fragte Maeves jüngere Schwester Gloria und steuerte das Gespräch sofort wieder in stürmische Gewässer. »Jeannie Lapinski hat mir erzählt, dass er wie der junge Merv Griffin aussieht.«

Lach nicht. Sie meint es als Kompliment.

»Unserer in St. Francis ist wirklich klasse«, stimmte Glorias Tochter Rebecca ein. »Er hat mich besucht, als ich Brandon bekam, und er hat mir wirklich die Angst vor der Geburt genommen. Er war so mitfühlend.«

Sie wandten sich Kate zu, die allmählich begriff, warum Rehe im Scheinwerferlicht einen so verschreckten Eindruck machten.

»Ich weiß nicht, wie der Kaplan hier ist«, sagte sie. »Ich hab ihn nicht gesehen.«

»Du hast ihn nicht gesehen?« Gloria wirkte entrüstet. »Was ist denn das für ein Kaplan? Er sollte es sich zur Aufgabe machen, alle Katholiken in der Klinik aufzusuchen. Ich habe gute Lust, einen der Verantwortlichen darauf anzusprechen …«

»Er hat seine Pflicht getan«, unterbrach Kate den Redeschwall. »Er wollte vorbeikommen, aber ich hab der Schwester gesagt, dass es nicht nötig ist.«

Gloria und Dorothy tauschten entsetzte Blicke aus.

»Nicht nötig?« In Dorothys Stimme schwang genau die richtige Dosis von Erstaunen. »Natürlich ist es nötig. Ich bin nur überrascht, dass sie dir bei deinem Herzstillstand nicht die Letzte Ölung gegeben haben.«

Inzwischen schlug ihr Herz ja definitiv wieder. »Ich habe keine Letzte Ölung gebraucht«, stieß sie zwischen zusammengebissenen Zähnen hervor. »Sondern eine Wiederbelebung.«

»Und, Dank sei Gott, hast du die ja auch bekommen«, erwiderte Sheila.

»Nein«, versetzte Kate, »dank des Mannes in dem Grateful-Dead-T-Shirt. Er hat mir das Leben gerettet.«

Wenn sie ihn nur finden und ihm persönlich dafür danken könnte.

3

Rocky Hill – am selben Nachmittag

Wer hätte gedacht, dass es in der Mitte New Jerseys so viele Kliniken gab?

Schon zum siebten Mal wandte er sich an die guten Menschen von St. Francis und kam einfach nicht von der Stelle.

»Es tut mir leid. Ich weiß, wie frustrierend das ist, aber ich könnte Ihnen die Information auch nicht geben, wenn ich sie hätte.« Die Frau am anderen Ende der Leitung war zwar freundlich, aber nicht entgegenkommend.

»Sarah, hören Sie zu …« Inzwischen nannte er die Angestellten schon bei ihren Vornamen. »Ich bin derjenige, der 9-1-1 für sie angerufen hat. Ich bin der, der sie reanimiert hat, als sie zusammenbrach. Sie hat mich gebeten, mit ihr ins Krankenhaus zu kommen. Sie können meine Geschichte überprüfen. Sie haben meinen Ausweis gesehen. Ich gebe Ihnen meine Handynummer und die Uhrzeit des Anrufs. Die Rettungseinheit wird die Wahrheit meiner Aussage bestätigen.«

»Ich wünschte, ich könnte Ihnen helfen, aber ich kann absolut nichts für Sie tun. Wir müssten die fragliche Patientin kontaktieren und um Erlaubnis bitten, ehe wir Informationen weitergeben, und sie ist einfach nicht da.«

»Das weiß ich, aber irgendjemand muss doch wissen, wohin sie sie geschickt haben.«

»Nicht unbedingt. Wenn sie nicht hier aufgenommen wurde, haben wir sie auch nicht in unserer Datenbank. Sie könnten die Rettungsmannschaft anrufen.«

»Das würde ich tun, wenn ich wüsste, welche es war.«

»Sie wissen nicht, welche Nummer das Team hatte?« – »Ich weiß nicht mal ihren Namen«, sagte er. »Hören Sie, ich habe keine bösen Hintergedanken. Ich will nur Eigentum an seine rechtmäßige Besitzerin zurückgeben.«

»Faxen Sie mir irgendeinen Ausweis, Ihre Handynummer und die Zeit des Anrufs zu, und ich sehe mal, was sich machen lässt.«

»Meinen Ausweis habe ich Jessie gestern schon zugefaxt.«

»Jessie hat zu tun. Faxen Sie alles direkt an mich.«

»Sie wissen gar nicht, wie dankbar ich Ihnen bin.«

»Danken Sie mir nicht zu früh. Ich kann Ihnen nichts versprechen.«

Inzwischen war er überzeugt, dass es leichter sein musste, Oprah Winfreys Privatnummer zu ergattern.

Er legte auf, dachte daran, sich einen Pizzarest in der Mikrowelle aufzuwärmen, überlegte es sich anders, beugte sich über die Spüle und blickte zum Fenster hinaus. Er würde diese Wälder vermissen. Zuerst hatte er sie gemocht, weil sie ihn an New Hampshire erinnerten, dann aber, allmählich, hatte er sie gemocht, weil sie reinstes New Jersey waren.

FedEx hatte ein paar Stunden zuvor den Vertrag vorbeigebracht. Maggy Boyd hatte alles in einer langen, geschwätzigen E-Mail erklärt: wo er unterschreiben musste, wohin er ihn zu schicken hatte, welche Fragen noch offen waren. Es würde ihn nicht mehr als fünf Minuten kosten, auf der gepunkteten Linie zu unterschreiben und das Ganze in den Rückumschlag zu stecken, doch in diesem Augenblick schien ihm jenes andere Leben sehr weit weg.

Die Bilder jenes Tages standen ihm noch frisch vor Augen. Der blassrosa Pullover der Frau, ihre schönen haselnussbraunen Augen, der rote Tanga, den ein besserer Mensch gar nicht bemerkt hätte.

Frauen waren definitiv für Überraschungen gut.

Vielleicht hatte sie es ja doch nicht geschafft.

Die Welt war voller Unsicherheiten, das wusste er aus erster Hand. Vielleicht war das ja der Grund für das bürokratische Verwirrspiel, das sie mit ihm trieben. Der Tod war die andere Seite der Lebens-Medaille. In der wirklichen Welt war er immer eine Option. Doch würde Gott ihm helfen, ein Leben zu retten, nur um dieses selbe Leben ein paar Stunden später zu nehmen? Seine Ausbildung sagte ihm, dass es eigentlich nicht so sein sollte, während ihn die Erfahrung lehrte, dass es manchmal einfach so war und nichts aus seinem Zauberkasten etwas daran ändern konnte.

Da konnte man nur loslassen, aber gerade das hatte ihm immer den Rest gegeben. Er ließ sich auf die Probleme der Menschen ein, ließ zu, dass sie ihm nahekamen, versuchte, den Gesprächsfaden aufrechtzuhalten, auch wenn die andere Seite schon gar kein Interesse mehr signalisierte.

Wer immer sie auch war, er war nicht für sie verantwortlich. Das Einzige, was er über sie wusste, war, dass sie einen Miata fuhr, in ihrem Tanga wie ein heißer Feger aussah und die Farbe Rot mochte.

Eine ganze Menge also.

Doch was zum Teufel sollte er damit anfangen? Die Metallbox voller Papiere hatte keinerlei Hinweise auf ihre Identität ergeben. Dass die Papiere möglicherweise einen erheblichen Wert besaßen, war auf den ersten Blick zu erkennen. Es schien sich um authentische Briefe aus der Zeit des Unabhängigkeitskrieges zu handeln, die in einer überraschend leserlichen Handschrift verfasst waren. Keine Visitenkarte. Keine Quittungen irgendeiner Art. Keine Briefe, Anmerkungen oder Vermerke, die nach 1778 geschrieben worden waren.

Moment mal.

Er richtete sich auf. Am Abend leitete er ein Treffen und wollte danach mit Freunden früh zu Abend essen, von denen einer pensionierter Polizist war, der sich in der Kfz-Abteilung auskannte.

Autokennzeichen konnten eine Menge Informationen enthalten. Er wusste zwar, dass es nur eine Hoffnung war, doch vielleicht stand der Wagen ja noch immer vor dem Einkaufszentrum.

Und wenn nicht, würde er sich etwas anderes überlegen.

Zurück in der Klinik

»Was um Himmels willen hast du Dorothy und Sheila erzählt?«, fragte Maeve, als sie und Gwynn von ihrer Rettungsaktion zurückkehrten. »Wir sind ihnen auf dem Parkplatz begegnet, und sie standen kurz vorm Schlaganfall.«

»Ich hab gar nichts gesagt.« Kate, die ganz in ihre Lieblings-Soap *As the World Turns* vertieft gewesen war, verließ widerstrebend Oakdale, um sich wieder in New Brunswick einzufinden. »Okay, vielleicht hab ich ihnen ja erzählt, dass ich seit neunzehnhundertdreiundneunzig nicht mehr in der Kirche war, aber das war ja auch nicht unbedingt ein Geheimnis.« Sie richtete die Fernbedienung auf den Fernseher und schaltete aus. »Und, hab ich noch einen Wagen?«

»Selbstverständlich«, meinte Maeve mit einer ungeduldigen Handbewegung. »Mission erfüllt. Ich bin Gwynnie zu dir zurück gefolgt. Wir haben es in der Auffahrt stehenlassen.«

Gwynn, die die letzten Zugänge im gewaltigen Blumenaufgebot inspiziert hatte, das sich auf jeder ebenen Fläche des Raums breit machte, blickte zu ihrer Mutter hinüber.

»Es geht mir gut, Gwynnie«, sagte sie lachend. »Du musst mich nicht so ansehen.«

»Wie denn?«

»Als ob ich mich demnächst in Luft auflösen würde.«

Gwynn spielte mit einem Stephanotis-Stängel. »Ich weiß nicht, ob ich dich schon mal krank im Bett gesehen habe.«

»Ich bin nicht krank.«

»Aber du bist im Bett«, beharrte ihre Tochter, »und es ist

ein bisschen …« Sie senkte den Kopf und brach in Tränen aus.

Kate sprang aus dem Bett und nahm ihre erwachsene Tochter in die Arme. »Hey, hör auf damit. Das war nur ein kleiner Schreck, weiter nichts. Das ist doch kein Grund zum Weinen, Gwynnie.«

»Du hattest einen Herzstillstand!« Gwynn schluchzte an ihrer Schulter. »Stell dir mal vor, dieser Kerl wäre nicht dagewesen und hätte dir geholfen? Was dann …« Sie schluchzte heftiger, und eine Sekunde lang fühlte sich Kate wieder wie eine junge Mutter, die ihr verängstigtes kleines Mädchen zu trösten versuchte.

Kate streichelte ihrer Tochter übers Haar und drückte sie an sich. »Aber er war ja da, Schatz. Und ich bin hier bei dir und hab auch nicht vor, zu verschwinden.« Sie blickte über Gwynns Schulter zu Maeve und entdeckte schockiert, dass auch ihre Mutter weinend die Hände vors Gesicht geschlagen hatte. »Ihr zwei blast mir die Sache zu sehr auf. Es hat sich doch nichts verändert. Alles ist genau wie vorher. Wirklich.«

Zu ihrem Erstaunen schluchzte ihre Tochter nur noch lauter.

»Es ist so ungerecht«, stammelte Gwynn. »Ich hab's Gran gesagt …«

»Ach, das ist doch Schnee von gestern«, meinte Maeve unter Tränen. »Wir müssen das nicht noch mal durchkauen, Gwynn.«

»Aber du hast gesagt …«

»Was hast du gesagt?« Kate blickte von ihrer Tochter zu ihrer Mutter.

»Wir haben uns bloß unterhalten«, meinte Maeve. »Nichts, worüber du dir Gedanken zu machen brauchst.«

Was Kate selbstverständlich erst recht veranlasste, sich Gedanken zu machen. »Was hast du deiner Großmutter gesagt, dass sie mir nicht sagen soll?«

Gwynn schniefte zweimal. Kate schnappte sich die kleine Schachtel mit Kosmetiktüchern auf ihrem Nachttisch und reichte sie der jungen Frau.

»Gwynn?«, sagte sie.

»Du hättest ganz alleine sterben können«, sagte Gwynn und brach aufs Neue in Tränen aus. »Ohne jemanden, der dich liebt.«

Sie hätte ihr ebenso gut in den Bauch treten können. »Also, ein paar Menschen lieben mich schon«, sagte sie. »Du liebst mich doch, oder?« Gwynn nickte. »Maeve liebt mich auch.« Sie grinste. »Jedenfalls meistens. Ich habe gute Freunde und Kollegen. Ich begreife nicht, wie ihr auf diese ...«

»Gwynn meinte, dass du keinen Mann hast«, unterbrach sie Maeve. »Keinen Liebhaber, genauer gesagt.«

Kate sah Gwynn an. »Das hast du gemeint?«

»Ja.« Gwynn blickte trotzig. »Es tut mir weh, dich so allein zu sehen.«

»Ich kann es nicht fassen!«

»Na ja, es stimmt doch«, meinte Gwynn. »Ich weiß nur, dass ich, wenn ich so alt bin wie du, mal nicht so enden will – mit keinem, der mich nachts umarmt oder den es kümmert, ob ich lebe oder sterbe.«

»Gwynn! Das ist ja fürchterlich, was du da sagst.« Sie liebte ihr Leben. Genoss es, allein zu leben. Warum sollten ihre Mutter und ihre Tochter das anders sehen? »Ich bin absolut zufrieden mit meinem Leben.«

»Das ist ja das Schlimme«, antwortete Gwynn, während Maeve das Ganze vom Rande beobachtete. »Du weißt nicht mal, worauf du verzichtest.«

»Aber du weißt es?« Kate hob unfreiwillig die Stimme. »Ich glaube nicht, dass du auch nur eine Vorstellung davon haben kannst ...«

»Andy und ich werden heiraten.«

Einen Moment lang dachte Kate, dass sie zum zweiten Mal

in dieser Woche eine Reanimation brauchte. »Das ist nicht komisch.«

»Sie will auch gar nicht komisch sein«, sagte Maeve. »Das hast du doch sicherlich kommen sehen.«

Kommen sehen? Gwynn ver- und entliebte sich mit verlässlicher Regelmäßigkeit. Um ihres lieben Seelenfriedens willen hatte Kate schon seit Langem aufgehört, die ständig wechselnde Besetzung der Schwiegersohnrolle im Blick zu behalten.

Sie drehte ich ruckartig um und sah ihre Mutter an. »Du hast davon gewusst?«

Maeve nickte. »Sie hat es mir erzählt ...«

»Ich habe es Gran heute im Auto erzählt«, meinte Gwynn und nahm das Gespräch wieder in die Hand. »Ich wollte es dir an dem Tag erzählen – weißt du noch, ich hab gesagt, wir sollten uns in Princeton zum Lunch treffen? Aber dann hattest du deinen ...« Sie verstummte.

»Dann hatte ich meinen Infarkt«, sagte Kate und merkte, dass ihr ihr Herz in dieser Sekunde weher tat als während der schlimmsten Momente ihres Anfalls. Sie suchte nach dem richtigen Wort, aber sie war sich nicht sicher, ob es solche Wörter in ihrem Wortschatz überhaupt gab. »Ich dachte, du wolltest im September mit deinem Magisterstudium beginnen.«

Bildete sie es sich nur ein, oder errötete Gwynn tatsächlich?

»Meine Pläne haben sich eben geändert.«

»Deine Pläne haben sich geändert? Wann? In den letzten zehn Minuten? Du hast eine Zulassung. Du wolltest mit Tanya und Britt zusammenziehen. Wolltest nächsten Sommer in der Kanzlei deines Vaters ein Praktikum machen. Hast du's ihnen gesagt? Hast du Tan und Britt Bescheid gegeben? Hast du es der Uni schon mitgeteilt?« Sie hielt inne, um Luft zu holen. »Andy ist Fischer, Schatz. Er lebt im Hafen.«

»Was hat denn das damit zu tun? Ich liebe ihn!«, schrie

Gwynn, »und ich will nicht eines Tages aufwachen und mir wünschen, ich hätte es mir nicht allzu leicht gemacht.«

»Es dir leicht gemacht? Wenn ein Mensch weiterstudiert, macht er es sich nicht leicht, er ist höchstens klug. Wenn es wahre Liebe ist, dann wartet Andy auch, bis du deinen Abschluss hast.«

»Und lebt dann immer noch im Hafen, ja? Komm schon! Sag's doch. Du meinst, ich könnte was Besseres finden.«

»Natürlich denke ich, dass du ...«

Maeve warf ihr einen warnenden Blick zu, und zum ersten Mal seit Jahren beherzigte sie ihre Warnung.

»Tut mir leid«, sagte sie. »So weit wollte ich nicht gehen.«

Gwynn schwankte zwischen Tränen und Zorn, und der Ausdruck in ihren Augen erfüllte Kate mit Scham. Sie hatte jedes einzelne Wort genau so gemeint, wünschte sich jedoch, sie hätte es auf nettere Weise ausgedrückt.

Gott sei Dank war Maeve da gewesen.

»Gwynnie, ich dachte, du könntest uns vielleicht ein paar vegetarische Wraps holen. Dieser Feinkostladen überm Hof sieht ganz vielversprechend aus.«

Gwynn zögerte. Maeve drängte. Kate war zu durcheinander und konnte nur herumstehen, während die Zukunft ihrer Tochter unter ihren Füßen zerbröckelte.

Maeve wandte sich an Kate. »Du darst doch ein vegetarisches Wrap essen, oder? Cholesterinarm, keine Trans-Fette, müsste doch gehen?«

Kate nickte. In diesem Augenblick hätte sie auch einen in Speck eingewickelten Cheeseburger abgenickt, wenn sie dadurch nur eine kurze Atempause gewann.

Gwynn schnappte sich ihre Handtasche und verschwand, ohne Kate eines weiteren Wortes zu würdigen.

»Ich bin froh, dass du dich im Zaum gehalten hast«, sagte Maeve, während Gwynn sich um ihr leibliches Wohl kümmerte. »Gwynn ist unbefangen. Und sie ist erwachsen. Du musst sie selbst ihren Weg finden lassen.«

Kate ließ sich aufs Bett sinken. »Wenn du noch mehr solche Sachen sagst, krieg ich einen Rückfall.«

»Gwynnie und ich sind uns sehr ähnlich«, fuhr Maeve fort. »Sie ist ein Mondkind wie ich. Deswegen verstehe ich sie.«

Und genau das machte ihr Angst. Sie sah ihre Tochter schon vor sich, dreißig Jahre später und mit einer ganzen Serie von Ehen hinter sich. »Sie ist flatterhaft, unreif und unverantwortlich.«

»Sie ist auch hochkreativ, begeisterungsfähig und auf der Suche nach dem richtigen Weg.« Maeve goss sich ein Glas Wasser ein und nahm sich einen blanken, roten Apfel aus dem Korb neben dem Radiogerät. »Wie du ist sie jedenfalls nicht, Schatz, und das ist kein Verbrechen.«

»Und was genau soll das heißen?«

»Sieh dich doch an«, sagte Maeve, und ihre balinesischen Tänzerinnen-Ohrringe folgten den Bewegungen ihres Kopfes. »Vor vier Tagen hattest du einen Herzinfarkt und eine Angioplastie, nicht Geringeres – und du tust, als sei nichts passiert.«

»Es war nur ein Mini-Herzinfarkt«, erinnerte Kate sie. »Und Angioplastien werden in der Regel ambulant durchgeführt. Das ist keine große Sache.«

»Das ist sogar eine sehr große Sache«, beharrte Maeve. »Du hast wiederbelebende Maßnahmen gebraucht. Die meisten Leute an deiner Stelle würden sich jetzt mit einigen lebenswichtigen Fragen herumschlagen.«

»Ich dachte, du hättest mich erzogen, damit ich nicht wie die meisten werde.«

»Um es ganz offen zu sagen, mein Schatz, es ist nicht normal. Du willst die Wahrheit nicht sehen.«

»Willst du mir erzählen, dass ich mich nicht so schnell wieder aufrappeln sollte?«

»Naja, es kommt mir schon ein bisschen merkwürdig vor.« Maeve biss in den Apfel und kaute mit Genuss. »Eigentlich müsste das eine Zeit der Selbstbesinnung und Erneuerung sein.«

»Besinn du dich doch«, sagte Kate und wünschte sich, sie hätte ein geheimes Klinikzimmer. »Ich jedenfalls kann es kaum erwarten, wieder heimzukommen und ein ganz normales Leben zu führen.«

Sie hatte das Gefühl, als sei sie die einzige Frau auf der Welt, die mehr als eine vorübergehende Zuneigung zur Normalität hegte.

Maeve betrachtete sie eine Ewigkeit – so schien es ihr. »Irgendwo hab ich bei dir einen Fehler gemacht, aber ich komm nicht drauf, was für einer es war.«

»Fang doch mal bei deinen sechs Ehemännern an.«

»Das hat dich nicht beeinträchtigt. Ich hab gute Männer geheiratet. Du hast sie alle gemocht.«

»Es waren Superkerle, aber das heißt nicht, dass sie mich nicht beeinträchtigt hätten. Es wäre mir lieber gewesen, wenn du einen davon wenigstens lange genug im Hause behalten hättest, um seinen Koffer auszupacken.«

»Aber du hast doch nie was gesagt.«

»Ich bin mit siebzehn schwanger geworden und hab geheiratet. Das hätte ein Hinweis sein können.«

»Du hattest durchaus Möglichkeiten«, erinnerte Maeve. »Du hättest auch einen anderen Weg einschlagen können.«

»Damals war ich praktizierende Katholikin. Es gab keine anderen Möglichkeiten.«

»Wir haben immer die Wahl«, sagte Maeve in ihrer schönsten New-Age-Gurustimme, derer sie sich auf Lesereisen und bei Vorträgen bediente. »Aber wir haben nicht immer den Mut, davon Gebrauch zu machen.«

Emotionale Auseinandersetzungen waren für ihre Mutter ein Lebenselixier. Sie stärkten Maeve und brachten sie den anderen und dem Universum näher.

Kate dagegen vermittelten emotionale Auseinandersetzungen das Gefühl, als würde sie von einem UPS-Transporter überfahren, und sie bemühte sich daher in der Regel nach Kräften, ihnen aus dem Weg zu gehen.

Sie lehnte sich in ihr Kissen zurück und begegnete Maeves Blick. »Sie hat es dir also heute Nachmittag erzählt?«

»Ich hatte schon so etwas vermutet«, meinte Maeve. »Du nicht?«

»Nööö«, meinte Kate. »Überhaupt nicht. Ich dachte, er ist nur einer von ihren Arbeitskollegen.«

»Sie trifft sich schon seit Monaten mit ihm.«

»Ja, aber sie trifft sich mit vielen. Ich hatte keine Ahnung, dass er ihr mehr bedeutet.«

»Dann hast du nicht zugehört, Kate.«

Erster Punkt für das Alphaweibchen der Familie.

»Aber erzähl mir von meinem Wagen«, sagte sie und schob Gwynns welterschütternde Entscheidung vorerst beiseite. »Irgendwelche Kratzer, Dellen oder Strafzettel, über die ich Bescheid wissen sollte?«

»Dein Wagen ist völlig in Ordnung, aber während wir dort waren, ist was Merkwürdiges passiert.« Maeve legte den halb gegessenen Apfel aus der Hand. »Irgendein Typ hat den Wagen beobachtet.

»Du machst wohl Witze.«

»Er hat direkt hinter deinem Wagen geparkt. Er blieb etwa zehn Sekunden stehen und fuhr dann weg.«

Wer brauchte noch einen nuklearen Stresstest, wenn das auch die eigene Familie erledigen konnte? »Ich hab einem Kerl in einem alten blauen Wagen den Parkplatz weggeschnappt.«

»Die Spuren verdichten sich«, sagte Maeve. Dieser Bursche saß in einem zerbeulten blauen Honda.«

»Also, das klingt ja richtig unheimlich.« Welcher normale Mensch würde einem etwas Derartiges nachtragen? Eine winzige Erinnerung meldete sich in ihrem Hinterkopf und verschwand wieder. »Hast du ihn denn gefragt, was er da sucht?«

»Als wir schließlich dort ankamen, wo du geparkt hattest, war er schon verschwunden.«

»Weißt du noch, wie er ausgesehen hat?«

Maeve schloss die Augen. Eine Sekunde lang fürchtete Kate, ihre Mutter versuche, per Channeling zu dem Burschen Kontakt aufzunehmen, doch dann meinte sie nur: »Dunkles Haar. Vielleicht Ende dreißig. Traurige Augen. Das hab ich sogar vom anderen Ende des Parkplatzes gesehen.«

Ihre Nackenhaare sträubten sich gerade so stark, dass es ihr auffiel.

... halten Sie sich fest ... ich lasse Sie nicht allein ...

»Ich glaube, das war er.«

»Unser guter Samariter?«

»Er war der Einzige, der sich um die Zeit dort aufhielt. Ich bin über den Parkplatz gegangen und hab ihn an seinem Wagen lehnen und in sein Handy quatschen sehen. Er schaute zu mir herüber, und mir ist aufgefallen, dass er ein Grateful-Dead-T-Shirt anhatte, und ich hatte Angst, dass er noch mal wegen des Parkplatzes anfangen würde ...«

»Und ...?«, fragte ihre Mutter.

»Nichts. An mehr kann ich mich nicht erinnern.« Sie warf einen Blick in Maeves Richtung. »Ich wünschte, du hättest mit ihm reden können.«

»Wir wissen ja nicht, ob es derselbe ist, Kate. Gwynn hat ihn für einen Autodieb gehalten, der deinen Miata taxiert.«

»Es hätte aber auch der Mann sein können, der mir das Leben gerettet hat.«

»Und wenn er es nicht ist? Heutzutage kann man praktisch alles übers Internet rauskriegen. Und wir wollen doch nicht, dass irgendein Bekloppter vor deiner Haustür aufkreuzt.«

»Ich halte ihn nicht für einen Bekloppten«, sagte Kate. »Ich will, dass er mich findet, Mom. Kannst du es fassen? Ich will tatsächlich, dass ein Fremder mich aufspürt.«

»Das gehört alles zum großen Plan«, sagte Maeve. »Wenn

du ihm wiederbegegnen sollst, wirst du es tun, wenn nicht, kannst du auch nichts dran ändern. Es ist alles vorherbestimmt.«

Wurde Maeve wieder buddhistisch? Während Maeves Wicca-Phase hatte es zumindest Zauberformeln und -mittel gegeben, um das Schicksal in eine andere Richtung zu lenken.

Beim Klang eines vertrauten Lachens blickten sie beide zur Tür. Es war Gwynn, die vor Aufregung glühte. »Ihr werdet mir nicht glauben, wen ich durch die Korridore hab irren sehen!« Sie streckte den Kopf auf den Gang hinaus. »Alles klar. Sie ist wach.«

Ed Bannister stand im Türrahmen und war hinter einem Armvoll von Rittersporn und Glyzinien – mehr als Kate je an einem Ort außerhalb des Botanischen Gartens gesehen hatte – kaum auszumachen.

Auf eine Überraschungsskala von eins bis zehn passte das Auftauchen ihres Exmannes mit ihren Lieblingsblumen gar nicht mehr drauf.

»Ed!« Maeve sprang auf. Sie hatte stets eine Schwäche für ihren einstigen Schwiegersohn gehabt. »Ist ja eine Ewigkeit her.«

Ed reichte Gwynn die Blumen und zog Maeve dann ungestüm in seine Arme. »Ich hab dein letztes Buch im Flieger gelesen, Maeve.«

Er tat, als wischte er sich den Schweiß von der Stirn. »Keiner hat mich gewarnt, dass du inzwischen nicht mehr jugendfrei bist.«

Maeve lachte, als sie seinen Kuss erwiderte. »Ein gesundes Sexualleben ist der Gesundheit insgesamt förderlich«, sagte sie, »und das beschränkt sich nicht auf Menschen unter fünfundsechzig.«

Maeves aktuelle Veröffentlichung propagierte den sexuellen, sozialen und psychologischen Nutzen der tantrischen Sexualität für die Seniorengeneration. Kate war stolz auf

Maeves Erfolg, aber zuweilen hätte sie sich gewünscht, ihre Mutter würde unter Pseudonym schreiben.

»Ist das nicht total cool?«, meinte Gwynn, ganz offensichtlich begeistert vom ungeplanten Familientreffen. »Da geht die Aufzugtür auf, und wer steht da – nachdem er auf der Suche nach Mom sämtliche Korridore durchstreift hat?«

Gwynn war eine unverfrorene Vatertochter. Kate machte sich schon auf Anwandlungen von Eifersucht gefasst, die diesen Vater-Tochter-Begegnungen gewöhnlich folgten, doch diesmal empfand sie nur Bedauern, dass sie es nicht so hingekriegt hatten, wie es sich ihre Tochter offenbar immer noch wünschte.

»Für all diese Blumen wird eine Vase nicht reichen«, sagte Gwynn und sauste mit den Blumen den Korridor hinunter zum Hauswirtschaftsraum.

»Ich dachte, du wärst im Busch«, sagte Kate zu ihrem Ex. Manchmal sah sie in dem erwachsenen Mann immer noch den Teenager, den sie geheiratet hatte, und würde es wahrscheinlich immer tun. Einmal, vor sehr langer Zeit, hatte sie geglaubt, sie wolle mit ihm alt werden.

»Marie hat mich durch den Buschpiloten ausfindig gemacht, der mich dann eingeflogen hat.« Nicht lange nachdem die Scheidung rechtskräftig geworden war, hatte er Marie kennengelernt und geheiratet.

Arme Gwynn. Was das romantische Ungestüm betraf, war sie sowohl großmütterlicher- wie auch väterlicherseits vorbelastet.

»Das hättest du nicht tun müssen.«

»Natürlich musste er«, flötete Maeve. »Wir sind eine Familie.«

»Wir waren mal eine Familie«, erinnerte Kate ihre Mutter. Dreizehn Jahre war eine lange Zeit, wenn man geschieden war.

»Ihr habt ein Kind miteinander. Das macht euch zu einer Familie, egal was die Gerichte sagen.«

Für eine Frau, die ein Halbdutzendmal ihr Ja-Wort gegeben hatte und so häufig verlobt war, dass niemand mehr mitzählen wollte, bewahrte sich Maeve eine altmodische Ehrerbietung für die Institution der Ehe. Eine Ehrerbietung, die ebenso charmant wie unlogisch war.

»Setz dich.« Kate wies auf einen Stuhl neben dem Fenster. »Du siehst erschöpft aus.«

»Gute Idee.« Ed unterdrückte ein Gähnen. »Ich komme direkt vom Flughafen.«

»Ich werde unsere Tochter erwürgen. Was hat sie denn zu Marie gesagt, dass sie dich aus dem Outback geholt hat?«

Gwynn konnte eine Wurzelbehandlung zu einem ernsten neurochirurgischen Eingriff aufblasen. Kate mochte sich gar nicht vorstellen, was sie aus einem Herzanfall gemacht hatte.

Er sah sie an, als ob sie den Verstand verloren hätte. »Sie hat gesagt, dass du einen Herzinfarkt hattest. Mehr war nicht nötig.«

»Es geht mir gut, Ed. Sieh mich nicht so an, als würde ich mich demnächst in Luft auflösen.«

Er verzog keine Miene. »Gwynn sagte, du hattest einen Herzstillstand, und ein Fremder hat dich auf dem Parkplatz wiederbelebt.«

»So erzählt man mir, aber an die Einzelheiten kann ich mich nicht erinnern.« *Er soll mich festgehalten haben, als ich meinte davonzugleiten, und er hat mich nicht losgelassen …*

»Du solltest ihn anrufen und zum Essen einladen, wenn du wieder auf den Beinen bist«, meinte Ed. »Gute Samariter gibt es nicht so viele da draußen. Er hat sich schon ein bisschen Anerkennung verdient.«

»Ich wünschte, ich könnte, aber ich weiß nicht, wie er heißt.«

Maeve blickte von ihrem Strickzeug auf. »Kate glaubt, dass er ein Grateful-Dead-T-Shirt anhatte.«

»Ein Grateful-Dead-Fan?« Ed warf den Kopf in den Nacken und lachte. »Ich würde gutes Geld dafür hinlegen, um Kate mit so einem ausgehen zu sehen.«

»Du tust, als wäre ich die Oberkritische.« Kate fühlte sich ernsthaft gekränkt. »Ich würde niemanden nach seinem T-Shirt beurteilen.«

Ihre Mutter, der Ex-Hippie, konnte nicht widerstehen. »Du bist schon mit der Scorekarte in der Hand aus dem Mutterleib gekrochen, Schatz, und gnade Gott dem, der die Erwartungen nicht erfüllte.«

Sie überlegte, wer das sagte. Es war Maeve French, die da redete, die Frau, die mit ihrer Einbildungskraft, einer Ausgabe des Kamasutra und einem Stapel Tarotkarten ihren Lebensunterhalt bestritt.

»Ach, guck mich doch nicht so an«, sagte Maeve und fuchtelte mit ihrer ringgeschmückten Hand herum. »Du bist eine beeindruckende Frau, aber irgendjemand muss dir ja mal die Wahrheit sagen.«

Ed kannte die French-Frauen lange genug, um sich in eine solche, unmöglich zu gewinnende Auseinandersetzung hineinziehen zu lassen, und tat, als mache er ein Nickerchen.

»Dein Herz wollte dir was mitteilen«, sagte Maeve. »Du musst ihm auch mal was Verrücktes zugestehen.«

»Ich sag es Dr. Lombardi«, meinte Kate. »Er tendiert eher zu Lipitor.«

Maeve, die billige Seitenhiebe sehr gut zu ignorieren verstand, fuhr fort. »Das ist ein Zeichen von oben, dass es Zeit wird für eine Veränderung.«

»Ein Zeichen von oben? Ich dachte, deine Göttinnen wären eher irdisch.«

»Man sollte das Glaubenssystem einer Frau nicht analysieren wie einen Nebensatz.« Maeve blickte hilfesuchend zu Ed hinüber. »Außerdem würde dir ein bisschen Spiritualität sicher nicht schaden, Katherine Margaret.«

»Finde ich auch.« So viel zu Eds simuliertem Nickerchen. »Marie und ich haben vor ein paar Jahren beschlossen, wieder in die Kirche zu gehen. War die beste Entscheidung unseres Lebens.«

Kate versuchte erst gar nicht, ihre Überraschung zu verbergen. »Ich nehme an, wegen der Kinder?« Ed und Marie hatten drei Kinder, die alle noch keine Zwölf waren.

»Das war der Anfang«, meinte Ed, »aber ich glaube, wir haben mehr davon profitiert als sie.«

»Du bist also wieder praktizierender Katholik.« Hätte er ihr gesagt, er nehme Ballettstunden, hätte er sie nicht mehr überraschen können.

»Schwer zu glauben, was?«

»Ja«, sagte sie lachend. »Ich dachte, zwölf Jahre St. Aloysius hätten dir das Ganze ziemlich ausgetrieben.«

»Ich habe festgestellt, dass ich das Ritual vermisse.«

»Du hast den Geruch von Weihrauch ja immer gemocht.« Sie hatte einen Witz machen wollen, doch keiner lachte. Was um Himmels willen war denn los? Humor war heutzutage definitiv eine vom Aussterben bedrohte Eigenschaft.

»Ich rede nicht von der Theatralik der Liturgie«, sagte Ed, als Maeve zustimmend nickte. »Ich spreche vom Gefühl der Kontinuität.« Offenbar ging es für Ed um Familie, um die eigene Lebensgeschichte und darum, Kraft zu schöpfen bei etwas, das größer war als er und jedes Problem, mit dem ihn das Leben konfrontieren konnte.

Es war eine Seite von ihm, die Kate nie gesehen hatte, und sie war fasziniert. Schon komisch, wie man einen Mann ein Leben lang kennen, zehn Jahre mit ihm verheiratet sein und ein wunderbares Kind mit ihm haben konnte und trotzdem nicht mal im Ansatz begriff, was ihn antrieb.

»Vermisst du es denn nie?«, fragte er sie.

Sie dachte einen Moment lang nach. »Letzte Weihnachten wollte ich zur Christmette, aber dann hab ich mich mit einem Eierlikör auf meinem Sofa ausgestreckt, und das Gefühl hat sich wieder verflüchtigt.«

»Meine Tochter, die Komödiantin«, meinte Maeve kopfschüttelnd. »Je näher man ihrem wahren Selbst kommt, umso mehr Witze reißt sie.«

»Tu ich nicht.«

»Doch.«

»Organisierte Religion ist nicht für jeden das Richtige«, sagte sie und wünschte sich, sie hätte nicht so defensiv geklungen. »Ich denke, es gelingt mir, auch ohne sie ein anständiges und produktives Leben zu führen.«

»Aber bist du auch so glücklich, wie du sein könntest?«, bohrte ihre Mutter nach.

»Ist das denn irgendjemand?«

»Manche schon.«

»Ich begreife nicht, was Religion mit meinem Glück zu tun haben soll.«

Ed hob kapitulierend die Hand. »Ich hatte nicht vor, einen heiligen Krieg anzuzetteln, meine Damen.«

»Mach dir keine Sorgen. Du hast überhaupt nichts angezettelt, Ed. Das ist ein fortlaufendes Scharmützel«, sagte Maeve. »Meine Tochter hält nicht viel von meiner spirituellen Suche.«

»Vielleicht würde ich mehr davon halten, wenn sie nicht immer mit einer neuen Garderobe und einem sechsstelligen Vertragsabschluss enden würde.«

Alle waren dankbar, als Gwynn mit zwei Plastikvasen, randvoll mit Eds teuren Blumen gefüllt, ins Zimmer zurückschwebte. Gwynn selbst sprudelte geradezu vor komischen Geschichten und Beobachtungen, die alle darauf zugeschnitten schienen, ihren Vater zu amüsieren und ihn daran zu erinnern, dass seine Erstgeborene immer noch seine Zuwendung brauchte.

Kate konnte nicht umhin, sie fragte sich, wann Gwynn wohl die Andrew-Bombe auf den armen, nichtsahnenden Ed abwerfen wollte.

Dann wieder dachte sie, dass Ed womöglich gar nicht so ahnungslos war, sondern – anders als sie – darauf vorbereitet. Sein emotionaler Radar hatte schon immer besser funktioniert als der ihre. Er hatte gewusst, dass sie ihn verlassen wollte, noch ehe sie sich selbst eingestand, dass ihre Ehe zu Ende war. Sie bezweifelte, dass ihn Gwynns Neuigkeiten genauso unvorbereitet trafen wie sie.

Kate tat, als döse sie, während die Unterhaltung über sie hinwegspülte. Ihr innerer Gefühlssturm hatte sich ausgetobt. Ihr Herzanfall hatte alle anderen ein bisschen durchdrehen lassen, und sie ermüdeten sie.

Sie überzeugte Ed schließlich, dass sie keinen Rückfall haben werde und er zu seiner Familie nach Hause gehen und sich endlich mal ausschlafen sollte.

»Aber vorher solltest du was essen«, meinte Gwynn. »Wollen wir uns nicht schnell was in der Cafeteria holen, ehe du gehst?«

Ed zögerte, doch etwas im Blick und Tonfall seiner Tochter bewog ihn, mit ihr zu gehen. Was nicht überraschend war. Kate hatte den Vater ihres einzigen Kindes sehr gut ausgewählt. Ed war ein fantastischer Vater, und ihr einziger Kummer war es, dass sie ihrer Tochter ihren größten Wunsch nicht hatten erfüllen können: nämlich, dass ihre Eltern verheiratet blieben.

»Er ist ihr ein guter Vater«, meinte Maeve, nachdem Ed und Gwynn gegangen waren. »Sie wird auf ihn hören.«

»Autsch«, meinte Kate. »Das tut weh.«

»Sie ist 'ne Vatertochter, Schätzchen. Ist es immer gewesen, und wird es immer sein. Dagegen kommst du nicht an.«

»Glaubst du, er kann sie überreden, nach Hause und wieder zur Arbeit zu gehen?«

»Ich hoffe«, sagte Maeve. »Von dem Moment, wo wir zu dir kommen, bis zum nächsten Morgen, wenn wir wieder losfahren, hängt sie an der Strippe und redet mit Andrew.«

»Übertreibst du da nicht ein bisschen, Mom?«

»Sie schläft mit dem Handy unterm Kopfkissen, damit sie sich gegenseitig in die Ohren atmen können.«

»O Gott. Ich dachte, seit ihrem achtzehnten Geburtstag hätten wir das hinter uns.«

»Sie ist eine Romantikerin. Manche von uns lassen es nie hinter sich.«

»Und wie steht's mit dir?«, fragte Kate. »Du musst doch wieder zurück auf deine Lesereise.«

Maeve guckte überrascht. »Und dich allein und dir selber überlassen.«

»Ich brauche niemanden, der sich um mich kümmert. Nächste Woche gehe ich wieder zur Arbeit.«

»Ich dachte, Dr. Lombardi hätte dir befohlen, drei Wochen frei zu nehmen.«

»Ich weiß nicht, woher du das hast. Er hat nichts dergleichen verlauten lassen.«

Maeve tippte sich mit dem Zeigefinger an die Ohrringe und brachte sie zum Tanzen, wie sie es immer tat, wenn sie zu einer wichtigen Erklärung ansetzte. »Ich habe meine Lesetour abgesagt, Schatz. Ich werde hier bleiben und mich um dich kümmern, bis du wieder auf den Beinen bist, egal, wie lange es dauert.« Sie beugte sich zu ihr hinüber und küsste Kate auf den Scheitel. »Es wird eine Art Mini-Urlaub für uns beide sein.«

War einundvierzig zu alt, um von daheim wegzulaufen?

4

Die Freitagstreffen konnten so oder so laufen. Manchmal gab es nur noch Stehplätze, da jeder sich durch gegenseitigen Zuspruch gegen die Ungewissheiten des bevorstehenden Wochenendes zu wappnen versuchte, während ein andermal nur der Leiter und eine Handvoll Veteranen erschienen, die eher aus der Routine als aus bloßen Zahlen Kraft bezogen.

Mark leitete die Gruppe seit fast einem Jahr und hatte sich an den fortwährenden Wechsel von Ebbe und Flut gewöhnt. Letztendlich hatte es nichts mit ihm selbst, aber alles mit den anderen zu tun.

Sie waren eine bunt zusammengewürfelte Gruppe aus Polizisten, Anwälten und Ärzten, Schriftstellern, Lehrern, Hausfrauen und Ex-Sträflingen sowie einem vorübergehend freigestellten Priester, die nur eines gemeinsam hatten: Sie waren alle ehemalige Alkoholiker, die nüchtern bleiben wollten und bereit waren, alles zu tun, um das zu bewerkstelligen.

Er hatte Gruppen gekannt, die nicht mehr als eine durch das Akronym AA verbundene Ansammlung von Individuen waren. Diese Gruppe war anders. Er hatte echte Freunde unter ihnen gefunden und freute sich, ihnen erzählen zu können, dass es mit dem Job in New Hampshire geklappt hatte und er am Memorial-Day-Wochenende umziehen würde.

Er schaltete das Licht aus und sperrte ab. Scott, Matty und Ann erwarteten ihn schon auf dem Parkplatz, um zu ihrer allwöchentlichen geselligen Pastrami-Runde bei Zaslow's aufzubrechen.

»Ich hab Neuigkeiten«, begann er, nachdem sie in einer Nische Platz genommen und bestellt hatten.

»Du hast im Lotto gewonnen«, riet Ann.

»Du tauschst deinen Honda gegen einen Pinto ein«, meinte Matty.

»Du hast das Haus verkauft«, sagte Scott, »oder?«

»Am Mittwochmorgen hab ich die Papiere unterzeichnet«, sagte er. »Am Donnerstag vor dem Memorial Day schließen wir ab.«

»Scheiße.« Matty bemühte sich erst gar nicht, seine Enttäuschung zu verbergen. »Das ist ja schnell gegangen.«

Ann stieß Matty in die gut gepolsterten Rippen. »Du hast doch gewusst, dass es früher oder später passieren wird.«

Scott warf Mark einen jener Ex-Bullen-Blicke zu, die eine ganze Generation von Straftätern in Angst und Schrecken versetzt hatten. »Du hast den Job?«

»Ich hab ihn.«

Es war ein bittersüßer Moment für sie alle. Dass er früher oder später zurückgehen würde, hatten sie zwar gewusst, aber es überraschte sie trotzdem. Er erzählte ihnen von den Fristen, die die Immobilienmaklerin vorgegeben hatte, und von der ebenso bindenden Frist, die ihm Maggy für seine Rückkehr nach New Hampshire gesetzt hatte.

»Ich begreife nicht, was die dort haben sollen, was wir nicht hätten«, meinte Matty. »Ahornsirup? Den kriegst du auch bei Costco.«

Ann warf ihm einen raschen Blick zu. »Zäune gibt's überall zu flicken. Die von Mark stehen halt zufällig in New Hampshire.«

Die Kellnerin brachte ihre Bestellungen, und sie sprachen den Pastrami-Sandwiches zu, während sie sich gegenseitig auf den neuesten Stand brachten. Matty hatte sich in der letzten Woche einer Wurzelbehandlung unterzogen. Anns Anfechtung eines Unfallschadens ging vor Gericht. Scotts Versicherung würde ihn vielleicht nächste Woche nach Dallas schicken, doch den endgültigen Bescheid bekam er erst Sonntagabend.

»Wie deine Woche war, wissen wir schon«, meinte Ann

und griff nach den koscheren Dillgurken. »Du brichst deine Zelte ab und verlässt uns.«

Er blickte auf die Reste seines Sandwichs. »Eigentlich war da noch mehr.« Und er erzählte ihnen von der rothaarigen Frau im Miata.

Sogar er musste zugeben, dass es eine verdammt gute Story war. Sie besaß Dramatik, eine Prise Sex sowie einen Hauch von *Emergency Room* und *Grey's Anatomy.* Ein Abschluss allerdings fehlte ihr noch.

»Du bist mit ihr bis zum Krankenhaus gefahren und weißt ihren Namen nicht? Du bist mir vielleicht ein Trottel!« Ann war die Taktvolle in der Gruppe.

»Ich war mit anderen Sachen beschäftigt.« Ihr Leben war ihm zu diesem Zeitpunkt wichtiger gewesen als ihre Identität.

»Und warum suchst du nach ihr?«, fragte Scott nach. »Ist es die pure Neugier oder noch was anderes?«

Er antwortete nicht sofort, was an sich schon eine Antwort war. »Sie hatte Dokumente bei sich, aus dem Unabhängigkeitskrieg, in einem Kasten. Ich hab sie mitgenommen in den Krankenwagen, aber dann ...« Den Rest kannten sie ja schon.

»Da hast du ein Problem, Junge«, meinte Scott, als die anderen vielsagende Blicke tauschten. »Kein Name. Kein Ausweis. Und du weißt nicht mal, wo sie sie hingebracht haben.«

»Du könntest eine Zeitungsanzeige aufgeben«, schlug Ann vor. »Wenn diese Dokumente einen Wert haben, wird sicher jemand davon wissen und es in der Zeitung lesen.«

»Ihr Autokennzeichen müsstest du haben«, meinte Scott, der Ex-Polizist. »Wenn du das hättest, könnte ich Nachforschungen anstellen.«

Mark griff in die Hosentasche, zog einen gefalteten Zettel heraus und schob ihn über den Tisch. »Genau darauf hatte ich gehofft.«

* * *

Zu Kates Überraschung gelang es ihr, sowohl ihre Mutter als auch ihre Tochter davon zu überzeugen, dass sie eine Nacht lang ohne sie auskam, und überredete sie, kurz nach siebzehn Uhr nach Hause zu gehen.

Als sie sich verabschiedeten, wurde Gwynn plötzlich ganz weinerlich. »Du solltest dich für mich freuen«, flüsterte sie Kate ins Ohr, während sie sich umarmten. »Ich weiß, dass ich das Richtige tue.«

Kate drückte sie an sich, doch die Worte, die Gwynn hören wollte, kamen ihr einfach nicht über die Lippen. »Vergiss nicht, Aidan O'Malley anzurufen«, meinte sie stattdessen. »Er wird dir den Job nicht ewig frei halten.«

Sie bedauerte die Bemerkung, sobald sie ihr entschlüpft war. Gwynns schlanke Gestalt versteifte sich, und Kate spürte, wie sich plötzlich eine Mauer zwischen ihnen erhob.

Maeve schüttelte ungläubig den Kopf. Kate konnte es ihr nicht verübeln. Unter all den klugen, liebevollen, tröstenden Worten, die sie ihrer Tochter hätte sagen können, hatte sie sich ausgerechnet für praktischen Rat und unterschwellige Kritik entschieden. Bleib lieber bei deinem Kellnerinnenjob, Schätzchen, weil Fischer Andy nie genug verdienen wird, um euch zwei über die Runden zu bringen.

Sie hatten ihre Auseinandersetzungen gehabt über die Jahre. Welches Mutter-Tochter-Gespann hatte das nicht? Aber nie hatte sie sich so einsam gefühlt wie in diesem Moment.

Zum ersten Mal seit ihrem Herzanfall war Kate allein; sie lehnte sich in ihre Kissen zurück.

Mitten am helllichten Tag zu schlafen, war ihr immer noch fremd. Sie beneidete Menschen, die die Welt aussperren und ein Nickerchen halten konnten, während draußen die Sonne schien. Sie blätterte den Bücher- und Zeitschriftenstapel auf ihrem Nachttisch durch, aber nichts interessierte sie. Richterin Judy saß mit großer Strenge zu Gericht, doch sie war nicht in der Stimmung für streitende Familien und ihre opernhaften Auseinandersetzungen. Davon hatte sie an diesem Tag schon genug gehabt.

Sie blickte auf die Uhr. Bis zum abendlichen Besucherandrang war es immer noch eine Stunde. Paul war jeden Abend gekommen, hatte den ganzen Weg von Manhattan nach New Jersey im Stoßverkehr zurückgelegt. Ihre Assistentin Sonia, ihre Buchhalterin Liz, Max der Restaurator, Hoayin von der anderen Straßenseite, Lydia die Uhrmacherin, Cookie Moore die Webkünstlerin aus Clinton, ja sogar Marilyn Perrone, die sie letztes Jahr aus dem Markt hatte schubsen wollen und nicht das geringste Bedauern darüber zeigte: Sie alle machten es sich zur Aufgabe, Zimmer 405 in die Partyzentrale der Klinik zu verwandeln.

Sie war kein großer Fan der frühen Abendstunden, wenn alle herumkurvten, nach Hause wollten, wieder loszogen, sich mit Freunden und Geliebten trafen und den bevorstehenden Abend planten. Es war die einzige Tageszeit, während der sie sich manchmal einsam fühlte und während der die Entscheidungen, die sie für ihr Leben getroffen hatte, nicht ganz so ideal waren wie während der übrigen dreiundzwanzig Stunden des Tages.

Als Gwynn noch klein war, war das anderes gewesen, da hatte es das ganze Chaos und Drama der Nachschulaktivitäten, der Zubereitung des Abendessens, der Hausaufgabenkontrolle und des Badens gegeben, man musste Erlaubnisformulare unterschreiben, Kostüme nähen, am Fenster sitzen und so tun, als ob man nicht darauf wartete, dass die Tochter von einem Treffen nach Hause kam. Insgeheim war sie froh gewesen, als Gwynn sich gegen ein Auswärtsstudium entschloss und sich für Rutgers entschied. Nicht dass sie das leere Nest fürchtete, doch es sprach schon Einiges dafür, das Unvermeidliche so lange als möglich hinauszuschieben.

Ihre Firma French Kiss war inzwischen ihr Hauptlebensinhalt, und die harte Arbeit und die langen Stunden erbrachten eine höhere Dividende, als sie es sich je vorgestellt hätte.

Sie konnte es kaum erwarten, wieder in ihren Laden zu kommen und all die Schachteln und Kisten auszupacken, die sie aus England mitgebracht hatte. Es würde wie Weihnachten sein.

Da war es wieder, einer dieser plötzlich aufscheinenden Erinnerungsfetzen. Eine Verabredung? Ein Treffen? Irgendetwas Wichtiges. Doch so sehr sie sich auch bemühte, sie konnte es der Dunkelheit nicht entreißen. Lombardi hatte ihr gesagt, sie solle sich wegen ihrer Gedächtnislücken keine Sorgen machen, die meisten Erinnerungen würden von selbst wieder auftauchen, und auch wenn sie es nicht taten, habe sie keinen bleibenden Schaden erlitten.

Trotzdem, aus irgendeinem Grund, an den sie sich aber ums Verrecken nicht mehr erinnern konnte, war sie in der Gegend von Princeton gewesen.

Als Janine, ihre Lieblings-Krankenschwester, mit einem Arm voller roter Rosen hereingefegt kam, war sie ihr dankbar für die Unterbrechung.

»Prima«, sagte Janine. »Sie sind wach.«

»Es ist doch erst halb sechs«, erwiderte Kate mit kläglichem Lachen. »Natürlich bin ich wach.«

»Soll ich Ihnen die Standard-Standpauke übers Ausruhen halten, oder würden Sie lieber über diese wunderbaren Blumen sprechen?«

»Definitiv über die Blumen.«

»Hab ich mir schon gedacht.« Janine steckte die Nase in die Blütenfülle und atmete tief ein. »Wir haben darüber abgestimmt und sind zu dem Schluss gelangt, dass diese Lieferung sehr viel mehr zu bedeuten hat als nur ›Gute Besserung!‹«

Drei Dutzend blutrote Rosen in einer Kristallvase, das war schon ein Statement.

»Sind Sie auch sicher, dass die für mich sind?« In ihrem romantischen Gesichtskreis gab es niemanden, und zwar schon länger nicht mehr.

»Für wen sollten sie denn sonst sein, Schätzchen? Sie dominieren doch den Blumen-Markt der gesamten Gegend.« Janine zog eine Karte aus der Blumenfülle und reichte sie Kate.

Kate las die Karte und lachte laut auf.

Geben wir ihnen doch ’nen Grund, sich die Mäuler zu zerreißen. -PG

»Und wer ist er?«, fragte Janine, als sie auf dem Fenstersims für die Rosen Platz machte. »Das ist ja schon ein gewaltiges Statement, das der Bursche hier macht.«

»Nichts Romantisches«, sagte Kate und lachte über die enttäuschte Miene der Krankenschwester. »Nur mein Freund Paul, der ein bisschen Wirbel hervorrufen will.«

»Und welcher ist Paul?«

»Der, der gestern Pizza ins Schwesternzimmer hat schicken lassen. Ich kenne ihn schon, seit ich fünf bin.« Sie schob die Karte in die oberste Schublade des Nachttischs. »Glauben Sie mir, da ist nichts Romantisches im Busch.« *Sechsunddreißig Rosen! Was hast du dir bloß dabei gedacht, Grantham?*

»Ein wahnsinnig heißer Typ schickt Ihnen eine Bootsladung Rosen, und Sie erzählen mir, dass nichts Romantisches dahintersteckt?«

Es klang schon wirklich lächerlich, aber sie redeten schließlich über Paul. Und der war wie ein Bruder für sie.

»Wir haben schon vor langer Zeit festgestellt, dass es besser ist, wenn wir Freunde bleiben.«

»Aber er ist nicht etwa schwul?«

»Auf keinen Fall.«

»Dann würde ich mir das an Ihrer Stelle noch mal durch den Kopf gehen lassen. Ein Mann schickt einer guten Freundin keine drei Dutzend Rosen. Für mich sieht das aus, als ob Sie sich eine Gelegenheit durch die Lappen gehen ließen.«

Eine enge Freundschaft zwischen einem Hetero-Mann und einer Hetero-Frau würde wohl immer Verdacht erregen. Die hoffnungslosen Romantiker dieser Welt, und davon gab es furchtbar viele, hofften in der Regel auf mehr und wurden von Menschen wie Kate ständig enttäuscht.

Romantische Liebe war ihr nicht so wichtig. Die Erregung, die Maeves und Gwynns Blut so regelmäßig in Wallung versetzte, hatte sie beim Klang der Stimme eines Mannes oder bei seiner Berührung noch nie verspürt. Das romantische Gen, das das Leben der anderen French-Frauen so sehr bestimmte, hatte ganz offensichtlich eine Generation übersprungen und sie immun gemacht.

Janine war schon fast wieder draußen, als sie plötzlich innehielt und noch einmal umkehrte. »Was ist nur los mit mir? Da ist jemand, der Sie sprechen möchte. Aber er wollte sichergehen, dass Sie nicht gerade ihren Mittagsschlaf machen.«

Ihre Familie glaubte an eine Politik der offenen Tür, auch wenn die fragliche Tür verschlossen und verriegelt war. Auch ihre Freunde und Kollegen legten keinen großen Wert auf Förmlichkeiten. Nur ein Fremder konnte sich Gedanken darum machen, ob sie wohl schlafen mochte. Wäre es nicht fantastisch, wenn plötzlich der gute Samariter im Grateful-Dead-T-Shirt auftauchen würde?

Stattdessen lächelte ihr ein absolut angenehm wirkender Mann in schwarzem Rollkragenpullover und schwarzer Hose aus dem Türrahmen entgegen. Arzt? Anwalt? Abtrünniger Therapeut?

»Ich bin Father Boyle. Ich muss mich entschuldigen, dass ich einfach so vorbeischneie, aber Sheila Fennessey meinte, dass Sie vielleicht mit jemandem sprechen wollten.«

Zum zweiten Mal an diesem Tag hatte Kate Lust, die Flucht zu ergreifen, doch zwölf Jahre auf einer katholischen Schule waren nur schwer zu ignorieren, sodass sie an Ort und Stelle verharrte, obwohl »katholisch« eher ein historischer Verweis als eine aktuelle Beschreibung ihrer religiösen Überzeugungen war.

»Ich fürchte, meine Tante Sheila hat Sie da zu etwas eher

Sinnlosem angestiftet.« Sie schüttelte ihm die Hand und lud ihn mit einer Geste ein, Platz zu nehmen. »Wahrscheinlich hat sie vergessen, Ihnen zu sagen, dass ich in den vergangenen zwanzig Jahren in keiner Kirche mehr war, Hochzeiten einmal ausgenommen.«

»Gott führt keine Strichlisten über uns.«

»Das hat uns Schwester Michael Maureen damals in St. Aloysius aber anders erzählt.« Sie meinte es als Scherz, doch der Scherz hatte einen bitteren Beigeschmack.

Er zuckte mit keiner Wimper, das musste man ihm lassen. »Ich bin mir sicher, dass Schwester Michael Maureen ihre Sicht seit Ihrem letzten Gespräch korrigiert hat.«

Selbstverständlich hatte er Schwester Michael Maureen niemals getroffen, doch sie unterließ es, ihn darauf hinzuweisen. Auch wenn sie ihren Kinderglauben verloren hatte, der Respekt vor seinem geistlichen Amt hielt ihre Zunge im Zaum. In vieler Hinsicht galt eben: Einmal katholisches Schulmädchen, immer katholisches Schulmädchen. Alte Gewohnheiten waren nur schwer auszurotten.

Er erkundigte sich nach ihrem Gesundheitszustand, und sie spulte etwa zum fünfzigsten Mal an diesem Tag – so schien es ihr – ihre Geschichte ab.

»Sieht ja aus, als hätte Gott noch was mit Ihnen vor«, meinte Father Boyle, als sie zu Ende war. »Sie haben eine zweite Chance bekommen.«

Warum ging ihr die Vorstellung einer zweiten Chance derart unter die Haut? »Vielleicht war es ja einfach noch nicht an der Zeit – für mich.«

»Ist das nicht dasselbe?«

»Ich weiß nicht, Father, und ehrlich gesagt, ich weiß auch nicht, ob das wichtig ist.« Wer garantierte einem denn, dass man beim zweiten Mal nicht noch schlimmere Fehler machte als beim ersten?

»Die meisten Menschen werden sich nach einer Erfahrung wie der Ihren erneut ihres Glaubens bewusst.«

»Ich bin mir, ehrlich gesagt, nur wieder meiner Langeweile bewusst geworden.«

»Sie haben eine lebensverändernde Erfahrung durchlebt. Spielen Sie die Auswirkung auf Ihr spirituelles und emotionales Leben nicht herunter. Bei manchen Menschen dauert es einfach länger, bis sie all die Veränderungen verarbeitet haben. Zum Glück hat Gott unendliche Geduld mit uns.«

»Sie klingen wie meine Mutter.« Sie erwähnte jedoch nicht, dass ihre Mutter in Wicca dilettierte oder ihre Tochter die Kabbala erforschte. Der Kirchenmann hatte an ihr schon genug zu knabbern.

»Der Glaube kann uns in schweren Zeiten ein Trost sein.«

»Ich weiß«, sagte sie und war betroffen über das Stocken in ihrer Stimme. Seit wann wurde sie im Hinblick auf Religion gefühlig? »Ich wünschte …« Sie schüttelte den Kopf.

»Sprechen Sie ruhig weiter«, sagte er. »Ich bin da, um Ihnen zuzuhören.« Father Boyle lehnte sich im Stuhl zurück, als gäbe es keinen Ort im Himmel oder auf Erden, an dem er lieber wäre.

»Ich wünschte, meine Tochter wäre nicht mit einem Fischer zusammen. Und dass ich mich daran erinnern könnte, was ich am Montag in Princeton wollte. Und dass ich was Interessantes zu sagen hätte, Father, hab ich aber nicht. Die Herzgeschichte war nur ein kleinerer Anfall, sie haben das erledigt, und ich kann's kaum erwarten, wieder zu meinem Alltag zurückzukehren.«

»Nein, ich würde gerne wissen, was Sie nicht gesagt, was Sie sich verkniffen haben.«

»Sie sind gut«, meinte sie, kurz auflachend. »Ich dachte, ich hätte das ziemlich gut überspielt.«

»Haben Sie auch«, meinte der Priester. »Wir verkneifen es uns ja oft, zu sagen, was uns am wichtigsten ist.«

»Okay«, sagte sie und holte – bildlich gesprochen – noch einmal tief Luft. »Ich wünschte, ich könnte dem Mann, der mir das Leben gerettet hat, danken, aber sie haben mich so schnell aus St. Francis abtransportiert, dass wir einander aus den Augen verloren haben. Das wollte ich sagen.« Und sie wünschte, sie hätte es nicht getan. Es laut auszusprechen, führte ihr die Größe dessen, was ihr zugestoßen war, unmissverständlich vor Augen, wo es ihr doch lieber war, das Ganze auf Armlänge von sich wegzuhalten.

»Kapläne haben ziemlich gute Netzwerke. Vielleicht kann ich was für Sie in Erfahrung bringen.«

»Ich wüsste es zu schätzen, Father, aber ich glaube, inzwischen ist das schon ziemlich aussichtslos.«

Father Boyle war ein kluger Mann und erkannte einen Korb, wenn man ihm einen gab.

»Würde es Sie stören, wenn ich für Ihre weitere Genesung beten würde?«

Zu ihrer Verblüffung hatte sie überhaupt nichts dagegen.

Er stand neben ihrem Bett und neigte den Kopf. Seine Worte waren schlicht und unmittelbar. Auch wenn sie nicht wusste, wo diese Worte hingingen oder wer, wenn überhaupt jemand, sie hörte, rührte die Geste zu ihrer Verblüffung ihr genesendes Herz.

»Rufen Sie mich an, wenn Sie Lust haben, mit jemandem zu reden«, meinte Father Boyle. Er stellte eine Visitenkarte ans Telefon auf dem Nachttisch und verabschiedete sich.

Ihre Tage in St. Aloysius schienen sehr, sehr fern, doch einen Moment lang sehnte sie sich fast danach.

Es war schön gewesen, zu glauben, dass es da draußen jemanden gab, der sie beschützte.

5

Dr. Lombardi scrollte sich auf dem Informationsschirm nach unten und wandte sich dann an Kate. »Sieht großartig aus«, meinte er und verzog lächelnd das Gesicht. »Sie sind eine freie Frau.«

»Sie meinen, jetzt gleich?«, fragte sie. »Auf der Stelle?«

»Sobald ich den Papierkram erledigt habe und Sie eine Fahrgelegenheit organisiert haben.«

»Und am Montag kann ich wieder arbeiten?«

»Das habe ich nicht gesagt.«

»Sie haben gesagt, es sähe alles großartig aus. Ich fühle mich wunderbar. Mein Laden ist nicht mal eine Meile von meinem Haus entfernt. Es wäre geradezu albern, nicht hinzugehen.«

»Setzen Sie sich doch, Kate. Sie gehen nach Hause, aber Sie sind noch nicht ganz über den Berg.«

Er erklärte ihr ihre Situation, wie gering die Wahrscheinlichkeit war, dass sie einen Rückfall erlitt, und die Schritte, die sie unbedingt einhalten musste, um einen solchen zu vermeiden, die Medikamente und die körperlichen Übungen, die zu ihrem täglichen Stundenplan gehören würden, sowie einige Verhaltensänderungen, die sie, wie er doch sehr hoffe, vornehmen werde.

»Ich werde mein Bestes tun, Doktor, aber ich muss Ihnen gestehen, Meditation habe ich schon probiert, und es hat nicht funktioniert.«

»Versuchen Sie es noch einmal.«

»Die Meditation hat mich mehr gestresst als die Probleme, mit denen ich damals zu tun hatte.«

»Ich empfehle Ihnen sehr, es weiter zu probieren. Es hilft

Ihnen, mit den emotionalen Nachwirkungen der Mitralinsuffizienz zurechtzukommen.«

»Jeder redet von diesen emotionalen Nachwirkungen, aber ich muss Ihnen gestehen, dass ich schlicht und einfach nicht weiß, was um Himmels willen Sie damit meinen. Ich fühle mich genauso, wie ich vor der ganzen Sache gefühlt habe.«

»Keinerlei Euphorie?«, fragte er. »Keine neue Wertschätzung des Lebens? Keine Erkenntnis, wie der Sinn des Lebens plötzlich ganz anders aussehen könnte?«

»Ich wünschte, ich könnte das bejahen, aber das Leben scheint mir mehr oder weniger genauso wie vorher.« Was ja nichts Schlechtes war. Sie war mit ihrem Leben rundum zufrieden.

»Nun, es gibt immer Ausnahmen, aber in der Regel erleben meine Patienten eine Phase intensiver Euphorie und neuer Lebensfreude.«

»Bleibt diese Euphorie erhalten?«

»Nein«, sagte er. »Manchmal hält sie ein paar Tage an, manchmal ein paar Wochen, um dann ohne Vorwarnung wieder zu verschwinden. Ich rate meinen Patienten, einige Wochen lang keine weiter reichenden Entscheidungen zu treffen, weil ihr Urteil womöglich nicht ganz so klar ist wie sonst. Die meisten halten sich zwar an Heim und Familie, aber ich hatte auch schon einige, die während dieser ersten paar Wochen nach dem Infarkt geheiratet haben oder sich scheiden ließen, ihre Stelle kündigten oder nach Tahiti abhauten. Sie müssen aufpassen.«

»Sie haben eben meine Familie beschrieben«, sagte sie. »Ich hatte den Herzanfall, und die anderen leiden unter den Nachwirkungen.«

»Lassen Sie es einfach langsam angehen«, warnte er sie erneut. »Das ist keine Zeit für lebensverändernde Entscheidungen.«

»Doktor«, sagte sie und konnte sich das Lachen kaum verkneifen, »glauben Sie mir, ich bin die Letzte, um die Sie sich sorgen müssen.«

Rocky Hill – am selben Morgen

Sicher gab es eine Grenze dafür, wie oft eine Mensch seine E-Mails kontrollieren konnte, ohne ernsthaften Schaden an der Festplatte zu verursachen. Er hatte seit dem Frühstück schon so häufig auf *Senden und Empfangen* gedrückt, dass die Maustaste bereits Abnützungsspuren aufwies.

Drei neue Nachrichten

AN: mark.kerry@mklj.net
VON: mboyd@nh2day.net
BETREFF: korrigierter Vertrag im Anhang

WO IST DER VERTRAG????? Bitte unterschreib ihn so schnell wie möglich und schick ihn an Bischof Clennon, damit er den endgültigen Stempel darunter setzen kann. Worauf wartest du noch?
Maggy

Er wünschte, er hätte eine Antwort auf ihre Frage gehabt.

AN: mark.kerry@mklj.net
VON: annie-s@aol3.com
BETREFF: Treffen

Das Kellergeschoss der Kirche ist nächste Woche wegen Renovierungsarbeiten geschlossen. Tempel Beth Israel lässt uns wissen, dass wir ihren Saal benutzen können, allerdings nicht am Freitag. Hast du eine Idee?
Ann

Er würde sich bei ihr melden.

AN: mark.kerry@mklj.net
VON: scott5367@ppd-ret.gov
BETREFF: Info

Zimmer 405 – Central Jersey Medical Center
Katherine Margaret Lee French
Geburtsdatum: 01.06.65
622 Indigo Lane
Coburn, NJ

Viel Glück,
SCOTT

Während er die Mail ausdruckte, konnte er gar nicht mehr aufhören zu lächeln.

Manchmal zeigte Gott dem Menschen nicht nur den Weg. Manchmal drückte er ihm sogar eine Straßenkarte in die Hand.

* * *

»Wir werden Sie vermissen«, sagte Janine, als sie Kate mit einer Handbewegung zum obligatorischen Rollstuhl wies. »Das letzte Mal hatten wir solchen Spaß, als Robin Williams einen Freund besucht hat.«

»Und all die Pralinen!«, flötete eine der Schwesternhelferinnen dazwischen. »Wir werden noch eine Weight-Watcher-Gruppe aufmachen müssen.«

»Ihr wart alle ganz wunderbar zu mir«, sagte Kate. »Ich kann euch gar nicht genug danken.«

Janine rollte sie zum Patientenaufzug und drückte auf E.

»Und – hat Lombardi Ihnen die große Abschiedsrede gehalten?«

»Hat er. Ich glaube, er macht sich ein bisschen Sorgen.«

»Sorgen? Wir sollten alle ’ne Akte haben wie Sie.«

»Ich scheine nicht dem emotionalen Profil des Postinfarktpatienten zu entsprechen.«

»Das kommt schon vor, aber normalerweise bedeutet es auch nicht mehr andauerndes Geflenne und dass man alle umarmt.«

»Höchst unwahrscheinlich in diesem Fall«, meinte Kate. Ich habe nie zu denen gehört, die ihre Gefühle nach außen tragen.«

Janine rollte sie durchs Foyer und zur Tür hinaus in die Spätnachmittagssonne. »Letzter Halt. Alle aussteigen!«

Kate warf den Kopf zurück und nahm einen tiefen Zug der süßen Frühlingsluft. »O Gott, ich hatte ja völlig vergessen, wie wunderbar Luft riechen kann.« Fünf Tage recycelter Klinikluft hatte sie hungrig nach der echten gemacht.

»Haben Sie auch Ihre Medikamente dabei?«, fragte Janine.

Kate schüttelte die Tüte auf ihrem Schoß. »Gebongt.«

»Merkblätter?«

»Okay.«

»Termine für Nachuntersuchungen?«

»Jawohl.«

»Das wäre es dann. Damit sind Sie offiziell entlassen.«

Kate stand auf und umarmte Janine ungestüm. »Ich werde Sie wirklich vermissen.«

Janine drückte sie ebenfalls. »Wer holt Sie ab: ihre Mutter oder Ihre Tochter?«

»Weder die eine noch die andre.« Sie wies auf einen schwarzen Mercedes, der langsam über die geschwungene Auffahrt auf sie zugefahren kam. »Paul mit den roten Rosen.«

Janine riss die Augen auf. »Die Hinweise verdichten sich.«

»Ich enttäusche Sie wirklich nur ungern, Janine, aber er war gerade in der Gegend.«

Das war eine lustige Geschichte, die sie Paul auf der Heimfahrt nach Coburn erzählen konnte.

* * *

Der schwarze Mercedes rollte davon, und ein silberner Toyota nahm seinen Platz vor dem Klinikportal ein. Mark umrundete den kleinen Wagen, bog in die Auffahrt und fand schließlich einen Platz auf der überdachten Parkfläche gegenüber der Notaufnahme. Zwei ältere Damen in pastellenen Ostereierfarben gingen langsam in Richtung Lift. Als sie seine Schritte hinter sich hörten, fassten sie einander bei der Hand – was ihm einen blitzartigen Einblick in Alter und Gebrechlichkeit gewährte.

Als er sie fast eingeholt hatte, verlangsamte er seinen Schritt.

»Guten Tag, meine Damen. Wie geht es Ihnen?« Er versuchte, optimistisch, ausgeglichen, unbedrohlich zu klingen.

Sie drehten sich nach ihm um und belohnten ihn mit einem doppelten Blick der Erleichterung.

»Ganz wunderbar«, meinte die Größere der beiden mit einem gewinnenden Lächeln.

Er passte sich ihrem Tempo an, und sie tauschten höfliche Bemerkungen über das Wetter aus. Er warf einen, wie er hoffte, diskreten Blick auf seine Uhr, doch sie bemerkten es.

»Machen Sie sich keine Sorgen um uns«, meinte die Größere, »aber wir haben Ihre Gesellschaft sehr genossen.«

»Ich bin mir sicher, dass Sie Wichtiges zu erledigen haben«, bemerkte die andere und zwinkerte flirtend mit ihrem blau geschminkten Auge. »Lassen Sie sich nicht von uns aufhalten.«

Er wünschte ihnen alles Gute, merkte wieder, wie sehr er die Gesellschaft alter Menschen genoss, und begann zu laufen.

Eine Menge Leute wartete vor den Aufzügen. Er stürzte sich auf die Treppen und rannte zwei Stufen auf einmal nehmend hinauf, bis er den vierten Stock und Zimmer 405 erreicht hatte. Es war leer.

Er schnappte sich den ersten Pfleger, den er erblickte. »Ich suche Katherine French.«

»Tut mir leid, die ist vor etwa fünfzehn Minuten entlassen worden.«

»Sie meinen, sie ist nicht mehr da?«

»Genau das.« Er winkte eine lachende Schwester heran. »Hey, Patty, 405 hat gerade ausgecheckt, oder?«

»Ja«, sagte die Schwester namens Patty, während sie an ihnen vorbeieilte. »Janine hat sie nach unten gebracht.«

»Geht es ihr gut?«, fragte Mark.

Der Pfleger zuckte die Achseln. »Glaub nicht, dass Dr. Lombardi sie entlassen hätte, wenn's nicht so wäre.«

Erleichterung verwandelte sich in Entschlossenheit.

»Wissen Sie, wo Coburn liegt?«

Nun kam Plan B zum Zug.

* * *

»Was war denn das eben?«, fragte Paul, als sie das Klinikgelände verließen. »Die Schwester hat mir zugezwinkert.«

»Du bist berühmt«, meinte Kate, entzückt, dem Bett entkommen zu sein und sich in einem mobilen Gefährt zu befinden. Nach den Pizzen und den Rosen warst du das Tagesgespräch im vierten Stock.«

»Haben sie dir gefallen?«

»Das weißt du doch, aber gleich drei Dutzend? War ein bisschen protzig, sogar für deine Verhältnisse.«

Er lachte nicht. Was sie als Hinweis hätte nehmen sollen, doch sie war so berauscht von ihrer Freiheit, dass es ihr glatt entging.

»Und wie kommt es, dass sie dich zum Abholen verdonnert haben?«, fragte Kate, als er auf die Route 1 auffuhr.

»Hab mich freiwillig gemeldet«, meinte er. »Gwynn ist im ShopRite, um eure Vorräte an fett- und cholesterinarmen Delikatessen aufzustocken.

»Und Maeve?«

»Verbrennt Salbei auf euren Fenstersimsen.«

Das war das Komischste, was Kate seit Wochen gehört hatte. »Du nimmst mich auf den Arm, was?«

»Nein, sie hat wirklich was vom Verbrennen von Salbei gemurmelt.« Er bedachte sie mit einem raschen hinterfotzigen Grinsen. »Aber erst, wenn sie deine Wäscheschublade aufgeräumt hat.«

»O Gott!« Kate versank im Beifahrersitz. »Sie hat dir von dem Tanga erzählt?«

Nun war er mit Lachen an der Reihe. »Was haben uns unsere Mütter immer über saubere Unterwäsche erzählt?«

Sie verdrehte die Augen. »So, als würde einen das Tragen frischer Unterwäsche irgendwie auf mystische Weise vor dem Zusammenstoß mit einem Laster bewahren.«

»Womit dir wohl der Gegenbeweis gelungen ist.«

»Den Laster, mit dem ich zusammengestoßen bin, gab es bloß im übertragenen Sinne«, meinte Kate. »Außerdem weiß ich nicht, ob Tangas überhaupt als Unterwäsche durchgehen. Die sind doch eher ornamental als funktional.«

»Nicht dass ich mich beschweren wollte.«

Sie verpasste ihm einen freundlichen Schlag auf den Unterarm. »Versuch mal, einen anzuziehen.«

»Du weißt, dass du uns allen einen ziemlichen Schrecken eingejagt hast.«

»Ich glaube, ihr seid alle ein kleines bisschen daneben.«

»Und wie gehst du damit um?«

»Ich? Ich bin so gut wie neu.« Sie drehte sich zu ihm um und sah ihn an. »Hast du gewusst, dass Ed direkt aus dem Outback eingeflogen ist?«

»Gwynnie hat's mir erzählt.«

»Hat sie dir auch ihre Neuigkeiten erzählt?«

»Dass sie mit dem Fischer zusammenzieht?«

»Wann hat sie's dir erzählt?«

»Hat sie gar nicht. Aber ich bin ihr Pate. Ich hab sie an Ostern miteinander gesehen.«

»Sie waren schon an Ostern zusammen?«

»Sie hat ihn zum Essen bei Maeve mitgebracht.« Er blickte stirnrunzelnd in ihre Richtung. »Erinnerst du dich nicht mehr?«

»Doch, doch«, log sie.

Gwynns Freunde waren Legion und leider nicht gerade einprägsam für ihr Gedächtnis. »Und du hast gesehen, dass was zwischen ihnen war?«

»Bin ich blind oder was?«

»Ich hatte nicht den geringsten Verdacht.«

»Das überrascht mich nicht.«

»Was soll das denn heißen?«

»Du weißt doch, dass du nicht gerade die Schnellste bist, wenn es um solche Sachen geht.«

»Sie ist meine Tochter. Wenn da etwas zu erkennen gewesen wäre, hätte ich es gesehen.«

»Es war zu erkennen, und du hast nichts gemerkt.«

»Ist ja auch nebensächlich.« Sie fummelte an der Lüftung herum. »Hast du auch eine Verlobung vorausgesehen?«

Er pfiff durch die Zähne. »Sie wollen heiraten?«

»Behauptet sie jedenfalls.«

»Und was ist mit ihrem Studium?«

Sie ahmte das Geräusch einer Toilettenspülung nach.

»Aua«, sagte er. »Wann hast du's erfahren?«

»Sie hat es Maeve und mir gestern erzählt, und ich nehme an, Ed bei einem Essen gestern Abend.«

»Wenn er ihr nicht vorher von seinen Neuigkeiten berichtet hat.«

»Bei Ed gibt's Neuigkeiten?«

»Du bist wirklich nicht mehr auf dem Laufenden, French. Marie erwartet Nummer vier.«

Kate war, als klappe ihr der Kiefer herunter. »Nummer vier? Marie ist älter als ich.«

»Und offenbar immer noch ziemlich fruchtbar.«

»Ich weiß nicht, was ich sagen soll.« Da saß sie und erholte sich von einem Mini-Infarkt, während Eds zweite Frau sich mit morgendlicher Übelkeit herumschlug. Da konnte einem schon schwindlig werden.

»Bedauerst du es?«

»Nein! Um Gottes willen, nein! Ed und ich hatten keinen Bruchteil von dem, was er und Marie miteinander haben.«

»Das habe ich nicht gemeint. Hast du nie an ein zweites Kind gedacht?«

»Seit Ed und ich geschieden sind, nicht mehr.«

»Man muss nicht verheiratet sein, um ein Kind zu bekommen«, erinnerte sie Paul.

»Ein Kind allein großzuziehen ist Schwerstarbeit. Ich glaube nicht, dass ich das noch mal haben will.« Wenn Ed auch ein engagierter Vater geblieben war, hatte dennoch sie den Großteil der alltäglichen Verantwortung geschultert.

»Mir fehlt das Chaos«, meinte Paul. »Ich hätte gern noch zwei oder drei mehr gehabt.«

Sie wusste, wie schwer er sich daran gewöhnt hatte, seine Kinder nur jedes zweite Wochenende zu sehen.

»Du bist ein Mann«, meinte sie tröstend. »Du kannst auch mit fünfundsiebzig noch eine Familie gründen.«

»In Biologie kennst du dich wirklich aus«, erwiderte er, und sie verpasste ihm einen weiteren Stoß gegen den Arm. »Vielleicht sollten wir uns ja zusammentun und es probieren, solange noch Zeit ist.«

Das war ein weiterer alter Witz zwischen ihnen und einer, der normalerweise keine Reaktion erforderte.

»Was hältst du davon?«, drängte er. »Wir sind älter und klüger geworden. Wir erwarten kein Feuerwerk mehr. Vielleicht sollten wir doch noch einen Versuch wagen.«

»Sehr witzig. Ich weiß nicht, ob derartige Scherze zur Infarktnachbehandlung gehören.«

»Ich scherze nicht.«

Sie starrte ihn ungläubig an. Das durfte doch wohl nicht wahr sein! Paul war ihr alter Freund, ihr Kino-Begleiter, der Kamerad, bei dem sie Trost und Zuspruch fand, wenn die

Arbeit, Familie oder einfach nur das Leben jähe verrückte Wendungen nahm. Sie wusste, was in seiner Ehe mit Jill falsch gelaufen war, warum Edie ihre Verlobung auflöste, was ihm seine vier Kinder zu seinem letzten Geburtstag geschenkt und wie sie ihn damit zu Tränen gerührt hatten.

»Ich liebe dich, Katie.«

O Gott. Warum fuhr er nicht einfach mit ihr über eine Brücke hinaus, damit das alles ein Ende hatte?

Sie griff zu ihm hinüber und tätschelte ihm den Arm. »Und du weißt auch, wie gern ich dich habe, Grantham.«

Bitte lass das, Paul. Wenn du jetzt damit aufhörst, können wir so tun, als wäre es nie passiert.

»Das meine ich aber nicht.«

»Warum denn auf einmal?«, fragte sie. »Als ich nach England flog, hast du dir überlegt, Lisa Dennison zu einem Wochenende auf Barbados einzuladen. Und jetzt erzählst du, dass du mich liebst. Was ist denn passiert?«

»Dein Herzinfarkt«, sagte er und wechselte die Spur. »Plötzlich war alles glasklar.«

»Von mir erwartet man emotionale Achterbahnfahrten, nicht von dir.«

»Lass mich in Ruhe, French«, sagte er. »Gönn mir doch diesen Moment.«

Sie musste lachen, obwohl sie es nicht wollte. »Hast du eine Vorstellung davon, wie absolut lächerlich dir das in ein paar Wochen vorkommen wird?«

»Tut es ja vielleicht gar nicht«, versetzte er. »Hast du je daran gedacht?«

»Ich bin gern allein, Paul. Das weißt du.«

»Ich auch«, erwiderte er, »aber das Leben ist kurz. Willst du den Rest deines Lebens allein verbringen?«

»So habe ich mir das wohl zurechtgelegt.« Sie hatte Maeve. Sie hatte ihre Tochter. Sie hatte gute Freunde. Reichte das nicht? Das Alleinsein hatte sie nie geschreckt. Sie war stark, selbstgenügsam, zufrieden mit sich und ihren Erfolgen.

Manche Frauen kriegten das ganze Paket, romantische Liebe, Familie und Erfolg, und manche bekamen nur einen Teil davon. Sie verstand das und war es zufrieden. Zwei von drei Sachen, das war nicht schlecht. Wäre sie Baseballspieler gewesen, so befände sie sich in der *Hall of Fame*.

Mal abgesehen davon, wie sollte eine Frau denn etwas vermissen, von dem sie gar keine Ahnung hatte? Offensichtlich erkannte sie romantische Liebe ja nicht einmal, wenn man sie ihr mit drei Dutzend Madame-Ferdinand-Jamin-Rosen überdeutlich signalisierte.

»Lass mir meinen Willen, Kate. Sei nicht so voreingenommen. Geh morgen mit mir zu Abend essen und lass uns sehen, was passiert.«

»Vor zehn Jahren haben wir es schon mal mit einem romantischen Abendessen probiert. Und haben so sehr gelacht, dass die Kerzen ins Flackern gerieten.«

»Zehn Jahre sind eine lange Zeit. Wir haben uns verändert.«

»Paul, kennen wir uns oder nicht? Romantische Gesten sind bei mir an die Falsche verschwendet, und das weißt du.« Liebe auf den ersten Blick. Seelengefährten. Zwei Herzen, die im selben Takt schlugen. Was die Hohe Schule der romantischen Liebe anging, war bei ihr Hopfen und Malz hoffnungslos verloren.

»Vielleicht bist du ja eine Spätentwicklerin.«

»Vielleicht bin ich einfach zufrieden mit dem, was ich habe.«

Er grinste zu ihr hinüber. »Vielleicht hast du ja nur Angst, weil ich da etwas auf der Spur bin.«

Sie wollte schon etwas Bissiges bemerken, doch eine blitzartige Einsicht ließ sie innehalten. *Er ist einsam,* wurde ihr plötzlich klar. Unter den glatten Bemerkungen und dem Firnis der Kultiviertheit war ihr alter Freund einfach einsam, und diese Erkenntnis berührte sie zutiefst.

Intellektuell konnte sie nachvollziehen, was er empfand,

gefühlsmäßig aber nicht, weil sie es nie erlebt hatte. Es war nicht die Sorte von Einsamkeit, die man zum Verschwinden brachte, indem man mit einem alten Freund ins Kino ging. Es ging tiefer und reichte hinab in eine *terra incognita.* Vielleicht musste man sein Herz ja wenigstens einmal im Leben einem anderen weit geöffnet haben, um diese Art von Einsamkeit zu empfinden.

Maeve hatte es schon oft getan. Ebenso Gwynn. Die einzigen Männer jedoch, die bisher persönliche Bekanntschaft mit Kates Herz gemacht hatten, waren Dr. Lombardi und der Mann im Grateful-Dead-T-Shirt.

Sie versuchte, sich vorzustellen, wie es wohl wäre, diese zutiefst intime Verbundenheit mit einem Mann, etwa mit Paul, zu empfinden.

Aber das Höchste, was sie sich vorstellen konnte, war die tiefe Freundschaft und der Respekt, den sie für ihren Ex empfunden hatte. Und das war ja kaum der Stoff, aus dem ewige Liebe gemacht war.

Und definitiv nicht der Stoff für Romantik.

Paul bog scharf nach links in die Indigo Lane, und ihr Herz machte angesichts des am Ende der Straße in einem kleinen Eichen- und Ahornbestand stehenden Kutschenhauses einen Satz. *Zu Hause,* dachte sie. Wieder in ihrem kleinen und wunderbaren Zuhause für eine Person.

»Überleg es dir«, sagte er, als sie sich der Auffahrt näherten. »Morgen Abend freust du dich vielleicht schon auf einen kleinen Urlaub von Mutter Maeve.«

»Okay, okay«, beschwichtigte sie ihn, zu sehr von ihrem Gefühl, wieder daheim zu sein, beansprucht, um noch weiter streiten zu wollen. »Gehen wir morgen Abend essen.«

»Ein bisschen mehr Begeisterung wäre sicher nicht verkehrt.« Er parkte hinter Maeves verrücktem violettem VW und schaltete den Motor aus.

»Ich hab einfach keine romantische Ader, nimm's nicht persönlich.« Sie öffnete den Sicherheitsgurt und seufzte, als sie über den Hof blickte. »Mir ist, als wär ich eine Ewigkeit weg gewesen.«

»Geh schon rein«, sagte er. »Ich bringe dir dein Gepäck.«

Sie beugte sich zu ihm hinüber und küsste ihn auf die Wange. »Du bist wirklich ein guter Freund.«

Er lachte kurz auf. »Und du bist wirklich gemein.«

Sie ließ sich Zeit, als sie den Hof überquerte, ließ sich von der Sonne die Schultern wärmen, füllte die Lungen mit dem Geruch frisch gemähten Grases. Das Gelächter ihrer Mutter drang durch die offenen Fenster, und dazwischen hörte sie das leise Lachen ihrer Tochter. Und da war auch noch eine männliche Stimme. Die sie nicht kannte. Verdutzt blieb sie stehen und blickte zur Straße zurück.

Ein blassblauer Honda parkte auf halber Höhe der Straße hinter Greg Kormacs protzigem Navigator. Genau einem solchen Wagen hatte sie am Montag den Parkplatz weggeschnappt. Und seinen Zwilling hatten Maeve und Gwynn gestern hinter ihrem Miata beim Einkaufszentrum gesehen. Und nun stand er plötzlich auf der Indigo Lane.

Etwas, das reiner Freude sehr nahe kam, durchfuhr sie. Er hat mich gefunden! Sie eilte den Pfad entlang und platzte zur Haustür hinein.

Maeve kam in die Diele gestürzt. Sie sah aus wie ein Teenager, glühte vor Aufregung. »Du wirst es nicht glauben ...«

»Hallo, Kate.«

Die Welt verblasste. Alles, ihre Mutter, ihr Kind, ihr bester Freund, der Boden unter ihren Füßen, die Luft in ihren Lungen, alles verschwand beim Klang seiner Stimme.

... ich lass Sie nicht gehen ... ich werde Sie nicht im Stich lassen ...

Sie kannte seine Stimme, den Geruch seiner Haut, wie sich seine Hände auf ihrer Haut anfühlten, den Geschmack seines Mundes, alles, worauf es ankam. Ihr Herz machte einen Satz, neu und unerprobt, vor etwas, das schmerzlich, ja beängstigend nahe an Freude heranreichte.

Sie rannte auf ihn zu oder vielleicht er auch auf sie. Einen Moment lang stand sie allein in ihrer Diele, und im nächsten war sie in seinen Armen, die Wange an seine breite Brust gepresst, atmete seinen Geruch und lauschte dem raschen und stetigen Schlag seines Herzens.

Wie lange war es her, seit ein Mann sie in den Armen gehalten hatte? Monate, Jahre, eine Ewigkeit? Sie wusste es nicht. Es war ihr egal. Aber den Himmel gab es. Das wusste sie nun.

Sein Gelächter rumpelte hinter ihrem Ohr. »Nun kommen Sie aber, Kate«, sagte er in dem gleichen volltönenden Bariton, an den sie sich erinnerte. »Zeigen Sie mir Ihr Gesicht.«

Ebenfalls lachend lehnte sie sich zögernd in seinen Armen zurück und blickte zu ihm auf.

»O mein Gott!«, rief sie aus. »Sie sind ja Priester!«

6

Sie wich vor ihm zurück, als hätte er sie mit einem Stachelstock gestoßen. Wer hätte wohl für möglich gehalten, dass ein Grateful-Dead-T-Shirt weniger Schrecken verbreiten konnte als ein Priesterkragen?

Falls es sie interessiert hätte, ob die Schicksalsgöttinnen Humor besaßen, so hatte sie nun ihre Antwort.

»Das ist Father Mark Kerry«, sagte Maeve, ohne ihnen von der Seite zu weichen. »Er ist vor fünfzehn Minuten vor deiner Haustür aufgetaucht.«

»Es ist mir ja so peinlich«, meinte Kate und versuchte krampfhaft zu vergessen, wie sich sein hagerer Körper, an den ihren gepresst, angefühlt hatte. »Ich war nur ... ich meine, ich hab mich so gefreut, Sie wiederzusehen.« Was war nur los mit ihr? Was sie da sagte, war völlig daneben.

Die Spannung zwischen ihnen war stark, fast unwiderstehlich. Und sie benötigte all ihre Willenskraft, um sich nicht gleich wieder in seine Arme zu werfen.

»Als ich Sie das letzte Mal gesehen habe, lagen Sie mit einem Zwölf-Elektroden-EKG auf einer Trage.« Er musterte sie offen, und sein Lächeln wurde noch breiter. »Sie sehen fantastisch aus.«

»So fühle ich mich auch«, erwiderte sie, »und das habe ich nur Ihnen zu verdanken.«

»Ich war eben zur rechten Zeit am richtigen Ort«, sagte er. »Ich bin froh, dass ich helfen konnte.«

»Das waren auch viele andere, aber sie haben mir nicht das Leben gerettet.«

Ihre Blicke begegneten sich, und ihr war, als werde sie hochgehoben und schwebe vor lauter Glück bis zur Decke hinauf. Er hatte wunderschöne Augen, die traurig, neugierig und blau wie Saphire waren.

Er ist Priester, Kate, vergiss das nicht.

Er ergriff ihre Hand, und ihre Finger flochten sich ineinander.

Er ist Priester ... Priester ... Priester.

»Schon seit Tagen versuche ich, Sie zu finden«, sagte er. »Auf der Suche nach Ihnen habe ich sämtliche Krankenhäuser New Jerseys abtelefoniert.«

»Ich habe es auch versucht.«

Du hältst Händchen mit einem Priester, Kate. Hör auf damit!

Sie hörte ihre Mutter im Hintergrund sprechen, hörte Gwynn, die Schärfe in Pauls Worten, doch nichts durchdrang den schwindelerregenden Schock des Wiedererkennens, den sie erlebte. Endlich begriff sie, was es mit der ganzen Sache auf sich hatte. Und dann war er Priester.

»Am Ende bin ich zum Einkaufszentrum zurückgefahren, um mir die Nummer Ihres Kennzeichens zu notieren. Ein Freund von mir, ein Ex-Polizist, hat es dann in den Computer eingegeben.«

»Als Maeve und Gwynn meinen Wagen abgeholt und dabei einen Wagen hinter meinem haben parken sehen, wusste ich, dass Sie das waren.«

Ein, zwei Minuten später, eine Ampel auf Rot oder einmal falsch abgebogen, und sie hätten sich vielleicht nie wiedergefunden. Der mögliche Verlust kam ihr so gewaltig vor, so überwältigend, dass es ihr den Atem raubte.

»Ich bin ja so froh«, sagte sie. »Ich – ich meine ... ich will damit sagen, dass ich Ihnen furchtbar dankbar bin ...«

Sie brauchte eine ganze Sekunde, bis sie merkte, dass das erstickte, keuchende Geräusch, das sie hörte, ihre eigenen Schluchzer waren. Ihr ganzer Körper wurde von diesen Schluchzern geschüttelt, die sich durch ihre Brust quälten, an ihrer Kehle zerrten und dann herausplatzten. Sie schlug sich die Hände vors Gesicht, ohnmächtig vor diesen anbranden-den Gefühlen, die so aus blauem Himmel über sie hereinbrachen. Nichts in ihrem Leben hatte sie auf diese Situation vorbereitet. Nicht die Ehe. Nicht das Kinderkriegen. Nicht einmal der Herzinfarkt, als sie geglaubt hatte, sterben zu müssen.

Die Berührung seiner Hand, der Klang seiner Stimme – mehr brauchte es nicht, um sie in die Welt des romantischen Chaos stürzen zu lassen, den einzigen Ort, den sie nie für sich in Erwägung gezogen hatte.

Und das Beängstigende dabei war, dass es ihr auch noch gefiel.

* * *

Sie war in guter Verfassung gewesen, zwar aufgewühlt, aber alles war gut gewesen, bis sie aufblickte und ihre aufgerissenen haselnussbraunen Augen an seinem Kragen hängen blieben, und der Damm brach.

Emotional aufgewühlte Menschen waren ihm nicht fremd. Ein Teil seiner Arbeit, und zwar ein beträchtlicher, bestand darin, in Zeiten großen Schmerzes und großer Freude für sie da zu sein. Er war da, um neue Seelen auf der Welt willkommen zu heißen und um alten bei ihrem Übergang in die nächste beizustehen. Still saß er an Klinikbetten, betete angesichts von Problemen, die die Seele eines Menschen zerstören konnten, sprach Worte, die bewirkten, dass aus einem Mann und einer Frau eine Familie wurde. Er wusste, wann er reden und wann er zuhören musste. Er konnte vom Sturm zurücktreten und warten, bis der Himmel wieder aufklarte.

Doch vor Kate Frenchs Tränen fühlte er sich hilflos.

Sie schluchzte in ihre Hände und nichts, was andere sagten, schien imstande, ihre Tränenflut zu stillen. Ihre ganz offensichtlich besorgte Mutter versuchte, sie zu einem Stuhl zu führen, doch Kate bewegte sich nicht von der Stelle. Ihre

Tochter, eine Zeitreise-Version ihrer Mutter vor zwanzig Jahren, flatterte mit einer Flasche Gatorade herum und faselte von Elektrolyten. Und der Mann, wer immer er auch sein mochte, sah aus, als hätte er Mark am liebsten zu Boden geschlagen – hätte der nicht zufällig einen Priesterkragen getragen.

Manchmal war der Kragen besser als eine schusssichere Weste.

Eigentlich wollte er sie nur wieder in seine Arme ziehen und sie ein Leben lang oder auch zwei festhalten, ihr Herz, ihr genesendes, kräftig schlagendes Herz an seiner Brust spüren, das Gesicht in ihrem Haar vergraben, Empfindung auf Empfindung häufen, Erinnerung auf Erinnerung – gegen eine Zukunft ohne sie.

Stattdessen tat er, was er am besten konnte: Er versuchte, dem Chaos einen Sinn zu verleihen.

»Maeve hat recht«, sagte er. »Sie sollten sich setzen.«

Unter Tränen blickte sie auf und nickte. »Okay.«

Ihre Mutter und ihre Tochter tauschten Blicke, dann winkte Kate ihn ins Wohnzimmer zurück. Er nahm Kates Hand, um sie zum Sofa zu führen, und der Schock des Wiedererkennens, der Vollständigkeit, traf ihn wieder, und diesmal warf er ihn fast auf die Knie.

Nie hatte er die Gegenwart Gottes mächtiger empfunden als jetzt, da ihre Hand in der seinen lag. Er konnte zurückblicken und die Kette der scheinbar unzusammenhängenden Ereignisse, die sie vor fünf Tagen auf dem Parkplatz der Princeton Promenade zusammengebracht hatten, rekonstruieren. Er hatte ihr wieder Leben eingehaucht, gespürt, wie ihr regloses Herz wieder zu schlagen begann. Die Unvermeidlichkeit des Ganzen war ebenso überwältigend wie unbezweifelbar.

»Wollt ihr vielleicht den ganzen Tag da stehen bleiben?«, fragte der Bursche neben der Tür.

Vielleicht konnten sie den ganzen Tag so stehen bleiben.

Er hätte sich Schlimmeres vorstellen können. Doch das entsprach nicht dem Lauf der Welt, und irgendwie fanden sie sich dann nebeneinander auf einem weichen gelben Sofa vor einer riesigen auf den Garten hinausgehenden Fensterwand wieder. Es waren noch andere im Zimmer. Er hörte sie reden. Wenn sie in sein Gesichtsfeld traten, nahm er sie wahr wie aus weiter Ferne, registrierte sie jedoch nicht richtig. Kate war seine einzige Realität.

Sie erzählte ihm von ihrem Klinikaufenthalt und ließ ihn über Dinge lachen, deren Lächerlichkeit noch keiner bemerkt hatte. Sie sprühte vor Witz und Esprit und strahlte, dass er sich fast abwenden musste.

Erst nach fünfzehn Minuten und zwei Tassen Kaffee erinnerte er sich wieder, weshalb er eigentlich da war.

* * *

Er war schon zu seinem Wagen hinausgespurtet und wieder zurück, als Kate begriff, was los war. Er überreichte ihr eine glänzende Metallbox mit Dokumenten, und allmählich kehrte ihre Erinnerung zurück.

»Sie schienen mir wertvoll zu sein«, meinte er und beobachtete sie genau, während sie sie durchsah. »Ich wollte sie Ihnen persönlich übergeben.«

»Ich weiß gar nicht, wie ich Ihnen danken soll.«

»Das müssen Sie nicht. Sie sind zu Hause, und es geht Ihnen gut«, meinte er. »Das reicht mir.«

Und das Lustige war, sie wusste, dass er es ernst meinte. Seine Stimme verriet keine Gier, kein verschleiertes Aufblitzen irgendeines finanziellen Interesses. Andererseits war er ja ein Geistlicher, und Geistliche sollten über derartigen Dingen stehen, nicht wahr? Fromme Typen operierten auf einer höheren Ebene.

Natürlich erklärte das nicht die intensive Anziehung, die er auf sie ausübte, diese ungeheure Attraktion. *Unanständig* war noch gar kein Ausdruck dafür. Und man hätte auch *unwahrscheinlich, unerwartet* und *untypisch* hinzufügen können – und das war nur der Anfang.

Davor also hatte man sie immer gewarnt, doch bis zu diesem Zeitpunkt hatte sie kein Wort davon geglaubt.

»Naja, mir reicht das nicht«, sagte sie. »Das Mindeste, was ich tun kann, wäre, Sie nächste Woche zum Lunch einzuladen. Sie spürte, wie ihr vor Verlegenheit die Wangen rot anliefen. »Ich meine, das ist ja kein Date oder so … ich war auf einer katholischen Schule … ich weiß, was sich gehört …« Entsetzt von dem Unsinn, der ihr da über die Lippen kam, hielt sie inne. »Ein Priester kann sich doch zum Lunch einladen lassen, oder?«

Nach dem Gelächter zu urteilen, hätte sie in einem der großen Säle drunten in Atlantic City auftreten können. Wer hatte geahnt, dass sich eine angehende Bühnenkomikerin in ihr verbarg?

»Ich weiß nicht, was daran so witzig sein soll«, sagte sie.

»Mark ist anglikanischer Priester«, sagte Mave. »Er kann zum Lunch gehen und sich verabreden, mit wem er will.«

»Toll«, meinte Paul in seinem unfreundlichsten Tonfall. »Da wir das nun geklärt haben – wo soll ich deine Taschen abstellen, Kate?«

Verdutzt bemerkte sie, dass ihre Reisetasche an seiner rechten Hand und die dazu passende Einkaufstasche an der linken baumelte. Sie hatte völlig vergessen, dass ihr bester Freund immer noch da stand. Und um das Ganze noch schlimmer zu machen, registrierten ihre Mutter und ihre Tochter alles aufs Genaueste und machten sich schon im Kopf ihre Notizen.

»Du kannst sie im Gang stehen lassen, Paul«, sagte sie und fühlte sich sofort zerknirscht und entsetzlich schuldig. »Danke, dass du sie reingebracht hast.«

»Oben wäre besser«, meinte Maeve. »Zeig ihm, wo er sie hinbringen soll, Gwynnie, bitte!«

»Vergnügt führte Gwynnie den unglücklich wirkenden Paul nach oben, während Maeve etwas von nach dem Herd sehen murmelte und Kate und Father Mark miteinander allein ließ.

»Normalerweise stell ich mich nicht so blöd an«, sagte sie. »Ich weiß nicht, warum ich so durcheinander bin.« Sie lachte nervös. »Ich meine, schließlich ist es ja nicht so, als hätte ich noch nie mit einem Priester gesprochen.«

»Es ist der Kragen«, meinte er und stimmte in ihr Lachen ein. »Ich hätte das T-Shirt anziehen sollen.«

»Dieser ganze Tag ist immer noch irgendwie verschwommen für mich, nur dieses T-Shirt ist unvergesslich.«

Wieder begegneten sich ihre Blicke, und ein köstlicher Schauder durchfuhr sie.

»Sie haben mir das Leben gerettet«, sagte sie, während ihr die Tränen in die Augen stiegen. »Wenn Sie nicht gewesen wären, wäre ich heute nicht hier.«

»Ich bin wirklich froh.«

Sie grinste ihn an. »Und ich noch froher.«

Er lächelte zurück. »Das reicht.«

Der Mann war so perfekt, wie man nur sein konnte. Ein hochgewachsener, dunkler, gutaussehender, freundlicher, witziger, heiliger Mann.

Warum konnte er kein Arzt oder Rechtsanwalt oder ganz gewöhnlicher Barkeeper sein? Jemand, bei dem sie sich zusammenrollen und von dem sie fantasieren konnte, ohne das Gefühl, es nachher beichten zu müssen?

»Ich würde gerne etwas für Ihre Kirche spenden«, sagte sie und versuchte, ihre Gedanken auf höhere, geistigere Ebenen zu richten. »Eine kleines Dankeschön dafür, dass Sie diese Dokumente zurückgebracht haben.«

»Ich weiß das zwar zu schätzen«, sagte er, »aber ich befinde mich gerade zwischen zwei Engagements.«

Ein Priester, der die Stelle wechselte? Da musste doch etwas dahinterstecken. Sie fragte sich, ob sie es wohl je erfahren würde. »Vielleicht haben Sie ja eine Lieblings-Organisation …«

»Sie haben von Lunch gesprochen.«

»Würden Sie zum Essen kommen?«

»Wenn die Einladung noch gilt, gerne.«

»Selbstverständlich gilt sie! Ich würde mich sehr freuen. Wann arbeiten Sie denn … ich meine, ich weiß, die Sonntage sind wahrscheinlich ziemlich ausgebucht, aber haben Priester vielleicht regelmäßig einen freien Tag?« Sie plapperte schon wieder. Warum verursachte ihr sein religiöses Amt ein derartiges Unbehagen? »Ich kann jeden Tag für Sie kochen. Sie müssen es mir nur sagen. Eigentlich müssen Sie es mir gar nicht sofort sagen. Sie können mich auch anrufen und mir Bescheid geben. Ja, warum rufen Sie …«

»Dienstag.«

»Dienstag«, wiederholte sie. »Okay. Dienstag.«

»Nennen Sie mir eine Uhrzeit, und ich werde da sein.«

Sie einigten sich auf dreizehn Uhr, tauschten dann Handynummern und E-Mail-Adressen aus und – nur um sicher zu gehen – auch ihre Instant-Messenger-Screen-Namen.

Maeve glitt ins Zimmer. »Ich mache gerade einen schönen Caesarsalat mit gegrilltem Hähnchen. »Wir würden uns freuen, wenn Sie zum Essen blieben.«

»Maeve macht immer zu viel«, rief Gwynn aus der Küche. »Wir könnten eine ganze Armee verköstigen.«

Paul enthielt sich einladender Worte.

Mark zögerte, und einen Moment lang dachte Kate, er werde zusagen, doch er tat es nicht. Maeve umarmte ihn ungestüm und blinzelte mehr als nur ein paar dankbare Tränen weg. Gwynn drückte ihm einen Kuss auf die Wange und geriet völlig aus der Fassung, als sie ihm zu sagen versuchte, wie es in ihrem Herzen aussah, was Kate natürlich sofort wieder zum Heulen brachte.

Paul brummte etwas, das »Schön, Sie kennenzulernen« heißen konnte oder auch »Rutsch mir den Buckel runter.«

Sie begleitete ihn hinaus und fühlte sich eher wie ein beschwipster Teenager als wie die ernste Frau mittleren Alters, die sie immer gewesen war. Am Ende der Auffahrt blieben sie stehen, ohne sich etwas Wichtiges zu sagen und vor allem, ohne sich voneinander zu verabschieden.

»Ich sollte Sie wieder zu Ihrer Arbeit zurückkehren lassen«, meinte sie schließlich.

Er senkte den Kopf in Richtung Haus. »Und ich Sie zu Ihrer Familie.«

Vielleicht war es der Duft des Flieders oder der butterwarme Sonnenschein, der sich über sie ergoss. Vielleicht war es der Mangel an Tiefenwahrnehmung oder vorübergehender Irrsinn, doch sie beugte sich zu ihm vor, als er sich gerade zu ihr vorneigte, und aus einem freundlichen Kuss auf die Wange wurde ein rasches Streifen der Lippen.

Erschrocken und mit weit aufgerissenen Augen wichen beide zurück. Sie murmelte etwas, und er nuschelte irgendeine Antwort. Eins der Dinge, die sie da murmelte, musste »Auf Wiedersehen« gewesen sein, denn Sekunden später spurtete er über den Fahrweg zu seinem Wagen, während sie hastig zum Haus zurückrannte.

Ihre Mutter erwartete sie in der Diele, und nach ihrer Miene zu schließen, hatte sie den gesamten peinlichen Vorfall beobachtet.

»Sag kein Wort«, warnte Kate sie. »Kein einziges Wort.«

Maeve musste nichts sagen. Ihr Lächeln verriet alles.

So weit es Maeve betraf, hatte der rote Spitzentanga seine magische Wirkung getan.

* * *

Es war schon nach acht, als Mark endlich nach Hause kam. Als Erstes machte er sich immer eine Kanne Kaffee, zog seinen Kragen aus und schaltete den Fernseher ein, doch an diesem Tag eilte er sofort an den Computer.

Hatten Highspeed-Internet-Verbindungen etwa ihren eigenen Schutzheiligen?

Wenn nicht, dann wurde es Zeit. Sein E-Mail-Programm war Sekunden, nachdem er durch die Tür spaziert war, gestartet gewesen.

AN: mark.kerry@mklj.net
VON: mboyd@nh2day.net
BETREFF: Korrigierter Vertrag im Anhang

Hab den Vertrag an Bischof Clennon geschickt. Hoffe, dass der Hausverkauf immer noch in Ordnung geht. An Deiner Stelle würde ich allmählich packen. Wir brauchen Dich hier so schnell wie möglich.
Hast Du die Besitzerin der Dokumenten-Box gefunden? Neugierig, wie immer,
Maggy

Freundschaft zwischen einem Mann und einer Frau konnte auch in den besten Zeiten eine heikle Sache sein. Er hatte Maggy nie angelogen, ihr nicht mal Halbwahrheiten aufgetischt, aber er war sich nicht sicher, wie viel von diesem Nachmittag mit Kate er ihr offenbaren wollte.

Ein paar E-Mail-Newsletters. Die übliche Spam-Mail. Ein halbes Dutzend Schreiben von Kollegen, die ihm zur Rückkehr zur Herde nach seinem verlängerten Urlaub gratulierten.

Nichts jedoch von Kate French.

Er hatte kein Recht, enttäuscht zu sein. Die Frau war erst seit ein paar Stunden aus der Klinik. Sie hatte anderes zu tun, als einem gegenwärtig noch stellenlosen anglikanischen Priester E-Mails zu schicken. Sie hatten nichts gemeinsam. Nur weil Gott sie in einem kritischen Moment zusammengeführt hatte, hieß das noch lange nicht, dass sie Brieffreunde werden mussten. Sie hatte ihn zum Essen eingeladen, obwohl sie das nicht gemusst hatte. War das nicht genug? Was erwartete er denn? Dass sie ihm das Menü durchgab?

Trotzdem, er hatte wirklich gedacht, sie werde ihm schreiben. An diesem Nachmittag war etwas zwischen ihnen passiert, das beachtenswert war.

Was hält dich davon ab, Junge? Wenn du etwas zu sagen hast, da ist die Tastatur.

Er würde mit etwas Leichtem beginnen.

AN: scott5367@ppd-ret.gov
VON: mark.kerry@mklj.net
BETREFF: Info

Im Himmel wartet ein Platz auf Dich, Freund, und morgen Abend in der Old Grist Mill ein Steak-Dinner mit sämtlichen Beilagen. Für Marcy natürlich auch.
Danke.
MK

Gut.

Nun würde er sich zu etwas geringfügig Bedeutenderem steigern.

AN: annie-s@aol3.com
VON: mark.kerry@mklj.net
BETREFF: Treffen

Die Unitarier meinen, wir können Freitagabend von 17 bis 19 Uhr ihren Treffpunkt an der Ecke Locust und Grant benützen. Würdest du ihn auf die Liste setzen?
Bis dann.
MK

Und nun würde er sich um das kümmern, was wirklich anstand.

AN: kate@frenchkiss.biz
VON: mark.kerry@mklj.net
BETREFF: ~~Grüße Hallo~~ [kein Betreff]

Sskdjeuncnfksloeooweoewpwqepwepwepwela';a'a'a;
a;'a;a'

An ihm war wirklich Hopfen und Malz verloren. Nicht mal eine brauchbare Überschrift fiel ihm ein, von einer schlüssigen Botschaft ganz zu schweigen. Sie hatte es fertiggebracht, dass er völlig verkrampft und angespannt war, völlig aus dem Gleichgewicht. Der süße frische Geruch ihrer Haut, ihr Anblick im Sonnenlicht, der volle Klang ihres Lachens. Es waren schon stärkere Männer von schwächeren Waffen zu Fall gebracht worden.

Und dieser Kuss ... was war das nur gewesen? Er hatte ihn nicht geplant, und sie – so wie sie ihn angeschaut hatte – auch nicht, aber trotzdem war er passiert. In seinem Berufsleben hatte er immer versucht, das Nebeneinander von Prädestination und freiem Willen zu erklären, hatte allerdings nicht erwartet, es an einem Samstagnachmittag in Coburn, New Jersey, zu erleben. Er konnte sich zwar frei entscheiden, hatte jedoch nicht das Gefühl, dass der Ausgang der Sache in seinen Händen lag.

7

»Bis morgen Abend dann«, sagte Paul, als sie ihn zur Tür begleitete. »Ich werde The Old Grist Mill anrufen und für sieben einen Tisch reservieren.«

»Morgen Abend?« Seine Worte überraschten sie. »Wir gehen morgen essen?«

»Ich hab dich auf dem Heimweg gefragt, und du hast zugesagt. Schon vergessen?«

Offensichtlich ja, sonst hätte sie nicht dagestanden und gewünscht, sie könnte sich irgendwie aus der Sache herausmogeln, ohne seine Gefühle noch mehr zu verletzen, als sie es bereits getan hatte.

»Es war ein langer Tag. Ich bin ganz durcheinander.«

Sie zwang sich zu einem Lachen.

»Ich bin mir nicht mal sicher, ob ich noch meinen Namen weiß.«

Er nickte und versuchte, gute Miene dazu zu machen, doch sie sah die Verlegenheit in seinem Blick und fühlte sich furchtbar. Seit sie das Haus betreten und in Mark Kerrys Arme gelaufen war, war alles um sie herum ins Wanken geraten.

Nach all den Jahren hatte sie nicht den Mut, Paul zu sagen, dass er fünf Tage zu spät kam.

»Was ist denn mit Onkel Paul los?«, fragte Gwynn, als Kate ins Haus zurückkehrte. »Er hat nicht gerade glücklich gewirkt.«

»Ist er auch nicht«, meinte Maeve. »Er hat gesehen, was hier abgeht, und ist eifersüchtig.«

Gwynn machte große Augen. »Onkel Paul?« Sie sah zu Kate hinüber, die wünschte, sie wäre nicht in die Küche, sondern gleich in ihr Zimmer gegangen und dort geblieben. »Seit wann seid ihr zwei …?«

»Sind wir doch gar nicht«, versetzte Kate und goss sich ein Glas Orangensaft ein. »Mein Klinikaufenthalt scheint eine Menge Leute um mich herum verrückt gemacht zu haben.« Sie warf einen Blick auf ihre Mutter. »Paul bildet sich ein, er sei in mich verliebt.«

Maeve schwieg eine Weile.

»Das habe ich befürchtet.«

»Ich auch«, meinte Kate. »Ich hab ihm gesagt, dass es eine Nebenwirkung meines Herzinfarkts ist, aber er hält es für echt.«

»Gehst du morgen mit ihm essen?«, fragte Maeve.

»Woher weißt du denn das schon wieder?« Sogar Kate hatte es geschafft, die Einladung zu vergessen.

»Er hat es mir gesagt, während du dich von Mark verabschiedet hast.«

»Ich konnte schlecht absagen, ohne unhöflich zu sein«, sagte Kate. »Außerdem ist er mein bester Freund. Er wird sich schon wieder beruhigen.«

»Pass auf«, warnte Maeve. »Das Herz des Jungen ist sehr viel weicher, als er es uns alle glauben machen will.«

Stimmte das? Pauls Herz war Kate immer ziemlich unverwüstlich vorgekommen. Seit seiner Scheidung hatte er keinen Samstagabend mehr alleine verbracht.

»Hast du Father McDreamy zum Mittagessen eingeladen?«, fragte Gwynn über die Schulter zurück, während sie im Kühlschrank nach etwas Dickmachendem und inzwischen Verbotenem stöberte. »Ich hab ja meinen Ohren kaum getraut.«

»Du warst doch nicht mal im Zimmer.«

»Ich war auf dem Gang.« Sie warf Kate dasselbe Grinsen zu wie damals, als sie sieben war und Fahrradfahren gelernt hatte. »Und ich hab gelauscht.«

Dieses Lächeln, diese funkelnden Augen, dieses koboldhafte Grinsen. Wo war nur die Zeit geblieben? Ein jähes Liebesgefühl ließ ihr die Brust anschwellen, und sie brach – vielleicht zum zehnten Mal in diesen letzten Stunden – in Tränen aus, die natürlich auch ihre hoch emotionale Tochter zu einem Tränenausbruch provozierten und schließlich auch ihre Mutter mitrissen.

»Ich hasse das«, sagte Kate, als sie sich mit einem Küchentuch die Augen abtupfte. »Wenn es das war, was mir entgangen ist, dann könnte ich auch sehr gut darauf verzichten.«

»Es ist aber gut für dich«, sagte Maeve und riss zwei weitere Küchentücher für sich und für Gwynn ab. »Du hast immer alles in dich reingefressen, warst so distanziert. Es ist gut, dass du deinen Gefühlen mal freien Lauf lässt. Das ist gesund für Körper und Seele.«

»Es fühlt sich aber nicht gut an«, jammerte Kate, als ihr eine neue Tränenflut über die Wangen rann. »Mir ist, als hätte ich gar nichts mehr im Griff.«

Maeve und Gwynn tauschten Blicke.

»Ich hab das gesehen«, sagte Kate und griff nach einem weiteren Küchentuch. »Und mir sind auch die letzten drei Blickwechsel nicht entgangen.« Sie schnäuzte sich und warf das Tuch in den Mülleimer. »Ihr täuscht euch.«

Gwynn guckte unschuldig wie eine Fünfjährige. »Ich hab überhaupt nichts gesagt.«

»Wir müssen gar nichts sagen«, meinte Maeve, »weil sie weiß, dass es wahr ist.«

Kate spülte ihr Glas aus und stellte es zum Trocknen auf das Abtropfgestell.

»Darüber diskutiert man nicht.«

»Vielleicht du nicht«, meinte Maeve, »aber wir diskutieren darüber, seit dieser hinreißende heilige Mann heute Nachmittag auf unserer Türschwelle erschienen ist. Nie im Leben hab ich es zwischen zwei Leuten so funken sehen.«

»Omi hat recht«, meinte Gwynn. »Ich fand, dass ihr zwei da draußen ganz schön sexy ausgesehen habt.«

Kate versuchte, sich eine angemessen witzige und sarkastische Antwort darauf zu überlegen, doch leider kam nur »Findest du wirklich?« heraus.

Sie konnte das begeisterte Gelächter noch droben in ihrem Schlafzimmer hören, wohin sie sich entsetzt geflüchtet hatte. Wenn Maeve und Gwynn die Funken zwischen ihr und dem Priester hatten fliegen sehen, dann waren da auch welche gewesen.

Maeve verdiente ihren Lebensunterhalt mit der Analyse, der Förderung und Feier der sexuellen Anziehung. Und Gwynn war eine geborene Romantikerin, hoffnungslos verfallen an alles, was auch nur von ferne eine mögliche Liebesgeschichte verhieß. Kate dagegen war stocktaub, wenn es um die Musik der Liebe ging, war es immer gewesen.

Diesmal allerdings nicht. Als ihre Lippen sich berührten, hatte sie eine Symphonie vernommen samt Engelschor und Pavarotti in seiner besten Zeit. Eine ganze Oper der Gefühle spielte sich in ihr ab, und sie konnte nichts anderes tun, als es einfach nur geschehen lassen.

Wahrscheinlich hätte sie ihn nicht auf diese Art zum Mittagessen einladen sollen. Sie hatte ihn vor ihrer Familie und Paul in Verlegenheit gebracht. Da konnte er ja nichts anderes als Ja sagen. Nach Coburn fahren und mit einer Frau, die er mit dem Gesicht in einer Pfütze Ingwer-Pickles gefunden hatte, zu Mittag zu essen, war sicher das Letzte, wozu er an einem x-beliebigen Dienstag Lust hatte. Wenn sie ihm wirklich dafür danken wollte, dass er ihr das Leben gerettet hatte, hätte sie eine Spende an seine Kirche machen und ihm eine Möglichkeit lassen sollen, ihr abzusagen.

Je länger sie darüber nachgrübelte, umso überzeugter war sie, dass sie genauso hätte vorgehen müssen. Was sollte es denn bringen, ihn wiederzusehen? Er war Geistlicher, und sie war seit Jahrzehnten nicht mal in die Nähe einer Kirche gekommen. Mit Sicherheit war er verheiratet, hatte eine ihm treu ergebene Frau, fünf Kinder und einem Golden Retriever, und jene Funken, die sie erzeugt hatten, waren nur eine schlimme Gelegenheit, um zu sündigen, und sie taten beide gut daran, sie zu meiden.

Dann wiederum galt natürlich auch, dass Katholiken vielleicht die einzigen waren, die die Welt hinsichtlich der Gelegenheiten zum Sündigen betrachteten. Der Großteil ihrer Informationen über die anglikanische Kirche stammte aus den Mitford-Büchern, und ihr Priester hatte überhaupt keine Ähnlichkeit mit Father Timothy. Seit sie in St. Aloysius ihren Highschool-Abschluss gemacht hatte, hatte sie zur Religion, egal ob organisiert oder unorganisiert, stets respektvollen Abstand gehalten.

Dies war nun eine Recherche, für die der Computer gemacht war, doch wo fing man an? Sie konnte mit einem Überblick über die Religion, die grundlegenden Lehrsätze, den liturgischen Kalender beginnen, oder sie konnte tun, was jede heißblütige Amerikanerin in ihrer Lage getan hätte: Father McDreamy googeln und herausfinden, ob er verheiratet war.

»Mark Kerry« war ein weit verbreiteter Name. Es gab zweiunddreißigtausendsechshunderteinundzwanzig Web-Sites, auf denen ein Mark Kerry erwähnt war. Sie grenzte sie auf anglikanische Mark Kerrys mit Verbindungen nach New Jersey ein und fand drei, von denen zwei bereits tot waren. Der dritte war dreiundsiebzig Jahre alt.

Okay. War vielleicht doch keine so gute Idee gewesen. Sie hatte ja seine Telefonnummer. Sie konnte ihn jederzeit anrufen und ihm die Möglichkeit geben, das Dienstags-Lunch elegant abzusagen.

Er hat auch deine Nummer, blöde Kuh. Wenn er seine Zusage rückgängig machen will, kann er anrufen, eine E-Mail oder eine Instant-Message schicken. Bis auf deine Versicherungsnummer hast du ihm ja alles ausgehändigt.

Andererseits, vielleicht hatte er es ja bereits getan.

Sie klickte auf Outlook Express und wartete, bis sich der Bildschirm füllte.

Es werden hochgeladen: 273 Nachrichten … Seit Montagmorgen, kurz bevor ihr Leben auf den Kopf gestellt wurde, hatte sie nicht mehr eingeloggt.

Gute Besserung.
Gute Besserung.
Was zum Teufel ist los?? Bitte melde dich!
Ich kann nicht fassen, dass du einen Herzinfarkt hattest.
Was ist mit meiner Majolica-Vase?
WTF?????
Hast du deine Roseville-Urne, von der wir gesprochen haben, gefunden?
Hoffentlich geht es dir gaaaanz schnell besser.

Sie überflog die Liste der Botschaften in ihrem Posteingang, doch von Mark Kerry war keine dabei. Nicht dass sie etwas von ihm erwartete, aber trotzdem begann sie zu schluchzen, als habe sie gerade ihren Hund, ihren besten Freund oder ihre Rentenansprüche verloren.

»Wir leben im einundzwanzigsten Jahrhundert«, sagte sie zu dem Bildschirm, als sie sich mit dem Ärmel über die Augen wischte. »Du bist eine erwachsene Frau. Wenn du ihm etwas zu sagen hast, sag es ihm.«

Sie griff nach dem Zettel mit seinen Nummern, der an ihrem Spiegel klebte, und legte ihn neben die Tastatur.

> AN: mark.kerry@mklj.net
> VON: kate@frenchkiss.biz
> BETREFF: Mittagessen
>
> ~~Ich hoffe, ich habe Sie nicht in Verlegenheit gebracht, als ich~~

Zu defensiv. So klang sie wie eine jener Wischiwaschitypen, die sie hasste.

> ~~Bestätigen Sie mir das Essen am Dienstag doch Montagabend noch einmal.~~

Zu geschäftsmäßig.

> Ich kann nicht aufhören, an Dich zu denken. Heute ist etwas Besonderes passiert, nicht wahr? Ich meine, ich bin nicht verrückt. Vielleicht hab ich ja nicht allzu viel Erfahrung mit dieser Art von besonderen Dingen, aber ich weiß …

Zu ehrlich. Sie musste den Computer ausschalten, ehe sie etwas noch Schrecklicheres tat, als sich von einem umwerfenden anglikanischen Priester in Grateful-Dead-T-Shirt in einem roten Spitzentanga erwischen zu lassen. Etwas, das sie in ein paar Wochen, wenn sie wieder normaler und pragmatischer, also wieder mehr sie selbst war, bedauern würde.

Sonntagabend – The Old Grist Mill

»Ein Fensterplatz«, sagte Paul, als sie der Platzanweiserin an ihren Tisch folgten. »Mit Blick auf den Fluss.«

Die Bäume waren mit winzigen weißen Lämpchen übersät, die die linde Frühlingsnacht romantisch illuminierten. Eine Woche früher hätte sie die funkelnden Lichter und die zarte Musik gar nicht bemerkt, doch an diesem Abend konnte sie immer nur denken, wie wunderbar das alles mit dem richtigen Mann gewesen wäre.

Und so sehr sie es bedauerte, ihr lieber Freund Paul würde nie dieser Richtige sein.

Die Angestellte rückte Kate den Stuhl zurecht, doch Paul nahm sofort Haltung an und übernahm die Gastgeberrolle. Normalerweise hätten sie spielerisch um den besten Platz gerangelt, doch hier in Bizarro World verhielt er sich wie *ihr Freund* statt wie ihr *bester* Freund. Blumen. Komplimente. Jeden Moment fürchtete sie, er könnte zu singen beginnen.

Es würde ein langer Abend werden.

»Ich habe dieses Restaurant immer gemocht«, sagte sie, nachdem die Angestellte davongeeilt war, um einen anderen Gast zu seinem Tisch zu führen. »Wenn es nicht so abgelegen wäre, wäre ich hier Stammgast.«

»Das beste Porterhouse-Steak im ganzen Nordosten.«

Sie zuckte zusammen. »Für mich leider nur gegrillten Schellfisch.«

»Verdammt«, rief er aus. »Ich hätte dich zu Meeresfrüchten bei Luigi einladen sollen.«

»Sie haben hier Fisch auf der Karte, kein Problem.« Sie warf einen verstohlenen Blick auf ihre Uhr. Zwei Minuten und dreiundvierzig Sekunden waren vergangen, seit sie das letzte Mal nachgesehen hatte. Wenn sie das Gespräch entschieden auf ihre diätetischen Einschränkungen statt auf ihre Zukunft – ob allein oder gemeinsam – konzentrieren konnte, musste der Abend vielleicht doch keine totale Katastrophe werden.

John, ihr Kellner, brachte ihnen die Weinkarte. Paul wollte sofort seinen Lieblings-Merlot bestellen, den Kate jedoch ablehnte.

»Keinen Wein?« Er wirkte überrascht.

»Ich hab vergessen, mit Dr. Lombardi darüber zu sprechen«, sagte sie. »Er hat mir eine Reihe von Medikamenten verschrieben, und ich weiß nicht, ob man bei Alkoholgenuss auf Wechselwirkungen gefasst sein muss.«

Paul nickte. »Vorsicht ist besser als Nachsicht.«

»Ähnelt das nicht den Gesprächen, die unsere Großmütter beim Kaffeekränzchen geführt haben?«

»Wir werden eben älter, French«, meinte er. »Die nächste Station ist der Seniorenausweis.«

So weit, so gut. Darauf verstanden sie sich am besten. Keine Posen. Keine Verrenkungen. Keine Versuche, einander zu beeindrucken. Nichts als zwei alte Freunde, die jeden Tag älter wurden und sich zum Essen und zu freundschaftlichem Austausch trafen.

Vorausgesetzt natürlich, man ignorierte die funkelnden Lichter da draußen, das Kerzenlicht im Lokal und die Tatsache, dass er plötzlich nicht mehr imstande schien, den Blick von ihr zu wenden.

»Ich muss mich bei dir entschuldigen«, sagte er, nachdem der Kellnerlehrling ihre Salatteller weggeräumt und Kate Eistee nachgeschenkt hatte.

»Weil du diese fantastischen Shrimps vor meiner Nase verspeist?«

»Okay«, meinte er lächelnd, »dann bin ich dir zwei Entschuldigungen schuldig.«

Sie rutschte auf ihrem Stuhl hin und her und wünschte sich, sie fände eine Möglichkeit, diese Situation zu entschärfen, ehe er etwas sagte, was sie beide bedauern würden. »Du schuldest mir gar nichts, Grantham.«

»Ich hätte dich gestern nicht damit überfallen sollen.« Er fuhr sich mit der Hand durch das wellige Haar, eine Geste, die ihr vertraut war. »Ob du's glaubst oder nicht, ich hatte mir einen Plan zurechtgelegt.«

»Einen Plan?«

»Ich wollte dich heute Abend damit überraschen, irgendwann zwischen Salat und Dessert.«

Sie blickte zum Ausgang, der etwa dreißig Meter von ihnen entfernt lag. »Du hast Glück, dass ich heute Stöckelschuhe anhabe. Sonst würde ich die Beine in die Hand nehmen.«

»Ich schütte dir hier mein Herz aus, und du reißt jede Menge blöde Witze.«

»Das machen wir doch immer so«, erinnerte sie ihn. »So was machen Freunde nun mal.«

»Überleg's dir«, sagte er. »Keine Geheimnisse. Kein Drama. Keinen Schwachsinn. Und du hättest immer jemanden, der hinter dir steht.«

»Haben wir das nicht jetzt schon?« – »Ich will mehr.« – »Ich auch.«

Sie war sich nicht sicher, wer von ihnen beiden überraschter war. Plötzlich wurde ihr klar, dass sie die Geheimnisse, das Drama, die Blumen, das Feuerwerk, das volle Programm wollte.

Wer hätte das gedacht?

Auf der anderen Seite des Restaurants

»Ich hab versucht, uns einen Fensterplatz zu reservieren«, sagte Mark, als er Scott und Marcy in die Old Grist Mill folgte, »aber es war schon alles ausgebucht.« Er hatte sogar die Geistlichen-Karte gespielt, was er sonst nie tat – allerdings vergeblich.

»Die Steaks schmecken in jedem Fall fantastisch, egal wo wir sitzen.« Scott legte seiner Frau die fleischige Hand an die Taille, während sie darauf warteten, dass ihnen die Angestellte den Platz zuwies.

»Wir wären auch mit Sizzler sehr glücklich gewesen, Father Mark«, meinte Marcy. »Das hier ist viel zu schick für uns.«

Da die Old Grist Mill auch Scotts Lieblingsrestaurant war, war die Bemerkung irgendwie hirnrissig.

Er bestellte einen Krug Eistee für alle und lehnte sich auf seinem Stuhl zurück, während Scott und Marcy darüber debattierten, ob sie sich einen Caesarsalat oder gedämpfte Muscheln teilen sollten. Das Restaurant schwirrte vor Gesprächen, Gelächter und Musik. Im steinernen Kamin am anderen Ende des Raums knisterte ein Feuer, eines der letzten, ehe die Frühlingsnächte warm genug wurden und man die Türen zum Innenhof öffnen konnte. Zweimal hatte er hier gegessen, und beide Male hatten ihn die Preise schockiert und das Essen und der Service beeindruckt. Nicht, dass er Experte dafür gewesen wäre. Chinesisches Takeout-

Essen, Pizza und Tiefkühl-Lasagne waren eher seine Kragenweite.

Dass The Old Grist Mill ein Ort war, wo man sich zum Rendezvous traf, hatte er nicht bemerkt, an diesem Abend jedoch war es voller Paare in diversen Stadien des Balzverhaltens. Junge Liebende, die ihr Essen auf den Tellern kalt werden ließen, während sie einander in die Augen blickten. Junge Eltern, die zum ersten Mal seit der Geburt ihres Kindes wieder miteinander ausgingen, glücklich, allein zu sein, aber auch heimlich erpicht darauf, nach Hause zum geliebten Sprössling zu kommen. Leute mit erwachsenen Kindern wie Scott und Marcy in jenem Ehestadium, wo man den alten Partner wiederentdeckt und er, falls man Glück hat, wieder ganz neu erscheint.

Nach Suzannes Tod hatte er sich von Gott abgewandt, unfähig, einen liebenden Schöpfer und den schockierenden Tod einer jungen Frau zusammenzubringen. Am Tag, als sie starb, hatte er nicht nur seine Frau, Geliebte und Vertraute verloren, sondern auch seine Zukunft und seinen Glauben.

»Hey«, sagte Scott, nachdem sie bestellt hatten, »dein Rotschopf muss ja ganz schön eigen sein, wenn er sich auf diese Weise bedankt.«

Marcy warf ihrem Mann einen ehefraulichen »Halt den Mund«-Blick zu, und Mark lachte schallend.

»Ich war froh, dass ich die Dokumente ihrer rechtmäßigen Eigentümerin zurückgeben konnte.«

»Das kauf ich dir nicht ab«, sagte Scott provozierend.

»Ignorier ihn einfach«, unterbrach ihn Marcy. »Es gibt nichts Schlimmeres als einen pensionierten Ermittler. Ständig sucht er nach etwas Hintergründigem, Verborgenem.« Sie wandte sich an Ihren Mann. »Ich habe mein Handy im Wagen vergessen. Könntest du es mir bitte holen?«

»Hast du es nicht in deiner Handtasche?«

»Würde ich dich bitten, es aus dem Wagen zu holen, wenn ich es in der Handtasche hätte?«

Scott machte sich brummend, ohne jedoch seine Gutmütigkeit zu verlieren, auf den Weg, um das Handy seiner Frau zu suchen. Marcy blickte ihm mit einem so liebevollen und versonnenen Blick nach, dass es Mark die Kehle zuschnürte.

»Du magst ihn«, sagte er, als Marcy sein Lächeln bemerkte.

»Ihn?« Sie lachte, doch der zärtliche Ausdruck in ihren Augen war untrüglich. »Ich hab nur geguckt, ob er nicht wieder über seine Schnürsenkel stolpert.«

Mark stimmte in ihr Lachen ein, aber er erkannte Liebe, wenn er sie sah.

8

Kate und Paul waren noch bei der Vorspeise, als etwas am anderen Ende des Raums seine Aufmerksamkeit erregte.

»Du wirst's mir nicht glauben, wenn ich dir sage, wer da am Ecktisch sitzt.« Er hatte diesen verschlagenen Blick, an den sie sich noch aus der Highschool erinnerte, wenn er in Mathe besser abschnitt als sie.

»Maeve und Paul Newman.«

»Überhaupt nicht heiß.«

»Gwynn und ein Investmentbanker.«

»Das hättest du wohl gerne.«

»Ich hasse Ratespiele.«

»Dein guter Samariter und seine Frau.«

Sie wirbelte so schnell auf ihrem Stuhl herum, dass sie sich an der Tischkante festhalten musste, um nicht herunterzufallen. »O mein Gott!«

»Nööö«, sagte Paul, »aber mit Sicherheit eine seiner Jüngerinnen.«

Die Frau, die Mark gegenüber saß, war etwa Mitte vierzig, sah ganz nett aus und war konservativ gekleidet, genau wie sich Kate die ideale Pfarrersfrau vorstellte. Endlich hatte sie etwas, über das sie Tränen vergießen konnte, die jedoch bemerkenswerterweise ausblieben.

Man stelle sich vor.

»Hast du nicht gewusst, dass er verheiratet ist?« Paul klang schadenfroh.

»Ich weiß es immer noch nicht.«

»Das Einzige, was noch fehlt, ist der Kindersitz für ihren Kleinsten.«

Sie musste zugeben, dass die Zeichen auf eheliches Glück

deuteten. Die behagliche Vertrautheit zwischen Mark und der Frau war offensichtlich. Zwar wirkten sie nicht völlig verliebt, doch es bestand ganz offenbar eine Verbindung zwischen ihnen. Keine Funken, nicht so wie gestern, aber …

»Den sollten sie exkommunizieren«, murmelte sie in ihr Eisteeglas. Falls die Anglikaner das gegenwärtig nicht taten, dann konnten sie es mal mit Mark Kerry probieren. Und falls sie in der Hölle schmoren musste, dann lieber dafür, die Sonntagsmesse versäumt als den Mann einer anderen begehrt zu haben.

Das war schlicht unverzeihlich.

* * *

Scott und Marcy gingen hinaus, um kurz eine zu rauchen, während Mark die Rechnung beglich. Der Kellner hatte Scotts halbgares T-Bone-Steak auf der Rechnung vergessen und war furchtbar dankbar gewesen, als Mark ihn darauf hinwies.

»Sie wissen ja nicht, wie das hier ist«, sagte der Kellner, als er die Rechnung neu eintippte. »Die zählen da hinten jedes Stück toter Kuh ab und lassen uns jeden Fehlbetrag berappen.«

»Tote Kuh – das werd ich mir merken.« Er fügte ein Trinkgeld hinzu und unterschrieb den Kassenbon. »Danke.«

»Und Ihnen eine gute Nacht.«

Vielleicht hätte er eine zumindest passable Nacht gehabt, hätte er sich nicht in dieser Sekunde umgedreht, um einen letzten Blick auf das alte, lachende, Kaffee trinkende Paar am Kamin zu werfen, und dabei Kate French und ihren Freund erblickt, die auf ihn zukamen.

»Die Old Grist Mill scheint mir ja wirklich ein angesagtes Lokal zu sein«, begrüßte ihn Kate.

Sie schien nicht überrascht, ihn zu sehen. Ihr Freund, der zornige Bursche, warf ihm einen Blick zu, wie man ihn normalerweise nur bei Box- oder Wrestling-Veranstaltungen zu sehen bekam.

»Schön Sie zu sehen.« Er überlegte, ihr die Hand zu schütteln, entschied sich dann aber anders.

Abgesehen davon machte ja auch sie keine Anstalten.

Der zornige Bursche blickte sich demonstrativ um. »Wohin sind denn Ihre Frau und Ihr Freund verschwunden?«

Er runzelte die Stirn. »Meine was?«

»Ihre Frau«, beharrte der zornige Kerl. »Hübsche Frau, hellbraunes Haar, die sich vermutlich Mrs nennt.«

Die Sache bei Rotschöpfen war, dass sie nichts verbergen konnten. Wenn ihr Temperament sie nicht verriet, dann ihre Haut. Kates Hals und Wangen glühten purpurrot.

»Sie sprechen von meinen Freunden Scott und Marcy Reilly. Kommen Sie«, sagte er, »ich stelle sie Ihnen vor.«

Eigentlich hatte er den Drang, anderen stets voraus zu sein, abgelegt, als er ins Wahlalter kam, an diesem Abend jedoch konnte er es sich nicht verkneifen. Zu beobachten, wie der Giftzwerg, alias Paul Grantham, in sich zusammenfiel, als er Scott und Marcy die Hände schüttelte, war den Preis eines ganzen Dutzends von Steaks wert.«

Kate dagegen war offensichtlich begeistert, seine Freunde kennenzulernen. Sie umarmte Marcy herzlich und küsste Scott auf die Wange. »Noch nie in meinem Leben war ich so glücklich darüber, dass jemand in meine Privatsphäre eingedrungen ist«, sagte sie, und alle lachten. »Diese Briefe sind mir sehr, sehr wichtig.«

»Ich wünschte, ich hätte sie zu Gesicht bekommen«, sagte Scott. »Ich bin selber ein Fan des Unabhängigkeitskriegs.«

»Es ist unmöglich, in dieser Gegend aufzuwachsen und ihm zu entgehen«, meinte Marcy. »George Washington hat hier mehr herumgebumst als meine Cousine Amy.«

Die Nachtluft war kühl und klar, eine willkommene Abwechslung nach der Wärme des Restaurants. Der Himmel war von tiefer Tintenschwärze und voller Sterne. Es war sehr lange her, dass er einen solchen Himmel überhaupt bemerkt hatte, und noch länger, dass es ihn innerlich berührte. In dieser Nacht jedoch trafen ihn die Sterne mitten ins Herz. Ohne es zu merken, wanderte er bis zum Ende des Parkplatzes.

»Sie verstehen sich gut.« Neben seinem rechten Ellbogen tauchte Kate auf. »Ich glaube, sie haben uns völlig vergessen.«

»So was passiert, wenn man einen Rechtsanwalt mit einem pensionierten Polizisten und einer Sozialarbeiterin zusammenbringt. Hoffentlich wollten Sie nicht sofort nach Hause.«

»Es ist eine so schöne Nacht. Ich könnte ewig hierbleiben.«

Er machte eine Handbewegung in Richtung der debattierenden Drei auf der anderen Seite des Parkplatzes. »Das trifft sich gut, weil die nicht so klingen, als würden sie bald ein Ende finden.«

Sie lehnten sich an seinen Wagen und blickten in den Himmel hinauf.

Musik und Gelächter drangen aus der Gaststätte und mischten sich mit dem leisen Rascheln des Winds in den knospenden Zweigen.

Es gefiel ihm, dass sie offenbar nicht die Notwendigkeit verspürte, jede Schweigepause mit Geplapper zu füllen. Nicht jeder begriff die Schönheit des Schweigens.

»Sie würden also wirklich so ein Arschloch frei lassen, weil keine Rechtsbelehrung erfolgt ist ...«

»Gesetz bleibt Gesetz ... und unsere durch die Verfassung garantierten Rechte sind kostbar ...«

»Vielleicht wäre es Zeit, das gesamte Strafrecht einmal zu überdenken ...«

Neben ihm zog Kate ein Gesicht. »Mir ist, als hätte ich Fox News eingeschaltet.«

»Wir könnten ein bisschen herumlaufen und uns den Fluss

anschauen.« Sie zögerte, und ihm wurde bang ums Herz. Also lief doch etwas zwischen Kate und dem Giftzwerg? »Oder auch nicht«, sagte er. »Liegt ganz bei Ihnen.«

»Es ist eine unangenehme Situation«, meinte sie nach langer Pause.

»Finden Sie?«

»Nicht Ihretwegen ...« Sie hielt inne und sah ihn an. »Okay, ein bisschen auch Ihretwegen, aber vor allem, weil mein Herzinfarkt einige Dinge ausgelöst hat ...« Sie zögerte und suchte das richtige Wort.

»Einige unerwartete Emotionen.«

»Ich bin mit Paul seit dem Studium befreundet. Er ist Gwynns Taufpate. Wir haben uns während unserer Scheidungen und auch bei allem anderen, was uns das Leben an Hindernissen in den Weg gestellt hat, beigestanden, aber es war nie was Romantisches zwischen uns.«

Er nickte. »Hab schon verstanden.«

»Ich weiß, es ist nur etwas Vorübergehendes«, sagte sie. »Ich hatte einen Herzanfall, und er spürt plötzlich seine Sterblichkeit, aber momentan meint er, er sei in mich verliebt, und ich will ihn nicht verletzen.«

Diesmal hielt sie inne, um Atem zu schöpfen. »Das war zu viel. Tut mir leid. Normalerweise bin ich Fremden gegenüber nicht so mitteilsam.«

»Wir sind keine Fremden«, korrigierte er sie.

Sie schlug sich die Arme um den Oberkörper und blickte in den Nachthimmel. »Aber fast. Ich weiß nicht, ob Sie verheiratet sind ...«

»Das bin ich nicht.«

»... oder schwul ...«

»Auch nicht.«

»... oder wo Sie leben.«

»Rocky Hill.«

»Dann bedeutet die Old Grist Mill ja eine ziemliche Anreise für Sie.«

Er überschlug es rasch im Kopf. »Sie kommen aber auch nicht gerade aus der nächsten Umgebung.«

»Warum sind Sie hierher gekommen?«, fragte sie. »Ich meine, warum um Himmels willen sind Sie in einem Steak-Restaurant gelandet, das eineinhalb Stunden von Ihrem Haus entfernt liegt?«

»Weil es Scotts Lieblingsrestaurant ist. Er ist zwei Ortschaften weiter aufgewachsen.« Da war es nur fair, wenn man die Frage umdrehte. »Und wie sind Sie hier gelandet?« Mister Spock perfekt imitierend hob er die Augenbrauen. »In einem Steak-Restaurant?«

»Ich weiß, ich weiß.« Ihr Sinn für Humor war ihr offenbar erhalten geblieben. »Nicht gerade der Ort, wo man eine Herzinfarktpatientin eine Woche nach der Entlassung erwarten würde, wie?«

»Nicht unbedingt.«

»Es war Pauls Idee. Er wollte was ...« Sie hielt inne. »Sie können sich's schon denken, oder?«

»Romantisches.«

»Genau.« Sie gestikulierte in Richtung des Wirtshauses, das von Eichen und Ahornbäumen umstanden war. »Und nichts verkörpert Romantik besser als Kerzenlicht und tote Kühe.«

Er warf den Kopf zurück und lachte so schallend, dass die Unterhaltung am anderen Ende des Parkplatzes momentan stockte. »Sie sind die Zweite in den letzten zwanzig Minuten, die von toten Kühen spricht. Gut, dass wir erst miteinander reden, nachdem ich mein Porterhouse-Steak schon gegessen habe.«

»Also stehen Anglikaner auch auf Fleisch, wie?«

»Manche von uns schon.«

Sie nickte. »Gut zu wissen.«

Fühlte Glück sich so an? Früher war er mal recht glücksbegabt gewesen. Er hätte nichts dagegen gehabt, es wieder einmal auszuprobieren.

»Offenbar ist es unser Schicksal, einander immer wieder über den Weg zu laufen, nicht wahr?«

»Ich habe nichts dagegen«, sagte er. »Sie?«

»Nein«, erwiderte sie. »Ganz und gar nicht.«

»Manche Leute würden da Gottes Hand am Werke sehen.«

»Oder die Hand des Schicksals.«

»Ich gehöre zu denen, die mehr die Hand Gottes darin erkennen.«

»Das hab ich mir fast schon gedacht, Father Mark Kerry.«

»Und Sie erblicken darin eher die Hand des Schicksals?«

»Das verdanke ich zwölf Jahren in St. Aloysius.«

»Zwölf Jahre in derselben Schule? Wir sind hier doch nicht im Mittleren Westen.«

Sie schlug leicht nach seinem Arm. »St. Aloysius bot eine hervorragende Ausbildung vom Kindergarten bis zum letzten Jahr der Highschool. Sobald sie einen mal hatten, ließen sie einen nicht mehr aus ihren Fängen.« Sie warf ihm einen verstohlenen Blick zu. »Wenigsten so lange nicht, bis man seinen Highschool-Abschluss hatte.«

Er wollte ihr eine Unzahl von Fragen stellen, doch dies war weder die Zeit noch der Ort dafür, und er war sich auch nicht sicher, ob er damit nicht irgendwelche unsichtbaren gesellschaftlichen Grenzen überschritt. Schweigen war da eine gute Alternative. Und kameradschaftliches Schweigen erst recht. Nie hatte er einen Menschen getroffen wie sie. Egal, ob sie lachten, sich unterhielten oder die Sterne betrachteten: Er fühlte sich ihr nah.

»Sieht aus, als ob sich das Gericht vertagt hätte«, flüsterte sie, als Scott, Marcy und der zornige Kerl über den Parkplatz auf sie zugeschlendert kamen. »Hören Sie, zu diesem Essen am Dienstag wollte ich Sie nicht drängen. Falls Sie absagen wollen, nehm ich es Ihnen bestimmt nicht übel.«

»Wollen Sie denn, dass ich absage?«

»Nein«, sagte sie. »Wollen Sie absagen?«

»Das will ich nicht.« – »Dann ist es wohl abgemacht.« – »Gut.«

»Um ein Uhr bei mir.«

»Ich werde da sein.«

»Ich rechne fest mit Ihnen.«

»Okay, ihr zwei, was flüstert ihr denn die ganze Zeit?, neckte Marcia sie. »Ihr seid ja wie Pech und Schwefel.«

»Mark besucht mich diese Woche zum Lunch, und wir haben Tag und Uhrzeit ausgemacht.«

Sie sagte es so locker und leichthin, als gäbe es weiter nichts zwischen ihnen.

Und so war es ja vielleicht auch. Vielleicht hatte er ja alles missverstanden, und die Funken, die er in der Frühlingsnacht zwischen ihnen hin- und hersprühen sah, existierten nur in seiner Vorstellung, so wie Erinnerungen an eine frühere Liebe.

* * *

»Sieht aus, als hätte Maeve das Hauslicht für dich brennen lassen«, sagte Paul, als er in Kates Auffahrt einbog. »Mir ist zumute wie damals in unserem Abschlussjahr.«

Kate schwieg, während die Erinnerungen an jenes stürmische Jahr vor ihr aufstiegen.

»War vielleicht nicht das beste Jahr für dich«, sagte er. »Tut mir leid.«

Das letzte Highschooljahr bedeutete in der Regel College-Bewerbungen und Abschlussballkleider – und nicht Morgenübelkeit und Still-BHs.

»Wenigstens hatte es ja ein Happyend«, erwiderte sie und wünschte, sie könnte diesen Heulzwang in den Griff bekommen. »Am Ende hatte ich immerhin ein wunderschönes kleines Mädchen.« Und einen siebzehnjährigen Vater, der Manns genug war, die Hälfte seiner Bürde und mehr zu schultern. »Wenn ich zurückblicke, verstehe ich, dass Maeve vor Sorge ganz aus dem Häuschen war. Es hätte in einer völligen Katastrophe enden können.«

Paul nickte in der Dunkelheit. »Wir wussten nicht, was wir nicht wussten. Wir dachten, wir hätten das Leben fest an den Hörnern gepackt.«

»Ich weiß nicht, ob ich so weit gehen würde.« Sechzehn und schwanger war kaum eine Machtposition für ein Mädchen. »Im Hinblick auf die Zukunft war ich mir ziemlich unsicher.«

»Du? Ich hab nie jemanden erlebt, der entschlossener war, seinen Weg zu machen.«

»Reden wir über dasselbe Mädchen?« Sie erinnerte sich an einen bedürftigen, unsicheren Teenager, der nicht wusste, wo oben und unten war.

»Du bist stark, Kate. Das warst du immer. Es gab nie einen Zweifel, dass du auf irgendeinem Gebiet Erfolg haben würdest.«

»Danke«, sagte sie. »Ich denke nach.«

Er stöhnte und ließ den Kopf auf die Kopflehne zurücksinken. »Was ich sagen will: Wir haben es alle ganz gut hingekriegt. Wir kommen alle aus einem ähnlichen Milieu und haben es alle geschafft, ein paar Sprossen mehr zu erklimmen.«

»Und das alles, weil meine Mutter das Hoflicht angelassen hat?«, neckte sie. »Du bist ja schlimmer als Proust.«

»Du kannst mich auf einen Kaffee einladen. Wir hatten doch noch gar keine Gelegenheit, uns richtig zu unterhalten.«

»Paul, ich hoffe, es macht dir nichts aus, wenn ich mich für heute entschuldige. Ich bin einfach noch nicht ganz auf dem Damm.«

Er war nicht blöd.

Er wusste, was sie ihm verschwieg.

»Ich hab's vermasselt, oder?«

Sie nahm seine Hand und drückte sie rasch. »Das könntest du nicht, auch wenn du's versuchen würdest.«

»Er passt überhaupt nicht zu dir«, sagte er, als er sie zur Haustür begleitete.

Sie mochte ihren Freund viel zu sehr, als dass sie vorgegeben hätte, ihn nicht zu verstehen.

* * *

AN: kate@frenchkiss.biz
VON: mark.kerry@mklj.net
BETREFF: Anglikaner

... mögen Steaks, Karos, Golf, Segelboote, Sonnenuntergänge, die Rolling Stones, aber nicht die Beatles, alte Westernfilme, den History Channel, große Hunde, die schlabbern, Kinder, die das nicht tun, Frauen mit rotbraunem Haar und haselnussbraunen Augen.

Und Grateful Dead.

* * *

AN: mark.kerry@mklj.net
VON: kate@frenchkiss.biz
BETREFF: Vom Glauben abgefallene Katholikinnen

... mögen Thunfisch-Sandwiches, irische Spitze, Bowling, Ruderboote, Sonnenaufgänge, die Beatles, aber nicht die Stones, kleine Hunde mit tadellosen Manieren und Kinder ohne, Männer, die zerbeulte blaue Hondas fahren

Nicht aber Grateful Dead

* * *

AN: kate@frenchkiss.biz
VON: mark.kerry@mklj.net
BETREFF: Vom Glauben abgefallene Katholikinnen

Bowling, Ruderboote und kleine Köter, das kann ich verschmerzen, aber dass jemand Grateful Dead nicht mag? Sagen Sie mir, dass Sie scherzen?

* * *

AN: mark.kerry@mklj.net
VON: kate@frenchkiss.biz
BETREFF: Vom Glauben abgefallene Katholikinnen

Tut mir leid, aber ich scherze nicht. Hab sie nie ausstehen können. Und werde sie nie mögen. Wie finden Sie Blondie?

* * *

AN: kate@frenchkiss.biz
VON: mark.kerry@mklj.net
BETREFF: Vom Glauben abgefallene Katholikinnen

Wird überschätzt.
B-52s?

* * *

AN: mark.kerry@mklj.net
VON: kate@frenchkiss.biz
BETREFF: Vom Glauben abgefallene Katholikinnen

Ich musste wieder 911 anrufen. Mögen Sie die B-52s?!?!?!?!?

* * *

AN: kate@frenchkiss.biz
VON: mark.kerry@mklj.net
BETREFF: Vom Glauben abgefallene Katholikinnen

Wer mag die nicht? Erzählen Sie mir nicht, dass Sie auf Huey Lewis and the News stehen.

* * *

AN: mark.kerry@mklj.net
VON: kate@frenchkiss.biz
BETREFF: Vom Glauben abgefallene Katholikinnen

Wie voreingenommen! Huey Lewis war ein kleiner Gott. (Nichts für ungut.)
Letzter Vorschlag zur Güte:
Springsteen oder Joel?

* * *

AN: kate@frenchkiss.biz
VON: mark.kerry@mklj.net
BETREFF: Vom Glauben abgefallene Katholikinnen

Der Pianist.

* * *

AN: mark.kerry@mklj.net
VON: kate@frenchkiss.biz
BETREFF: Vom Glauben abgefallene Katholikinnen

Ich mag Sie trotzdem.

* * *

AN: kate@frenchkiss.biz
VON: mark.kerry@mklj.net
BETREFF: Vom Glauben abgefallene Katholikinnen

Schlafen Sie gut, Kate.
Bis Dienstag,
Mark

* * *

AN: mark.kerry@mklj.net
VON: kate@frenchkiss.biz
BETREFF: Vom Glauben abgefallene Katholikinnen

Sie auch, Mark.
Bis dann,
Kate

9

»Ich geh heute nach Hause«, verkündete Gwynn beim Frühstück am nächsten Morgen. »Montags ist in der Mittagspause meistens ziemlich viel los, da kann Aidan Unterstützung gebrauchen.«

Kate verkniff sich einen bösen Kommentar, was ihr nicht leichtfiel. Letzten Montag, direkt vor ihrem Herzinfarkt, hatte ihre Tochter das blanke Gegenteil behauptet.

»Du kannst meinen Miata nehmen«, bot Kate ihr an. »Die nächsten zwei Wochen kann ich sowieso nicht fahren.«

»Ich würde dir auch meinen VW anbieten«, meinte Maeve, »aber ich hab morgen eine Verabredung in Paramus.«

Gwynn warf beiden ein strahlendes Lächeln zu. »Dank euch beiden, aber Andrew kommt, um mich abzuholen.«

Kate konzentrierte sich auf ihr Eiweißomelett.

»Wann kommt er denn?«, fragte Maeve, während sie eine Scheibe ungebutterten Vollkornweizentoast dick mit Himbeermarmelade bestrich.

Gwynn schaute auf die Uhr der Mikrowelle. »In ungefähr zwanzig Minuten.«

»Er kann gern mit uns frühstücken«, meinte Kate. »Es sei denn, er besteht darauf, Eier mit Dottern zu essen.«

»Ist schon okay.« Gwynn wirkte bezaubernd unsicher und mehr als nur ein bisschen verliebt. »Er ist schon seit vier Uhr auf. Und hat schon längst gefrühstückt.«

»Aber einen Kaffee kann er doch wenigstens trinken«, meinte Maeve. »Es ist eine lange Fahrt.«

Paradise Point lag zwei Autostunden von Coburn entfernt, und das nur, wenn es keine Staus gab.

»Kaffee klingt gut.« Gwynn warf ihrer Mutter einen Blick zu. »Ich will wirklich, dass du ihn kennenlernst, Mom. Ich weiß, du denkst, er …«

»Ich denke überhaupt nichts, Schatz. Ich kenne ihn ja kaum.« Eine kleine Notlüge. Was wäre die Zivilisation ohne sie?

»Genau! Er ist ganz schön nervös wegen dir und Maeve, und ich dachte, so ist das erste Mal nicht ganz so beängstigend.«

»Wir sind beängstigend?« Kate blickte zu ihrer Mutter hinüber, die aus diesem Wortwechsel wahrscheinlich einen Bestseller machen würde. »Hast du gewusst, dass wir beängstigend sind?«

»Natürlich sind wir das«, sagte Maeve und griff nach einer weiteren Toastscheibe. »Matriarchen sind mächtige Figuren, die Ehrfurcht erwecken sollen.«

»Gwynnie hat nicht gesagt, dass wir ehrfurchtgebietend sind«, korrigierte Kate sie, »sie hat gesagt, wir seien beängstigend.«

»Aber auf eine gute Weise«, sagte Gwynn und begann dann zu lachen. »Ihr wisst schon, was ich meine.«

»Und was hast du mit ›erstes Mal‹ gemeint?«, fragte Kate, während sie den Rest ihrer falschen Eier verdrückte. »Wir haben Andrew doch schon mal gesehen.«

»Ich meine, das erste Mal, seit ich euch von unseren Neuigkeiten erzählt habe.«

Da hatte sie es wieder. Sie hatte gehofft, dass die ganzen Heiratspläne sich wieder in Luft auflösen würden wie ein Frühlingssturm, doch dieses Glück war ihr nicht gegönnt. Sie hatte nun zwei Optionen: Sie konnte die Situation ignorieren und so tun, als ob sie gar nicht existiere (was sehr verführerisch war), oder mit beiden Füßen voran hineinspringen und hoffen, dass sie noch schwimmen konnte.

Die alte Kate hätte die Sache in der untersten Schublade ihres Aktenschranks verstaut und ignoriert, so wie sie die meisten emotional hoch aufgeladenen Dinge ignorierte. Die neue Kate jedoch fand, dass sie Bescheid wissen müsse.

»Was hat denn dein Vater dazu gesagt?«

Gwynns Strahlen wurde etwas gedämpfter. »Er hat eher kühl reagiert.«

»Tatsächlich?«

»Er ist nicht ausgerastet, wenn du das meinst.«

»Er meint also, dass du noch warten solltest.«

Gwynn warf ihrer Mutter einen raschen Blick zu. »Wahrscheinlich hast du ihm gesagt, was er sagen muss.«

»Ich hab ihm gar nichts gesagt.«

»Genau«, sagte Gwynn. »Du hast ihm doch garantiert all deine Ansichten untergejubelt, während ich diese blöden Blumen arrangiert habe.«

»Kein Wort hat deine Mutter gesagt«, rief Maeve. »Ich war dabei und ...«

»Danke, aber du brauchst mich nicht zu verteidigen, Maeve.« Kates Zorn näherte sich dem Siedepunkt. »Dein Vater bildet sich selber seine Meinung, Gwynn, und falls er ausgerastet ist, wie du das ausdrückst, so musst du das ganz allein ihm zuschreiben. Ich hatte damit absolut nichts zu tun.«

»Aber er ...«

»Dein Vater hat sich noch mehr gefreut als ich, als du wieder an die Uni wolltest, um weiterzustudieren. Wir lieben dich, Gwynn, und wir wünschen dir nur das Beste.« Mit einer raschen Handbewegung wischte sie sich die Tränen aus den Augen. Scheiß auf diese blöden, unvorhersagbaren Gefühle. Es war so viel leichter, seinen Standpunkt klarzumachen, wenn man nicht rumflennte wie ein Schulmädchen.

»Ich glaube, ich weiß selbst, was das Beste für mich ist.« Gwynns Rückgrat war genauso unnachgiebig wie das ihrer Mutter oder Großmutter.

»In einer Hafenspelunke kellnern, während dein Mann auf einem wackligen Fischerboot rumschippert? Das glaube ich nicht.«

»Du bist ein Snob«, sagte Gwynn. »Es ist mir nie zuvor aufgefallen, aber so ist es nun mal.«

»Das nehme ich dir übel.«

»Ganz so unrecht hat Gwynn da nicht«, meinte Maeve. »Du bist schon ein kleiner Snob, Schätzchen, genau wie dein Vater.«

»Ich werde es dir wohl abnehmen müssen«, schoss Kate zurück, »da ich den Herrn ja nie kennengelernt habe.« Ihr Vater, der älteste Sohn eines bekannten Senators, hatte sich einige Wochen vor Kates Geburt von Maeve getrennt, und man hatte nie wieder von ihm gehört.

»So ist das doch immer«, überbrüllte Gwynn den Lärm. »Wir wollen über mich reden, über *mein* Leben, und irgendwie schafft ihr zwei es immer wieder, alles auf eure Probleme zu reduzieren.«

»Probleme?«

Maeve wirkte geschockt.

»Wir haben doch keine Probleme, Kate, oder?«

»Probleme«, fragte Kate mit weit aufgerissenen Augen. »Wir?«

Gott sei Dank lachte Gwynn.

»Andrew will nur einen Moment reinschauen und Hallo sagen.« Gwynn zögerte. »Und dir Blumen schenken.« Sie machte einen tiefen schaudernden Atemzug, den Kate aus zwei Metern Entfernung hören konnte. »Er wollte dich im Krankenhaus besuchen, aber dann hätte er eine Dreitagestour absagen müssen, und wir können das Geld wirklich gebrauchen.«

»Du musst das nicht erklären, Schatz.«

»Doch.« Ungehemmt strömten ihrer Tochter die Tränen über die Wangen, doch Gwynn schien es gar nicht zu bemerken. »Das ist mir wichtig, Mom, und Andrew ist es auch wichtig. Er weiß, dass er nicht unbedingt das ist, was du dir für mich erträumt hast. Mach es ihm nicht noch schwerer, okay?«

»Tu ich nicht«, versprach Kate und zog Gwynn in die Arme. »Mach dir keine Sorgen.«

Ich mach mir schon genug Sorgen für uns alle, verlass dich drauf.

Pinecrest Village – Anlage für betreutes Wohnen – am selben Tag

In den letzten achtzehn Monaten hatte Mark regelmäßig eine Dame namens Charlotte Petruzzo besucht, eine über neunzigjährige Witwe mit gefärbtem kastanienbraunem Haar und einem Humor, den nichts, womit sie das Leben auch konfrontierte, zu erschüttern vermochte.

Es war ihm ein Privileg und eine Ehre gewesen, zwei Nachmittage in der Woche bei ihr zu sitzen, um mit ihr über alles von Gott und der Wahrscheinlichkeit der Existenz eines Himmels bis zu den Erfolgen ihrer Urenkel zu sprechen wie auch darüber, warum sie nicht an die Beschränkung von Amtszeiten glaubte.

»Wo ist sie denn?«, fragte er Charlottes Nachbar, einen agilen Achtzigjährigen namens Max Remar, der unter den Witwen von Pinecrest eine Legende war. »Ich habe geklopft, aber es antwortet niemand.«

»Sie ist auf der Krankenstation«, meinte Max, seine riesige, unangezündete kubanische Zigarre zwischen den Lippen. »Hatte Atembeschwerden gestern Abend und hat den Alarmknopf gedrückt. Sie hätten mal sehen sollen, was hier los war. Wie in einer Filmkulisse.«

»Und wie geht es ihr?«

Max machte eine So-lala-Geste. »Sie ist siebenundneunzig. Wie soll's ihr schon gehen.«

»Siebenundneunzig?« Mark lachte leise. »Mir hat sie erzählt, dass sie zweiundneunzig ist.«

»Sagen Sie ihr aber nicht, dass ich's Ihnen verraten habe. Sonst krieg ich keine Amaretti mehr.«

»Ich bin Priester«, meinte Mark. »Das fällt bei mir unters Berufsgeheimnis.«

Der Klinikflügel war ein niedriges weißes Gebäude, das in der Nähe eines künstlichen Teichs in der Südwestecke der Anlage stand. Für kleinere chirurgische Eingriffe und eine kleinere Anzahl von Langzeit-Rekonvaleszenten war man eingerichtet, schwierigere Fälle wurden jedoch an das Klinikum in Princeton überwiesen. Er drückte auf sein Handy und schob sich durch den Eingang.

»Mrs Petruzzo ist auf 1-D«, sagte die Oberschwester Mark einige Minuten später.

»Wie geht es ihr?«

»Sie ist siebenundneunzig«, meinte die Schwester mit bittersüßem Lächeln. »Ich fürchte, jetzt holt es sie doch ein.«

Er wusste, was sie meinte, und es machte ihn tieftraurig.

»Kann ich sie besuchen?«

»Sie wäre stinksauer, wenn Sie's nicht täten.«

Charlotte sah aus wie immer. Tadellos frisiert. Augen, die vor Neugier glänzten. Sie trug ihren besten bestickten Seidenmorgenrock aus ihrer Zeit, die sie mit ihrem Mann in China verbracht hatte. Die knotigen Finger glitzerten vor Gold- und Silberringen und schweren Edelsteinen in allen Regenbogenfarben.

Eines aber hatte sich verändert. Er merkte es, sobald er den Raum betrat.

»Sie sind spät dran«, sagte sie, als er ihr die mit Estée Lauder gepflegte Wange küsste.

»Lassen Sie mich beim nächsten Umzug unbedingt Ihre neue Adresse wissen.«

Sie lachte herzlich, doch es schien sie zu ermüden. Sie ließ den Kopf ins Kissen sinken und schloss einen Moment lang die Augen.

»Nehmen Sie sich doch einen Stuhl und bleiben Sie ein Weilchen«, sagte sie. »Ich möchte alles über Ihr Wochenende hören. Haben Sie Ihre geheimnisvolle Schöne gefunden?«

Normalerweise hörte er zu, während Charlotte ihm Geschichten aus ihrem erlebnisreichen Leben erzählte, doch an diesem Tag öffnete ihre Frage bei ihm sämtliche Schleusen, und er erzählte ihr alles.

»Das also ist die Erklärung«, meinte Charlotte, als er fertig war. »Ich wusste, dass etwas anders war, sobald sie das Zimmer betreten hatten. Sie haben so ein besonderes Leuchten.«

»Männer leuchten doch nicht.«

»O doch«, meinte sie mit einem wissenden Lachen, »aber man muss schon sehr alt sein, um es zu erkennen. Stellen Sie sich mal vor, was die Jungen mit diesem Wissen anstellen könnten. Die würden die Gesellschaft auf den Kopf stellen!«

War sie zu ihren Blütezeiten auch so vital, so weise und wunderbar gewesen, oder gehörte all das zu Gottes Plan, das Beste für zuletzt aufzuheben?

»Sie hatten aber auch ein ganz schön heftiges Wochenende, Charlotte.« Er begegnete ihrem Blick. »Ich hab's gespürt, sobald ich hier reingekommen bin.«

Sie lachte und deutete mit dem Zeigefinger auf ihn. »Ich hab ja immer gesagt, für einen Priester sind Sie ganz schön komisch.«

»Wobei ich davon ausgehe, dass ihr Durchschnittspfarrer ein echter Bühnenkomiker ist.«

Sie machte eine umfassende Geste, mit der sie sich, das Krankenbett, den Raum einschloss. »Ich nehme an, Sie können sich alles zusammenreimen.«

»Vielleicht, aber ich würde es lieber aus Ihrem Mund hören.«

»Ich glaube, es wird Zeit.«

Er nickte. »Schon möglich.«

»Ich habe dieses Gefühl von ...« Sie hielt einen Augenblick inne und schüttelte dann den Kopf. »Ich wünschte, ich könnte es Ihnen erklären.«

»Das Gefühl, dass etwas zu Ende geht?«

»Ja! Genau. Das Gefühl, als ob etwas zu Ende ginge. Als ob ich das, was ich zu tun hatte, getan hätte und es Zeit wäre, die Seite umzublättern.«

»Und wie fühlen Sie sich dabei?«

»Ein bisschen enttäuscht«, sagte sie. »Ich hatte immer noch gehofft, dass Sean Connery sich mal nach Pinecrest verirren würde.«

Das war ein alter Witz, der sie jedoch immer noch zum Lachen brachte.

»Haben Sie mit Ihrem Arzt gesprochen?«

»Was kann er denn sagen, was ich nicht selber schon wüsste? Ich bin alt. Ich habe ein langes und erfülltes Leben gehabt. Früher oder später ruft einen Gott eben zu sich.«

»Sie klingen, als hätten Sie sich damit abgefunden.«

Ihre blitzenden Augen erinnerten ans einstige Feuer. »Ich sage ja nicht, dass ich morgen gehen will«, erinnerte sie ihn, »oder nächste Woche, aber es wird nicht mehr allzu lange dauern. Sie sollten nicht überrascht sein.«

Er nickte, tatsächlich aber war er jedes Mal wieder überrascht. Obwohl seine Religion tief in einem Jenseitsglauben verankert war, war er nie bereit, einen ihm nahestehenden Menschen einfach gehen zu lassen. Trotz all seiner Bildung, all seines Trainings hatte er immer noch keinen Weg gefunden, den Tod einfach als Tatsache des Lebens hinzunehmen.

»Wann ziehen Sie nun eigentlich in Ihre Wälder des Nordens?«

»Am Donnerstag vor dem Memorial Day.«

Sie nickte. »Gut. Da werd ich noch da sein, sodass ich Ihnen einen anständigen Abschied bereiten kann.«

»Luftballons und Blaskapelle?«

»Und eine Parade.«

»Ich komme darauf zurück, Charlotte.«

»Ich bete für Sie«, sagte sie. »Ich hoffe, dass Ihre Heimkehr Sie glücklich macht.«

»Ich muss zurück«, sagte er. »Ich habe einige Schulden zu begleichen.«

»Und vielleicht auch einige Geister zu besänftigen.«

»Könnte sein.«

»Ziemlich viele von uns haben gehofft, Sie würden sich anders besinnen und hier im Gartenstaat bleiben.«

Er hatte zwei Angebote von Pfarreien aus New Jersey auf dem Tisch liegen, für eine feste Planstelle als Pfarrer, doch er hatte seiner alten Pfarrei in New Hampshire bereits zugesagt.

»Meine Freunde werden mir fehlen«, sagte er. »Es waren gute Jahre hier unten.« Er hätte sich auch hier seinen Lebensunterhalt verdienen können, wenn ihn seine alte Gemeinde nicht wieder angefordert hätte.

»Ist irgendwie jammerschade, dass Sie gerade, wo Sie jemand Interessanten getroffen haben, packen und fortziehen.«

»Interpretieren Sie nicht mehr in mein Wochenende hinein, als da ist. Ich hab mich mit einer Frau auf einem Parkplatz unterhalten. Mehr ist eigentlich nicht passiert.«

»Werden Sie sie wiedersehen?«

»Ich bin morgen bei ihr zum Mittagessen eingeladen.« Er hob die Hand, als er Charlottes entzückten Blick sah. »Ein Dankesesssen.«

»Ich schließe Sie jeden Abend in meine Gebete ein«, sagte sie. »Sie haben sich ein bisschen Glück wahrhaft verdient.«

»Ihre Gebete waren schon sehr hilfreich. Ich glaube, dass ich mich letztendlich auf dem richtigen Weg befinde, Charlotte.« Er nahm ihre Hände in die seinen. »Ergreifen wir die Gelegenheit, um miteinander zu beten.« Charlotte neigte den Kopf, und er begann: »Allmächtiger Gott, deiner niemals versagenden Fürsorge und Liebe vertrauen wir alle an, die unserem Herzen nahe stehen, für dieses Leben und fürs kommende, im Wissen, dass du Besseres für sie zuwege bringst als alles, was wir erwünschen oder erbeten könnten; durch Jesus Christus, unseren Herrn. Amen.«

Und dann fügte er noch ein stummes Gebet hinzu, in dem er Gott bat, Charlotte nicht zu sich zu nehmen, ehe sie wirklich dazu bereit war.

* * *

Sobald er die Krankenstation verlassen hatte, schaltete Mark sein Handy wieder ein. Sofort ertönte der Piepston seiner Mailbox.

Drei Anrufe. Alle von Maggy Boyd.

»Wo warst du? Hast du vergessen, dein Telefon einzuschalten?«

»Ich hab einen Krankenbesuch gemacht. Was ist denn los?«

»Kleines Problem«, meinte sie. »Nichts Großes.« Er hörte das Zögern in ihrer Stimme. »Wenigstens nehm ich's nicht an, aber du solltest wissen, dass Bischof Clennon deinen Vertrag noch nicht unterschrieben hat.«

»Warum denn nicht?«

»Er hat noch ... Fragen.«

»Nun komm aber, Maggy. Du warst doch immer offen zu mir. Es hat mit dem Trinken zu tun, oder?«

»Ja«, sagte sie. »Drunten in Laconia hatten sie Scherereien mit einem Pfarrer, die im letzten Jahr zu einer hässlichen gerichtlichen Auseinandersetzung geführt haben. Ich schätze, er fühlt sich ein bisschen verunsichert.«

»Wenn er Fragen hat, warum hat er sie nicht während der Verhandlungen gestellt?«

»Das kann ich dir nicht beantworten, Mark.«

Hier ging es gar nicht ums Trinken, wurde ihm plötzlich klar. Es ging um etwas ganz anderes. »Er hat einen anderen Kandidaten gefunden, oder?«

Er hörte sie seufzen. »So heißt es, ja.« Ein junger, von ihm selbst herangezogener Familienvater, dessen einziges Gepäck eine Wickeltasche und eine Laptop-Hülle waren.

»Und was kann *ich* da tun?«

»Nicht viel«, meinte sie. »Heute Abend tritt der Gemeinderat zusammen, und wir sammeln unsere Kräfte, aber ich muss dir halt sagen, dass du Konkurrenz hast.«

Er versuchte zu lachen, doch es fiel ihm nicht leicht. »Hoffentlich kann ich den Verkauf des Hauses noch rückgängig machen.«

Maggys Antwort darauf bestand aus einem einzigen Wort, das definitiv nicht druckfähig war.

»Schick mir heute Abend eine E-Mail und sag mir, wie es gelaufen ist.«

»Es tut mir wirklich leid, Mark«, sagte sie. »Keiner von uns hat das kommen sehen. Wir ziehen ihn auf unsere Seite«, versprach Maggy. »Du warst immer der richtige Mann für den Job. Daran kann nichts etwas ändern. Hab nur noch ein bisschen Geduld.«

Er hatte keine Wahl. Seine Zukunft lag in Gottes – und Bischof Clennons – Hand.

10

»Alles in allem, würde ich sagen, ist es doch ziemlich gut gelaufen.« Maeve warf eine rote Zwiebel in den Einkaufswagen und griff nach einer Traube kernloser weißer Weintrauben.

Kate, die mit dem Auge eines Nuklearforschers die Fuji-Äpfel inspiziert hatte, zuckte die Achseln. »Ich hab nie behauptet, dass Andrew nicht nett sei.«

Andrew Dempsey fuhr einen Pickup, der Mark Kerrys zerbeulten Honda wie einen Lexus aussehen ließ. Er war nicht viel größer als Gwynn, glich dies durch eine beeindruckende Muskulatur jedoch wieder aus. Sein Haar war rötlichbraun und von Sonne und Salzwasser stellenweise blond gebleicht, und seine Augen besaßen jenes helle Blau, das Seeleuten und Fliegern vorbehalten zu sein schien. Er hatte Blumen dabei und eine Schachtel Feingebäck, die mit rotweißem Band verschnürt war.

Er war ein wenig unbeholfen und quälend schüchtern und überließ den größten Teil des Gesprächs Gwynn, die nichts lieber tat, als die Schweigepausen mit einer Zusammenfassung seiner wunderbaren Eigenschaften zu füllen.

Alles in allem waren es die längsten elf Minuten in Kates Leben gewesen. Und hätte sie sich anschließend nicht die Augen ausgeheult, hätte sie einen langen lauten Seufzer der Erleichterung ausgestoßen, als die beiden jungen Leute in diesem salzwasserzerfressenen Pickup davonfuhren.

Es gab Ärzte, die ihr genesendes Herz unter Kontrolle halten konnten. Warum konnten sie nicht etwas erfinden, das ihr dabei half, diese unbekannten, lästigen Gefühle in Schach zu halten?

»Ich glaube, es könnte wahre Liebe sein«, meinte Maeve. Kate merkte auf.

»Wahre Liebe? Ich glaube es dir, wenn sie zu ihm an den Hafen zieht und zusieht, wie all ihre Träume von der Flut mit hinausgespült werden.«

»Gwynn hat keine Scheu vor schwerer Arbeit.«

Kate hob eine Braue in Richtung ihrer Mutter. »Gwynn bringt immer noch ihre Wäsche nach Hause. Es fällt ihr schwer, vier Tage am Stück bei O'Malley's zu arbeiten, ohne sich krank zu melden – damit sie bei ihren Seifenopern nicht den Anschluss verliert.«

Sowohl Gwynn als auch Andrew mussten sich auf einen Schock gefasst machen.

»Ich glaube, du wirst eine Überraschung erleben«, meinte Maeve. »Du und ich, wir sind doch beide Schwerarbeiterinnen. Ich kann mir nicht vorstellen, dass ausgerechnet *der* Apfel so weit vom Stamm gefallen sein soll.«

»Manchmal denke ich, dass *der* Apfel von einem Baum vor dem Gap-Laden in der Short Hills Mall gefallen ist.«

»Ich gebe zwar zu, dass Andrew nicht gerade nach Short Hills aussieht«, meinte Maeve, »aber diese Blumen waren doch eine sehr nette Geste.«

Kate wollte keine zärtlichen Gefühle für den ungeschliffenen jungen Fischer aufkommen lassen, der offenbar das Herz ihrer Tochter erobert hatte. »Er musste sich entscheiden zwischen den Blumen und einem Eimer Muscheln. Er hat die richtige Wahl getroffen.«

»Hast du mitgekriegt, wie er sie angeschaut hat?« Maeve seufzte, als sie die Weintrauben in einen Plastikbeutel gleiten ließ. »Ziemlich lange her, dass mich einer so angesehen hat.«

Kate verdrehte die Augen. »Mich hat noch nie einer so angeguckt, und ich kann immer noch aufrecht gehen.«

»Ach ja?« Ihre Mutter warf ein paar Brokkoliköpfe, Radieschen und eine Tüte Babybohnen in den Einkaufswagen.

»Ich würde doch meinen, dass dein neuer Freund dem neulich sehr nahe kam.«

Sie wandte sich ab und lächelte in eine Auslage fader Treibhaustomaten, die ein Verbrechen gegen den Gartenstaat darstellten. »Du hast immer gesehen, was du sehen wolltest, Mom.«

»Ich weiß, dass du lächelst«, sagte Maeve.

»Wie kannst du das wissen? Ich dreh dir den Rücken zu.«

»Ich bin deine Mutter. Du kannst mich nicht an der Nase herumführen, Schätzchen. Ich hab deinen Blick gesehen, als du gestern Abend nach Hause gekommen bist, und weiß, dafür war nicht Paul verantwortlich. Dreißig Minuten auf dem Parkplatz mit Mark haben ein Feuer entzündet, das dreißig Jahre Freundschaft mit Paul nicht zuwege gebracht hat.«

»Kein Wunder, dass sich deine Bücher wie warme Semmeln verkaufen«, meinte Kate trocken. »Du bist wirklich sehr eloquent.«

»Die sexuelle Anziehung ist wirklich eine erstaunliche Sache«, sagte Maeve, während sie auf die Molkerei-Abteilung zuschlenderten. »Vor allem, wenn sie verboten ist.«

»Okay, jetzt reicht es aber.«

»Meine kleine Puritanerin.« Maeve lachte. »Gib's doch zu: Hat es dich nicht so ein kleines bisschen gekitzelt, als du diesen Priesterkragen erblickt hast?«

»Mom!«

Sie sah sich um und betete darum, dass keine ihrer Nachbarinnen in Hörweite war. »Ich war entsetzt, als ich diesen Kragen gesehen habe. Zwölf Jahre war ich auf einer katholischen Schule. Und wenn man da eines lernt, dann, dass Priester absolut tabu sind.«

»Da ist es doch ein Riesendusel, dass er kein Katholik ist.«

»Meinetwegen könnte er auch ein praktizierender Druide sein. In der Hinsicht hab ich überhaupt kein Interesse an ihm.«

Mit diesen Worten brach sie über einer Pyramide fettarmen Hüttenkäses mit Ananas in Tränen aus und bestätigte damit weitestgehend sämtliche von Maeve gehegten Vermutungen.

Rocky Hill – Montag Abend

Während seiner fünfjährigen Odyssee zurück in ein gesundes, produktives Leben hatte Mark vor allem eines gelernt: dass Veränderungen ihm ziemlich zusetzten.

Dem Leben war nicht zu trauen. Sobald man ihm den Rücken zukehrte, warf es einem unerreichbare Bälle zu und lachte, wenn man versuchte, sich wieder zusammenzureißen. Nichts blieb, wie es war, und das Beste, was man tun konnte, war einfach weiterwursteln.

Wie vielen Leuten hatte er über die Jahre diesen Müll erzählt? *Bleib stark. Am Ende wird alles wieder gut? Alles geschieht nur zu deinem Besten.*

Einige der größten Lügen, die die Menschheit kannte. Jemals gekannt hatte.

Die Wahrheit war, dass das Leben nicht immer so lief, wie man es für richtig hielt: Man konnte alles richtig machen und trotzdem mit gebrochenem Herzen und kaputter Seele enden. Entscheidend war, wie man damit umging.

Alkohol war keine Lösung. Das wusste er mit Sicherheit. Denn auch durch den Nebel von Wodka und Whiskey machte sich der Schmerz noch bemerkbar. Sogar in die Träume stahl er sich noch hinein.

Wahrscheinlich hätte er sich noch vor dem ersten Jahrestag von Suzannes Tod in der tragischen Abwärtsspirale befunden, wenn nicht sein Bischof und zwei Gemeindemitglieder eingegriffen und ihn gedrängt hätten, Hilfe zu suchen.

Ihre Krankheit hatte seinen Glauben ziemlich erschüttert. Er musste erst nüchtern werden, um seine Seele wiederzuerwecken und sich daran zu erinnern, dass Gott ihm die Werkzeuge an die Hand gegeben hatte, sein Leben neu aufzubauen. Der Glaube stärkte sein Rückgrat, vertiefte seine Entschlossenheit, gab ihm das Zutrauen, dass hinter all dem Chaos ein Plan war und dass er sich nur noch ein wenig mehr bemühen musste, ein wenig länger beten musste, und Gott würde ihm helfen, ans Ziel zu gelangen.

Zu dem Treffen gegenüber dem Universitätsklinikum in Princeton war er an diesem Abend auch deswegen gegangen, weil Veränderungen bei ihm stets ein Auslöser für alte Verhaltensweisen sein konnten. Charlotte Petruzzos Einweisung, Maggy Boyds Anruf, all das weckte alte Gefühle in ihm, schlechte Gefühle, die einen Mann dazu bringen konnten, an gefährlichen Orten nach alten Freunden Ausschau zu halten. Sich mit verständnisvollen Menschen darüber auszutauschen, war hilfreich; hilfreich war auch, das Ego beiseite zu schieben und einfach so zu funktionieren, wie man zu funktionieren hatte.

Was nicht ganz so leicht war, wie es klang.

Er rollte die gekieste Auffahrt hinauf und stellte den Motor ab. Das Haus war dunkel und still, das VERKAUFT-Schild leuchtete neonhell im Mondschein. Er hätte vor dem Weggehen ein Licht anknipsen sollen, vielleicht auch – gegen die Stille – das Radio einschalten sollen. Sobald er sich in New Hampshire eingerichtet hatte, würde er sich einen Wachhund besorgen und …

Es hatte keinen Sinn, jetzt Pläne zu schmieden. Plötzlich waren diese Pläne von etwas überschattet.

Er machte sich ein Erdnussbutter-Gelee-Sandwich aus matschigen weißen Toastscheiben und schlang es über der Spüle hinunter. Er spülte es mit einem Liter fettarmer Milch hinunter. Er ging die Post durch, zahlte seine Stromrechnung, hörte seinen Anrufbeantworter ab, zog sich aus und duschte.

Wenn er jetzt keine Lust hatte, die Badewanne neu zu verfugen, dann wusste er nicht mehr, wie er es vermeiden konnte, seinen Laptop anzuschalten und seine E-Mails runterzuladen.

AN: mark.kerry@mklj.net
VON: annie-s@aol3.com
BETREFF: Freitagstreffen

Gott segne die Unitarier. Am Freitag ist in ihrem Saal für uns reserviert. Sag bitte der Gruppe Bescheid. Hoffentlich checken alle bis dahin noch ihre E-Mails.
Bis dann,
Ann

* * *

AN: mark.kerry@mklj.net
VON: marcy-n-scott@quickaccess.com
BETREFF: Tolles Essen, tolles Gespräch

Wir haben uns wunderbar unterhalten gestern Abend. Das also war die Frau, die du gesucht hast? Offenbar hast du da ja einen Konkurrenten. LOL. Jammerschade, dass du so schnell wegmusst. Wir grillen noch mal, bevor du abreist, okay?
Alles Liebe, Marcy & Scott

* * *

AN: mark.kerry@mklj.net
VON: mboyd@nh2day.net
BETREFF: Sitzung des Pfarrgemeinderats

Es gibt nicht viel zu berichten. Die Sitzung hat drei Stunden gedauert. Du hast jede Menge Unterstützer, das ist auf jeden Fall gut, aber der Bischof hat das letzte Wort. Wenn du deinen Lebenslauf updaten und ein bisschen herausstreichen könntest, was du die letzten zwei Jahre gemacht hast, wäre das eine GROSSE Hilfe.

Wir brauchen ihn so bald wie möglich, d.h. morgen früh. Du bist doch noch jung genug, um die Nacht durchzumachen, oder? Ich wünschte, ich könnte dir etwas Festes anbieten, ich hab es probiert. Die meisten in deiner Gemeinde stehen hinter dir, Mark, aber der Neue hat definitiv was zu bieten. Wenn wir hart genug kämpfen, können wir Clennon sicher rumkriegen.

Maggy

* * *

AN: mboyd@nh2day.net
VON: mark.kerry@mklj.net
BETREFF: Sitzung des Pfarrgemeinderats

Wie wär's, wenn ich Clennon meinen upgedateten Lebenslauf persönlich übergeben würde? Ich könnte morgen Abend hochfliegen und ihn am Mittwochmorgen als erstes in seinem Büro aufsuchen. Bis jetzt habt ihr, du und der Pfarrgemeinderat, meine Schlachten für mich geschlagen. Zeit, dass ich mich selber ein bisschen mit Blut besudle.

Sag mir Bescheid, okay?

MK

* * *

AN: mark.kerry@mklj.net
VON: mboyd@nh2day.net
BETREFF: Sitzung des Pfarrgemeinderats

TOLLE IDEE. Das machen wir. Ich rufe dich an, sobald ich alles festgeklopft habe. Ich glaube, heut Abend müssen wir ein paar Extragebete sprechen, was?

Maggy

Er schaltete den Laptop aus, schloss die Haustür ab und legte sich schlafen.

Kates Haus – am nächsten Morgen

»Du fährst weg?« Kate kam mit nassem Haar über den Schultern aus ihrem Schlafzimmer geschossen und packte ihre Mutter am Ärmel. »Du kannst mich doch hier nicht alleine lassen!«

»Ich nutze die Gelegenheit«, meinte Maeve, mit den blauen Augen zwinkernd, »und treffe mich mit Amelia und Sunny zu einem späten Lunch. Du bist sicher in guten Händen.«

»Ich hab auf dich gezählt«, sagte Kate. »Du weißt schon, falls das Gespräch ins Stocken gerät.«

»Ich glaube nicht, dass es da Probleme geben wird.«

»Bitte!«

Kate war zu alt, um zu betteln. »Wenn du nicht hier bist, sieht es ja aus, als wär es ein Date oder so was.«

»Ist es das etwa nicht?«

»Natürlich nicht. Das ist ein Dankes-Essen, nichts weiter. Ich revanchiere mich, weil ich ihm Dank schulde.«

»Da könntest du auch einen Scheck für eine von ihm bevorzugte Wohltätigkeitsorganisation ausschreiben, Schätzchen. Das würde doch vollkommen reichen.«

Alles in allem wirkte Maeve viel zu amüsiert für Kates Geschmack. »Ich hab schon daran gedacht, aber das hat er abgelehnt.«

»Dann wirst du ihm wohl etwas kochen müssen.«

»Du machst das doch mit Absicht, oder?« Kate rannte, ihrer Mutter auf den Fersen, die Treppen hinunter und musste unten innehalten, um zu verschnaufen. »Hat das nicht in einem deiner Bücher gestanden? *Magische Partnerwahl* oder so was?«

Maeve kontrollierte ihre Frisur im Korridorspiegel. »*Part-*

nerwahl und Magie, aber du warst nah dran, Schatz, und ja, du hast recht. Ich mache das absichtlich.«

Indem ihre Mutter es einräumte, nahm sie Kate den Wind aus den Segeln; sie sank auf die unterste Treppenstufe und vergrub das Gesicht in den Händen. »Ich dachte, du solltest dich während meiner Erholungszeit um mich kümmern, und nicht mich quälen.«

»Ich habe mit Gwynnie darüber gesprochen, und wir waren uns beide einig, dass es das Richtige ist.«

»Wunderbar. Nun redet ihr zwei schon hinter meinem Rücken über mich.«

»Wir haben immer hinter deinem Rücken über dich geredet«, erwiderte Maeve und suchte nervös nach ihrer Handtasche und ihren Autoschlüsseln. »Du hast nur nicht darauf achtgegeben.«

»Er wird merken, dass du das arrangiert hast.«

»Du bist einundvierzig Jahre alt. Ich glaube nicht, dass er einen Anstandswauwau erwartet.«

»Ich erhole mich von einem Herzinfarkt. Ich brauche jemand, der auf mich aufpasst.«

»Er ist ausgebildeter Sanitäter. Du wirst in guten Händen sein.«

»Ich muss immer noch duschen, mir die Haare föhnen, überlegen, was ich anziehe, und – wie konnte ich das nur vergessen – ein fantastisches Essen für meinen Lebensretter improvisieren.«

Maeve nahm Kate bei der Hand und führte sie in die Küche. »Ich hab was vorbereitet«, sagte sie und schwang die Kühlschranktür auf. »Sesamhähnchen auf einem Bok-Choy-Bett mit Gemüse-Julienne und einem Thai-Dressing. Pfirsich-Eistee. Und Mango-Sorbet für hinterher.«

»Das ist ja unglaublich!« Kate starrte in den Kühlschrank, mit einem Blick wie ein Kind am Weihnachtsmorgen. »Das ist ja unfassbar, das hast du für mich getan, Mom?«

Maeve seufzte in gespielter Verzweiflung. »Das ist aber

kein Grund zum Heulen, Schätzchen. So was tun Mütter eben. Das weißt du doch.«

Es war zwar nichts, was ihre Mutter jemals getan hatte, doch Kate war zu sehr damit beschäftigt, in ein Tempotuch zu schniefen, um sich in Wortklaubereien zu verlieren. Diese unerwarteten Akte der Güte würden noch einmal ihr Verderben sein.

»Föhn deine Haare fertig«, befahl Maeve. »Ich geh in die Stadt, um zu gucken, ob Fran heute wieder diese leckeren Brownies gebacken hat. Dieses Sorbet ist für deinen Father Mark womöglich ein bisschen zu edel.«

Der restliche Morgen verging mit erwartungsvollem und aufwändigem Stylen wie im Flug.

Das letzte Mal, dass sie so viel Mühe auf ihre Aussehen verwandt hatte, war – erinnerte sie sich – der Abend der Highschoolfeier in St. Aloysius in ihrem letzten Schuljahr gewesen. Es war die Nacht, in der sie zum ersten Mal mit Ed geschlafen hatte und in der sie höchstwahrscheinlich auch Gwynn gezeugt hatten.

Sie zupfte am fließenden Ärmel ihres dunkel pfirsichfarbenen Seidenpullovers. Eines wenigstens wusste sie: Diesmal würde zwischen Salat und Sorbet kein Baby gezeugt werden. Jenes verrückte durchgedrehte Gefühl, dass sie am Sonntagabend auf dem Parkplatz der Old Grist Mill gepackt hatte, hatte sich verflüchtigt, wofür sie sehr dankbar war. Sie sorgte sich nicht mehr, dass sein Erscheinen auf ihrer Türschwelle sie aufs Neue in romantisches Chaos und hoffnungslose Sehnsucht stürzen würde. Vielleicht würde sie sich ja immer noch die Augen ausheulen, wenn jemand einfach nett zu ihr war, aber ihre kurze Vernarrtheit in die romantische Liebe schien vorbei zu sein.

Dass sie in der letzten Nacht – nur für den Fall, dass er ihr ein E-Mail schicken oder versuchen könnte, sein Bedauern nachts um drei via Instant Messaging zu übermitteln und sofort eine Antwort brauchte – mit dem Laptop auf dem Kissen neben sich eingeschlafen war, brauchte ja niemand zu wissen.

Um Viertel vor eins schlenderte sie ins Wohnzimmer und drehte vor Maeve eine Pirouette. »Wie sehe ich aus?«

»Traumhaft.« Ihre Mutter blickte von ihrer Zeitschrift auf und begutachtete sie. »Dieser Farbe hat dir schon immer fantastisch gestanden.«

»Wie findest du den Rock?« Sie machte eine halbe Drehung und blickte über die Schulter. »Macht er mich zu dick??«

»Du siehst großartig darin aus.«

»Aber vielleicht ist er ja ein bisschen zu schick für ein Mittagessen am Dienstag. Bin gleich wieder da.«

Fünf Minuten später kam sie in ihrer schmeichelhaftesten Jeans, dem hinreißenden pfirsichfarbenen Pullover und flachen Ballerinas wieder herunter. Das Haar hatte sie zu einem lockeren Knoten hochgesteckt, aus dem lässig einige Strähnen und Locken herunterfielen. Make-up, etwas Parfüm, ihre Lieblingsohrringe, die aussahen wie eingefangenes Sonnenlicht.

»Du hattest recht.« Maeve nickte zustimmend. »So ist es absolut perfekt.«

»Ich werde schon allmählich wie Gwynn, oder? Was ist bloß los mit mir?« Nie hatte sie Zeit darauf verschwendet, über Kleidung oder Frisuren zu diskutieren. Schon als Teenager hatte sie gewusst, was zu ihr passte und was nicht und hatte sich nie ratsuchend an Maeve gewandt.

»Alles so weit fertig«, meinte Maeve und überflog ein letztes Mal die Küche. »Ich glaube, ich gehe jetzt.«

»Du kannst noch nicht gehen. Er ist noch nicht da.«

»Es ist achtzehn Minuten vor eins.«

»Und wenn er nun gar nicht auftaucht? Dann bin ich ganz allein hier.«

»Ich hab mein Handy dabei. Wenn er nicht kommt, ruf mich an, dann komm ich sofort wieder nach Hause.«

Maeve ließ sich nicht beirren und war fünf Minuten vor der ausgemachten Uhrzeit verschwunden.

Kate war erstaunt, wie viel Sorgen, Aufregung und Zweifel eine Frau in dreihundert Sekunden unterbringen konnte. Sie stellte das Essen in Frage, ihr Haar, ihren Pullover, den Zuckergehalt des Eistees, die Existenz Gottes, die alte lateinische Messe, den Geschmacksquotienten von Sesamsamen, Gwynns Gattenwahl und wie sie je hatte glauben können, dass die Einladung eines anglikanischen Priesters zum Mittagessen eine so tolle Idee sein sollte.

Und dann hörte sie das Motorengeräusch eines uralten Honda in ihrer Auffahrt und sah einen großen, dunklen und attraktiven Mann vor ihrer Haustür stehen, und alles fiel von ihr ab.

11

Er wusste genau, was er sagen würde, wenn sie ihm aufmachte. Er hatte es sich auf der Fahrt nach Coburn zurechtgelegt. Hatte sein Timing geübt, während er beim Floristen darauf wartete, bis der irgendein empfindliches, glänzendes Papier um den prächtigen Blumentopf gewickelt hatte. Er wollte witzig sein, ohne zu übertreiben. Herzlich, aber nicht gefühlsduselig. Neutral, aber nicht etwa kalt oder distanziert. Eine Predigt für den Ostersonntag zu schreiben war mit Sicherheit leichter, aber schließlich hatte er es geschafft.

Er hatte seine Sprüche parat. Er hatte Blumen. Und er hatte sogar schönes Wetter mitgebracht.

Alles war perfekt oder wäre es gewesen, hätte sein Hirn nicht in dem Moment, da sie die Tür aufriss und er sie in ihrer Jeans und ihrem seidigen Pullover erblickte, einen Kurzschluss erlitten.

Sie wirkte frisch und jung, und so weit er sah, hatte sie nicht mal Make-up aufgelegt. Das Haar hatte sie hochgesteckt, doch Strähnen in schimmerndem Kastanienbraun waren herausgerutscht und umrahmten weich ihr Gesicht. Sie verkörperte genau das, was Gott sich wohl vorgestellt hatte, als er die Frau erschuf. War sie im landläufigen Sinne schön? Er wusste es nicht. Die Meinung der Leute spielte keine Rolle. Nur eines wusste er mit Sicherheit, dass er kein Jota daran verändert hätte.

Sie lächelte nicht. Sie stand nur da und betrachtete ihn mit derselben Verwunderung, die wahrscheinlich auch in seinem Blick lag. Überraschung. Erschrecken. Jenes Gefühl des Wiedererkennens, das er bei jeder Begegnung mit ihr empfunden hatte, als ob alles, was ihm in der Vergangenheit jemals zugestoßen war, jeder Triumph, jeder Fehler, jeder verlorene und dann wiedergefundene Traum, eine Vorbereitung auf diesen Moment gewesen sei.

Irgendwo in einer anderen Straße lärmte eine Autohupe und brach den Zauber, dem sie gerade zu verfallen begannen.

»Sie kommen pünktlich«, sagte sie und lächelte breit und glücklich. »Kommen Sie herein.«

»Es war nicht viel Verkehr«, sagte er und schnupperte, während er in die Diele trat, den berauschenden Duft ihrer Haut. »Diese Abkürzung, die Sie mir verraten haben, war super.«

Er reichte ihr den Blumentopf, und ihr Lächeln wurde noch breiter. »Ich liebe Tulpen«, sagte sie. »Ich werde diesen Herbst Zwiebeln in den Vorgarten pflanzen, dann blühen sie nächstes Frühjahr.«

Man hätte annehmen können, er habe den Oscar gewonnen, dabei hatte er doch nur die richtige Pflanze ausgewählt. »Irgendwas riecht hier fantastisch«, sagte er, als sie in den hinteren Teil des Hauses kamen. »Sesam?«

»Ich bin beeindruckt«, meinte sie, als sie die Küche betraten. »Ich bin mir nicht sicher, ob ich das selbstständig erschnuppert hätte.«

»Während meiner Seminarzeit hab ich mal über einem chinesischen Restaurant gewohnt.«

»Tatsächlich?« Sie öffnete den Kühlschrank und nahm einen großen Glaskrug heraus, der etwas Bernsteinfarbenes enthielt. »Maeve und ich haben, als ich in der sechsten Klasse war, über einem ungarischen Restaurant gelebt. Und ich habe eine Vorliebe für Hühnerpaprikasch und Geigen entwickelt, die ich offenbar nicht mehr loswerden kann.«

Ihm fiel plötzlich auf, dass zwei Teller auf der Esstheke standen, zwei Gläser, zwei Bestecke dort lagen.

»Wo ist denn Ihre Mutter?«, fragte er. »Ich dachte, sie würde mit uns essen.«

»Das habe ich auch gedacht.« Kate öffnete eine Schublade

und nahm zwei frisch gebügelte sonnengelbe Servietten heraus. »Sie ist ausgegangen, um mit zwei ihrer Busenfreundinnen zu lunchen.«

»Und Ihre Tochter?«

Sie wandte sich, während sie nach dem an der Theke lehnenden Tablett griff, leicht von ihm ab. »Sie ist gestern an ihre Arbeit zurückgekehrt.«

»Dann sind wir also allein.«

»Ja«, sagte sie, »nur wir beide.«

»Gut.« Idealer Zeitpunkt, um seinen inneren Zensor in die Pampa zu schicken. Sie hatte ihn entweder nicht gehört oder war nett genug, wenigstens so zu tun. Er brauchte alle Unterstützung, deren er habhaft werden konnte, um nicht etwas so Lächerliches zu sagen, dass er den Bundesstaat, nur um sein Gesicht zu wahren, noch sechs Wochen früher verlassen musste.

»Ich habe Maeve die Leviten gelesen. Ich hatte Angst, Sie dächten vielleicht ...« Sie verschluckte den Rest ihres Satzes. »Ob Sie's glauben oder nicht, ich war mal eine intelligente, kultivierte Frau.« Sie deutete mit einer umfassenden, fast komischen Handbewegung auf sich. »Das hier – bin ich eigentlich gar nicht.«

»Ich habe auf der Herfahrt eine Rede einstudiert.«

»Das glaube ich Ihnen nicht!«

»Im Blumenladen hab ich sie geübt. Der Angestellte hat mich für bekloppt gehalten.«

»Ist das nicht lächerlich?«, sagte sie und goss ihnen von der Flüssigkeit – was immer es war – aus dem eiskalten Krug ein. »Wir tun, als hätten wir uns eben erst kennengelernt. Wo wir doch alte Freunde sind.«

»Acht Tage ... heute eingerechnet.« Er nahm ihr das Glas aus der Hand. »Pfirsich-Eistee?«

»Nun erzählen Sie aber mir nicht, dass Sie während Ihres Studiums über einem Teeladen gewohnt haben.«

»Ich habe die leeren Pfirsichnektar-Dosen gesehen.«

»Ich wünschte, es wäre Champagner«, sagte sie, »aber Alkohol darf ich momentan nicht trinken. Aber wenn Sie gern Champagner trinken, wir haben eine kleine Flasche im Kühlschrank, die ich Ihnen gerne aufmache.«

»Ich darf momentan auch keinen Alkohol trinken«, sagte er. »Und nicht nur momentan.«

Sie nickte, hakte jedoch nicht nach, und dies war nicht der Zeitpunkt, um ihr seine Lebensgeschichte aufzudrängen. Sie goss sich und ihm einen Becher Pfirsichtee ein.

»Cent'anni«, sagte er. »Hundert Jahre.«

»Cent'anni«, erwiderte sie, und er beobachtete verblüfft, wie sie in Tränen ausbrach.

Er stellte sein Glas ab und ging um die Theke herum, wo sie stand und in ihre gelbe Serviette schluchzte. »Hab ich irgendwas Falsches gesagt?«

Sie schüttelte den Kopf und versuchte, sich zusammenzureißen. »Achten Sie einfach gar nicht auf mich!«

Als ob das möglich gewesen wäre.

Sie brachte ein bedauerndes Lächeln zustande. »Ich weiß, es ist schwer zu glauben, aber mein wahres Ich heult nur bei Taufen.«

Er reichte ihr eine frische Serviette, die sie dankbar entgegennahm. »Da kann man nichts machen, außer es durchzustehen. Es gehört einfach dazu.«

»Naja, ich finde das alles nicht so toll. Ich bin als eigensinnige Geschäftsfrau bekannt. Ich hab einen Ruf zu verlieren.«

»Geschäftsfrauen weinen nicht?«

»Nicht in der Käseabteilung von ShopRite, nein. Gestern hab ich mich über einer Auslage von fettarmem Hüttenkäse ganz schön lächerlich gemacht. Ich werd noch den Supermarkt wechseln müssen, wenn das so weitergeht.«

Sie sagte es mit einem selbstironischen Lachen in der Stimme, das genauso verräterisch wie einnehmend war.

»Sind Sie immer so streng mit sich?«

»Haben Sie neben ihrem Abschluss in Theologie auch einen in Psychologie?«

»War nur eine Beobachtung.«

»Es ist so schön draußen«, sagte sie und wies auf die Glastüren. »Was halten Sie davon, im Innenhof zu essen?«

Was seine Frage weitgehend beantwortete.

* * *

Kate wusste nicht, was sie getan hätte, wenn er ihr nicht zugestimmt hätte. Sie wusste nur, dass der Raum für all die Gefühle, die in ihm herumwirbelten, zu klein geworden war. Wenn sie noch ein bisschen länger in diesem Zimmer blieben, konnte alles Mögliche passieren.

Er sah sie zu klar. Die meisten Leute glaubten, sie segle auf einer Welle des Selbstvertrauens durchs Leben, doch er spürte, dass es anders war.

Er war einer jener seltenen Männer, die anpackten und nicht warteten, dass man sie darum bat. Er trug Teller, Platten und Krüge hinaus und stellte sie auf den Tisch, während sie den Kaffee aufsetzte, Dessertteller hervorholte und sich ins Bad stahl, um Haar und Make-up zu kontrollieren.

Schließlich saßen sie einander an der gläsernen Tischplatte gegenüber. Für einen der ersten Frühlingstage war die Sonne ziemlich warm, und der Himmel war tiefblau und wolkenlos. Sogar die Natur war auf ihrer Seite.

»Frühling in New Jersey«, sagte sie mit einem theatralischen Seufzer. »Viel besser wird es nicht mehr.«

»Da haben Sie recht.« Sein Blick schweifte über die Garten- und Rasenfläche, die sich vor ihnen ausbreitete. »Und ich dachte immer, nirgends sei es schöner als bei uns in New Hampshire.«

»Sie kommen ursprünglich aus New Hampshire?« Das also war die Erklärung für den Yankee-Akzent, den sie an ihm registriert hatte.

»Und zwar so weit im Norden geboren und aufgewachsen, dass man uns zu Kanadiern ehrenhalber ernannt hat.«

Sie lachte. »Ich war mal in der Gegend von Laconia. Das ist einer meiner Lieblingsorte auf der ganzen Welt.«

»Der ganze Medienrummel konzentriert sich zwar auf Vermont«, sagte er, »aber auch wir lösen alle touristischen Erwartungen ein.«

»›In Freiheit leben oder sterben.‹« Sie zitierte das Motto des Bundesstaats. »Ziemlich schwer, diese Empfindung zu toppen.« Sie wies auf ihr Mittagessen. »Die Fülle New Jerseys. Greifen Sie zu!«

Er zögerte einen Sekundenbruchteil, ehe er zur Gabel griff – gerade lange genug, damit es ihr auffiel.

»Stimmt etwas nicht?«, fragte sie. »Brauchen Sie Salz?«

»Alles wunderbar.«

Dann dämmerte es ihr. »Wollten Sie ein Tischgebet sprechen?«

Sein Lächeln war locker und ungezwungen. »Das hab ich eben getan, aber wenn Sie mitbeten wollen, wiederhole ich es gern.«

»Schon in Ordnung«, sagte sie und griff nach Ihrem Eisteeglas. »Alles okay.«

Er nickte und spießte mit der Gabel ein Hähnchenstück auf.

»Ich meine, normalerweise spreche ich kein Tischgebet.«

Er steckte das Hähnchenstück in den Mund. »Kein Problem.«

»Ich habe nichts dagegen«, fuhr sie fort, »ich bin es nur nicht gewöhnt.«

»Sie sind mir keine Erklärung schuldig, Kate. Das ist in Ordnung.«

Sie legte ihre Karten auf den Tisch und stellte den Eistee ab. »Seit neunzehnhundertdreiundneunzig war ich nicht mehr in der Kirche, und ein Tischgebet habe ich zuletzt gesprochen, als ich noch die Uniform von St. Aloysius getragen und fürs Abitur gepaukt habe.« Was um Himmels willen war nur mit ihr los? Apropos Geplapper. »Ja, und die Wendung *vom Glauben abgefallen* ist viel zu schwach, um es zu beschreiben.«

»Ich hab heute meinen Kragen nicht an«, sagte er. »Und ich bin nicht gekommen, um Sie zu verurteilen.«

Sie spielte mit dem Dessertlöffel. »Ich weiß nicht einmal, warum ich Ihnen das alles erzähle. Es ist mir einfach so rausgerutscht, als ich gemerkt habe, dass Sie beten.«

»Religion ist in der heutigen Gesellschaft ein heikles Thema. Die meisten von uns würden eher über ihr Sexualleben reden als über ihre religiösen Überzeugungen.«

Er lächelte, und ihr Unbehagen schmolz dahin.

»Ich dachte, Geld sei in unserer Gesellschaft ein heikles Thema«, sagte sie und griff wieder nach ihrem Eisteeglas.

Er schüttelte den Kopf und spießte etwa Bok Choy auf. »Glauben Sie mir, mit der Religion ist es viel schwieriger. Wir entwickeln uns zu einer weitgehend säkularen Gesellschaft, und dadurch landen die Leute, die gläubig sind, auf der anderen Seite der kulturellen Wasserscheide.«

»Trennung von Kirche und Staat«, erinnerte sie ihn. »Das ist doch was Gutes.«

»Zugegeben, aber davon rede ich nicht. Religion erfüllt viele mit Unbehagen.« Er wies auf sich. »Deswegen trage ich heute auch keinen Kragen.«

»Weil ich mich unbehaglich fühlen könnte? Ich glaube nicht, dass ich mich noch beklommener fühlen könnte, als ich es jetzt schon bin.«

»Dann sollten wir besser das Thema wechseln.« Er beugte sich über den Tisch. »Für wen haben Sie denn bei den letzten Wahlen gestimmt?«

Und die Spannung zwischen ihnen verflüchtigte sich einfach so, und sie waren wieder dort, wo sie ein paar Minuten zuvor gewesen waren: ein Mann und eine Frau, die unter einem herrlichen New-Jersey-Himmel aßen und lachten.

»Sie sind eine fantastische Köchin«, sagte er, als er den letzten Salatrest verputzte. »Das war Weltklasse.«

»Danke, aber das Lob gebührt nicht mir. Maeve hat das alles gekocht. Seit meinem Herzinfarkt ist sie sehr fürsorglich geworden.«

»So sind Mütter nun mal.«

Sie lachte. »Nicht meine. Maeve hatte immer ihre eigenen Theorien über Kindererziehung, und die entsprachen nicht gerade dem Doris-Day-Muster einer Mutter und Hausfrau.«

»Sie ist eine faszinierende Frau.« Er sah sie an. »Ich hab ihre Bücher gelesen.«

»Das ist nicht wahr!« Maeve schrieb über Liebe und Sex und Romantik und zuweilen in ziemlich anschaulicher Sprache.

»Sie ist gut«, sagte er. »Sie ist ehrlich, und sie ist hilfreich. Was gibt's daran zu meckern?«

»›Was gibt's daran zu meckern?‹« Sie begann zu lachen. »So wie Sie das sagen, klingen Sie wie ein waschechter Newjerseyer. Sind Sie sicher, dass Sie keiner sind?«

»Absolut.« Er leerte sein Glas und goss ihnen beiden aus dem Krug nach. »Und wie war sie dann als Mutter?«

»Liebevoll«, sagte sie und schob ihr Sesamhähnchen von einer Seite des Tellers auf die andere. »Und die meiste Zeit in ihre eigenen Lebensdramen verstrickt.« Sie begegnete seinem Blick. »Maeve gehört zu den Frauen, die sich leicht und oft verlieben. Leider gehört sie auch zu denen, die an die Ehe glauben, was bedeutete, dass ich ziemlich viele Stiefväter hatte.«

»Das war sicher schwierig für Sie.«

»Einfach war es nicht«, gestand sie, »aber sie hatte einen guten Männergeschmack. Es waren alles extrem nette Burschen. Ich hätte mir bloß gewünscht, sie hätte einem davon Zeit gelassen, wenigstens seine Koffer auszupacken.«

»Dann sind sie wohl häufig umgezogen?«

»Nein, das mussten die Männer tun.«

Sie sahen sich an und brachen in ein lautes, grölendes Gelächter aus, das aus dem Nichts zu kommen schien.

»Lebt Ihr Vater noch?«, fragte er, während er ihr half, die leeren Teller in die Küche zu tragen. »Ich hab da so ein Bild von einem akademischen Typ mit Lederflicken auf den Ellbogen seines Tweedjackets vor mir.«

»Sie sind nahe dran. Er war der Sohn eines berühmten Senators aus Rhode Island. Aber sie haben sich schon vor meiner Geburt getrennt.« Sie öffnete die Tür der Spülmaschine und begann, sie einzuräumen. »Er starb, als ich sechsundzwanzig war.«

Er reichte ihr die Messer und Gabeln. »Das tut mir leid.«

»Es wäre schön gewesen, ihn kennenzulernen, aber ...« Sie zuckte die Achseln und schloss die Spülmaschine. »Seine Familie kann man sich nun mal nicht aussuchen.« Sie reichte ihm die Dessertteller, die Gebäckdose und die eiskalte Servierschüssel, in der sich das Mango-Sorbet türmte. »Wie steht's mit Ihnen? Auch irgendwelche Senatoren im Keller?«

Er wartete, während sie die Kaffeekanne, zwei Tassen, Untertassen und ein Milchkännchen aufs Tablett stellte. »Keine Senatoren«, erwiderte er, »aber ein paar anglikanische Priester hab ich schon vorzuweisen.«

»Dann sind Sie also im Familiengewerbe geblieben.« Sie führte ihn wieder in den Innenhof hinaus. Die warme Sonne war wie eine Umarmung.

»So hab ich das zwar eigentlich nie gesehen, aber so ist es wohl.«

»Sie haben es nie so gesehen?« Sie arrangierte alles auf der Glasplatte des Tisches und lehnte das Tablett an die Hauswand. »Nur in den wenigsten Familien versammeln sich gleich mehrere Geistliche um den Thanksgiving-Tisch.«

»Meine Eltern betrieben Milchwirtschaft und gingen nur zu Taufen, Beerdigungen und hin und wieder zu einer Hochzeit in die Kirche. Als ich ihnen sagte, dass ich ins Seminar gehen will, waren sie nicht gerade begeistert.«

»Als ich klein war, redeten die Nonnen immer vom ›Ruf, den man vernehmen müsse‹. Ich erinnere mich noch, dass ich auf dem Schulweg darum betete, Gott möge mir doch bitte nicht auf die Schulter tippen und mir sagen, dass ich ins Kloster muss.«

»So läuft das nicht.«

»Das weiß ich inzwischen«, sagte sie, während sie ihm Kaffee einschenkte, »aber wenn man sieben ist, scheint einem alles möglich.«

»Wollen Sie mich also fragen, ob Gott mich auf die Schulter getippt und mir eine einfache Fahrkarte ins Seminar in die Hand gedrückt hat?«

»Ja«, sagte sie und schob ihm seine Tasse hin. »Genau das will ich wissen.«

Warum sollte sie sich zurückhalten? Die Chance, dass sie sich nie wiedersahen, war ziemlich groß. Sie konnten es sich leisten, ehrlich miteinander zu sein.

»Ich kann mich an keine Zeit erinnern, zu der ich nicht Priester werden wollte.«

»Nichts für ungut, aber Sie sehen nicht gerade wie der durchschnittliche Kirchenmann aus. Als wir uns trafen, hatten Sie ein Grateful-Dead-T-Shirt an. Sie fahren einen wirklich schauderhaften himmelblauen Wagen. Und, ganz offen gestanden, ich glaube nicht, dass ich Sie bisher irgendetwas Heiliges oder Spirituelles hab sagen hören.«

»Vielleicht haben Sie ja nicht richtig zugehört.«

»Jedes Mal, wenn ich meine, Sie durchschaut zu haben, sagen Sie so etwas, und ich muss wieder von vorn anfangen.«

Er füllte ihr eine kleine Kristallschale mit Mango-Sorbet und schob sie hinüber. »Sie haben versucht, mich zu durchschauen?«

»Sie sind sehr geheimnisvoll«, sagte sie. »Ein Priester aus New Hampshire, ohne Kirche, mitten in New Jersey. Ich hab gegoogelt, aber nichts über sie herausgefunden.«

Sie bot ihm die üppigen Doppelschokobrownies an, die

Maeve aus der Bäckerei mitgebracht hatte. Er nahm sich zwei. Sie mochte Männer, die Schokolade mochten.

»Ich hab Sie auch gegoogelt«, meinte er. »Allein im letzten Jahr gab es zweiundfünfzig Einträge zu Kate French und/oder French Kiss.«

Sie lächelte und nahm einen Löffel Sorbet. »Wir hatten ein gutes Jahr.«

»Jetzt begreife ich auch, wie die Dokumente da reinpassen.«

»Das achtzehnte Jahrhundert, vor allem die Kolonialära und der Unabhängigkeitskrieg sind meine Spezialität«, sagte sie. »Kleidung, Haushaltsartikel, Briefe, Karten, Fotos usw. Leider sind gute Sachen hier bei uns immer schwerer zu finden. Für die Dokumente, die Sie für mich gerettet haben, musste ich bis nach England reisen.«

In zwei Wochen hatte sie ein neues Treffen mit Professor Armitage vereinbart.

Er warf ihr ein überraschend boshaftes Lächeln zu. »Hat Ihnen vielleicht der Geist von George Washington auf die Schulter getippt und Ihnen gesagt: ›Du sollst mit Antiquitäten handeln‹?«

Sie drohte ihm mit einem Löffel Mango-Sorbet. »Der Sohn des Senators hat mir bei seinem Tod etwas Geld hinterlassen. Seine zweite Familie hat das Testament zwar angefochten, aber seine Ehe mit Maeve war legal und bindend, und ich war einer seiner legitimen Abkömmlinge.« Sie schob sich das Sorbet in den Mund, kostete die weiche Süße und schluckte dann. »Ich habe mir dieses Kutschenhaus davon geleistet und mich zur Hälfte in den Antiquitätenladen eingekauft, in dem ich vorher schon gearbeitet habe. Zwei Jahre später habe ich den Besitzer ausbezahlt.«

»Was ist mit Gwynns Vater?«

»Ed und ich haben schon auf der Highschool geheiratet.« Sie sah ihn an. »Ja, aus genau dem Grund, den Sie vermuten. Wir waren Freunde, aber wir waren nie richtig verliebt, wie ein verheiratetes Paar es eigentlich sein sollte. Als Gwynn zehn Jahre alt war, haben wir uns scheiden lassen. Er hat nach einigen Monaten wieder geheiratet und lebt mit Marie und den gemeinsamen Kindern glücklich in Pennsylvania.«

»Und Sie haben nie wieder geheiratet?«

»Nein.«

»Mal nahe dran gewesen?«

»Überhaupt nicht.«

»Haben Sie es sich je gewünscht?«

»Auch nicht.« Sie tat, als würde sie ihn eingehend studieren. »Also, Sie sehen mir aus wie einer, der heiratet. Sie haben zwar gesagt, dass Sie nicht verheiratet sind, aber das hieße ja ... hm? Fünfunddreißig bis vierzig Jahre, die noch einer Erklärung harren.«

»Suzanne ist vor fünf Jahren gestorben.« Die Worte waren nüchtern, seine Gefühle spürbar.

»Das tut mir leid.« Sie wollte nach seiner Hand greifen, doch plötzlich erschien die Distanz zwischen ihnen enorm und voller Untiefen. »Ich wollte etwas Witziges sagen und habe ...«

Er schüttelte den Kopf.

»Wir wollten ein Kind, aber es hat nicht geklappt. Schließlich fuhren wir runter nach Boston zu einem Fruchtbarkeitsspezialisten. Er hat die üblichen Tests mit mir gemacht; es war alles in Ordnung. Sie machten ein paar Voruntersuchungen bei Suzanne und bestellten uns noch einmal ein. Acht Monate später war sie tot.«

Sie hatte kein Recht, um seine tote Frau zu weinen, aber trotzdem kamen ihr die Tränen. Genauso wie plötzlich der Mut, über den breiten Tisch zu fassen und seine Hand zu nehmen.

»Aber jetzt geht es Ihnen wieder gut.«

»Es ist jeden Tag anders, aber doch, doch, es geht mir gut.«

»Das freut mich.«

»Ich hätte Ihnen das Ganze fast schon erzählt, als Sie mich

fragten, ob Sie nicht eine Spende an meine Gemeinde machen könnten.«

»Sie schulden mir keine Erklärungen, Mark.«

»Ich weiß. Ich will es Ihnen aber trotzdem erzählen, wenn sie es aushalten.«

Er sprach. Und sie hörte ihm zu.

Sie sprach. Er hörte zu.

Paul rief sie auf ihrem Handy an, angeblich, um zu fragen, wie es ihr ging, aber sie wusste, dass er sie während ihres Mittagessens mit Mark kontrollieren wollte. Maeve meldete sich gegen drei, um sich zu vergewissern, dass alles gut lief. Mark nahm zwei Anrufe seiner Maklerin und einen von einem Kollegen in New Hampshire entgegen, der ihm etwas offenbar Unerfreuliches mitteilte.

Die Sonne erreichte ihren höchsten Stand und begann ihre langsame Talfahrt hinab in den Spätnachmittag. Der Gesprächsfluss reduzierte sich auf ein gelegentliches Murmeln. Der Himmel bewölkte sich leicht, die Temperatur fiel, und sie zogen in das an die Küche grenzende Sonnenzimmer um.

»Eine Bank«, meinte er begeistert. »Seit Jahren hab ich keine mehr gesehen.«

»Ich dachte, in Neuengland würde an jedem Hauseingang eine stehen.«

»Ist mir nicht aufgefallen.«

»Setzen Sie sich«, sagte sie. »Die wird Ihnen gefallen.«

»Ich sollte besser gehen. Sie hatten einen langen Tag.«

»Warum denn das?«, meinte sie lachend. »Meine Mutter hat das Mittagessen vorbereitet. Sie haben es serviert. Ich hab nur Eistee getrunken und geredet.«

»Und zugehört.«

»Sie auch.«

»Normalerweise bin ich nicht so offen«, meinte er mit einem verlegenen Schulterzucken. »Ich weiß nicht, warum das heute so war.«

»Ich auch nicht.« Sie war sich ihrer Stimme, ihrer Atemgeräusche schmerzhaft bewusst. »Ich hab Ihnen Dinge erzählt, von denen nicht mal meine Mutter weiß.«

Sie standen nur Zentimeter voneinander entfernt, so nah, dass sie die Wärme seiner Haut spüren und den Geruch nach frisch gemähtem Gras, der noch von den Stunden im Freien in seinen Kleidern haftete, riechen konnte.

Er nahm ihre Hände, und sofort füllten sich ihre Augen mit Tränen. »Ich bin allergisch«, sagte sie und zog den Kopf ein. »Der Frühling ist tödlich für mich.«

Und das war er in vielerlei Hinsicht. Der Frühling barg unzählige Gefahren. An einem warmen Frühlingstag konnte eine Frau mit dem richtigen Mann alles tun.

Es sei denn, es war doch nicht der Richtige. Besser, sie rief sich diese wichtige Tatsache in Erinnerung. Falscher als mit einem verwitweten Ex-Alkoholiker, der zufällig anglikanischer Priester war und gerade sein altes Leben in einem dreihundert Meilen entfernten Ort in New Hampshire wieder aufnehmen wollte, konnte man bei Männern nicht liegen.

Sie müsste verrückt sein, wenn sie vor einem solchen Mann nicht auf der Hut wäre.

»Das ist verrückt«, sagte sie, als sie einander in die Arme fielen.

»Völlig bescheuert«, stimmte er ihr zu, als sie auf die Bank sanken.

Sei waren einander so nah, dass ihr Atem sich mit dem Säuseln der Luft zwischen ihnen mischte.

»Sie sind nur noch sechs Wochen hier«, sagte sie und fuhr mit den Finger die Konturen seines Gesichts nach, prägte sich die Ebenen und Winkel ein, die schattigen Stoppel, die seine Wangen und Kiefer verdunkelten. »Es hat keinen Sinn, etwas anzufangen.«

»Überhaupt keinen.«

Er drückte einen Kuss auf die Vertiefung unter ihrem Hals, und wenn sie nicht schon gesessen hätte, wäre sie dahingeschmolzen und zu Boden gesunken.

»Wir wissen beide, dass es mit deinem Umzug nach New Hampshire zu Ende wäre.«

»Dein Leben ist hier in New Jersey.«

»Absolut«, sagte sie. »Meine Heimat, meine Familie, meine Arbeit. Alles.«

»Und meine Zukunft liegt in New Hampshire.«

»Eine zweite Chance«, sagte sie und küsste die kräftige Kurve seines Kinns. »Deine zweite Chance, alles wieder gutzumachen.« Sie hatte es kapiert. Sie verstand es sogar. Aber deshalb musste es ihr ja nicht gefallen.

Sein Mund fand ihren Nacken, den winzigen Puls, der wie verrückt in ihrer rechten Schläfe schlug. Ihr war, als würde er, überall, wo er sie mit den Lippen berührte, kleine Bömbchen zünden.

Seine Lippen berührten ihr Ohr. »Seit ich dich zum ersten Mal gesehen habe, wollte ich das tun.«

Sie schauderte ob der Empfindungen, die sie durchströmten. »Ich hab dich an deinem Wagen lehnen sehen und wäre fast über die eigenen Füße gestolpert.«

Seine Daumen strichen über ihren Mund. Mit jeder Sekunde, die verging, fiel ihr das Atmen schwerer.

»Ich kann dir nichts versprechen, Kate. Ich hab meiner alten Gemeinde schon zugesagt.«

»Ich glaube nicht an Versprechungen«, flüsterte sie, die Lippen weich an seine gepresst. »Das ist mir genug.«

Der Kuss war so natürlich wie das Atmen, so berauschend wie Champagner. Ihr Mund öffnete sich unter seinem, und sie japste unter seiner Schwere und der Art, wie er nach Schokolade, Mango und Hitze schmeckte. Sie fühlte sich benommen, schwindlig, und sie klammerte sich an seine Schultern, damit sie nicht vom Antlitz der Erde und in irgendein weites unbekanntes Universum von Sternschnuppen und Feuerwerken und geflüsterten Warnungen glitt, denen zufolge manches einfach zu schön war, um wahr zu sein.

Er küsste sie, als ob Küssen Selbstzweck wäre, als ob er es

einfach liebte, ihren Mund an seinem zu spüren, die Geräusche, die sie tief in ihrer Kehle erzeugte, die Art, wie sie sich an ihn drückte und offenbar in ihn hineinkriechen wollte.

Atemlos und benommen rissen sie sich voneinander los und sahen einander eine Ewigkeit in die Augen, als ob sie es nicht recht fassen könnten, dass dies wirklich mit ihnen geschah.

»Ein großer Fehler«, sagte sie. »Es geht einfach zu schnell.«

»Sag mir, dass ich gehen soll, und ich tu's«, sagte er. »Es ist noch nicht zu spät.«

Aber es war zu spät, und sie wussten es beide. Es war ihnen längst über den Kopf gewachsen.

12

Die Regeln waren schlicht: Sie würden die Gesellschaft des anderen genießen und sich an dem Tag, an dem er nach New Hampshire zog, ohne Bedauern voneinander verabschieden.

Sie küssten sich auf der Bank, bis sie das Motorengeräusch von Maeves Wagen in der Auffahrt hörten, um dann auseinanderzuspringen wie schuldbewusste Teenager. Kates Mund war von den Küssen rot und geschwollen, und als Maeve ins Zimmer trat, musste er sitzen bleiben, bis seine Erektion sich mit den neuen Gegebenheiten abgefunden und gelegt hatte.

Maeve war eine kluge Frau, die ihren Lebensunterhalt mit der Erforschung der geschlechtlichen Anziehungskräfte verdiente. Wahrscheinlich hatte sie den Lauf der Ereignisse vorausgesehen, noch ehe er und Kate etwas davon ahnten, aber sie ließ sich nichts anmerken. Nur das glückliche Funkeln ihrer Augen verriet sie.

Kate brachte ihn hinaus zu seinem Wagen, wo sie sich in der hereinbrechenden Dunkelheit an den Händen hielten.

»Du schläfst im Stehen«, meinte er schließlich, als sie an seine Schulter gelehnt eindöste. »Geh rein.«

»Das ist alles so leicht«, sagte sie. »Sollte so was nicht mit Ängsten und Anspannung verbunden sein?«

»Ich weiß nicht«, sagte er. »So was ist mir noch nie passiert.«

Sie gähnte ein wenig hinter vorgehaltener Hand und blickte zu ihm auf. »Du meinst, du kreuzt nicht auf Parkplätzen herum und suchst nach vom Glauben abgefallenen Katholikinnen, die du retten kannst?«

»Nur nach dir.«

Das hatte er nicht sagen wollen. Die Worte schienen einen eigenen Willen zu besitzen, und er wünschte, er könnte einen Knopf drücken, um das Band zu löschen.

Sie senkte den Kopf, und er musste nicht fragen, ob sie weinte. Er wusste es. Vielleicht war das Ganze ja doch keine so gute Idee. Erst vor einer Woche hatte sie einen Herzanfall gehabt, befand sich in einem äußerst verletzlichen und labilen Gemütszustand. Ihre Fähigkeit, Entscheidungen zu treffen, befand sich vielleicht nicht auf ihrem Höhepunkt. Das Problem war nur, er hätte sich nicht von ihr abwenden können, auch wenn er es versucht hätte. Das Gefühl der Unvermeidlichkeit, das von Anfang an da gewesen war, blieb unabweisbar.

Verstohlen wischte sie sich mit dem Ärmel ihres hübschen Pullovers die Augen. »Ich hab eine Heidenangst«, sagte sie.

»Ich auch.«

»Vielleicht machen wir einen schrecklichen Fehler.«

»Möglich.«

»Wir kennen uns erst eine Woche. Es ist nicht möglich, all das nach nur einer Woche zu fühlen.«

»Aber es ist so.«

»Ich weiß«, sagte sie, »und deswegen hab ich ja so eine Wahnsinnsangst.«

Sie einigten sich darauf, dass sie ja immer noch einen Gang zurückschalten, sich in ihre jeweiligen Winkel verkriechen und abwarten konnten, bis sich der romantische Nebel, der sie beide umgab, gelichtet hatte, doch ihre Unfähigkeit, während ihrer Diskussion mit dem Küssen aufzuhören, untergrub ihre eigensinnige Entschlossenheit.

»Warum machen wir uns Sorgen?« Kate beugte sich zum offenen Seitenfenster seines Wagens hinunter und strich ihm über die Wange. »Wir vergessen immer wieder, dass wir ein eingebautes Verfallsdatum haben, und wenn es da ist, wirst du dreihundert Meilen weit weg sein, und das, Father Kerry, war es dann.«

Dreihundert Meilen klangen nach einer gewaltigen Entfernung, doch in jenem Moment wusste er, dass er sie barfuß durch einen Schneesturm zurücklegen würde, nur um sie wiederzusehen.

Dreitausend Meilen waren nicht weit genug, um ihn von ihr fernzuhalten.

* * *

Kate lag auf ihrem Bett, starrte an die Decke und versuchte krampfhaft, nicht an Mark und den atemberaubenden Nachmittag zu denken, den sie gerade miteinander verbracht hatten. Sie hatte ihn bereits wenigstens zehnmal vor ihrem geistigen Auge ablaufen lassen, von dem Moment an, wo sie seinen Wagen die Auffahrt hatte heraufknirschen hören, bis zum letzten Blick auf seine Hecklichter, die die Indigo Lane hinunter verschwanden. Sie erinnerte sich an jedes Wort, jeden Satz, jedes Lächeln, jedes Lachen … jeden Kuss.

O Gott, diese Küsse! Er war ein umwerfender Küsser, ein Weltklasseküsser, der diesen unschuldigen Zeitvertreib in ein erotisches Ereignis von olympischem Rang erhob. Zweifellos war er überdurchschnittlich für diese Aufgabe ausgestattet: Er hatte einen wunderbaren Mund, volle Lippen, einen Hauch von Bartstoppeln an Kinn und Wangen (gerade genug, um interessant zu wirken), doch erst das, was er mit all diesen wundervollen Dingen anstellte, machte das Küssen zu etwas, das mehr war als Küssen.

Er küsste, als hätte er alle Zeit der Welt, als sei das Küssen von Anfang an sein Ziel gewesen. Sie war kein junges Mädchen mehr. Sie war zehn Jahre verheiratet gewesen. Sie war oft genug mit den falschen Männern ausgegangen. Sie kannte den Unterschied zwischen einem Mann, der küsste, weil es erwartet wurde, und einem, der küsste, weil er bis in die Tiefe seines Wesens ein sinnlicher Mensch war, und es gab keinen Zweifel, welchem Typus Mark angehörte.

»Alles in Ordnung bei dir?« Maeve erschien in einem ihrer fließenden New-Age-Outfits im Türrahmen und hatte eine Betty-Crocker-Schürze um ihre immer noch schlanke Taille gebunden. »Ich habe American Idol für dich aufgenommen, falls du Lust hast.«

»Ich bin nur müde«, sagte Kate, stützte sich auf den Ellbogen und lächelte ihre Mutter an. »Es war ein langer Tag.«

»Dir ist doch aufgefallen, dass ich keine eindringlichen Fragen stelle, oder?« Maeve saß auf der Bettkante. Sie roch wie eine Mischung aus *Obsession* und Zimt.

»Ist mir aufgefallen.«

»Fällt mir nicht leicht«, meinte Maeve, »wo ich doch mitgekriegt habe, wie ihr zwei euch draußen an seinem Wagen geküsst habt.«

»Du hast mir nachspioniert?«

»Ich hab nicht so häufig Gelegenheit, dabei zuzuschauen, wie sexuelle Anziehung sich direkt vor meinen Augen in eine blühende Romanze verwandelt. Ich betrachte das als Feldforschung.«

»Naja, schraub deine Erwartungen nicht zu hoch. Ende Mai zieht er nach New Hampshire zurück.«

Maeve dachte einen Moment lang darüber nach. »In sechs Wochen kann eine Menge passieren. Pläne können sich ändern. Vielleicht beschließt er ja zu bleiben. Man weiß nie, wie sich das noch entwickelt.«

»Doch, das wissen wir«, sagte Kate. Sie konnte ein schwaches Echo ihres alten Ichs hinter den Worten heraushören. »Was immer das auch ist, es hat ein Verfallsdatum.«

»Meinst du nicht eher, ein Sicherheitsnetz?«

»Kann ja nicht schaden, seine Grenzen zu kennen, oder?«

Ihre Mutter beugte sich über sie und drückte ihr einen Kuss auf die Stirn. »Und es kann auch nicht schaden, seine Flügel auszubreiten.«

Maeve ging wieder nach unten, um ein paar Telefonate zu erledigen. Kate starrte noch eine Weile zur Decke hinauf, lehnte sich dann in die Kissen zurück und schaltete ihren Laptop ein.

AN: kate@frenchkiss.biz
VON: gwynnbann@njshorefun.net
BETREFF: Dies und das

Waren Andrews Blumen nicht wunderbar? Er hat jede einzelne davon persönlich ausgesucht. Seine E-Mail-Adresse ist bigfish@threemilelimit.biz, falls du dich kurz bei ihm melden willst oder so. Irgendwie hatte ich gedacht, dass du es inzwischen schon getan hättest. Übrigens, ich hab vergessen, dir meine neue Adresse zu geben. Morgen bringen wir meine Sachen zu Andrew, aber ich werde noch eine Weile an der alten nach Post schauen. Wie auch immer, hier ist sie:
Gwynn Bannister
c/o Three Mile Limit Fishing and Whale Watches
23 Dockside Plaza
Paradise Point, NJ (die Postleitzahl kann ich mir einfach nicht merken)
Meine Handynummer ist gleich geblieben, und Gran hab ich Andrews Nummer auch schon gegeben.
Wie geht es dir? Gran meinte, dass du morgen einen Arzttermin hast. Ich werd in der Frühmesse für dich beten.
Gruß und Kuss, Gwynnie

Wo war ihre Brille, wenn sie sie brauchte? Kate beugte sich näher zum Bildschirm ihres Laptops und starrte auf die Wörter, als ob sie versuchte, den Stein von Rosette zu entziffern. Da war es wieder. Sie hatte es sich nicht vorstellen können. »Ich werde in der Frühmesse für dich beten.« Seit wann denn das? War Andrew etwa katholisch?

Und dann, Moment mal. Was sollte das mit dem Arzttermin? Sie hatte doch morgen gar keinen Arzttermin, oder doch? Sie klickte auf ihren Terminkalender und konnte für Mittwoch nichts finden. Sie stand auf und trat auf den Treppenabsatz hinaus und brüllte zu Maeve hinunter, die zurückbrüllte, doch, ja, sie habe einen Elfuhrtermin bei Dr. Lombardi, und zwar einen Pflichttermin.

»Verdammt«, flüsterte sie. Nun würde sie ihre Pläne mit Mark absagen müssen. Da sie leichte körperliche Betätigung in ihren Tageslauf einbauen sollte, hatte er einen Ausflug nach Spring Lake und einen Spaziergang am Strand vorgeschlagen. Das Wetter sollte genauso wunderbar werden wie an diesem Tag, und der Gedanke, Hand in Hand mit ihm am Wasser entlangzuschlendern, reichte, um ihren Puls zu beschleunigen, ohne dass sie auch nur einen Muskel bewegte.

Vielleicht konnten sie es ja auf einen späteren Zeitpunkt verschieben. Sie klickte auf ihr Instant-Messaging-Programm.

KATEFRENCH: Bist du online, Mark?

KATEFRENCH: Mark? Bist du da?

FATHERMARK: Ich dachte, du würdest inzwischen schlafen.

KATEFRENCH: Es ist ja noch nicht mal zehn!

FATHERMARK: Du bist also eine Nachteule?

KATEFRENCH: Wenn man mich lässt. Und du?

FATHERMARK: Frühaufsteher. Ich checke meine Instant-Messages.

KATEFRENCH: Ich schätze, die Nachfrage nach 22-Uhr-Messen und Mitternachts-Kirchenbüffets ist nicht allzu groß!

FATHERMARK: Ich wollte dir gerade eine Mail schicken. Es ist was dazwischen gekommen, und ich muss für morgen absagen.

Nun heul nicht, Kate. Schließlich wolltest du ihm gerade absagen!

FATHERMARK: Kate? Bist du noch da?
FATHERMARK: Kate?
KATEFRENCH: Ich bin da. Ich wollte dir auch sagen, dass ich für morgen absagen muss. Ich hatte meinen Termin bei Dr. Lombardi vergessen. Donnerstag geht aber.
FATHERMARK: Donnerstag? Ich weiß nicht, ob ich rechtzeitig zurück bin.

Rechtzeitig zurück?
Wovon redete er eigentlich?

KATEFRENCH: Kein Problem. Verstehe. Kann jedem passieren.

Tatsächlich verstand sie gar nichts. Nicht das Geringste. Vor drei Stunden hatten sie sich noch umarmt und geküsst, als ob sie sich auf der Titanic befänden und ihnen die Rettungsboote ausgegangen seien. Wer brauchte ein sechswöchiges Verfallsdatum, wenn der Betreffende es nicht einmal sechs Stunden aushielt, ohne nach einer Hintertür zu suchen?

Wenn dies die Kehrseite all der wahnsinnig romantischen Gefühle war, die sie in den letzten paar Tagen erlebt hatte, na danke, oder eher: nein danke. Das Leben war sehr viel unkomplizierter ohne sie.

Sie wartete, dass er eine Reihe lahmer Entschuldigungen eintippen würde, aber der Cursor blieb nur stehen und flackerte.

Wo war er? Wie konnte er es wagen, eine Bombe in ihren Schoß zu werfen und zu verschwinden.

KATEFRENCH: Mark?
KATEFRENCH: Mark, bist du noch da?
KATEFRENCH: Mein Handy klingelt. Ich muss gehen.

»Hallo, Kate.«

Wer hätte gedacht, dass Geistliche derart heimtückisch sein konnten.

Sie hatte nicht vor, ihm die Befriedigung zu gönnen. »Wer ist da?«

»Ich bin's, Mark. Ich denke, diese Sache ist für IM zu wichtig.«

Oh, großartig. Da verhieß ja nichts Gutes. Wenn er es sich anders überlegt hatte, konnte er ihr das genauso gut online mitteilen wie am Telefon. Sie brauchte keine heuchlerische Entschuldigung, mit der er sich nur das Gewissen erleichterte.

»Du verstehst mich nicht.« Er hatte eine tolle Telefonstimme, ein bisschen zornig und sehr sexy. »Ich …«

»Deine Pläne haben sich geändert. Das hast du mir schon gesagt.«

»Du hast deine Pläne auch geändert.«

»Ich habe einen Arzttermin. Ich versuche nicht, auszubüxen.«

»Ich fliege morgen früh nach New Hampshire«, sagte er mit einer direkten und befehlenden Stimme, wie er sie wohl auf der Kanzel benutzte. »Es sind dort Probleme aufgetaucht, und ich muss den Bischof von mir überzeugen. Es war mein Vorschlag. Ich hätte dran denken sollen, ehe wir unsere Pläne gemacht haben.«

»Probleme?«

»Er ist sich nicht sicher, ob er die Gemeinde einem trockenen Alkoholiker übergeben soll.«

»Hätte er sich das nicht überlegen sollen, ehe er dir den Vertrag zum Unterschreiben geschickt hat?«

»Finde ich auch.« Er erklärte, dass der Bischof seine Entscheidung aufgrund seiner früheren Erfolgsgeschichte und der begeisterten Unterstützung seiner Gemeinde getroffen habe.

»Also könnte es sein, dass du die Stelle vielleicht doch nicht bekommst?«

»Dazu sollte es besser nicht kommen«, meinte er und versuchte zu lachen. »Ich habe mein Haus verkauft.«

»Und was machst du jetzt?«

»Ich fliege nach New Hampshire, wie schon gesagt, und treffe mich mit Bischof Clennon. Der Rest liegt dann bei ihm.«

»Ich hoffe, es klappt.«

»Das hoffe ich auch. Das Haus ist verkauft, und ich freue mich nicht auf die Aussicht, in meinem Wagen zu schlafen.«

»Ich hab den Wagen ja gesehen«, sagte sie, ihren Teil zur Hebung der düsteren Stimmung beitragend. »Darauf würde ich mich auch nicht freuen.«

»Wann hast du morgen deinen Arzttermin?«

»Elf.«

»Ich werd für dich beten.«

»Wann ist dein Termin beim Bischof?«

»Zwei Uhr nachmittags.«

»Ich werd an dich denken.«

Von einem Augenblick zum anderen war ihre nagelneue Romanze mit sechswöchigem Verfallsdatum bereits in Gefahr, sich in etwas Chaotischeres und Unbefristeteres zu verwandeln, das dem wirklichen Leben ein wenig näher war.

Wovon sie wirklich nichts wissen wollte.

13

»Sie, Father.« Der Sicherheitsbeamte machte eine Geste in Richtung Mark. »Treten Sie bitte zur Seite, zur weiteren Untersuchung.«

Sie tasteten ihn ab, schleusten ihn noch zweimal durch den Magnetometer und erwogen eine Körperhöhlendurchsuchung, als er schließlich gerade noch rechtzeitig durchgewinkt wurde, um seine Maschine zu erreichen.

Bis dahin war es nicht sein großartigster Morgen gewesen. Er hatte in Pinecrest vorbeigeschaut, um Charlotte zu sehen, aber sie hatte eine schlechte Nacht gehabt und schlief noch. Er kritzelte ihr eine Nachricht und hinterließ sie ihr auf ihrem Nachttisch und war schon halb zur Tür hinaus, als eine Schwester ihm winkte und ihm sagte, dass Mr Kelsey in 7-G nach ihm gefragt habe. »Es geht ihm nicht allzu gut«, sagte die Schwester. »Wenn Sie kurz bei ihm vorbeischauen könnten, würde ihm das sicher sehr helfen.«

Er hatte seine Berufung nicht gewählt, um sich von denen, die ihn am meisten brauchten, abzuwenden.

Als er Newark Liberty erreichte, blieb ihm nur noch wenig Zeit. Wegen der Verzögerung bei der Sicherheitskontrolle war er der letzte Passagier, der an Bord ging.

»Der liebe Gott scheint es gut mit Ihnen zu meinen«, bemerkte die Stewardess, als sie ihn zum letzten freien Platz in der Touristenklasse winkte. »Gerade wollten wir die Türen schließen.«

Der Flug verlief ereignislos. Der Flieger landete pünktlich in Logan, wo er umsteigen musste und ein Kleinflugzeug nach Greenwood bestieg, wo Maggy Boyd ihn auf dem Parkplatz erwarten würde.

Nach dem Start sah er noch mal nach der Uhr. Zwanzig nach elf. Kate saß nun wahrscheinlich in einem zugigen Untersuchungszimmer, an ein EKG angeschlossen, und wartete darauf, dass ihr der Arzt die erforderlichen elf Minuten fachmännischer Aufmerksamkeit schenkte. Er stellte sich ihr Lächeln vor, ihre schönen haselnussbraunen Augen, ihr Lachen, und bat Gott, ihr Gesundheit und Freude zu schenken.

Ihr letztes Gespräch setzte ihm immer noch zu. Sie war nicht sehr glücklich gewesen, als er ihr sagte, er müsse ihre Spring-Lake-Verabredung absagen, doch das war nichts im Vergleich zu ihrer Reaktion, als er ihr den Grund dafür verriet. Sie hatte nicht gescherzt, als sie ihm gesagt hatte, mit dem Sechs-Wochen-Limit für ihre Romanze sei sie völlig einverstanden. Etwas weniger Begeisterung hätte ihn nicht gestört.

Maggy wartete wie versprochen auf dem Parkplatz. Sie trug einen leuchtendroten Pullover, den er schon von der anderen Seite der Rollbahn erkennen konnte. Sie winkte heftig, als sie ihn entdeckte, und er empfand die übliche Kombination aus Glück und schlechtem Gewissen.

»Wow!«, rief sie, als er herankam. »Du siehst toll aus.«

»Und du noch besser«, erwiderte er, und es stimmte. Von Maggy ging ein Leuchten aus, das bei ihrer letzten Begegnung noch nicht vorhanden gewesen war. »Hast du deine Frisur verändert oder so was?«

Ihr Lächeln war geheimnisvoll. »Oder so was.«

Er warf seine Aktentasche auf den Rücksitz ihres Jeeps und kletterte dann neben sie. »Du hättest mich nicht chauffieren müssen, Mag. Ich hätte mir für den Tag auch ein Auto mieten können.«

Sie tat seinen Dank mit einem Schulterzucken ab. »So haben wir Gelegenheit, uns gegenseitig auf den neuesten Stand zu bringen.«

Auf den neuesten Stand bringen? Was gab es denn noch Neues zu berichten? Sie hatten in den letzten Verhandlungsmonaten praktisch jeden Tag miteinander gesprochen oder

E-Mails ausgetauscht. Er fand es kaum glaublich, dass es noch irgendetwas zu sagen geben sollte.

»Um zwei triffst du den Bischof«, sagte sie, als sie auf die Bundesstraße Nord bogen. »Das wird wahrscheinlich nicht länger als eine Stunde in Anspruch nehmen. Ich dachte, wir könnten mit dem Pfarrgemeinderat und ein paar Freunden in der Stadt zu Mittag essen. Sie wollen dir ihre Unterstützung bekunden.«

Er hatte gehofft, vielleicht noch den Rückflug am Abend zu schaffen, aber daraus würde nichts werden.

»Wie hoch, glaubst du, sind meine Chancen bei Clennon?« Er und Maggy hatten immer direkt zur Sache kommen können.

»Fifty-fifty«, meinte sie unverblümt, während sie einen Fahrer anfunkelte, der sie rechts überholte. »Er hat Horrorgeschichten aus anderen Pfarreien gehört. Deswegen ist dieses Treffen eine gute Sache. Er hat dich nicht gekannt ...« Sie hielt inne und schüttelte den Kopf. »Du weißt schon.«

»Bevor Suzanne gestorben ist.«

Einen Moment lang sah sie ihn an, dann blickte sie wieder auf die Straße. »In deinen guten Zeiten.«

»Das ist dasselbe, Mags.«

»Wahrscheinlich.« Ihre Miene hellte sich auf. »Ich muss es dir wirklich sagen, ich glaube, ich hab dich noch nie so attraktiv erlebt. Hast du mit Laufen angefangen oder so was?«

»Dachdecken«, sagte er und lachte über ihren Gesichtsausdruck. »Mein Nachbar ist Dachdecker, und als er hörte, dass ich während meiner Seminarzeit in seinem Handwerk gearbeitet habe, hat er mich als Teilzeitkraft eingestellt. Das ist besser, als in einem Studio Eisen zu biegen.«

»Das muss ich mir mal überlegen.« Sie deutete auf ihren Hintern. »Verdammte Computer. Ich sitze von morgens bis abends.« Sie atmete tief durch, und er machte sich auf schlechte Nachrichten gefasst. »Ich hab jemanden kennengelernt.«

Hatte er richtig gehört? Er schwenkte zu ihr herum. »Wie?« – »Er hat kurz vor Thanksgiving Harrys Tierarztpraxis übernommen. Ich glaube, du hast ihn schon gesehen.«

»Den großen, hageren Kerl mit der Brille?«

»Ich betrachte ihn zwar eher als schlaksig und intellektuell, aber ja. Das ist Sam.«

»Und du triffst dich mit diesem Sam?«

»Eigentlich sind wir schon verlobt.« Sie hielt ihm ihren nackten linken Ringfinger unter die Nase. »Kein Ring. Wir stecken das Geld in eine Anzahlung für ein Haus.« Sie sah ihn wieder an und lachte. »Nun sag was, du Trottel. Das sind doch ganz schöne Neuigkeiten.«

Er wusste genau, was er alles zu sagen hatte, aber es fiel ihm schwer, es in der richtigen Reihenfolge zu tun. Genau dafür hatte er gebetet, aber es fühlte sich nicht so an, wie er erwartet hatte.

»Ich bin endlich aufgewacht«, sagte sie, als sie den Parkway verließen und Richtung Greenwood weiterfuhren. »Ich weiß, du hast gewusst, was ich für dich empfunden habe, und ich hab viele Jahre versucht, mir einzureden, dass Liebe und Freundlichkeit dasselbe sind. Jetzt kannst du erleichtert aufatmen, mein Freund.«

»Sam ist ein Glückspilz.«

»Wir haben beide Glück gehabt«, sagte sie. »Ich bin achtunddreißig, Mark, und ich kann dir sagen, ich hab nicht mehr geglaubt, dass mir das noch mal passiert.«

»Hoffentlich hab ich dich nicht auf diesen Gedanken gebracht …«

»O nein!« Sie klang entsetzt. »Du hast mir nichts vorgemacht, wenn du das vielleicht meinst. Ich wusste, dass Suzanne die Liebe deines Lebens war, und ich weiß, dass du mich nur als gute Freundin betrachtet hast, aber …« Sie zuckte die Schultern. »Was soll ich dir sagen? Die Liebe ist nicht immer vernünftig. Manchmal muss man sie knüppeln, damit sie tut, was man will.«

Manchmal war es das Beste für einen Mann, nur den Mund zu halten und zuzuhören.

* * *

»Sie sind eine Musterpatientin«, meinte Dr. Lombardi, nachdem er die Ergebnisse ihrer EKG- und Blutuntersuchung gelesen hatte. »Ein Idealfall.«

»Kann ich bitte noch ein Papiertuch haben?«

Er schob die Box zu ihr hin und lächelte.

»Was die Gefühle angeht, hatten Sie recht«, sagte sie und schniefte laut. »Ich heule sogar bei der Müllbeutel-Reklame.«

»Das ist nicht ungewöhnlich. Aber es geht vorbei, das verspreche ich Ihnen.«

»Und offenbar ... fasse ich sehr leicht Zuneigung zu Menschen.«

»Ihre emotionalen Reaktionen sind momentan stärker als sonst. Das war zu erwarten.«

»Aber ich glaube sogar, dass es mir gefällt.«

»Es wird nicht anhalten«, warnte er sie. »Das gehört alles zum Heilungsprozess, Kate. Treffen Sie in den nächsten paar Wochen keine wichtigen Entscheidungen. Es hat keinen Sinn, das Leben komplizierter zu machen, als es unbedingt sein muss.«

Er war ein Mann der Wissenschaft. Was wusste er schon von der Welt der Gefühle?

Sie wechselte das Thema. »Ich soll doch mindestens eine Stunde am Tag gehen. Wie wäre es, wenn ich jeden Morgen zu meinem Antiquitätenladen und wieder nach Hause ginge? Das wäre doch nicht schlecht für den Anfang.«

»Und ich nehme an, Sie würden auch gern einen Blick hineinwerfen, um sich zu vergewissern, dass unter den Angestellten alles glatt weiterläuft.«

»Großartige Idee!«, meinte sie lachend. »Ich verspreche

Ihnen, nicht länger als eine Stunde zu bleiben.« Vielleicht auch zwei, aber das musste er ja nicht wissen.

»Eine Stunde.«

»Aber …«

»Hier wird nicht gefeilscht, Kate. Eine Stunde im Laden, nicht mehr. Ich möchte, dass Sie es noch zwei Wochen lang langsam angehen lassen. Nur keine Hetze jetzt. Wir reduzieren die Besuche der Krankenschwester auf zwei Mal die Woche.« Er blickte auf die vor ihm liegende Liste. »Für Ende des Monats setzen wir einen Stress-Test an, dann können Sie auch wieder Ihr normales Sexualleben aufnehmen.«

Normales Sexualleben? Sie lachte beinahe. Es war schon so lange her, seit sie überhaupt so was wie ein Sexualleben gehabt hatte – ob normal oder anderweitig –, dass sich die Erinnerung in den dunklen Tiefen ihrer persönlichen Geschichte verlor.

Ihr leidenschaftlicher Nachmittag in Marks Armen war das Aufregendste, was ihr seit Langem widerfahren war – und zwar seit so langem, dass sie es lieber keinem verriet.

Maeve wartete in der Krankenhauscafeteria auf sie. Als Kates Absätze über den gefliesten Fußboden klickten, blickte sie von ihrem Laptop auf.

»Ich verstehe nicht, warum du mich nicht mit reingenommen hast«, sagte ihre Mutter, während sie ihre Arbeit speicherte und das Gerät ausschaltete. »Ein Patient sollte immer seinen Fürsprecher bei sich haben, damit er sich Notizen macht und Dinge fragt, die der Patient vielleicht vergisst.«

»Ein Patient der Geriatrie vielleicht«, sagte Kate. »Was das Gedächtnis anbetrifft, fehlt mir ja nichts.«

»Es ist eine bekannte Tatsache, dass Patienten dazu neigen, nur das zu hören, was sie hören wollen.«

Sie hob kapitulierend die Hände. »Bitte, Mom! Es geht mir gut. Lombardi meint, ich sei geradezu ein Paradefall. Die erwarteten Fortschritte stellen sich pünktlich ein.«

»Hat er die Lipitor-Dosis neu eingestellt? Was ist mit Procardia? Irgendwelche diätetischen Veränderungen, die wir beachten müssen? Du bewegst dich nicht genug. Du solltest wirklich jeden Tag rausgehen.«

»Wenn du jetzt nicht gleich damit aufhörst, bestell ich mir Eier mit Speck und Englische Muffins mit Unmengen von Butter.«

Maeve tat, als schaudere sie. »Nächstes Mal geh ich mit dir rein, Kate. Irgendjemand muss ja wissen, was Sache ist.«

»Seit wann bist du denn so mütterlich geworden?«, fragte Kate, als sie über den Hof zur Parkgarage gingen. »Kann mich nicht erinnern, dass du während meiner Kindheit je so einen Tanz um mich veranstaltet hättest.«

»Du hast das doch gar nicht zugelassen«, sagte Maeve, während sie die Autoschlüssel aus der Tasche ihres selbst gestrickten Pullovers zog. »Schon als Baby hast du mich weggestoßen, wenn ich zu viel Wirbel machte. Du hast immer deinen Freiraum gebraucht und hast mich gelehrt, das zu respektieren.«

»Ich war ein Baby«, sagte sie. »Ich kann's gar nicht glauben, dass meine Vorlieben und Abneigungen damals schon so ausgeprägt gewesen sein sollen.«

Maeve lachte, als sie mit einem Piepsen ihrer Fernbedienung die Wagentüren entriegelte. »Ich erinnere mich, dass ich mal in der Praxis des Kinderarztes gesessen und mir die Augen ausgeweint habe, weil ich einfach nicht erraten konnte, womit ich dich zufrieden stellen konnte.«

»Gwynnie war eine Wohltat«, sagte Kate und lächelte bei der Erinnerung. »Sie hat alle und alles geliebt.«

»Ich hab's dir immer gesagt, Gwynnie kommt nach mir.«

Wieder liefen ihr diese lächerlichen Tränen über die Wangen. »Du warst so wunderbar zu mir, Mom. Ich weiß gar nicht, wie ich es ohne deinen Beistand geschafft hätte.«

»Ich habe volles Vertrauen zu dir, mein Schatz. Du hättest schon einen Weg gefunden. Ich freu mich nur, dass ich hier sein und mich um dich kümmern konnte.«

»Ich wünschte, ich könnte Auto fahren. Hast du wahrscheinlich auch nie gedacht, dass du deine einundvierzigjährige Tochter noch mal herumchauffieren müsstest.«

»Nein, wirklich nicht.« Maeve zahlte die Parkgebühr und steuerte den Wagen aus der Garage. »Obwohl mir dabei einige Ideen für eine neue Serie von Ratgebern für Mütter und Töchter in einem gewissen Alter gekommen sind.«

Kate hielt sich die Ohren zu. »Falls ein roter Spitzentanga dabei eine Rolle spielen sollte, will ich nichts davon hören.«

Die Heimfahrt verging mit freundlichen Neckereien. Maeve fuhr in der Stadt vorbei, wo sie im ShopRite ihre Lebensmittelvorräte aufstockten und Kates Medikamente ergänzten. Kate murrte wegen der vielen Pillen, die sie schlucken musste. »Ich war mal ein Multivitaminpillenmädel«, sagte sie. »Ich hasse es, all dieses Zeugs einzunehmen.«

»Wirklich ein Jammer«, meinte Maeve fröhlich. »Aber wenn das dein einziges Problem ist, hast du wirklich Dusel gehabt.«

»Wie wär's, wenn ich mal Mittagessen machen würde?«, schlug Kate vor, als sie die Lebensmittel in den Kofferraum von Kates VW luden und heimwärts steuerten. »Ich hab schon seit Tagen Lust auf Salat Niçoise.«

»Haben wir Thunfisch im Haus?«

»Ohne den könnte ich nicht leben«, erwiderte Kate. »Und ich glaube, es sind auch noch ein paar frische grüne Bohnen im Gemüsefach.«

»Warum machst du nicht ein Nickerchen, wenn wir heimkommen? Es macht mir nichts aus, den Salat anzumachen.«

»Ich bin nicht müde«, protestierte Kate. »Außerdem fehlt mir das Rumhantieren in der Küche.«

»Du klingst, als wärst du schon seit Monaten im Genesungsurlaub und nicht erst seit Tagen.«

»Du kennst mich doch, Mom. Mit Muße kann ich nur schlecht was anfangen.«

»Hattest du nicht heute was mit Father McDreamy vor?«

»Mit diesem McDreamy musst du wirklich aufhören«, sagte sie. »Du klingst wie Gwynn.« Sie erklärte, dass er plötzlich nach New Hampshire hatte fliegen müssen, und merkte dabei, dass es fast Zeit für sein Treffen mit dem Bischof war. *Ich hab's nicht vergessen, Mark. Ich bin in Gedanken bei dir.*

»Was hab ich dir gesagt!« Maeve hätte vor Entzücken fast in die Hände geklatscht. »Sogar die besten Pläne können sich im Nu zerschlagen.«

»Oh, toll«, rief Kate stöhnend. »Das ist doch Pauls Wagen in der Auffahrt, oder?« Ein schnittiger schwarzer Mercedes mit New Yorker Kennzeichen. »Weiß er nicht, wie man ein Telefon benutzt?«

»Du erwartest, dass dein bester Freund sich an die Etikette hält?«

»Ja«, versetzte sie. Vor allem, wenn der fragliche beste Freund auf einmal mehr sein wollte. Sie hatte Paul wirklich gern und wollte nicht, dass eine jahrzehntelange Freundschaft in Rauch aufging, nur weil sie seine romantischen Gefühle nicht erwiderte. »Bitte ihn bloß nicht, zum Essen dazubleiben«, warnte sie ihre Mutter. »Ich will ihn nicht auch noch zu solchem Verhalten ermutigen.«

»Natürlich bitten wir ihn, zum Lunch zu bleiben. Sei nicht albern.«

Er sprang aus dem Wagen, sobald sie neben ihm anhielten. »Ich hätte angerufen«, sagte er, während er auf sie zukam, »aber mein Akku war plötzlich leer.«

»Klingt sehr überzeugend«, meinte Kate, während sie sich mit Wangenkuss begrüßten. »Müsstest du nicht in Manhattan sein, wo du hingehörst, Grantham?«

»Eine Zunge wie eine Viper«, kommentierte Maeve und küsste Paul auf die Wange. »Ich weiß nicht, wo sie das herhat.«

»Mach dich nützlich«, sagte Kate. »Wir haben Lebensmittel auszuladen.«

Maeve machte eine absolut bescheuerte Bemerkung darüber, wie nett es doch sei, wenn ein Mann einem helfe, allerdings hatte Maeve auch die Angewohnheit, mit Komplimenten um sich zu werfen wie andere mit Reis auf Hochzeiten. Kate wusste es allerdings besser und nahm sie nicht ernst, doch Paul, der sie lange genug kannte, um es besser zu wissen, saugte sie trotzdem begierig ein.

»Was machst du denn hier?«, wiederholte sie, als er die Pakete ums Haus herum in die Küche schleppte. »Ich dachte du wärst erwerbstätig.«

»Ich hatte ein Frühstückstreffen in Philadelphia«, erwiderte er und wuchtete die Pakete auf den Schrank. »Ich wollte dich und Maeve zum Essen ausführen.«

»Hättest du angerufen, hättest du erfahren, dass ich einen Arzttermin habe.«

»Mein Akku war leer, wie gesagt.«

»Du hättest auch eine Telefonzelle benutzen können. Ich glaube, ein paar davon gibt es noch auf diesem Planeten.«

»In meinem Wagen?«

»Paul ...« Sie hielt inne, als Maeve ins Zimmer trat. Maeve sah Kate an, warf dann einen Blick auf Paul, der ihr den Rücken zuwandte. »Ich hab vergessen, bei der Bank vorbeizuschauen«, sagte sie ruhig. »In fünfzehn Minuten bin ich wieder da.«

»Ich liebe deine Mutter«, sagte Paul, als Maeve zur Ausfahrt hinausstieß. »Sie findet immer das richtige Wort.«

Maeve French hatte ihre guten Momente, das war nicht zu bezweifeln, diesmal aber hätte Kate sich gewünscht, sie wäre geblieben.

»Du bist hier, um dort weiterzumachen, wo du am Sonntag aufgehört hast, oder?«

»Irgendwie schon.«

Sie stöhnte und begann, ihre Tüten auszupacken. »Beim Arzt habe ich mich besser amüsiert.«

»Ich will mich entschuldigen.«

Sie stellte die fettarme Milch in den Kühlschrank und suchte im Gemüsefach nach den grünen Bohnen. »Ich höre.«

»Ich entschuldige mich.«

»War das alles?«

»Mehr oder weniger.«

Sie warf ihm einen Blick zu, während sie die Tüte mit den grünen Bohnen auf die Frühstückstheke schmiss. »Das hättest du mir auch mailen können und dabei viel Benzin gespart.«

»Sei ein bisschen nachsichtiger mit mir, French. Ich versuche, es wieder gutzumachen.«

»Du bist also wieder bei Verstand.« Sie nahm eine Dose Thunfisch aus dem Schrank neben der Spüle. »Eine Zeitlang hab ich mir Sorgen um dich gemacht, mein Lieber.«

Er trat vor sie hin. »Ich liebe dich immer noch, Kate – wenn du das meinst ...«

»Ich hätte das Ganze schon früher unterbinden sollen.«

»... aber ich will dich nicht drängen.«

Sie stellte die Thunfisch-Dose neben den Bohnen auf die Theke. »Ach ja?«

Er schüttelte den Kopf. »Ich hab dich am Sonntagabend mit dem Geistlichen gesehen. Mit dem, was da abgegangen ist, kann ich nicht konkurrieren.«

»Gar nichts ist abgegangen.«

»Versuch nicht, mich zu verarschen, Kate.« Seine Wortwahl ließ sie hellhörig werden. Paul verwendete nur selten anstößige Ausdrücke, um sich verständlich zu machen, doch wenn er es tat, horchte man unwillkürlich auf. »Auch wenn mir das, was ich da gesehen habe, vielleicht nicht gefallen hat, bin ich trotzdem nicht blind.«

Sie konnte es nicht abstreiten. Mehr noch, sie wollte es nicht einmal. »Ich bin genauso überrascht wie du.«

»Du und ein Priester.« Sie sahen sich in die Augen und mussten lachen. »Ihr zwei habt mehr Feuerwerk veranstaltet als Macy's zum Unabhängigkeitstag.«

Sie hörte auf zu lachen. »Nun, dieses Feuerwerk wird Ende Mai erlöschen.«

Sein Gesichtsausdruck war unbezahlbar. »Ich weiß ja, dass du zwanghaft bist, aber nicht mal du würdest so was in deinen Terminkalender eintragen.«

»Es steht in seinem.« Sie lieferte ihm eine kurze Zusammenfassung über Marks bevorstehende Rückkehr nach New Hampshire.

»Und wenn er es sich anders überlegt?«, fragte Paul. »Was würdest du dann tun?«

»Unmöglich. Es ist seine Heimat. Er geht dorthin zurück, wo er hingehört.«

»Und wenn er dich bittet, mit ihm zu kommen?«

»Paul«, sagte sie und hob kapitulierend die Hände. »Es wird allmählich albern. Reden wir von was anderem.«

»Okay«, meinte Paul. »Lisa hat gestern Abend angerufen. Wir haben uns eine Stunde lang unterhalten.«

»Ich mag Lisa«, sagte sie und hörte auf das Gesagte und die unterschwellige Botschaft. »Du solltest diese Reise nach Barbados vielleicht verschieben.«

Er begegnete ihrem Blick. »Vielleicht«, sagte er. »Schauen wir mal, wie sich die Dinge entwickeln.«

»Ich denke, sie werden sich gut entwickeln.«

»Lisa ist nicht du.«

»Nein, ist sie nicht«, sagte sie. »Sie ist so alt wie meine Tochter.«

Eine Übertreibung, aber keine große.

»Ach ja?« Er sah sie an. »Ist mir gar nicht aufgefallen.«

Womit er sie zum zweiten Mal zum Lachen brachte.

Sie öffnete den Kühlschrank, schnappte sich zwei Snapple-Flaschen und drückte ihm eine in die Hand. »Sonnenzimmer oder Garten?«

Sie führte ihn über den spärlichen Rasen zu der Parkbank, die sie vor Jahren beim Hinterhofverkauf eines Haussanierers und -ausstatters in Greenwich erstanden hatte.

»Du könntest einen Mann im Haus gebrauchen«, sagte er, während er sich zurücklehnte und die Beine ausstreckte. »Hier hinten sieht's aus wie in der Pampa.«

»Einen Rasenmäher könnte ich gebrauchen«, korrigierte sie ihn.

Er nahm einen großen Schluck aus seiner Flasche. »Jill hat übers Wochenende geheiratet.«

Sie wurden beide so still, dass sie meinte, das Gras wachsen zu hören. »Deine Jill?«, fragte sie schließlich. Eine dumme, dumme Frage, aber etwas Besseres fiel ihr nicht ein.«

»Jakes Jill«, sagte er.

»Erzähl mir nicht, dass sie jemanden namens Jake geheiratet hat.«

»Doctor Jake McDowell, Kardiologe für die Elite von Princeton.«

»Und die Kids haben dir nichts davon gesagt?« Kinder redeten doch. Vor allem über die neuen Partner ihrer Eltern. Kaum zu glauben, dass die Wiederverheiratung seiner Exfrau ihn derart überraschte, wo sie doch vier Kinder miteinander hatten.

»Sie sind heimlich abgehauen«, sagte er. »Die Kinder waren bei Jills Eltern. Sie hatten ein langes Wochenende und sind nach Las Vegas geflogen.«

»Wie haben die Kinder darauf reagiert?«

»Sie lieben das Arschloch«, sagte Paul. »Finden ihn toll.«

»Und wie findet das Arschloch die Kinder?«

»Es ist ein verdammtes Liebes-Festival.«

Sie griff nach seiner Hand und drückte sie. »Dann freu dich für sie.«

»Ich dachte, ich würde mich freuen«, sagte er. »Aber es stellt sich heraus, dass das gar nicht so einfach ist.« Er nahm noch einen großen Schluck Snapple. »Wie ist es dir gegangen, als Ed und Marie geheiratet haben?«

»Ich hab mich für sie gefreut.«

»Und das war alles?« Er warf ihr einen neugierigen Blick zu.

»Naja, ich war erleichtert«, sagte sie. »Als ich ihn glücklich verheiratet sah, fühlte ich mich nicht mehr so schuldig wegen der Scheidung.«

»Ich war dabei«, erinnerte er sie. »Deine Scheidung war das Idealbeispiel dafür, wie man sich trennen kann, ohne einen Scherbenhaufen zu hinterlassen.«

»Danke für das Kompliment, aber ich weiß nicht, ob *ich* mir das zuschreiben darf. Es ist leicht, Freunde zu bleiben, wenn man nie was anderes war.«

»Glaubst du, dass ich noch immer in Jill verliebt bin?«

»Ich halte es für eine Möglichkeit.«

Er schwieg lange. »Ich hab immer geglaubt, wir würden wieder zusammenkommen.« Er zwang sich zu einem Lachen, und sie drückte ihm die Hand. »Aber ich hab mich wohl getäuscht.«

Darauf konnte sie nichts erwidern. Seine überstürzte Reaktion auf ihren Herzinfarkt wurde plötzlich verständlich. Innerhalb weniger Tage hatte er zwei der wichtigsten Frauen in seinem Leben verloren oder wenigstens beinahe verloren.

»Und was nun?«, fragte sie, als das Schweigen zu lange dauerte, um noch behaglich zu sein. »Du wirst ihnen ein hübsches Geschenk kaufen, oder?«

Er sah sie an, als ob sie eine Außerirdische wäre, die man aus einer fliegenden Untertasse vor ihm abgesetzt hatte. »Du bist wirklich kein bisschen romantisch, oder?«

»Das ist nicht meine Schuld. Alles genetisch bedingt.«

Der Ausdruck in seinen Augen veränderte sich. »Erzähl das mal deinem Priester.«

»Er ist nicht mein Priester«, erinnerte sie ihn, »und auch wenn er's wäre, heißt es in sechs Wochen Lebwohl und viel Glück.«

»Pass auf dich auf«, warnte sie ihr bester Freund. »In den richtigen Händen können sechs Wochen ein ganzes Leben sein.«

14

Einführung – Oktober 1990

Seine deutlichste Erinnerung an diesen Tag war Suzannes Lächeln. Es schien ihm überallhin zu folgen, egal, mit wem er sprach, was um ihn herum geschah; ihr Lächeln war so unverrückbar wie der Polarstern und führte ihn nach Hause.

Seine Eltern waren da und verfolgten alles mit einer Mischung aus Stolz und Verwunderung, fragten sich, welche seltsamen Mächte ihn auf den Weg zum anglikanischen Priestertum geführt hatten. Sie hielten sich an den Händen. Wenn er die Augen schloss, konnte er sie dort in der ersten Kirchenbank stehen sehen, wo sie das Ganze mit offenem Herzen und offenem Geist verfolgten. Drei Jahre später waren sie tot gewesen.

Suzannes Mutter war da, strahlte unter Tränen, ebenso stolz auf seine Erfolge wie auf die ihrer Tochter.

Familie, Freunde, Nachbarn, alle hatten sich versammelt, um seine Amtseinführung als Pfarrer in der anglikanischen Kirche von St. Stephen's of Greenwood zu feiern.

Maggys Vater, Henry Boyd, sprach als erster.

Bischof Harrigan, wir sind heute zusammengekommen, um Mark Francis Kerry zu begrüßen, der erwählt wurde, um als Pfarrer an St. Stephen's zu dienen. Wir meinen, dass er beste Voraussetzungen dafür mitbringt und dass er rechtmäßig und andächtig gewählt wurde.

Bischof Harrigan wandte sich an ihn.

Mark, verpflichtest du dich im Angesicht dieser Gemeinde diesem neuen Vertrauensamt und dieser Verantwortung?

Ja.

Wollt ihr, die ihr diesen Neuanfang bezeugt, Mark in seinem Dienst helfen und ihn unterstützen?

Ja.

So lasst uns denn Gott unsere Gebete darbringen, für sein gesamtes Volk, für diese Gemeinde und für Mark, unseren Pfarrer.

Amen.

Nimm dieses Wasser, Mark, und hilf mir, dich im Gehorsam vor Gott zu segnen.

Amen.

Empfange diese Stola, Mark, und sei unter uns als Hirte und Priester.

Amen.

Empfange dieses Buch, und sei unter uns als ein Mann des Gebets.

Amen.

Empfange diesen Schlüssel, und halte die Türen dieser Kirche stets allen offen.

Jetzt wusste er, dass er nicht träumte. Segenswunsch nach Segenswunsch wurde ihm zu Füßen gelegt, bis er das Gefühl hatte, er habe (sofern das auf Erden möglich war) einen Blick in den Himmel erhascht.

Doch Suzannes Lächeln war der größte Segen von allen. Sie liebte ihn so, wie es sich Männer erträumen, geliebt zu werden, mit ganzem Körper und aus ganzer Seele. Sie war seine Freundin und seine Gefährtin, seine Partnerin in der Liebe und bei der Arbeit, und eines Tages, und zwar schon bald, würde sie auch die Mutter seiner Kinder sein.

Irgendwann, erinnerte er sich, war er hinaus in den Garten getreten, um Luft zu schöpfen, und hatte dabei gespürt, dass in eben diesem Moment alles, was er sich wünschte, zum Greifen nah war. Hätte es Gott gefallen, ihn heimzuholen, er wäre als glücklicher Mann gestorben.

Suzanne schlüpfte, ohne dass er es bemerkte, ebenfalls ins Freie und schlang ihm den Arm um die Taille.

»Sie suchen uns«, sagte sie. »Der Pfarrgemeinderat hat im Club ein Abendessen vorbereitet. Sarah Whitfield hat nur wegen dir ihre Ahornsirup-Walnuss-Eiscreme gemacht.«

»Das Pfarrhaus ist zu klein«, sagte er, und sie lachte. »Wenn die Kinder kommen, werden wir auf der Veranda schlafen müssen.«

»Mindestens bis zum dritten Baby müssen wir uns keine Sorgen machen«, sagte sie.

»Das Haus der Carnahans steht zum Verkauf. Wir könnten es kaufen und gleich mit den Kindern anfangen.«

»Schhhh.« Sie drückte ihre Lippen auf seinen Mund, und er spürte ihre Wärme. »Wir haben jede Menge Zeit, Mark.«

Greenwood, New Hampshire – Gegenwart

Bischof Clennon blätterte in dem Papierstoß auf seinem Schreibtisch und blickte dann auf Mark. »Das ist ein ansehnlicher Stapel von Empfehlungen. Sie sollten stolz darauf sein.«

»Bin ich auch«, meinte er. »Ich denke, ich habe in den letzten zwei Jahren gute Arbeit geleistet.«

Der Bischof lehnte sich in seinem gepolsterten Ledersessel zurück. »Was die Frage aufwirft: Warum möchten Sie eine Aufgabe verlassen, die ihnen offensichtlich viel bedeutet?«

So also war es, wenn das Erwartete endlich eintraf.

»Das ist eine komplizierte Frage.«

»In der Tat«, erwiderte der Bischof, »aber die Antwort sollte einfach sein.«

»Sie ist es auch«, sagte Mark und entschied sich für die ungeschminkte Wahrheit. »Die Gemeindemitglieder von St. Stephen haben mir in sehr düsteren Zeiten beigestanden. Da freut es mich, dass ich Ihnen helfen kann, wenn sie mich brauchen.«

»Sie begleichen also eine Schuld.«

»Gewissermaßen, ja.«

»Eine Gemeinde zu leiten ist mehr als die Begleichung alter Schulden.«

»Das weiß ich. Schließlich ist es meine alte Gemeinde«, erinnerte er den neuen Bischof.

»Greenwood hat sich in den letzten fünf Jahren verändert. Seitdem die Trabantenstadt Maple Grove dazugeschlagen wurde, ist das Durchschnittsalter der Gemeindemitglieder von sechzig auf fünfunddreißig gesunken. Junge Familien mit Kindern machen inzwischen zwei Drittel der sonntäglichen Kirchgänger aus. Der andere Kandidat ist ein junger Familienvater.«

»Und Sie fürchten, dass ich ihre Bedürfnisse nicht begreife, weil ich selbst nicht Familienvater bin.«

»Wir alle, Mark, bringen spezifische Befähigungen für unsere Arbeit mit. Das haben Sie mit ihrer exemplarischen Arbeit in New Jersey bewiesen.«

»Einfühlung und Verständnis sind wichtiger als praktische Erfahrung.«

»Das mag durchaus stimmen.« Bischof Clennon erhob sich und signalisierte damit, dass das Treffen zu Ende war.

»Ich schätze Ihre Aufrichtigkeit, Mark.« Er streckte die Hand über die weite polierte Mahagonifläche aus. »Ich glaube, dass Sie alle meine Fragen beantwortet haben.«

Na gut. Damit war es wohl entschieden.

»Und ich bin dankbar für die Gelegenheit, mich persönlich dazu zu äußern, Bischof Clennon.«

»Die Entscheidung ist mir nicht leicht gefallen«, fuhr der Bischof fort. »Der andere Kandidat ist in vielerlei Hinsicht ideal. Ein junger, begeisterter Familienvater mit einer Frau, die ebenfalls Theologin ist.«

Clennon war ganz offensichtlich nicht bereit, einen über vierzigjährigen verwitweten Priester zu verpflichten, der in seiner Freizeit Treffen bei den Anonymen Alkoholikern geleitet hatte. Wer konnte es ihm verdenken? Auch er würde den jungen Familienvater nehmen, wenn er die Wahl hätte.

»Aufgrund budgetplanerischer Überlegungen handelt es sich dabei um eine auf ein Jahr befristete Stelle«, fuhr der Bischof fort, »aber Sie sind sich sicher im Klaren darüber, dass wir natürlich auf ein langfristiges Engagement für die Gemeinde in Greenwood hoffen. Unser Kandidat muss bereit sein, sich auf eine Zukunft bei uns einzulassen.«

Der Vertrag würde im folgenden Jahr um die gleiche Zeit erneut verhandelt und dann möglicherweise um fünf Jahre verlängert werden. Der neue Pfarrer erhielt dieselben Schlüssel zum selben Haus, das er mit Suzanne bewohnt hatte, dieselbe Sekretärin, fast denselben Pfarrgemeinderat, eine Reisekosten-Beihilfe, jemanden, der ihm bei der Gartenarbeit und im Haushalt zur Hand ging, und eine Zukunft, die in vieler Hinsicht seiner Vergangenheit glich.

Sie schüttelten sich die Hände, und es erinnerte Mark an die Natursendungen auf Discovery Channel. Das Gesetz des Dschungels in kirchlichen Gewändern. Ständig Augenkontakt halten und sich nicht anmerken lassen, dass man schwitzte.

Der Bischof begleitete ihn zum Empfang, wo zwei Assistentinnen in hektischem Tempo das Kirchengeschäft betrieben.

»Wann kann ich Ihre Entscheidung erwarten?«, fragte Mark.

»Habe ich mich denn nicht klar ausgedrückt?« Bischof Clennon streckte erneut die Hand aus. »Ich werde Ihren Vertrag heute Nachmittag gegenzeichnen.« Sie schlugen ein. »Willkommen daheim, Father Kerry.«

Coburn, New Jersey – French Kiss Antiques & Collectibles

Kate ließ sich von Paul an ihrem Laden absetzen, als er nach Manhattan zurückfuhr.

»Soll ich hierbleiben?«, fragte er sie. »Ich kann dich wieder nach Hause fahren.«

»Danke, aber ich gehe zu Fuß«, sagte sie. »Hat mir der Arzt befohlen.«

»Bist du sicher?«

»Paul, ich bin nicht invalide. Je mehr ich mache, umso schneller darf ich auch wieder Vollzeit arbeiten.«

Er wirkte ganz und gar nicht überzeugt, aber das war sein Pech. Er war ihr Freund, nicht ihr Aufpasser.

»Maeve hat gemeint, du sollst sie anrufen, falls du's dir anders überlegst«, sagte er, während er vor ihrem Laden anhielt.

»Falls ich's mir überlege, bringt Sonia mich nach Hause. Es ist kein Problem, okay?«

Schließlich gingen ihm die Vorwände aus, doch noch zu bleiben, und sie winkte ihm nach, während er die Main Street hinunterfuhr. Zum ersten Mal seit mehr als einer Woche war sie ohne erwachsene Aufsichtsperson allein außer Haus – ein fantastisches Gefühl.

Sie stieß die Tür auf, grinste beim Erklingen der Glöckchen und dem Geruch von Äpfeln und Vanille. »Alle mal herhören, die Chefin ist wieder da!«

Sonia stieß einen Freudenschrei aus und rannte auf sie zu, um sie stürmisch zu umarmen. Liz kam aus dem Büro geschossen, wo sie die Bücher und den Warenbestand im Auge behielt, und brach in Tränen aus. Zwei Kunden, die sie nie zuvor gesehen hatte, tauschten Blicke und begannen, in Richtung Tür zurückzuweichen.

Sollen sie doch, dachte sie. Einmal im Leben war es ihr egal, ob sämtliche Kunden den Laden verließen. Die Tatsache, dass sie da war und umgeben von ihren Freundinnen und Mitarbeiterinnen, reichte ihr.

»Wir haben den Algen-und-Muschel-Krug verkauft«, meinte Sonia, »und die Austernteller, die wir von Dianne Howell in Kommission genommen hatten.« Die Dollarzahlen waren beeindruckend.

»Wow«, sagte sie und nickte anerkennend. »Sieht wirklich aus, als hättet ihr alles im Griff.«

»Wir bemühen uns, Chefin«, meinte Sonia. »Aber ohne dich ist es nicht dasselbe.«

»Es ist ruhiger«, meinte Liz, und sie brachen in Gelächter aus.

Kate verbrachte einige Minuten an ihrem Computer, kontrollierte die Verkaufszahlen, Warenbestands- und Wunschlisten der vergangenen Woche. Die Kisten, die sie von ihrer Englandreise mitgebracht hatte, stapelten sich vor der Rückwand des Pausenraums. Die Reise schien eine Ewigkeit her zu sein. Ohne die Listen vor sich, wusste sie bei der Hälfte der Kisten nicht mehr, was sich darin befand. Konnte sie nicht eine pro Tag öffnen, die Artikel in die Bestandslisten eintragen und dann einige Kunden anrufen, die vielleicht, ehe sie auf den Markt kamen, einen Blick darauf werfen wollten?

»Ich fange morgen früh an«, sagte sie zu Sonia bei einer Tasse heißem Tee in der winzigen Küche des Ladens. »Ich soll jeden Tag zu Fuß gehen, und auf diese Weise habe ich ein Ziel.«

Sonia sprang auf und umarmte sie stürmisch. »Du weißt gar nicht, wie sehr wir dich hier vermisst haben. Die alte Mrs Covington ist gestern reingekommen und hat sich wegen eines Limoges-Services, das angeblich nicht in Ordnung war, fast nicht mehr eingekriegt.«

»Warte!«, meinte Kate. »Ich kenne den Rest: Sie wollte einen Nachlass von vierzig Prozent und dass wir die Steuer übernehmen.«

»Ich hätte ihr fast gesagt, dass sie sich ihr Limoges dahin stecken soll, wo keine Sonne scheint, aber ich fragte mich, ›Was würde Kate in diesem Fall wohl tun?‹, und das wäre es wohl nicht gewesen.«

»Kluge Entscheidung«, meinte Kate mit gespieltem Schaudern. »Gut, dass ich wieder da bin, um ein Auge auf euch Unselige zu haben.«

»Bist du dir auch sicher, dass ich dich nicht nach Hause

bringen soll? Ich muss sowieso zur Bank, sodass ich eh fahre.«

»Ich hab nur ein halbe Meile nach Hause. Das schaffe ich mit Leichtigkeit.«

»Hast du dein Handy dabei?«

»Mein Gott, du bist ja schlimmer als meine Mutter.« Sie klopfte auf ihre Hosentasche. »Ja, ich hab es dabei.«

»Ruf mich an, falls du es dir anders überlegst, okay?«

»Versprochen.«

Alle meinten sie es gut, sie wusste es, doch sie seufzte erleichtert auf, als sie endlich wieder in die Welt entkam.

»Hey, Katie!« Gigi vom Café auf der anderen Straßenseite winkte ihr vom Eingang her zu. »Schön, dich wiederzusehen!«

»Schön, wieder da zu sein!«, rief sie zurück.

»Ich hab gesehen, wie Paul dich gebracht hat«, rief Gigi, den Verkehr übertönend. »Sag dem großen Zampano mal, dass er nicht so fremd tun soll.«

»Ich geb's weiter, Gee.«

»Sie sehen großartig aus, Ms French!« Frank, der Postbote, hielt anerkennend den Daumen hoch, als er, seinen Karren vor sich herschiebend, die Straße herunterstapfte. »Sie haben uns gefehlt.«

»Danke für die Blumen, Frank. Das war so nett von Ihnen.«

»Sie haben uns allen einen Mordsschrecken eingejagt«, sagte er. »Meine Frau hat mich sofort zum Cholesterin-Test geschickt.«

»Gut«, erwiderte sie. »Freut mich zu hören!«

Sie kam nur langsam voran, als sie die Main Street hinabschlenderte. Neuigkeiten verbreiteten sich in einer Kleinstadt mit Lichtgeschwindigkeit, und es schien, als sei ihr medizinisches Abenteuer in jedem Laden, Café, Büro und jeder Buchhandlung in der Straße erörtert worden. Einige erkundigten sich auch nach Gwynn. Ein paar fragten nach Ed. Einige wenige waren überrascht, sie überhaupt noch am Leben zu sehen.

Aber absolut jeder wollte von dem Priester in schimmernder Rüstung hören, der ihr das Leben gerettet hatte. Als sie endlich von der Main Street in die relative Ruhe der Elm Street einbog, hatte sie beschlossen, Poster zu entwerfen, die den ganzen Vorfall schilderten, und sie an jedem Baum, Laternenpfahl, jeder Anschlagtafel der Stadt zu plakatieren. Ja, vielleicht konnte sie, wenn sie schon dabei war, sogar eine ganzseitige Anzeige im *Coburn Bugle* schalten. Es würde ihren Stimmbändern vieles ersparen und wäre womöglich sogar gut fürs Geschäft.

Vor Lena Bradleys Haus blieb sie stehen und lehnte sich an deren alten Chevy Blazer. Vielleicht war sie doch noch nicht so weit wieder hergestellt, wie sie geglaubt hatte. Sie war ein wenig außer Atem und hätte ihrem Herzschlag gern Gelegenheit gegeben, sich ein bisschen zu beruhigen. Ein Hund bellte irgendwo in der Ferne. Ein Schulbus kam an der gegenüberliegenden Ecke quietschend zum Stehen. Aus ihrem Handy ertönte Tina Turner.

»Ich stehe in der einzigen funktionierenden Telefonzelle im nördlichen New Hampshire, das heißt, wir müssen schnell reden.« Es war Mark. »Wie war es beim Arzt?«

»Prima«, sagte sie, während ihr Lächeln noch breiter wurde. »Ich bin geradezu ein Musterfall. Momentan bin ich auf der Straße, gehe allein von French Kiss nach Hause.«

Er stieß einen Jubelruf aus, der ihr einen warmen Schauer bis in die Zehen schickte. »Ist dein Treffen schon vorbei?«, fragte sie. »Ich hab dir den ganzen Tag die Daumen gehalten, allmählich krieg ich schon Krämpfe.«

»Dann lass sie los«, sagte er, und seine Worte klangen dank der schlechten Verbindung etwas abgehackt. »Der Vertrag ist unterschrieben und gegengezeichnet. Ich hab die Stelle.«

Sie begann zu heulen, ließ ihn jedoch in dem Glauben, es handle sich um Freudentränen.

»Und wann kommst du wieder nach Hause?«, gelang es ihr hervorzupressen.

»Morgen Nachmittag.« Unglücklicherweise hatte er ein Jugendclubtreffen um fünf, AA um sieben und einen Hausbesuch bei einem Kranken um neun.

Er schlug einen Ausflug am Freitagmorgen hinunter nach Spring Lake vor, doch sie erzählte ihm von ihrem Plan, jeden Morgen zu Fuß zur Arbeit zu gehen, etwa eine Stunde zu bleiben und dann wieder nach Haus zu marschieren – alles im Namen der Physiotherapie. Von ihrer geistigen Gesundheit ganz zu schweigen.

Sie einigten sich auf Freitagnachmittag und den Strand in Spring Lake.

»Ich hör jetzt lieber auf«, sagte er. »Maggy kommt eben aus der Bank, und wir sind auf dem Weg rüber nach Greenwood, um uns mit der *Vestry* zu treffen.«

»Vestry? Ich glaube, ich brauche ein Wörterbuch Anglikanisch-Englisch, wenn ich ständig mit dir zusammen bin.«

»Du kapierst das schon«, sagte er. »Hast ja schon einen Vorsprung durch deine zwölf Jahre auf der katholischen Schule.«

Sie wollte schon eine schnoddrige Bemerkung machen, dass ihre Jahre in St. Aloysius ja für irgendetwas gut sein mussten, ließ es dann aber sein. Die Witze über die vom Glauben abgefallene Katholikin wurden allmählich schal, sogar für sie selber.

»Wenn ich dich wiedersehe, will ich mehr über diese Maggy hören«, sagte sie. »Ich stelle mir da eine heiratsfähige junge Kirchgängerin vor, die Absichten auf dich hat.«

»Ich werd's ihr erzählen. Glaub mir, sie wird dich dafür lieben.«

Fantastisch, dachte Kate, nachdem sie sich verabschiedet hatten. Maggy Wer-zum-Teufel-das-auch-war würde sie dafür lieben. Der Gedanke, dass die zwei da oben im Ahornsirupland über sie redeten, gefiel ihr nicht. Sie stellte sich ein vollbusiges Bauernmädel in karierter, unter der Brust zusammengebundener Bluse vor und mit einer Yankee-Trader-Version von Daisy Dukes abgeschnittenen Jeans. Es war kein hübsches Bild, aber sehr viel attraktiver, als sie sich fühlte. Etwas Hässliches und Grünes nagte an ihr, und das gefiel ihr überhaupt nicht. In ihrem ganzen Leben war sie auf niemanden eifersüchtig gewesen, und nun machte sie sich wegen einer Frau, die sie nie kennenlernen würde, und einem Mann, den sie kaum kannte, völlig verrückt.

Greenwood, New Hampshire

Vom Büro des Bischofs fuhren sie sofort zum Krankenhaus, in dem Maggys Vater Henry sich von seiner zweiten Serie von Krebsoperationen erholte.

Es tat weh, den einst so kräftigen Farmer so zerbrechlich und eingefallen in seinen Klinikbett liegen zu sehen, und Mark war froh um seine Ausbildung, die ihn dazu befähigte, ruhig und konzentriert zu bleiben.

Sie unterhielten sich eine Weile über bessere Zeiten, und Mark gab seinem alten Freund eine kurze Zusammenfassung seiner Arbeit in New Jersey.

»Und weshalb bist du dann hier?«, fragte ihn Henry auf seine unverblümte Art. »Natürlich hab ich auf deine Rückkehr gehofft, aber es klingt, als hättest du dir da unten was Gutes aufgebaut.«

»Und du klingst wie der Bischof«, meinte Mark. »Er hat mich das Gleiche gefragt.«

»Die Zeiten ändern sich, mein Sohn. Manchmal ist es das Beste, loszulassen und weiterzuziehen.«

Mark wusste nicht so recht, ob Henry das auf ihn oder auf sich selber bezog.

»Hör nicht auf ihn«, meinte Maggy, als sie den Parkplatz überquerten. »Er steht unter Medikamenteneinfluss. Da sagt er manchmal verrückte Sachen.«

Er ließ ihre Bemerkung unkommentiert, doch die Worte des alten Mannes hallten in ihm nach.

Seit Monaten war es ihm, als rase er auf eine Zukunft zu, die ihm nicht mehr zu entsprechen schien. Während seiner düstersten Zeiten, als ihm das Trinken völlig entglitten war, hatte ihn nur noch das Wissen, dass er eines Tages wieder heimkehren würde, innerlich zusammengehalten. Wer hätte gedacht, dass seine Vorstellung von Zuhause sich ganz unversehens verändern würde?

Sie bogen auf die Chapel Road ein, und er flüsterte ein Wort, das er lange nicht verwendet hatte.

»Beklag dich nicht bei mir«, sagte Maggy, als sie vor dem Pfarrhaus anhielten. »Ich bin nicht schuld daran.«

Er starrte auf die vielen Pkws, Kombis, Jeeps und Fahrräder, die am Straßenrand, in der Auffahrt und in einem Fall sogar im Vorgarten geparkt waren.

»Ich meine, ich hab ihnen erzählt, dass du aus New Jersey raufkommst, aber ich hab ihnen nicht gesagt, dass der Bischof den Vertrag unterzeichnet hat. Das haben wir ja eben erst erfahren, oder?«

Er machte eine Geste, die die ganze Menge umfasste. »Irgendwer muss denen aber was erzählt haben, meine Liebe.«

»Naja, vielleicht hab ich ja erwähnt, dass du heute Nachmittag vorbeischauen würdest ...«

Ziemlich viele aus seiner alten Gemeinde hatten sich in dem ans Pfarrhaus angegliederten Saal versammelt, um seine Rückkehr nach Greenwood zu unterstützen. Gesichter, die er seit Suzannes Trauerfeier nicht mehr gesehen hatte, strahlten ihm aus den Fenstern, von der Eingangstreppe und vom Rasen entgegen.

Er empfand Demut angesichts ihrer Treue, tiefe Dankbarkeit, weil sie ihm verziehen, vor allem aber war er einfach sprachlos angesicht der Welle von Zuneigung, die ihm da entgegenschlug.

»Siehst du die Frau da drüben?«, flüsterte Maggy ihm ins

Ohr. »Diese ältere Rothaarige mit dem Überbiss? Die hat deine Anstellung zu blockieren versucht.«

Er wandte sich um und schaute in Richtung Tür. »Hannah Owens?«

»Schhhh. Die Hexe kann wahrscheinlich Lippen lesen. Sie und ihre Kumpane haben versucht, für den Sohn ihrer Cousine die Werbetrommel zu rühren, einen Jungen, der gerade frisch aus dem Seminar kommt. Nur weil er ein Haus in dieser neuen Siedlung gekauft hat ...«

»Als ich hier anfing, kam ich auch frisch vom Seminar«, erinnerte er sie.

»Das war was anderes.«

»Und ich hatte eine Menge Freunde und Angehörige, die meine Anstellung unterstützt haben.«

»Ach, sei still«, blaffte sie ihn mit funkelnden Augen an. »Du klingst ja, als wünschtest du dir, Billy Owens hätte den Job gekriegt.«

Nun hatte die Konkurrenz einen Namen. »Bischof Clennon hatte nur Gutes über Billy Owens zu berichten.« Auch wenn er ihn nicht namentlich erwähnt hatte.

»Ach, er ist wohl schon in Ordnung«, meinte Maggy mit einer wegwerfenden Geste, »aber er ist nicht du.«

Also ging es tiefer, als er geahnt hatte. Offenbar gab es wirklich Einiges, das für diesen Owens sprach, wenn sogar Maggy so rasch einlenkte.

»Mir wird klar, warum ich möglicherweise nicht jedermanns erste Wahl bin.«

Sie verdrehte die Augen. »Wo ist denn die rechtschaffene Entrüstung? Du klingst mir viel zu vernünftig.«

Sie schaffte es, ihre Irritation lang genug zu mäßigen, um ihm Sam vorzustellen, der ein wirklich netter Bursche zu sein schien. Er war froh für sie, optimistisch für ihre Zukunft und vielleicht auch ein ganz klein bisschen erleichtert, dass er so leicht zu ersetzen gewesen war.

Er ließ die beiden Turteltäubchen zurück und schlenderte

hinüber, um das Büffet zu bewundern. Innerhalb weniger Stunden hatte die Frauengilde Berge gekühlter Shrimps, Platten voller Gemüse, Hähnchenflügel in Chilisauce, mit Cheddar überbackene Quesadillas, Krüge voller Limonade und Eistee sowie Schokoladendesserts herbeigezaubert, die normalerweise für die Heiligen im Himmel reserviert waren. Er wurde gebührend gefeiert.

Auch die Männer der Gemeinde waren nicht müßig gewesen. Die Pfarrhausfenster waren erneuert, eine neue Klimaanlage war installiert worden, und frische Farbe und Tapeten und blitzsaubere Teppiche auf polierten Holzböden begrüßten ihn. Sie hatten alles getan, um das Heim, das er mit Suzanne geteilt hatte, in neutrales Terrain zu verwandeln, einen Ort, wo ein Mann noch mal von vorne anfangen konnte.

Er hatte nicht das Herz, ihnen zu sagen, dass er, wohin er auch blickte, Suzanne sah. Sie stand am Küchenfenster und sah hinaus auf den Gemüsegarten. Sie wartete auf dem Treppenabsatz und lachte, während er für die Nacht die Türen absperrte. »In Greenwood passiert nichts Schlimmes«, sagte sie, als sie seine Hand ergriff. »Weißt du das nicht?«

Vangie Paulos stahl sich an seine Seite und umarmte ihn ungestüm. »Ganz wie in alten Zeiten«, sagte sie und strahlte ihn an. »Sie wissen gar nicht, wie lange wir für diesen Tag gebetet haben.«

»Steiger dich nicht zu sehr rein, Vangie.« Tom Meyerson tauchte neben ihm auf, und seine wässrig blauen Augen funkelten. »Er ist nur auf Besuch.«

»Ich weiß, ich weiß, aber ehe wir uns versehen, ist es Ende Mai, und alles ist wieder so, wie es sein soll.«

»Sie sehen großartig aus, Vangie«, sagte er. »Die Pensionierung bekommt Ihnen.«

»Falls Sie meinen, ich sähe gut aus, dann sollten Sie mal meine Enkelin Edie sehen. Sie ist jetzt zweiundzwanzig und Lehrerin, hat ihre eigene Altersvorsorge und alles. Ich lad Sie mal zum Abendessen ein. Dann können Sie sich selbst ein Bild machen.«

Er schenkte ihr ein unverbindliches Lächeln und versuchte, einen neutralen Winkel zu finden, das heißt einen ohne ledige Frauen oder kuppelnde Mütter, die hinter jeder Topfpalme lauerten.

Wo immer er auch hinblickte, entdeckte er bekannte Gesichter, die meisten freundlich und willkommen heißend; nur ein paar wenige wirkten skeptisch und besorgt, dass der Priester, auf den sie vertraut hatten, sie ein zweites Mal im Stich lassen könnte.

Doch während er sie so betrachtete, kam ihm ein merkwürdiger Gedanke. Was, wenn sie einfach glaubten, sie seien ihm diese Chance schuldig? Loyalität beruhte auf Gegenseitigkeit. Sie waren gute Menschen mit guten Herzen, und manchmal trafen gute Menschen Entscheidungen, die nicht immer in ihrem besten Interesse lagen.

Vielleicht wäre Bill Owens die bessere Wahl für sie gewesen. Vielleicht waren der junge Priester und seine Familie genau das, was Greenwood brauchte, nur dass sie eben glaubten, sie schuldeten Mark die Chance, sich zu rehabilitieren.

Aber es hatte keinen Sinn, solchen Gedanken nachzuhängen. Die Entscheidung lag nicht bei ihm; sie lag bei Bischof Clennon, und er musste darauf vertrauen, dass der Bischof gute Gründe dafür hatte.

Von ihm verlangte man nur, dass er sich ihnen im nächsten Jahr seines Lebens mit vollem Herzen zur Verfügung stellte. Mit etwas Glück würde die Zukunft für sich selber sorgen.

15

French Kiss – Freitagmorgen

»Nun geh schon nach Hause«, sagte Sonia. »Du machst uns noch ganz verrückt.«

»Amen!« Liz schob die Brille hoch. »Musst du dich nicht schön machen für deinen neuen Freund oder so?«

Kate merkte, wie sie tief errötete. »Er ist nicht mein Freund.«

»Er ist definitiv ein ›oder so‹«, sagte Sonia, »denn sonst müsstest du wegen dieser Nervosität wirklich noch mal zum Arzt.«

»Ich war mehr als eine Woche lang eingesperrt«, erinnerte Kate die beiden. »Und ich freue mich darauf, einen Strandspaziergang zu machen und ein bisschen Sonne abzukriegen.«

Sonia und Liz tauschten wissende Blicke aus.

»Ach, hört doch auf damit«, brummte Kate. »Ihr tut, als hättet ihr mich nie vorher mit 'nem Mann ausgehen sehen.«

»Haben wir, glaub ich, auch nicht«, erwiderte Sonia.

»Da bin ich mir sogar sicher«, pflichtete Liz ihr bei.

»Gary Halston.«

»Verschon mich«, sagte Sonia.

»Ralph Mahoney.«

»Totaler Loser«, rief Liz.

»Bernie aus der Bank.«

»Schwul«, meinte Sonia.

»Lucas, der Importeur aus Napa.«

»Den müssen wir dir lassen«, räumte Liz ein. »Der war ganz schön heiß.«

Ganz abgesehen davon, dass er langweilig und egozentrisch gewesen war. War es da ein Wunder, wenn sie an Samstagabenden ihre eigene Gesellschaft vorzog? Die letzten paar Jahre hatte das für sie Kabelfernsehen und eine Schüssel Popcorn bedeutet, wobei sie kein einziges Mal das Gefühl gehabt hatte, etwas zu versäumen.

»Ich bin vorgestern Abend mit Paul ausgegangen.«

»Paul Grantham zählt nicht«, meinte Sonia. »Der ist nur ein Freund.«

Sie machte den Mund auf, um zu sagen: *Das glaubt auch nur ihr,* schaffte es aber, ihn rechtzeitig zu schließen.

»Was wolltest du eben sagen?«, fragte Sonia. »Läuft da etwa was mit Paul?« Kleinstädte verloren ihre Lieblingssöhne nie aus den Augen, egal wie weit es sie auch in die Welt hinaus verschlug.

»Gar nichts läuft.«

»Ich hab gesehen, wie er dich angeschaut hat, als du vorgestern aus seinem Wagen gestiegen bist. Irgendwas war da anders.«

»Er macht sich Sorgen um mich«, erklärte sie. »Genau wie ihr.«

»Ich glaube, er ist in dich verliebt«, sagte Liz. »Ich hab's seiner Stimme angehört, als er gestern anrief.«

»Seine Exfrau hat sich gerade wieder verheiratet, und seine beste Freundin hatte einen Herzinfarkt. Da würdest du auch komisch klingen.«

»Armer Kerl«, meinte Sonia. »Gegen Father McDreamy hat er nicht die geringste Chance.«

Father McDreamy? »Fangt ihr auch noch damit an«, rief Kate laut aufstöhnend. »Hat Maeve euch darauf gebracht?«

»Hast du dir den Mann mal genau angesehen?«, fragte Liz. »Wie sollte man ihn denn sonst nennen.«

»Woher weißt du denn, wie er aussieht? Du kennst ihn doch gar nicht.«

Sonia und Liz tauschten Blicke.

»Was ist?«, wollte Kate wissen. »Ihr beide seht aus wie das personifizierte schlechte Gewissen.«

Sonia deutete mit dem Daumen nach dem Computer auf der anderen Seite des Raumes. »Google. Wie sonst kriegt man denn irgendwas raus?«

»Ich hab ihn gegoogelt und hab nichts gefunden.« O nein! Das hatte sie nicht zugeben wollen.

Sonia und Liz tauschten einen längeren, nachdrücklicheren Blick, und Kate warf einen leeren Pappbecher in ihre Richtung.

»Google Bilder«, sagte Liz. »Es gab zwölf davon.«

»Dreizehn«, korrigierte sie Sonia, »wenn du das Foto aus dem Highschooljahrbuch mitzählst. Jeder hätte sie finden können.« Sie schoss zum Computer, und sie hätten sie fast gewaltsam daran gehindert.

»Du triffst dich um zehn mit Grace zum Abreagieren«, schimpfte Sonia. »Offen gestanden, Kate, ich glaube nicht, dass du es dir leisten kannst, den Termin ausfallen zu lassen.«

»Außerdem«, fügte Liz hinzu, »wozu brauchst du denn Bilder, wenn du den Nachmittag mit dem echten Mann verbringst?« Gute Frage.

Seit zwei Tagen hatten sie nicht miteinander gesprochen. Seit dreien hatten sie sich nicht gesehen. War es denkbar, dass all der wunderbare Zauber, diese Funken, sich schon verbraucht hatten, und sie sich am Strand in Spring Lake wiederfinden würden und sich absolut nichts zu sagen hatten und absolut nichts zu tun wussten, außer sich zu fragen, was um Himmels willen sie überhaupt da wollten?

Nicht dass sie nervös gewesen wäre oder so.

Pinecrest Village

»Nun schauen Sie sich aber mal an, Father Mark!« Charlottes Augen strahlten, als er ihr Krankenzimmer betrat. »Ganz schön flott heute!«

»Und auch kein Kragen?« Eine der Krankenschwestern blickte vom Computer auf, in den sie gerade Daten eingab. »Sie gäben auch einen guten Laien ab.«

Seit der Wächter ihn durchgewinkt hatte, wehrte er gutmütige Neckereien ab.

»Jeans und Pullover«, hatte der gemeint. »Was ist denn heute los?«

»Sagen Sie es ihm nur«, meinte Charlotte zu der hübschen Schwester. »Sie sind noch jünger. Ihnen glaubt er es eher.«

Die Schwester lachte und fuhr mit ihrer Arbeit fort.

»Sie sehen gut aus heute«, sagte er und beugte sich über Charlotte, um sie auf die streichelzarte Wange zu küssen. »Was immer die hier für sie tun, offenbar funktioniert es.«

Sie tätschelte ihm mit ihrer beringten Hand die Wange. »Hat der Bischof den Vertrag unterzeichnet?«

Er nickte und setzte sich in den Sessel neben dem Bett. »Er hat unterschrieben. Alles startklar für Ende Mai.«

»Ich wusste es.«

»Ich nicht.«

»Ich muss zugeben, dass ich ein wenig egoistisch war, Father. Ich lasse sie nur sehr ungern ziehen. Für viele Menschen hier sind Sie sehr wichtig geworden. Es wird schwierig sein, Sie zu ersetzen.«

»Wir sind alle ersetzbar, Charlotte.«

»Bei Gott nicht«, sagte Charlotte. »Sie sollen wieder da hoch gehen, um dort etwas ... wie drückt man das heute aus?«

»Abzuschließen?«, fragte er.

»Genau.« Charlotte strahlte. »Sie brauchen einen Abschluss, und ihre Rückkehr ist die einzige Möglichkeit, ihn zu bewerkstelligen.«

Wie immer durchschaute sie ihn und blickte den Dingen auf den Grund.

»Ich bin nicht so glücklich über die Sache, wie ich erwartet hätte.« Er erzählte ihr von seiner Reise, der improvisierten Party im Pfarrhaus. »Es fühlt sich nicht mehr wie mein Zuhause an.«

»Es ist ja auch lange nicht mehr Ihr Zuhause gewesen. Diese Stadt muss voller Gespenster sein.«

»Sie sind eine kluge Frau, Charlotte. Sie sollten therapeutische Sitzungen leiten.«

Sie begutachtete sein Outfit mit kritischem Blick. »Dieser blaue Pullover betont ihre Augen. Das wird ihr gefallen.«

Er versuchte, sich dumm zu stellen, doch Charlotte wollte nichts davon wissen.

»Sie treffen sich doch heute mit dieser rothaarigen Frau, oder?«

»Meinen Sie Kate?«

»Ich bin eine alte Frau. Erwarten Sie nicht von mir, dass ich mich an Namen erinnere. Aber Sie wissen genau, von wem ich spreche, Father.«

»Sie haben mich durchschaut.« *Von einer Neunzigjährigen durchschaut zu werden.* »Wir fahren zum Mittagessen nach Spring Lake.«

»Spring Lake!« Ihr Seufzer klang jung und wie der eines Mädchens. »Ein idealer Ort für ein Rendezvous.«

»Wir sind nur befreundet, Charlotte.«

Seit zwei Tagen hatte er nicht mit Kate gesprochen. Seit dreien hatten sie einander nicht gesehen. Die erotische Anziehung zwischen einem Mann und einer Frau zu begreifen, war, als wollte man versuchen, den Blitz in einer Flasche einzufangen.

Andererseits, vielleicht war es ja gar kein Blitz. Vielleicht ähnelte es eher einer schlimmen Erkältung. Egal, was man tat oder unterließ, die Erkältung dauerte sieben Tage, und dann vergaß man sie, bis die nächste im Anzug war.

Nur weil er sie nicht aus dem Kopf bekam, hieß das nicht, dass sie ihn nicht in zwanzig Sekunden vergessen hatte. Vielleicht hatte sie an diesem Morgen die Augen aufgeschlagen und sich gefragt, warum sie einem Priester aus New Hampshire, der auf dem Sprung war und von Romantik keinen blauen Dunst hatte, zugesagt hatte, den Nachmittag mit ihm am Strand zu verbringen.

»Sie sind nicht katholisch«, erinnerte ihn Charlotte. »Sie können Frauen den Hof machen.«

»Machen Sie sich keine allzu große Hoffnungen«, warnte er sie. »Das hat keine Zukunft.«

»Bei *der* Einstellung sicher nicht«, bekräftigte sie. »Das Leben ist kurz, junger Mann. Wir leben nicht ewig. Warum vergeuden Sie die Zeit, die Ihnen Gott geschenkt hat?«

Er kannte keinen Geistlichen und auch keine Pfarrerin auf diesem Planeten, der/die es besser hätte ausdrücken können als Charlotte Petruzzo.

Der Hairport

»Das Übliche, Kate?« Grace führte den weitzinkigen Kamm durch Kates feuchtes Haar. »Vielleicht wär auch ein französischer Zopf mal ganz hübsch. Mal was anderes.«

Kate blickte in den Spiegel und erkannte die Frau darin nicht wieder. Sie wirkte jünger, glücklicher, voller Hoffnung.

»Offen«, sagte sie und schüttelte den Kopf. »Lang und offen.«

»Halleluja!« Grace warf den Kamm in die Luft und fing ihn wieder auf. »Nur drei Jahre und einen Klinikaufenthalt hat es gebraucht, damit diese Frau endlich zur Besinnung kommt.«

Die Neckerei war nett gemeint, und sie ließ sie von sich abperlen, während Grace die große Rundbürste und den beunruhigend phallisch wirkenden Föhn schwang.

»Und wann holt er Sie nun ab?« Grace verrieb ein wenig Gel in den Händen und ließ dann die Finger durch Kates erstaunlich langes und fantastisch aussehendes Haar gleiten.

»Wie bitte?«

»Wir wissen doch alle, dass Father McDreamy heute mit Ihnen an den Strand fährt.«

»Welches Klatschmaul von Freundin oder Verwandter von mir hat Ihnen das gesteckt?«

Grace hielt inne und der Föhn baumelte von ihrer rechten, die Rundbürste von der linken Hand. »Susie«, rief sie durch den Laden, »wer hat uns das von Kate und Father McDreamy erzählt?«

»Maeve hat's Helen gestern in der Bäckerei erzählt, und Helen hat's Jack gesagt, und Jack mir.«

»Ich hab es von Sonia gehört«, meinte eine Frau, deren Kopf ganz in Folie gehüllt war, hilfsbereit. »Ich bin durch die Straße gebummelt und hab mich nach Katie erkundigt, und da hat sie mir die ganze Geschichte erzählt. Es ist ja *so* romantisch!«

»Ich überlege mir, ob ich nicht konvertiere«, meinte Lee, die gerade Claire Shusters graue Haarwurzeln nachfärbte. »Dieser Mann ist *das* Aushängeschild für die Anglikaner.«

»Sie scheinen ja alle unglaublich viel zu wissen über diesen Mann, den Sie nie gesehen haben«, sagte Kate zu ihrem Spiegelbild.

»Nie gesehen?« Grace lachte, und alle stimmten ein. »Sein Bild, Katie, ist diese Woche ganz groß auf der Titelseite des *Coburn Bugle.*«

»Was?« Sie sprang auf, und die Klemmen und Kämme, die auf ihrem Schoß gelegen hatte, flogen in alle Richtungen. »Lasst mich doch mal sehen!«

Ein fußhoher Stapel davon lag neben der Ladentheke.

PRIESTER RETTET FRAU DAS LEBEN

Die Schlagzeile war in großen Buchstaben gedruckt.

Die Geschichte las sich wie eine Liebesschnulze, obwohl jedes Wort, das der Reporter schrieb, völlig der Wahrheit entsprach. Aber diese Bilder ...

»O mein Gott!« Sie wand sich und legte die Zeitung mit der aufgeschlagenen Seite nach unten auf den Tisch. »Wo haben die denn dieses grässliche Foto von mir her?« Sie sah aus wie etwas, das zu lang in der Sonne gelegen hatte.

»Vom Flohmarkt am 4. Juli 2004. Da haben wir alle wie Wasserspeier ausgesehen.«

Und hatten sie kein schlechteres Foto von Mark finden können, um das Ganze etwas ausgeglichener zu gestalten? Sie sahen aus wie die Schöne und das Biest, nur in vertauschten Rollen. War er wirklich so umwerfend? Er sah gut aus, sicher, aber sie hatte nicht gemerkt, das es tatsächlich so viel gab, was für ihn sprach. Die Traurigkeit in seinen Augen, die Zärtlichkeit seiner Berührung, die Wärme seines Munds auf dem ihren hatte sie für ihn eingenommen ...

Mein Gott, French. Nun reiß dich aber zusammen.

»Ich hab wirklich gute Lust, diese Idioten vom *Bugle* zu verklagen«, sagte sie. »Wie können die einen Artikel über mich schreiben, ohne mir eine einzige Frage zu stellen?«

»Angelina und Brad fragen sich vermutlich dasselbe«, meinte Grace in das tosende Gelächter hinein. »Nun beruhig dich wieder, Kate, und lass mich dich weiter frisieren.«

Diese ganze Sache hatte ein Eigenleben entwickelt. Und zwar von dem Moment an, wo sie ihm versehentlich seinen Parkplatz weggeschnappt und damit eine Kette von Ereignissen in Gang gesetzt hatte, die sie noch immer ganz benommen machte.

Sie konnte sich nicht erinnern, wann sie das letzte Mal so viel Spaß gehabt hatte. All die Frotzeleien, das Gelächter, das Gefühl, zu den Mädels zu gehören. Mädels mittleren Alters, okay, aber das Gefühl war dasselbe.

»Du siehst fantastisch aus«, sagte Lee, als Grace ihr Wunder vollbracht hatte. »Dreißig, maximal fünfunddreißig.«

»Sie sollten es immer so tragen«, meinte der Alu-Kopf. »Sie sehen aus wie dieses Mädchen in *Will and Grace.*«

»Nein, nein«, meinte die Frau mit den einst grauen Haarwurzeln. »Wie eine junge Susan Sarandon.«

Wie auch immer, es war auf jeden Fall zu ihrem Vorteil.

Ein UPS-Fahrer pfiff ihr nach, und ein Mann, der alt genug war, es besser zu wissen, flirtete mit ihr vor der roten Ampel an der Kreuzung von Main Street und Elm Street. Als sie schließlich ihre Auffahrt erreichte, hatte sie beschlossen, das Haar lang und offen zu tragen, bis sie Windeln brauchte.

Maeve klaubte gerade ihre Bücher und Papiere zusammen und verstaute sie in einer ihrer vielen Ledereinkaufstaschen, als Kate nach Hause kam. »Was hab ich dir gesagt, Schatz? Sobald eine Frau ihr Haar offen trägt, ist sie nicht mehr zu bremsen.«

Vielleicht war es Zeit, mal eine der Lieblingstheorien ihrer Mutter auf die Probe zu stellen.

* * *

Nichts hatte sich verändert. Sie wartete auf der Veranda, als er ankam, und sobald sich ihre Blicke begegneten, wusste er, dass dies entweder das Beste oder das Schlimmste war, was ihm je widerfahren war.

So also fühlte sich Glück an. Nicht wie es sich früher angefühlt hatte. Nicht, wie er es sich gewünscht hätte. Das war die Wirklichkeit – ausgewachsenes, komplettes Vollgasglück.

Sie rannte über den Hof auf ihn zu, ihr Haar flatterte lang und offen, schimmerte rotgolden im Sonnenlicht, und falls man je hatte wissen wollen, warum er an Gott glaubte, so hatte man hier seine Antwort. Diese magische Anziehung zwischen Menschen war möglich, eine Anziehung, die bewirkte, das man besser handeln, besser werden, nach den Sternen greifen und sich eine Handvoll davon schnappen wollte.

»Du siehst toll aus«, sagte Mark, als er Kate den Wagenschlag aufhielt. »Hast du deine Frisur verändert oder was?«

Sie warf ihm einen jener Blicke zu, auf die Frauen sich so gut verstehen. »Ich trag mein Haar heute offen.«

»Du solltest es immer so tragen.« – »Danke.« Sie beäugte demonstrativ das seine. »Deins sieht auch ziemlich gut aus.«

»Ich hab's heute gekämmt«, meinte er. »Macht ganz schön was aus.«

»Dein Pullover gefällt mir. Gehört der zu deiner Priester-Uniform?«

»Deine katholische Erziehung schlägt durch. Priester tragen keine Uniformen.«

»Ihr solltet verpflichtet werden, stets euren Kragen zu tragen«, sagte sie, als er den Motor startete. »Wie sollen wir euch denn sonst von den Zivilisten unterscheiden?«

Sie witzelten hin und her, tauschten in Lichtgeschwindigkeit Bemerkungen aus. Es war eine Leichtigkeit zwischen ihnen, ein tiefes Verstehen, wie es sich normalerweise innerhalb von Jahren, nicht aber von Tagen, entwickelt. Ihm war, als wäre er mehr er selbst, mehr mit der Welt verbunden, optimistisch auf eine Art, die ihn normalerweise bass erstaunt hätte.

Es fiel ihm schwer, den Blick auf der Straße zu halten. Sie war so sprühend, so lebendig, so voller Leidenschaft und Energie, dass er an den Straßenrand fahren wollte und ...

Er hatte sich getäuscht. Es hatte sich etwas geändert, und zwar nicht nur ihre Frisur.

Er war verliebt.

16

Spring Lake war ein winziger Punkt auf der Landkarte an der Küste Jerseys, der sich eines 2,1 Meilen langen, breiten Sandstrands und eines kristallklaren, quellengespeisten Sees nahe der Dorfmitte rühmen konnte. Das Wort bezaubernd war zur Beschreibung solcher Orte erfunden worden.

Er parkte den zerbeulten Honda vor einem der alten Strandhotels, und sie hielten sich an den Händen, als sie über die breite, sonnenüberflutete Straße zur sandigen Küste hinunterliefen.

»Das werd ich vermissen«, sagte er, als sie am Wasser entlang Richtung Süden zu spazieren begannen.

»Den Strand?«

»New Jersey.«

Sie lachte, als sie ein strudelndes Gezeitenbecken umrundeten. »Nun, das hört man nicht alle Tage.«

»Ich fühle mich wohl hier.«

»Du hast vorgestern ziemlich schmeichelhafte Sachen erzählt, aber sag sie nicht weiter.« Sie hielt sich die Hand über die Augen und blickte zu ihm auf. »Außerdem dachte ich, wenn die Blätter sich färben, muss man in Neuengland sein.«

»New Jersey schlägt es um Längen.«

Sie wusste, was er eigentlich ausdrücken wollte und was diese schlichten Worte bedeuteten. Zwei Wochen früher wäre ihr die Bedeutung vielleicht entgangen, nicht aber an diesem Tag. Nicht, wo die warme Aprilsonne auf ihre Schultern schien, die Meeresbrise durch ihre Haare blies, er ihre Hand fest in der seinen hielt und der Ozean zu ihren Füßen lag. Dies war Highschool mit steuerbegünstigtem Pensionsplan, und er hatte ihr seine ernsthafte Ergriffenheit gestanden.

»Wir sind berühmt«, sagte sie, als sie einigen Anglern zunickten, die hüfttief im eiskalten Wasser standen. »Titelseite des *Coburn Bugle.*«

»Des *Coburn Bugle?*«

»Die beste und einzige Wochenzeitung in Coburn, New Jersey, und Quelle aller gesellschaftlichen, politischen und religiösen Neuigkeiten der Stadt.«

»Du hast das Ganze einem Reporter erzählt?«

»Wenn es nach mir gegangen wäre, hätte ich's nicht mal meiner Mutter erzählt.« Sein Gesichtsausdruck brachte sie zum Lachen. »Die Leute reden. Das ist eine vertratschte Kleinstadt.«

»Hast du eine Zeitung dabei?«

»Ich hab sie im Wagen liegen lassen. Wir können sie ja beim Mittagessen analysieren.«

Der Wind frischte auf, und sie schauderte. Er ließ ihre Hand los und legte ihr den Arm um die Schultern, und sie schmiegte sich ein wenig enger an ihn. Etwas, das völliger Befriedigung nahe kam, durchströmte sie.

»Dann hat es ja keinen Sinn mehr, sich möglichst unauffällig zu benehmen.«

»Kaum.«

»Sobald man's mal auf die erste Seite geschafft hat, ist man geoutet.«

»Absolut.«

Sie blieben stehen. Er verlagerte das Gewicht. Sie passte sich an. Der gesellige Arm um ihre Schulter verwandelte sich in etwas anderes. Etwas, worüber sie in Büchern gelesen hatte, aber nie gedacht hätte, dass es ihr passieren könnte. Ein Gefühl, zu zerschmelzen, das ihre Glieder in Karamellstreifen verwandelte, die man zu lange in der Sonne liegen gelassen hatte.

In der prallen Sonne konnte man sich nicht verstecken. Die pralle Sonne zeigte jede Linie, jede Falte, jedes Geheimnis, das im Schatten gedieh.

Seine Arme hielten sie nicht fest. Sie hätte sich aus seiner Umarmung winden können, wenn sie gewollt hätte. Sie war da, weil sie sich keinen anderen Ort auf der Welt vorstellen konnte, an dem sie lieber gewesen wäre.

»Sechs Wochen sind keine lange Zeit«, sagte er.

»Ich weiß«, erwiderte sie. »Wir wären verrückt, wenn wir auch nur eine Minute davon vergeuden würden.«

Er legte einen Finger unter ihr Kinn und hob ihr Gesicht an, und zum ersten Mal in ihrem Leben wollte sie nicht zurückweichen oder sich abwenden oder sich hinter einer Mauer aus Worten verstecken.

Nur küssen wollte sie ihn.

Ein Kuss genügte.

Sie hatte nicht erwartet, sich nicht erträumt, dass ein Kuss ihr alles bedeuten könnte.

Ihre Lippen trafen sich, und die Welt um sie herum verschwamm. Wunderbar ... besser als wunderbar ... sein warmer Mund ... seine kräftigen Hände ... sein langer schlaksiger Körper, der sich an ihren presste ... die Sehnsucht in ihrem Innern ... sie wollte ... alles ... sie wollte alles, und sie wollte es jetzt, und sie wollte es für immer. Konnte man auf einem Kuss eine ganze Welt errichten? Konnte ein Kuss ewig währen?

»Wir haben Zuschauer«, sagte er, als sie sich atemlos, mit hämmernden Herzen, benommen und glühend voneinander lösten.

Sie blinzelte und lugte über seine Schulter, während die Welt ihre Konturen zurückgewann. Drei Angler mit ihren Angelruten über den Schultern beobachteten sie aus etwa dreißig Metern Entfernung. Zwei ältere Frauen, in Pullover und helllila Mützen gemummelt, starrten neugierig vom Gehweg zu ihnen herüber.

»Es ist mir egal«, sagte sie und begann zu lachen.

»Mir auch.« Er küsste sie wieder, hart und wild, und sie schmolz dahin.

»Du küsst nicht wie ein Priester«, murmelte sie an seinen Lippen.

»Wie viele Priester hast du denn schon geküsst?«

»Keinen«, sagte sie, »aber ich wette, du küsst nicht wie einer von denen.«

Langsam lösten sie sich voneinander, versuchten, sich wieder zu fangen und jenen Abstand zurückzugewinnen, der zwischen ihnen bestanden hatte.

Sie war sich nicht sicher, ob es noch ging.

* * *

Sie fanden ein Lokal in einer Seitenstraße, das immer noch Mittagessen servierte. Der Laden war ein willkürlich zusammengetackertes und -geklebtes Gebilde, dem das Thema Baseball die inhaltliche Klammer gab. Babe Ruth strahlte von oben auf die Registrierkasse herunter. Lou Gehrig wies den Weg zu den Toiletten. Thurman Manson bewachte den Stapel zerlesener Speisekarten, während Willie Mays, Mickey Mantle und Jackie Robinson im Hinterzimmer über die Speisenden wachten. Zwei Louisville-Schläger hingen gekreuzt wie Schwerter bei einer Soldatenhochzeit über einem nicht mehr benutzten offenen Kamin. Die Salz- und Pfefferstreuer waren Plastikbasebälle mit Löchern an den Stellen, wo sonst die Stiche waren. Auf der Speisekarte standen Hot Dogs, Hamburger, Pommes und so viel Coca Cola, wie man während einer Mahlzeit trinken konnte.

Zum Nachtisch gab es etwas Undefinierbares, das sich Cracker Jack Sundae nannte.

»Wir sollten uns lieber was anderes suchen«, sagte er, als sie die ketchup-verschmierte Speisekarte überflogen. »Bei diesem Zeug bist du bald wieder im Krankenhaus.«

»Mir gefällt es hier aber«, sagte sie, als Klänge von »Take me out to the Ball Game«, durch die fettgeschwängerte Luft drifteten.

»Du nimmst mich auf den Arm, oder?« Er konnte die Augenbraue wirklich fast so schön hochziehen wie Mr. Spock.

»Nööö. Ich find es hier wirklich romantisch.« Was sie betraf, stellte es die Old Grist Mill weit in den Schatten.

»Wer bist du nur, Kate French?«, fragte er, als er die Speisekarte auf den Tisch zurücklegte. »Jedes Mal, wenn ich glaube, ich weiß, was du sagen willst, sagst du was anderes.«

Sie grinste ihn an. »Ich bin ja selber überrascht. Seit dem Herzinfarkt kann zuweilen sogar ich kaum glauben, was mir da über die Lippen kommt.«

»Das ist keine ungewöhnliche Klage.«

»Man hat es mir gesagt, aber trotzdem ist es irritierend. Da geht man durchs Leben und hält sich für eine bestimmte Person, und plötzlich …« Sie fuchtelte mit der Hand herum. »Puff! Ist man jemand anders.«

»Und wie bist du wirklich?«

»Zunächst einmal bin ich nicht spontan und auch nicht romantisch. Ich bin auf keinen Fall der Frauentyp, der auf Spitze und Geblümtes steht.«

Er warf ihr einen Blick zu. »Ich hab aber Beweise für das Gegenteil gesehen.«

Sie wurde so rot wie der Spitzentanga, auf den er anspielte. »Eine Verirrung«, sagte sie. »Ich war gerade von einer zehntägigen Londonreise zurück. Ich hatte mein ganzes Zeug in der Wäsche. Und mehr war einfach nicht in meiner Wäscheschublade.«

»Aber du hattest ihn jedenfalls.«

»Das Preisschild war noch dran. Maeve hat ihn mir zum vierzigsten Geburtstag geschenkt. Sie fand, ich sollte es mal ein bisschen krachen lassen.«

»Und es hat funktioniert«, meinte er mit einem boshaften Grinsen. »Ich bin immer noch schwer beeindruckt.«

Sie warf einen Strohhalm in seine Richtung. »Du willst mich einfach missverstehen.«

»Wer garantiert denn, dass nicht das dein wahres Ich ist«,

konterte er. »Vielleicht hat dein wahres Ich ja nur auf einen Vorwand gewartet, um sich endlich zu offenbaren.«

»Ich glaube nicht, dass das so läuft.«

»Menschen verändern sich«, sagte er. »Ich erlebe das ständig. Alles, was uns zustößt, verändert uns. Es gäbe kein Wachstum, wenn es nicht so wäre.«

»Du hast doch bestimmt im Nebenfach Psychologie studiert.«

»Ich studiere die menschliche Natur. Das Leben muss uns verändern. Anders hätte es gar keinen Sinn.«

»Nun, die Ärzte scheinen das alles ja bis auf die Millisekunde errechnet zu haben. Lombardi zufolge wirst du mein wahres Ich nie erleben, weil du etwa um die Zeit herum, wenn ich aufhöre, angesichts der Fernsehreklame in Tränen auszubrechen, nach New Hampshire zurückdüsen wirst.«

»Du hast nicht einmal geheult, seit ich dich abgeholt habe.«

»Der Tag ist ja auch noch jung«, warnte sie ihn. »Lass mir ein bisschen Zeit.«

Er bestellte einen Cheeseburger mit allem und einen Schokoladenmilchshake. Sie bestellte eine große Suppentasse Manhattan Clamchowder und ein Glas Eistee. Die Kellnerin verschwand mit ihrer Bestellung in die Küche, und Kate wühlte in ihrer Tasche nach dem *Coburn Bugle.*

Nun war Mark mit dem Genieren an der Reihe.

»Du wirst ja rot!«, rief sie aus. »Weswegen denn: wegen des Vergleichs mit den Superhelden oder wegen dem ›Father McDreamy‹?«

»McDreamy«, sagte er und sah aus, als wollte er am liebsten seinen Namen und seine Telefonnummer ändern. »Woher kriegen sie überhaupt diesen Mist?«

»Du guckst nicht viel Fernsehen, oder?« Sie erklärte die Anspielung auf *Grey's Anatomy.*

»Du hast ihnen doch nichts von dem Zeug erzählt, oder?«

»Lies den Artikel noch mal. Ich werde nirgends zitiert.

Glaubst du wirklich, ich würde mich selber als Ladenbesitzerin mittleren Alters bezeichnen?«

Wieder erschien das boshafte Grinsen. »Wahrscheinlich nicht.«

Sie lasen einander abwechselnd blumige Passagen vor und lachten Tränen über die Zitate von Maeve und Gwynn und allen, mit denen sie jemals mehr als dreißig Sekunden verbracht hatte.

»Keine gute Tat bleibt jemals ungestraft«, meinte Kate, als sie die Zeitung zusammenfaltete und wieder in ihre Tasche steckte.

»Es hätte schlimmer kommen können.«

»Wie denn? Wenn sie mein Gewicht und meine Blutwerte veröffentlicht hätten?«

»Wenigstens haben sie nichts über den Tanga geschrieben.«

»Du hast recht. Vielleicht gibt's ja doch einen Gott.« Sie hielt inne. »Das ist nur eine Redensart, nicht meine persönliche Meinung.«

»Du musst mir wirklich nicht jede Anspielung auf Gott erklären, Kate.«

Sie nickte, erleichtert, dass es nicht nötig war, das Thema ängstlich zu umschiffen.

»Da hätten wir's, meine Lieben.« Die Kellnerin stellte ihre Teller vor ihnen ab und zog eine Ketchup-Flasche aus ihrer Schürzentasche. »Guten Appetit.«

Sie machten sich über das Essen her. Für einen guten Appetit gibt es nichts Besseres als einen langen Spaziergang an der Seeluft. Ein paar Minuten lang beschränkte sich die Konversation auf »Gib mir mal den Pfeffer«, und »Ich brauche noch Eistee.«

»Das ist ein superguter Burger«, meinte Mark. »Hier kommen wir wieder her.«

»Die Muschelsuppe ist auch toll.« Kate schob ihm ihre Tasse hin. »Probier mal.«

Sie hielt ihm einen Löffel hin. Er gab ihr dafür ein Gürkchen. »Warst du je bei einem Kirchen-Essen?«, fragte er und unterbrach sich, um von seinem Shake zu trinken.

»Letztes Jahr war ich beim United-Methodist-Pfannkuchenfrühstück. Zählt das?«

»Nur wenn auch eine Götterspeise dabei war und mindestens zwei Sorten Dreierlei-Bohnen-Salat.«

Die Ellbogen auf den Tisch und das Kinn in die Hände gestützt, beugte sie sich nach vorn. »Du klingst, als hättest du eine Menge derartiger Veranstaltungen hinter dir.«

»Siebenhundertdreiunddreißig«, sagte er. »Mehr oder weniger. Ich habe mindestens vierzig verschiedene Sorten von Auflauf, hundert verschiedene Salate und wenigstens siebenundsechzig unterschiedliche Arten von Götterspeise probiert oder wenigstens so getan.«

»Warum?«

»Weil man das macht, wenn man Pfarrer einer Kleinstadtgemeinde ist.«

»Viel essen?«

»Viel essen, viel reden, viel zuhören, viel beten.«

»Klingt doch gar nicht schlecht.«

»Das ist sogar sehr gut, wenn es das ist, was man will.«

»Und das willst du.«

Er nickte.

»Jawohl.«

Sie versuchte sich das Leben eines neuenglischen Kleinstadtpfarrers vorzustellen, doch es fiel ihr nichts dazu ein. Sie versuchte, sich das Leben der Frau eines neuenglischen Kleinstadtpfarrers auszumalen, und begann zu lachen.

Mit fragenden Augen sah er sie an.

»Tut mir leid«, meinte sie. »Ich hab versucht, mir vorzustellen, wie es mir wohl als neuenglische Pfarrersfrau ergehen würde, und was mir dazu einfiel, war ziemlich lustig.«

Achtung, Fettnäpfchen! Sie hätte genauso gut eine Bombe auf den Resopaltisch werfen und schreien können: »Sie explodiert!« Wo war ihr innerer Zensor, wenn sie ihn brauchte?

»Ich wollte nicht …« Sie dachte nach, überlegte, ob sie nicht lieber zur Tür laufen sollte. »Ich meine, das hat nichts mit dir zu tun. Es war nur …« Sie riss die Hände in die Höhe. »Komm einfach raus mit mir und erschieß mich. Bitte.«

Er tat es nicht. Stattdessen begann er zu lachen, und auch sie musste, trotz ihrer Demütigung, schließlich einstimmen.

»Du wirst das nicht gegen mich verwenden, oder?«, fragte sie.

»Meinst du nicht, dass ich das Recht habe, mich ein bisschen für diesen McDreamy zu rächen?«

»Hey, mach mich nicht für den McDreamy verantwortlich. Ich hab mich in der Klinik um meinen eigenen Kram gekümmert, während sie sich das aus den Fingern gesogen haben.«

»Kann's mir lebhaft vorstellen«, meinte er, und sie kriegten sich nicht mehr ein.

Ihre Neckereien waren federleicht, überraschend albern, besser als Champagner. Mit ihm fühlte sie sich ganz bei sich, obwohl sie nicht hätte sagen können, wer dieses neue Ich überhaupt war, und es war wunderbar.

Sie aß ihre Suppe und hörte zu, während er ihr von seiner Reise nach New Hampshire erzählte, seinem Treffen mit dem Bischof, der überraschenden Zusammenkunft im Pfarrhaus, den Gespenstern, die ihn dort überall außer auf der Veranda heimzusuchen schienen.

»Erzähl mir aber nicht, dass du gestern auf der Veranda geschlafen hast! Du warst in New Hampshire. Der April ist kalt dort.«

»Sag's mir nur.« Mark spritzte noch Ketchup auf seinen Cheeseburger und verschob die restlichen Gurkenscheiben. Er begegnete ihrem Blick. »Aber bevor du mich fragst, ich hab Suzannes Tod vor einigen Jahren ein- für allemal für mich akzeptiert.«

Sie hatte ihre weiblichen Antennen ausgefahren, um zu erspüren, ob er noch in seiner Trauer gefangen war, registrierte jedoch nur noch ein leises Echo der einstigen Liebe zu seiner Frau. »Was war es dann?«

Er ließ sich Zeit für sein Antwort. »Das Gefühl, sich rückwärts zu bewegen«, meinte er schließlich. »Ich dachte, es wäre wie eine Heimkehr, aber das war es nicht. Willst du die Wahrheit hören?«

Sie nickte. »Wozu ihr jetzt noch ausweichen?«

»Ich bin mir nicht sicher, ob ich dort noch hingehöre.«

Ihre Augen wurden groß. »Das ist ja echt ein Ding, dass du das feststellst, nachdem du dein Haus verkauft hast.«

»Ich gehe zurück«, sagte er rasch. »Ich ändere meine Meinung nicht.«

»Der Verkauf ist doch noch nicht endgültig«, erinnerte sie ihn. »Du könntest ihn immer noch rückgängig machen.«

»Und von der Pfarrstelle zurücktreten?« Er schüttelte den Kopf. »Das geht nicht. Ich schulde ihnen zu viel.«

Sie versuchte, ihre Erleichterung zu verbergen, indem sie sein Engagement bewunderte, doch im tiefsten Herzen kannte sie die Wahrheit. Sie kam mit den Gefühlen, die er in ihr geweckt hatte, besser klar, wenn sie wusste, dass er in sechs Wochen dreihundert Meilen weit fort war.

»Und was hast du jetzt vor?« Sie fischte sich ein besonders saftig wirkendes Muschelstück aus der Suppe und schob es sich in den Mund. Du kannst ja nicht das ganze nächste Jahr über auf der Veranda schlafen.«

»Wahrscheinlich miete ich mir ein Häuschen in Fußnähe zum Pfarrhaus.«

Sie suchte nach Kartoffeln. »Ich habe keine Ahnung, wie eine Kirche funktioniert, aber werden sich die Kirchenoberen nicht daran stören?«

»Das ist das Problem«, sagte er. »Sie haben sich ein Bein ausgerissen, damit ich mich im Pfarrhaus wohlfühle ...« Er hielt inne und schüttelte den Kopf. »Aber ich kann nicht.«

»Du solltest das nicht müssen.« – »Schade, dass du nicht im Pfarrgemeinderat sitzt.«

»Du wirst schon eine Lösung finden«, sagte sie. »Ich kann nicht glauben, dass sie dich zwingen, in einem Haus zu wohnen, in dem du unglücklich bist.«

»Das sind Gruppenentscheidungen. Ich habe nicht so wahnsinnig viel Einfluss darauf.«

»Und ich bin ein Einzelkind und selbstständige Unternehmerin«, sagte sie und verdrehte komisch die Augen. »Und gar nicht gut im Hinblick auf Gruppen.«

»Ich bin das mittlere Kind von fünfen. Entweder lernt man, sich in einer Gruppe zurechtzufinden, oder es wird auf einem rumgetrampelt.«

»Gibt es noch mehr Geistliche in der Familie?«

»Zwei Onkel, aber ich bin der einzige im engeren Familienkreis. Mein älterer Bruder ist Farmer. Er hat uns ausbezahlt und nach dem Tod unserer Eltern die Milchwirtschaft übernommen. Meine ältere Schwester ist Visagistin in Hollywood. Meine jüngeren Brüder sind beide bei der Polizei in Boston.« Er nahm einen Schluck Wasser. »Wie steht's mit deiner Familie?«

»Meine Mutter ist Schriftstellerin, Vortragsreisende und praktizierende Wiccanerin.«

Sie musste lachen, als ihm das Kinn herunterfiel.

»Tut mir leid, ich hätte dich warnen sollen«, sagte sie. »Maeve hat wahrscheinlich schon alle großen Religionsgemeinschaften durch und auch einige kleinere. Ich glaube, sie ist immer noch Wiccanerin, aber ein bisschen scheint sie mir auch wieder dem Buddhismus zuzuneigen, man weiß also nie.«

»Und ich dachte, sie wäre eine stinknormale Katholikin, irgendwie …«

»Das war sie«, erwiderte Kate, »aber der mangelnde Respekt des Klerus für die Frauen hat sie schon als Teenager aufgebracht, und seither war sie immer auf der Suche. Sie ist wirklich eine sehr spirituelle Frau.« Sie hielt inne. »Anders als ihre Tochter.«

»Maeve sollte sich mal die Anglikanische Kirche vornehmen. Wir weihen Frauen sogar zu Priesterinnen.«

»Vielleicht wird dir das noch mal leidtun«, entgegnete sie trocken. »Meine Mutter kann einem ein Loch in den Bauch fragen.«

»Davor habe ich keine Angst.«

Es wurde Zeit, diese Behauptung auf die Probe zu stellen.

»Sind letzten Endes nicht alle Religionen gleich? Die meisten Leute suchen nach etwas oder jemandem, dem sie die Schuld geben können, wenn es schlecht läuft, oder an den sie sich wenden können, wenn sie in Not sind, und Gott eignet sich dafür genauso gut wie irgendwas anderes.« Sie tupfte sich mit dem Rand ihrer Papierserviette den Mund ab. »Ich spare mir die Zeit und mache mir selber Vorwürfe.« Sie legte die Serviette hin. »Du hättest jetzt lachen müssen, Mark. Das war ein Witz.«

Sie konnte seine Miene nicht deuten und fühlte sich ein wenig unbehaglich.

»Du glaubst also nicht an Gott?«

»Ich weiß nicht, was ich glaube.« Sie erzählte ihm von Father Boyles Krankenbesuch. »Ich habe etwas gespürt, als er gebetet hat«, gestand sie, »aber ich weiß nicht, ob es echt war oder nur eine angelernte Reaktion.«

»Ein Gebet kann einem Trost spenden.«

»Aber man kann nicht beten, wenn man nicht weiß, wohin die Gebete gehen.«

»Vielleicht müssen Sie gar nicht irgendwo ankommen. Vielleicht reicht es schon, wenn man seine Bitten nur laut ausspricht.«

»Du bist gut«, sagte sie. »Ich begreife, warum sie dich zurückhaben wollen. Nur empfinde ich eine Art Leere im Gebet. Für mich ist es wie ein Selbstgespräch.«

»Verstehe.«

»Wie denn das? Dein ganzes Leben basiert auf einem Glauben an eine höhere Macht.«

»Das bedeutet aber nicht, dass ich keine Zweifel habe. Nach Suzannes Tod hab ich ein paar Jahre lang überhaupt nicht mehr viel geglaubt.«

»Du hast nicht mehr an Gott geglaubt?«

»Manche Menschen finden nach einer Tragödie Trost in ihrem Glauben. Für mich war es nicht so.«

»Father Boyle hat mir erzählt, dass ein Herzinfarkt häufig ein Wiedererwachen religiöser Gefühle mit sich bringt.«

Sie winkte ihm, sich näher zu ihr herunterzubeugen.

»Sag's keinem, aber es würde mich nicht stören, wenn es so wäre. Für Leute, die sich auf so was stützen können, ist das Leben viel leichter.«

»Dann lass es zu.«

»Du zitierst Captain Picard?«

»Wen?«

»Ich glaube, wir müssen mal ein paar längere Internet-Sitzungen einplanen, um dich auf den neuesten Stand zu bringen.«

»Kein Wunder, dass du seit neunzehnhundertdreiundneunzig nicht mehr in der Kirche warst. Du warst mit Fernsehen beschäftigt.«

»Und – sind wir bereit für den Nachtisch?« Ihre Kellnerin begann mit raschen, geübten Bewegungen, den Tisch abzuräumen.

»Was empfehlen Sie denn?«, fragte Mark.

»Alles.«

»Solange es keine Götterspeise ist«, meinte Kate. »Ich hab schon so viel Wackelpeter gegessen, dass es mir für den Rest meines Lebens reicht.«

»Cracker Jack Sundae«, schlug die Kellnerin vor. »Was Besseres haben wir nicht.«

»Dann nehmen wir das«, sagte Mark.

»Einmal mit zwei Löffeln«, fügte Kate hinzu. »Und könnten Sie die eine Hälfte davon mit gefrorenem Joghurt statt mit Eiscreme machen?«

»Ich kann es auch mit Hüttenkäse machen, wenn Sie wollen, es schmeckt allerdings nicht so gut.«

»Gut, gut«, meinte Mark. »Wir nehmen es mit Joghurt.«

»Wir nehmen es halb und halb«, meinte Kate. »Es gibt keinen Grund, warum du auf dein Eis verzichten solltest.«

Die Kellnerin blickte von Kate zu Mark. »Sie sind dran.«

»Ich verzichte zugunsten des Teams. Wir nehmen Joghurt.«

Ah, Romantik! Besser als ein Dutzend rote Rosen.

17

Sie saßen so lange bei ihrem Cracker Jack Sundae, dass ihre Kellnerin eine Abendkarte neben die Rechnung legte und die Hühnerpastete empfahl.

»Sie hat genug von uns«, sagte Mark.

Kate lächelte, während sie sich den Riemen ihrer Tasche über die Schultern warf. »Glaubst du?«

Sie traten in die Spätmittagssonne hinaus und wollten sich eben an den Händen fassen und in die Main Street einbiegen, als es in Kates Schultertasche zu klingeln begann.

»O verdammt.« Sie ließ sie von der Schulter gleiten und wühlte nach ihrem Handy.

Es war Gwynn, die sehr jung und erstaunlich nervös klang.

»Kann ich dich später zurückrufen, Gwynnie?«

»Gran hat mir erzählt, dass du mit Father Mark zusammen bist«, meinte Gwynn, unfähig sich zurückzuhalten. »Deswegen rufe ich an.«

Mark trat ein paar Schritte beiseite und tat, als betrachte er eine Auslage mit Angelausrüstung und Fischködern.

Kate machte sich auf das Schlimmste gefasst. »Ich müsste dich eigentlich anrufen«, meinte Kate. »Was hast du dir denn dabei gedacht, als du dem Kerl vom *Bugle* all diese Albernheiten erzählt hast?«

»Hat es dir nicht gefallen?« Gwynn klang ehrlich schockiert. »Ich fand, es war der coolste, romantischste Artikel, den ich je gelesen habe.«

»Gwynn, ich …«

»Mom, ich hab mit Andrew gesprochen, und wir wollen eine Dinnerparty für Father Mark geben.«

»Was?«

»Wir werden eine Dinnerparty für Father Mark geben. Wir laden Gran, Onkel Paul, Daddy und Marie ein.«

»Wie wär's denn mit deinen Geschwistern?«

»Wir haben nicht genug Platz.«

»Für wann hast du denn diese Party geplant?«

Gwynn deckte die Sprechmuschel ab, und Kate hörte aufgeregtes Flüstern. »Für morgen in einer Woche.« Mehr Flüstern. »Sechs Uhr abends.«

»Kann ich dich zurückrufen?«

»Ich dachte, er ist mit dir zusammen. Kann ich ihn nicht jetzt gleich fragen?«

»Bleib dran.« Sie trat zu Mark vor den Anglerladen und setzte ihn ins Bild. »Glaub mir, ich kann durchaus verstehen, wenn du absagst.«

»Ich komme gern.«

»Bist du sicher?«

»Ich würde es mir nur ungern entgehen lassen.«

»Wie wär es denn dann, wenn du gingest und ich zu Hause bliebe?« Sie hielt wieder den Hörer ans Ohr.

»Ich hab das mitbekommen«, sagte Gwynn.

»War ein Witz, Schätzchen. Überleg's dir gut: Maeve, Paul und dein Vater, alle in einem Raum. Ich werde einen Defibrillator brauchen.«

Sie war erleichtert, Gwynns Lachen zu hören. »Ich dachte, du würdest auf Andrew anspielen.«

Das hatte sie auch, doch lieber hätte sie sich die Zunge abgebissen, als das einzugestehen. »Mark hat gesagt, dass er gerne kommt, und das gilt auch für mich.«

»Toll!«, meinte Gwynn. »Super! Wir fahren jetzt zu Pathmark, um unsere Lebensmittelvorräte aufzustocken. Du solltest bald heimfahren, Mom. Du musst dich ausruhen.«

Kate schaltete ihr Handy aus und warf es wieder in ihre Tasche. »Sie meint, ich sollte nach Hause fahren und mich ausruhen.«

Mark legte den Arm um ihre Schultern, und sie setzten sich

Richtung Buchladen in Bewegung. »Und was hältst du davon?«

»Ich denke, meine Tochter sollte aufhören, sich Sorgen um mich zu machen, und wieder normal werden.«

»Lass ihr Zeit. Sie hat ein traumatisches Erlebnis hinter sich.«

»Entschuldige mal, aber ich bin diejenige, die hier ein Trauma erlebt hat.«

»Auch deine Familie ist gegen die Nachbeben nicht immun.«

»Und willst du noch mehr Wahrheiten hören? Ich hab wirklich keine Lust, zu Gwynn zum Essen zu gehen.«

»Warum? Weil dein Ex-Mann dort sein wird?«

»Ed ist nicht das Problem. Eher der Verlobte meiner Tochter.«

* * *

Sie durchwanderten die Stadt vom einen Ende zum anderen, schauten kurz in die Buchhandlung, damit Kate sich den letzten Robert B. Parker und das neue Strickmodenheft der Vogue mitnehmen konnte.

»Ich hab nie gedacht, dass sie so jung heiraten würde«, sagte Kate, als sie wieder zu ihrem Auto zurücksteuerten. »In den letzten zwei Jahren hat sie sich treiben lassen, hat als Barfrau gearbeitet, gekellnert, dann plötzlich beschließt sie, wieder auf die Uni zu gehen, ihren Master zu machen, und dann ...« Sie hielt inne und schüttelte den Kopf. »Ein Fischer?«

»Einige der Apostel waren Fischer.«

Sie verdrehte die Augen. »Und sie haben ein Armutsgelübde abgelegt. Erfreuliche Aussichten.«

»Ich habe nachgerechnet. Du hast sogar noch jünger geheiratet.«

»Auf wessen Seite stehst du eigentlich? Ich will jemanden,

der mit mir der Meinung ist, dass meine Tochter einen Riesenfehler macht, wenn sie die tolle Chance, Architektur zu studieren, wegwirft, um mit einem Kerl, der sich seinen Lebensunterhalt mit dem Ausnehmen von Fischen verdient, in einer winzigen Wohnung im Hafen zusammenzuleben.«

Er blieb stehen und zog sie in seine Arme. »Unser erster Streit?«

Einen Moment lang widerstand sie. Er spürte, wie sie von ihm wegstrebte, körperlich und emotional, doch dann entspannte sie sich und lehnte die Stirn an seine Schulter.

»Kein richtiger Streit«, sagte sie. »Wir können das sicher noch viel besser.«

»Ich hab meine Kompetenzen überschritten. Gwynns Entscheidungen gehen mich wirklich nichts an.«

»Mich gehen sie auch nichts an. Ich hab mich sehr bemüht, Gwynn ihre eigenen Entscheidungen treffen zu lassen, aber diesmal kann ich mich offenbar nicht zurückhalten.«

»Vielleicht solltest du dich noch mehr bemühen.«

Er sah, wie es in ihren Augen aufblitzte, doch diesmal explodierte sie nicht. »Sie hat keine Ahnung, was es heißt, arm zu sein. Maeve und ich haben lange Zeit von der Hand in den Mund gelebt. Gwynnies Vorstellung von Entbehrung ist, ihre Jeans bei Lord & Taylor statt bei Saks zu kaufen.«

»Gib ihr eine Chance, Kate. Vielleicht überrascht sie dich ja.«

»Du kennst meine Tochter nicht.«

»Ich kenne ihre Mutter, und wenn Gwynn irgendwas von dir mitbekommen hat, dann schafft sie das schon.«

Wenn er nur dabei sein könnte, um zu sehen, wie sich das alles weiterentwickelte.

* * *

Fürs Abendessen kauften sie etwas bei einem Thailänder und aßen es lachend ihm Wagen, während ihnen die Hähnchenstücke von den Essstäbchen glitten und auf den rissigen Lederpolstern herumhüpften.

»Eigentlich müsstest du auf alte Autos stehen«, meinte Mark, als eine Zuckerschote an ihm vorbeiflog. »In einem Rolls könntest du dir das nicht leisten.«

»Da hast du recht«, erwiderte Kate. »Womöglich ist es sogar illegal.«

Sie parkten direkt am Wasser. Die Sonne war langsam untergegangen und im Meer versunken, und der Himmel war dunkel und sternübersät. Irgendwo in der Ferne spielten frühe Stücke von Bruce Springsteen.

»Nächstes Mal suche ich die Musik aus«, sagte er und reichte ihr aus der Tasche, die zwischen ihnen lag, eine Wasserflasche. »Der ›Boss‹ scheint ja ein Monopol auf euch Jersey-Girls zu haben.«

»Billy Joel darf unsere Staatsgrenze nicht überschreiten«, sagte sie und kippte einen großen Schluck Mineralwassser hinunter. »Ihm zuzuhören gilt als Schwerverbrechen.«

Ihre Scherze waren albern, das wussten sie beide. Und sie wussten auch, dass da etwas zwischen ihnen passierte, was ihre Vorstellung von wunderbar so weit überstieg, dass sie keine Worte dafür fanden.

Wobei es ihnen für alles andere, weiß Gott, nicht daran mangelte.

Sie verputzte die Reste ihres Essens und warf die leere Verpackung in die Papiertüte auf dem Sitz. »Ich glaube, das war das beste Thai-Essen, das ich je gegessen habe«, sagte sie mit einem tiefen, zufriedenen Seufzer. »Ob sie wohl auch nach Coburn liefern?«

»Du magst also Thai-Küche, Manhattaner Muschelsuppe und Eistee«, sagte er. »Was noch?«

»Dich.«

Uuups. Das hatte nicht auf ihrer Liste empfehlenswerter Gesprächsthemen gestanden.

Sie zuckte mit einer Mischung aus Verlegenheit und Begeisterung die Schultern. »Okay, ich hab es gesagt und nehme es nicht zurück.« Sie nahm noch einen großen Schluck. »Das ist das Gute an unserer Sechswochenfrist. Wir können völlig ehrlich zueinander sein, ohne dass es langfristige Nachwirkungen hat.«

Sein Gesichtsausdruck veränderte sich zwar nicht, doch sie registrierte den subtilen Wechsel in der Atmosphäre zwischen ihnen.

»Warum vergessen wir das Sechswochenlimit nicht einfach und genießen die Fahrt?«

»Klingt gut«, flüsterte sie, als er die Tasche auf den Boden schob und näher zu ihr hinüberrutschte.

Der Kuss war sogar noch köstlicher als das thailändische Essen.

»Du schmeckst nach Basilikum und Ingwer«, sagte sie.

»Du auch.«

Es war, als seien sie wieder Teenager, nur besser. Sie wussten beide, wie weit sie gehen durften, und vorerst waren sie bereit, sich an die Regeln zu halten. Einundvierzig war besser als sechzehn.

Mit einundvierzig begriff man dieses unerwartete Geschenk als den unbezahlbaren Segen, der es war, und konnte auch jeden Kuss, jede Berühung, jede Sekunde dieses exquisiten Verlangens nach mehr richtig auskosten.

»Die Fenster haben sich beschlagen«, sagte er, als sie sich endlich voneinander lösten, erregt und hungrig nach mehr, als beide momentan geben konnten.

»Ich verstehe, warum du diesen Wagen magst.« Sie setzte sich auf, um ihre Bluse, ihr Haar und ihre unordentlichen und verworrenen Gedanken zu ordnen. »Ich hatte ganz vergessen, warum Sitzbänke so populär sind.«

Er hielt ihr Gesicht zwischen den Händen und trank aus ihrem Mund. »Für das, was ich fühle, gibt es kein Zeitlimit.«

Sie wollte ihm sagen, dass es das auch für ihre Gefühle nicht gab, dass sie sich noch nie so offen, so verletzlich, so voller Liebe und Hoffnung gefühlt hatte, aber sie wusste nicht, wo oder wie sie anfangen sollte.

Oder ob sie überhaupt anfangen wollte.

Sie legte den Kopf schief. »Hast du das gehört?«

Er schüttelte den Kopf. »Ich hab gar nichts gehört.«

Sie griff nach seiner Hand und legte sie sich aufs Herz. »Ich glaube, die Mauern von Jericho stürzen ein.«

* * *

Maeve saß Kräutertee schlürfend und an ihrem Laptop arbeitend in der Küche, als Kate nach Hause kam. »Fast Mitternacht«, meinte Maeve mit funkelnden Augen. »Hast du Lust zu reden?« Kate küsste ihre Mutter auf den Scheitel. »Nein«, sagte sie. »Ist das okay für dich?«

»Wie du meinst, Schatz.« Das Funkeln in ihren Augen wurde intensiver.

Maeve nahm vermutlich an, dass sie sich irgendwo ein Zimmer gemietet und den ganzen Nachmittag miteinander gevögelt hatten, während die Rettungssanitäter vor der Tür Wache hielten. Wozu sie enttäuschen?

Sie glitt nach oben und behielt ihre Geheimnisse für sich.

* * *

Mark war schon auf halbem Wege nach Rocky Hill, als er merkte, dass er sein Handy im Lokal ausgeschaltet und vergessen hatte, es wieder einzuschalten.

Elf Nachrichten in der Mailbox, sechs SMS.

Schöner Mist.

»Ich hab das Treffen für dich übernommen, mein Lieber, bin aber nicht sehr glücklich darüber. Ruf mich an. Ich bin dein Sponsor und hätte gern ein paar Antworten. Ich lasse mein Handy an. Ruf mich an. Egal, wie spät es wird.«

Er tippte Scotts Nummer ein.

»Tut mir leid, wenn ich dich aufgeweckt habe«, sagte er. »Ich war mit Kate unterwegs und hab vergessen, dass Freitag ist.« Er hoffte, durch Ehrlichkeit wiedergutzumachen, was ihm an Verantwortung fehlte.

»Bist du noch nüchtern?« Scott klang müde und äußerst besorgt.

»Absolut.«

»Das war das erste Mal, dass du ein Treffen versäumst, mein Lieber. Wir haben uns Sorgen gemacht.«

»Entschuldige«, sagte er. »Wir sind nach Spring Lake gefahren und ...« Er hielt inne. Die Einzelheiten gingen nur ihn und Kate etwas an, und er würde dafür sorgen, dass das auch so blieb.

»Was ist nun eigentlich mit euch beiden?«

»Wir haben einen schönen Tag miteinander verbracht.«

»Du kannst mir ja sagen, dass ich mich um meinen eigenen Kram kümmern soll ...«

»Scher dich um deinen eigenen Kram.«

Scott ignorierte ihn. »... aber Marcy und ich waren uns ziemlich sicher, dass wir was bemerkt haben zwischen euch beiden. Ein paar richtige Funken.«

»Ich mag sie«, sagte er. »Sehr.«

»Wir auch.«

Er lachte. »Ihr habt doch nur Hallo und Auf Wiedersehen zu ihr gesagt.«

»Ex-Polizisten habe gute Antennen.«

Mark hörte, dass sie miteinander flüsterten.

»Marcy will wissen, ob ihr zwei vielleicht Lust hättet, am Sonntag zum Abendessen zu kommen.«

»Ich frage sie und melde mich wieder.«

Wieder wurde getuschelt. »Wir dachten, sie wäre bei dir.«

»Ich bin in meinem Wagen. Sie ist bei sich zu Hause.«

Und noch mal wurde geflüstert.

»Gib mir doch mal Marcy«, schlug er vor, »dann erzähl ich es ihr selber.«

»Das will ich dir nicht antun, mein Guter«, meinte Scott lachend. »Willst du noch ein Leben retten? Dann bring Kate am Sonntag zum Essen mit, und ich bin dir was schuldig.«

Das Essen mit Scott und Marcy sollte zu einem Kinobesuch mit Ann und ihrem Mann führen, der wieder zu einem weiteren Abendessen und einem weiteren Kinoabend, und ehe sie sich versahen, waren er und Kate ein Paar mit gemeinsamen Freunden und einem geselligen Zirkel. Und das alles sollte in weniger als sechs Wochen Geschichte sein.

Warum jetzt? Er hatte ihr gesagt, sie solle die Sechswochenfrist vergessen und die Reise genießen, doch das war leichter gesagt als getan. Es hing über ihnen wie ein Damoklesschwert.

Ich weiß, dass es einen Grund geben muss, warum du sie jetzt in meinem Leben auftauchen lässt, aber ich begreife ihn nicht. Ich glaube an deine Weisheit und vertraue auf deine Barmherzigkeit, aber wenn es dir gefiele, mir deinen Plan für mich und Kate zu enthüllen, hätte ich ganz und gar nichts dagegen.

Entweder das, oder ER musste ihnen mehr Zeit lassen.

18

Am nächsten Tag schlief Kate bis zwölf Uhr mittags. In ihrem ganzen Leben hatte sie das noch nicht getan, und es war so herrlich dekadent wie verwirrend. Sie fühlte sich gleichzeitig faul, verwöhnt und wahnsinnig schuldig.

Was hatte Dr. Lombardi noch mal zu ihr gesagt? *Hören Sie auf Ihren Körper.* Das hatte sie getan. Ihr Körper hatte ihr unmissverständlich zu verstehen gegeben, dass sie nach einem umwerfenden Tag mit Mark in Spring Lake ihre Batterien neu aufladen musste.

Hör auf deinen Körper. Hätte sie auf alles, was ihr Körper zu sagen hatte, gehört, dann hätte sie alles daran setzen müssen, einen anglikanischen Pfarrer auf der Vorderbank eines Honda Civic zu verführen.

Sie wusste nicht so recht, was sie davon abgehalten hatte, tatsächlich mit ihm zu schlafen, statt nur mit ihm rumzuknutschen. War es die Tatsache, dass sie vermutlich die Zustimmung ihres Kardiologen brauchte? War es sein geistliches Amt? Das Andenken seiner Frau? Eine winzige Vorderbank mitten auf einem belebten Parkplatz? Cellulitis? Sie hatte keine Ahnung.

Über alles andere hatten sie ja gesprochen. Religion. Politik. Familie.

Leben.

Tod. Enttäuschung. Freude. Krankheit. Ihren Geschmack in Sachen Musik, Essen und Filme und seinen. Früher oder später würden sie auch über Sex reden müssen.

Sorgfältig stopfte sie ihr Haar unter eine Hotelduschhaube und duschte, um dann ihren Laptop zu starten und beim Anziehen ihre E-Mails zu kontrollieren.

AN: kate@frenchkiss.biz
VON: gwynnbann@njshorefun.net
BETREFF: nächster Samstag – Fragen

Hilfe! Andrew und ich versuchen, ein Menü zusammenzustellen, und wir müssten Folgendes wissen.
1. Was könnt ihr nicht essen?
2. Was isst Father Mark gerne? (Isst er z.B. Fisch?)
3. Könntet ihr den Wein mitbringen? (bitte bitte – unser Budget ist zu knapp)
4. Die E-Mail an Gran ist geplatzt – könntest du sie fragen, ob sie zum Nachtisch einen Schokoladenkäsekuchen machen könnte?
5. Ich glaube, du hast vergessen, dich bei Andrew zu melden. Nur für den Fall, seine E-Mail-Adresse ist bigfish@threemilelimit.biz

Bis bald!
Hab dich lieb,
Gwynnie

* * *

AN: gwynnbann@njshorefun.net
VON: kate@frenchkiss.biz
BETREFF: nächster Samstag – Fragen

1 und 2 – Fisch ist für uns beide prima
3 – okay, aber wir brauchen auch was Alkoholfreies
4 – warum rufst du sie nicht an?
5 – ich kümmere mich drum, versprochen

Ich dich auch.

* * *

AN: kate@frenchkiss.biz
VON: paul.grantham@weissgranthamreilly.com
BETREFF: Gwynnies Einladung

Nimm bitte zur Kenntnis, dass nicht ich dich heute angerufen und dich bei deinem Ausflug mit deinem neuen Freund gestört habe. Ich bin in London und nächste Woche in Paris, will aber keinesfalls Gwynnies Party verpassen. Ich würde ja gern einen Abstecher machen und euch mitnehmen, habe aber das Gefühl, dass du dich lieber mit dem Super-Pfarrer zu einer Fahrgemeinschaft zusammentust. Gib mir Bescheid.
Wenn du Lust hast zu reden, du hast meine Nummer.
L, PNG

* * *

AN: paul.grantham@weissgranthamreilly.com
VON: kate@frenchkiss.biz
BETREFF: Gwynnies Party

Schön, dass du auch kommst, und stimmt, Maeve und ich fahren zusammen. Wir reden, wenn du zurück bist. Gute Reise, P.
AL von K

* * *

AN: kate@frenchkiss.biz
VON: mark.kerry@mklj.net
BETREFF: Essenseinladung

Es ist sieben Uhr morgens. Ich hoffe, du schläfst noch. (Angemessen unanständige Kommentare bitte hier einfügen.) Scott und Marcy (du hast sie auf dem Parkplatz der Old Grist Mill getroffen) haben uns für Sonntagabend zum Essen eingeladen. Galavorstellung für mich, aber du kannst natürlich Nein sagen.

* * *

AN: mark.kerry@mklj.net
VON: kate@frenchkiss.biz
BETREFF: Essenseinladung

Ich sage Ja.
(Werd ich das bereuen?)

Sie schlüpfte in Jeans und einen gelben Baumwollsweater und band sich das Haar zu einem Pferdeschwanz zusammen. Sie betrachtete sich im Spiegel und registrierte zu ihrer Überraschung eine ganz leichte Sonnenbräune. Schminken konnte sie sich später noch.

Maeves Laptop stand umgeben von leeren Kaffeetassen, Notizblöcken und einem Sortiment von Kugelschreibern, Bleistiften und Markern auf dem Küchentisch. Eine Ausgabe des Kamasutra war auf einer besonders beunruhigenden oder auch faszinierenden Seite aufgeschlagen.

»Ich mache nächsten Monat einen Workshop bei einer Fünfundfünfzig-plus-Gemeinde in Boca«, meinte Maeve. »Glaubst du, Nummer siebenundachtzig ist zu akrobatisch?«

Kate beugte sich über das Buch und fasste das knackige, unmissverständliche Farbfoto genauer ins Auge. »Ich denke, da solltest du lieber einen Orthopäden fragen. Ich weiß nicht, ob irgendjemand außerhalb der rumänischen Turnmannschaft so etwas zustande bringt.«

Maeves Finger bewegten sich in rasender Geschwindigkeit über die Tastatur. »Danke, Schatz. Ich kontaktiere ein paar Orthopäden und vielleicht auch ein, zwei Kardiologen, um wirklich sicherzugehen.« Sie löste den Blick vom Bildschirm und sah Kate an. »Du hast nie besser ausgeschaut, Liebes.«

Kate spürte, wie ihr die Backen zu glühen begannen. »Danke. Mal ordentlich ausschlafen wirkt wirklich Wunder.«

»Das tut auch der Sex«, erwiderte ihre Mutter mit der ihr eigenen, unverblümten Offenheit. »Er mag zwar Pfarrer sein, aber er bleibt ein Mann. Ich hoffe, du hast dich geschützt.«

»Mom!« Jetzt klang sie schon wie Gwynn. »Letzte Woche hast du mich gefragt, ob ich in der Menopause bin.«

»Abgesehen von der Verhütung gibt's auch noch andere Gründe, ein Kondom zu benutzen, Kate.«

Welches vermaledeite Schicksal hatte es ihr bestimmt, dass sie zweimal in einem Leben mit ihrer Mutter ein Bienchen-und-Blümchen-Gespräch führen musste?

»Wir haben nicht miteinander geschlafen. Solange ich nicht meinen Stress-Test hinter mir habe, darf ich nicht mal dran denken.« *Es ist ja so lange her, dass ich nicht mal mehr sicher bin, ob ich noch weiß, wie es geht.*

»Also, wenn ich dieses Lächeln sehe, finde ich, du solltest Dr. Lombardi anrufen und dich vergewissern.«

Ihre Mutter hatte da nicht ganz unrecht, aber das wollte sie nicht zugeben. »Gibt es noch Porridge?«

»Im Topf. Soll ich ihn dir aufwärmen?«

»Das mache ich selber.« Sie löffelte den Porridge in eine Schüssel und schob ihn für vierzig Sekunden in die Mikrowelle. »Übrigens, ich hab Mark zum Abendessen eingeladen.«

Ihre Mutter horchte auf.

»Ich wollte nur einen frischen Salat machen und eine schöne Suppe kochen.«

»Das reicht. Wenn ich zurückkomme, schmeiß ich die Zutaten in die Brotbackmaschine und überleg mir, was ich zum Dessert mache.«

»Du könntest auch in der Bäckerei vorbeischauen und wieder von diesen Brownies besorgen.«

»Nein«, erwiderte Kate. »Ich will selber was machen.« Sie ignorierte Maeves Bemerkung über das Kamel, das eher durchs Nadelöhr ginge, und setzte sich mit ihrem Porridge und dem Backbuch für die Brotmaschine an den Tisch.

»Du hast Gwynn doch zugesagt, oder?«, fragte Maeve, als sie eine leere CD in ihr Laufwerk schob und ein paar Tasten drückte. »Sie will Mark wirklich ihre Dankbarkeit zum Ausdruck bringen – für das, was er getan hat.«

»Ich glaube, sie will, dass wir sie und Andrew zusammen erleben und ihr unseren mütterlichen bzw. familiären Segen dazu geben.«

»Und dazu fühlst du dich nicht geneigt.«

»Ich hab nichts gegen Andrew. Er scheint mir ein durchaus netter junger Mann zu sein. Ich glaube nur nicht, dass er der Richtige für meine Tochter ist.«

»Versuch, ein bisschen aufgeschlossen zu bleiben«, drängte Maeve. »Sag nicht etwas, das du später bedauerst. Vielleicht gehört Andrew ja bald zur Familie, und du willst doch nicht, dass die Sache schon schlecht anfängt.«

Kate blickte auf ihre Porridgeschüssel hinunter, ohne Sahne, ohne Zucker, und seufzte: »Du weiß doch, ich hasse es, wenn du recht hast, oder?«

»Natürlich weiß ich das«, erwiderte Maeve.

* * *

Es fing klein an.

Mark kam am Samstagabend zu ihnen zum Essen. Zufällig schauten Sonia und Liz vorbei. Zwei von Maeves ältesten Freunden kamen zum Kaffee und auf eine nette Kartenrunde herüber. Und ehe Mark und Kate wussten, wie ihnen geschah, war das Kutschenhaus voller lachender, plaudernder Menschen, die Karten spielten, Kaffee tranken und sich miteinander bekanntmachten.

Und Father McDreamy begutachteten.

Kate verlor rasch den Überblick über all die Daumen, die ihr verheiratete Freundinnen quer durch den Raum entgegenreckten – ganz erpicht darauf, sie mit Mark zu verkuppeln, der definitiv der Mittelpunkt all der Aufmerksamkeit war. Was sie nicht überraschte. Denn er besaß jene Präsenz, die aller Augen auf sich zog, eine Mischung aus körperlicher Attraktivität und Charakterstärke, die unwiderstehlich war.

Am nächsten Tag fuhren sie zum Abendessen zu Scott und Marcy nach Pennsylvania hinüber. Das kleine Dinner für vier hatte sich ohne ihr Wissen zu einer Achterrunde ausgeweitet, zu der auch Ann und ihr Mann Charlie und Matty und Lynn gehörten. Kate merkte schnell, dass sie alle zur AA-Gruppe gehörten, die Mark in der Nähe New Hopes leitete, und war beeindruckt von der familiären Atmosphäre, die sich zwischen ihnen und ihren Frauen entwickelt hatte.

Beeindruckend fand sie auch die große Achtung und Zuneigung, die man Mark entgegenbrachte, und sie lauschte begierig, als sie ihn zu überreden versuchten, doch in der Gegend von New Jersey und Pennsylvania zu bleiben und seine Wurzeln in New Hampshire aufzugeben.

»Es ist schon eine Versuchung, oder?«, fragte sie ihn auf dem Heimweg, als sie über die Landstraßen kurvten.

»Mehr als je zuvor.« Er hielt den Blick auf das dunkle, gewundene Band der Straße gerichtet. »Allerdings muss ich gestehen, dass ich mit dir nicht gerechnet hatte.«

»Du warst auch nicht auf meinem Radarschirm, Herr Pfarrer.«

»Ich wünschte …«

Sie schüttelte den Kopf. »Es ist, wie es ist. Du musst zurück. Das wissen wir beide. Warum Zeit damit verschwenden, über eine beschlossene Sache zu diskutieren?«

Selbstverständlich hätten ihre Worte eine viel nachdrücklichere Wirkung entfaltet, wenn sie nicht sofort danach in Tränen ausgebrochen wäre, doch so war es nun einmal.

»Ignorier mein Geflenne«, befahl sie ihm und schniefte in eine Papierserviette, die sie in seinem Handschuhfach gefunden hatte. »Nur falls du's nicht mitgekriegt hast, ich heule nicht mal mehr halb so viel wie letzte Woche.«

»Genauso gut könnte man den Ozean vermessen.«

»Du wirst diese opernhaften Heulanfälle noch vermissen?«

»Ich werde dich vermissen.«

Er griff nach ihrer Hand und hielt sie während der ganzen restlichen Heimfahrt.

Der Abend bei Gwynn

Es hatte keinen Sinn, zwei Autos zu nehmen, sodass sich Kate, Mark und Maeve mit je zwei Flaschen Shiraz, Pepsi und Ginger Ale, einem Kasten Mineralwasser und einem wunderbaren Schokoladenkäsekuchen für die lange Fahrt nach Paradise Point in seinen Wagen klemmten.

»Ich hoffe, deine Pfarrgemeinde in New Hampshire stellt dir einen Wagen zur Verfügung«, meinte Maeve, während sie es sich auf der Rückbank zwischen den Lebensmitteltüten bequem machte. »Der hier sieht mir eher nach Frühjahrssemesterferien in Fort Lauderdale aus.«

Kate warf ihrer Mutter einen warnenden Blick zu, doch Mark lachte nur.

»Die alte Karre ist unverwüstlich«, sagte er, darauf wartend, dass Kate sich anschnallte. »Als der Meilenzähler bei zweihunderttausend war, dachte ich, sie würde den Geist aufgeben, doch jetzt sind wir bei zweihundertfünfzigtausend, und es geht immer noch weiter.« Er drehte den Zündschlüssel um, und der Motor sprang an. »Wenn sie mich nicht im Stich lässt, warum sollte ich sie im Stich lassen?«

»Ich glaube, das war die romantischste Liebeserklärung, die ich je einen Mann hab machen hören«, meinte Maeve. »Ich wünschte nur, es handelte sich nicht um ein Auto.«

Mark und Kate lachten, doch Maeve war jetzt in Fahrt. »O nein«, murmelte Kate. »Sie hat ihre batteriebetriebene Tastatur dabei. Die Muse ist gelandet.«

Maeve schickte sich an, Mark zu jedem Thema einschließlich Religion, Sex und der tiefen und leidenschaftlichen Beziehung amerikanischer Männer zu ihren Autos zu interviewen. Kate meldete zwar zum Schein Protest an, hing aber an ihren Lippen und beschloss, ihre Mutter, sobald sie zu Hause waren, um einen Ausdruck zu bitten.

Ehe sie sich versahen, so kam es ihnen vor, war das Schild, das sie in Paradise Point willkommen hieß, vor ihnen aufgetaucht.

»Paradise Point erinnert mich immer an Cape May«, sagte Mark, als sie die Main Street hinunterrollten. »Wunderbares Städtchen.«

»Es wird auch viel renoviert«, sagte Maeve. »Zwar haben sie noch ein Stück Weg vor sich, aber was den Tourismus angeht, holen sie definitiv auf.«

Kate drehte sich um und sah ihre Mutter an. »Du scheinst ja 'ne Menge über diese Stadt zu wissen. Hat Gwynn dir Broschüren geschickt?«

Die geräumigen Pensionen machten allmählich Einzelhandelsgeschäften, dann Anglerläden, Bootsvermietungen und schließlich O'Malleys Dockside und dem Häuschen ihrer Tochter Platz.

»O Gott«, seufzte Kate, als sie neben dem winzigen Bungalow hielten, der direkt am Wasser stand. »Das ist ja schlimmer, als ich dachte.«

»Es ist bezaubernd«, rief Maeve. »Sehr stimmungsvoll.«

»Hoffentlich sind sie versichert. Ein steife Brise, und es bläst sie ins Wasser.«

»Geht ihr zwei mal voran«, sagte Mark. »Ich lade die Sachen aus.«

»Denk dran, was ich dir gesagt habe«, warnte Maeve, als sie sich der Eingangstür näherten. »Dieser junge Mann könnte für die nächsten fünfzig Jahre zur Familie gehören. Wenn du dich nicht für sie freuen kannst, dann tu wenigstens so.«

»Ich dachte, du hättest gesagt, Frauen sollten nie so tun als ob.«

»Hier geht's nicht um Sex, sondern um Elternschaft.«

Kate nahm die Schultern zurück, strich sich übers Haar und setzte ihr Sonntagsgesicht auf, als plötzlich die Tür aufschwang.

»Kommt rein!«, rief Paul und hob grüßend sein Corona. »Wir warten schon auf euch.«

19

Für jeden, der Augen im Kopf hatte, war klar zu erkennen, dass Paul zum Streiten aufgelegt war.

Kate zog ihn beiseite, während Maeve die anderen mit Mark bekannt machte. »Hör auf damit«, sagte sie. »Reiß dich zusammen oder kletter wieder hinters Steuer dieses Monstermobils und fahr zurück nach Manhattan, wo du hingehörst.«

Er stritt seine Missstimmung nicht ab, da sie so offensichtlich war. »Was ist denn aus den Freudentränen geworden, die du in letzter Zeit geweint hast?«

»Du weißt, dass ich dich sehr gern habe, Paul, aber das ist heute Gwynns Tag, und ich lasse nicht zu, dass du ihn ihr mit diesem lächerlichen Machogehabe versaust.«

»Fürs Jurastudium ist es noch nicht zu spät, French. Mit einem derartigen Mundwerk wirst du noch eine von den Supremes.« Kate öffnete den Mund, um etwas Ätzendes zu sagen, als Maeve im Vollmutter-Modus auf sie zumarschierte. »Seit der Grundschule muss ich eure Streitereien schlichten. Wie wär's denn, wenn wir dem Frieden mal 'ne Chance gäben und uns den anderen anschlössen?«

»Deine Tochter ist schlecht gelaunt«, sagte Paul. »Ich hab ihr nur die Haustür aufgehalten.«

»Mit einer Bierflasche in der Hand?«, schoss Kate zurück. »Sag ihm, dass er nach Hause gehen soll, ehe er alles ruiniert.«

Maeve, in der Kunst friedlicher Koexistenz geübt, schob die Hand unter Kates Ellbogen. »Gwynnie!«, rief sie aus. »Wo bleibt denn die Führung, die du uns versprochen hast?«

Die Führung dauerte keine drei Minuten, doch sie beendete den Streit.

»Hier könntest du Frühstück machen, ohne dass du das Bett verlassen musst«, flüsterte Kate Maeve zu.

»Sehr heimelig«, erwiderte Maeve, die in Liebesdingen immer noch Optimistin war.«

Noch einen Tick heimeliger, dachte Kate, und sie könnten auch in einen möblierten Schrank einziehen. Wenn das überhaupt möglich war, so war das Haus innen noch winziger, als es schon von außen wirkte. In der Küche konnte man sich nicht umdrehen, ohne irgendwo anzustoßen. Und wenn man – Gott bewahre! – auf die Toilette musste, so erforderte das einen Purzelbaum über das Doppelbett und dann, wenn man erst mal drinnen war, auch noch eine ausgefeilte Schritttechnik.

Und Gwynn, ihre materialistische, verwöhnte Tochter, schien das alles gar nicht zu bemerken. Sie glühte vor Glück, und das galt – Kate musste es zugeben – auch für Andrew.

Ganz zu schweigen von seinem Bruder, Don, und ihrer Mutter Joanne, die einige Sekunden vor Ed eintraf. Hätte sie es nicht besser gewusst, hätte sie vermutet, man hätte ihnen allen einen Lachgas-Cocktail verabreicht.

»Gut, dass Marie daheimgeblieben ist«, flüsterte Ed Kate zu, als sie sich Eistee einschenkten. »Wir müssten uns aufs Dach setzen.«

»Sie sind Gwynns Eltern, nicht wahr?« Joanne trat zu ihnen ans Wohnzimmerfenster. Sie ergriff Kates Hände und küsste sie auf beide Wangen. »Unfassbar, was Sie alles durchgestanden haben! Aber man sieht es Ihnen überhaupt nicht an. Ist der medizinische Fortschritt nicht unglaublich?«

Kate suchte fieberhaft nach einer passenden Antwort, doch Joanne kam ihr zuvor, beugte sich von Ed weg und senkte die Stimme. »Hat dieser umwerfende Priester Ihnen tatsächlich das Leben gerettet? Andy hat mir die Geschichte erzählt, aber ich muss gestehen, ich hab sie ihm nicht abgenommen. Klang mir einfach zu sehr nach Hollywood.«

»Mark hat mir tatsächlich das Leben gerettet«, sagte Kate.

»Wenn er damals nicht aufgetaucht wäre, würde ich heute nicht hier stehen.«

Joanne seufzte laut. »Ich glaube, ich setz mein Procardia ab.«

Kate brach in Gelächter aus, und Joanne stimmte gleich ein.

»Ich hab Andy gesagt, dass ihr zwei euch verstehen würdet.« Gwynn trat zu ihnen, das Gesicht gerötet vor Freude und Küchenhitze. »Ich hatte recht!«

»Gwynnie!«, rief Maeve. »Was soll ich denn mit diesen Muscheln machen?«

»Muscheln!« Joannes Gesicht leuchtete auf. »Ich helfe dir.«

Gwynn und ihre Schwiegermutter in spe stürzten die zehn Schritte in die Küche, wo Maeve auf einen riesigen Eimer sandiger Muscheln hinunterstarrte. Sie schienen sich so wohl miteinander zu fühlen, die drei, die da miteinander in der briefmarkengroßen Küche standen. Glücklich und freundlich und *(Nun komm schon, Kate, gib's zu)* so familiär, dass Kate sich wieder zum Fenster umdrehen musste, wo Ed noch immer mit seinem Eistee stand.

»Das könnten wir vor fünfundzwanzig Jahren sein«, sagte er.

»So waren wir nie.« Kate nahm einen Schluck Tee. »Wir sind von der Highschool ins Elterndasein gesprungen, ohne an Los vorbeizugehen.«

»Ich denke, wir haben's doch ganz gut hingekriegt, findest du nicht, Katie? Wir hatten ein paar gute Jahre.«

Ihre Augen füllten sich mit Tränen, und sie blinzelte rasch. Sie hatte das zu einer Wissenschaft entwickelt. »Alles in allem genommen, hatten wir ein paar großartige Jahre.«

»Alles in allem genommen?«

»Angesichts dessen, dass wir nie ineinander verliebt waren.«

»Es gab Liebe zwischen uns«, sagte er. »Immer.«

»Du weißt, was ich meine.«

Natürlich wusste er es. Zwischen Liebe und Verliebtsein gab es einen himmelweiten Unterschied. Er hatte diese Ohne-den-anderen-nicht-leben-können-Liebe bei Marie gefunden und war klug genug gewesen, bei ihr zu bleiben.

»Ja«, sagte er und legte ihr einen Arm um die Schultern. »Ich weiß, was du meinst.«

Nie hatte sie ihren Ex-Mann mehr beneidet als in diesem Augenblick, noch ihm mehr Glück gewünscht.

Das Lachen ihrer Tochter ließ sie aufhorchen.

»Gwynn und Andy sehen aus, als hätten sie das Wahlalter noch nicht erreicht«, meinte Ed kopfschüttelnd.

»Sie sind sechs Jahre älter, als wir es bei ihrer Geburt waren.«

»Und alle haben wir es gut überstanden. Irgendwie ist das schon eine Art Wunder.«

Sie stellte ihr Glas auf dem Fenstersims ab. »Gratulation zu eurem Jüngsten. Gwynn hat mir davon erzählt.«

»Wir wollten es niemandem sagen, bis Marie die Ultraschalluntersuchung gemacht hatte, aber ...« Er zuckte die Schultern, doch sein Stolz und seine Freude waren nicht zu verkennen. »Gute Nachrichten entwickeln ein Eigenleben.«

Sie versuchte, sich an Maries Stelle zu denken, einundvierzig und schwanger, und zu ihrer Überraschung fühlte es sich gar nicht so schlecht an. Es war ein glückliches Jahr gewesen.

»Junge oder Mädchen?«, fragte sie.

»Wir sind altmodisch«, sagte Ed. »Es stört uns nicht, wenn wir es erst später erfahren.«

»Ich würde es auch nicht wissen wollen. Manche Dinge sind es wert, dass man drauf wartet.«

Ed warf ihr einen eigenartigen Blick zu. »Überlegst du dir, noch ein Kind zu kriegen?«

»Nein«, sagte sie lachend. »Natürlich nicht. Ich meine, ich komme gerade aus der Intensivstation. Mein nächstes Ziel ist, wieder allein Auto fahren zu dürfen.«

»Du bist eine tolle Mutter«, sagte er, und aufs Neue füllten sich ihre Augen mit Tränen. »Du hast immer noch Zeit, eine zweite Familie zu gründen.«

»Ledige Mutter in mittlerem Alter mit einem Kleinkind?« Sie tat, als schaudere sie. »So mutig bin ich nicht.«

»Ein anglikanischer Priester«, sagte Ed mit einem neckenden, aber zärtlichen Glitzern im Auge. »Du könntest es schlechter treffen.« Sie lachte. »Aber er vielleicht nicht. Ich bin ja kaum so der fromme Typ.«

»Nun verkauf dich nicht unter Wert. Wir leben nicht mehr in den Fünfzigern. Die Gesellschaft ist viel toleranter geworden. Du könntest immer ...«

Es wurde Zeit, das Thema zu wechseln.

»Wohin sind denn die anderen Jungs verschwunden?« Sie blickte sich um. »Ist ja nicht so, als ob man sich hier verstecken könnte.«

»Dein Pfarrer ist mit Andy und Don draußen am Hafenbecken. Ich glaube, sie geben ihm eine Angelstunde.«

»Er ist nicht mein Pfarrer.«

So viel zum Themenwechsel.

»Aber das sieht man doch sofort«, versetzte Ed. »Ausnahmsweise hat Gwynnie mal nicht übertrieben. Was ist also los mit euch beiden?«

»Gar nichts ist los.« Sie erzählte ihm von seiner bevorstehenden Rückkehr nach New Hampshire Ende Mai.

»Aber ihr seht euch.«

Sie konnte sich nicht mehr beherrschen. »Ja, wir sehen uns.«

»Ich mag ihn.«

»Du bist gläubig. Da musst du ihn wohl mögen.«

»Er hat dir das Leben gerettet. Das verschafft ihm – zugegeben – einen Vorteil, aber es ist mehr als das.« Er warf ihr einen Blick zu. »Und er ist in dich verliebt.«

Sie lachte so laut, dass Maeve, Gwynn und Joanne neugierig von ihrem Muscheleimer aufblickten.

»Er ist nicht in mich verliebt.«

»Männer sind nicht so ahnungslos, wie ihr Mädels gern glaubt. Er ist in dich verliebt.«

»Dann muss ich wohl das verlockendste EKG der ganzen Stadt haben, denn Paul meinte, er ...« Sie hielt inne. »Ach, vergiss es. Zu albern, um es überhaupt zu erwähnen.«

Ed runzelte die Stirn, genauso wie damals in der Highschool, wenn er Paul und Kate miteinander lachen sah. »Hast du das von Jill gehört?«

»Paul hat es mir neulich erzählt.«

»Das hat ihn ganz schön getroffen.«

»Ich kann mir gar nicht vorstellen, dass diese Spritztour nach Las Vegas eine so große Überraschung gewesen sein soll.«

»Glaub's mir«, sagte Ed. »Es hat ihn voll erwischt.«

»Hast du gewusst, dass er sie noch immer geliebt hat?«

Ed riss die Augen auf. »Du etwa nicht?«

Sie schüttelte den Kopf. »Ich dachte, er hätte nur seine Kinder vermisst.«

»Warum bin ich nicht überrascht?« Er nahm einen Schluck Limonade. »Du und Paul, was? Vielleicht ist es nach allem doch nicht so verrückt. Ihr kennt euch schon euer ganzes Leben lang. Ihr seid gute Freunde. Keine Geheimnisse. Keine Überraschungen. Du wüsstest genau, worauf du dich einlässt. Es gibt schlechtere Voraussetzungen für eine Beziehung.«

Es hatte eine Zeit gegeben, da wäre ihr das mehr als genug gewesen, jetzt allerdings nicht mehr.

»Weißt du was?« Sie lehnte sich ans Fenster und lauschte auf das vom Hafen hereindriftende Gelächter. »Allmählich glaube ich, dass die Geheimnisse und Überraschungen eigentlich genau das sind, worauf es ankommt.«

* * *

Gwynn und Andy stellten im Wohnzimmer Tablett-Tische auf. Sie klappten ein paar Liegestühle auf, warfen ein paar Kissen auf den Boden und erklärten, das Büffet sei eröffnet. Mark und Kate teilten sich als Ehrengäste das kleine Sofa. Trotz aller besten Vorsätze, ihre Gefühle außen vor zu lassen, fühlte sie sich durch die süße Unschuld der Geste gerührt.

»Wo ist denn der Wein?«, fragte Gwynn und schoss herum wie ein Kolibri. »Wir brauchen den Wein!«

Andy holte zwei Flaschen von der hinteren Veranda. »Nehmt eure Pappbecher, Leute. Der Wein ist da!«

Allen einschenkend machte er die Runde. Nur Kate und Mark hielten die Hand über ihre Becher und verlangten Mineralwasser.

Kates Grund war nachvollziehbar. Mark hätte seinen gerne für sich behalten, doch Paul beschloss, den investigativen Journalisten zu spielen.

»Sie sind doch Pfarrer«, meinte Paul mit großer Geste. »Erzählen Sie mir bloß nicht, dass Sie einer sind, der keinen Wein trinkt.«

Kate öffnete den Mund, um die Situation mit einer abwiegelnden Notlüge zu entschärfen, doch Mark kam ihr zuvor.

»Ich war Alkoholiker«, sagte er ruhig. »Ginger Ale wäre prima.«

Konnte das Leben so leicht sein? Keine Posen. Kein höfliches Geflunker. Kein Vertuschen. Er hatte ihnen die Wahrheit gesagt, sie nickten, und sogar Paul wusste, dass es sich damit hatte. Die widerwillige Anerkennung in seinem Blick überraschte sie. War es im einundzwanzigsten Jahrhundert noch möglich, auf diese Weise seinen Alltag zu meistern?

Gwynn stand im Türrahmen und blickte auf einen kleinen weißen Zettel, den sie in der Hand hielt. Andy trat zu ihr, und Kate musste – wenn auch widerwillig – zur Kenntnis nehmen, wie fürsorglich, wie zärtlich er mit ihrem kleinen Mädchen umging. Wäre sie auch schon vor drei Wochen, vor ihrem Herzinfarkt, imstande gewesen, das zu sehen, oder wäre es ihr damals völlig entgangen?

Gwynn räusperte sich und trat ins Zimmer, was angesichts dessen, dass jeder Quadratzentimeter des Fußbodens okkupiert war, nicht ganz einfach war. Sie wirkte so verletzlich, so kostbar, dass Kate tat, was sie in letzter Zeit am besten zu können schien: Sie begann zu heulen.

»Mom!« Gwynn winkte ihrer Mutter mit dem Zettel. »Ich hab ja noch nicht mal angefangen!«

»Gib gar nicht auf mich acht!«, sagte Kate und tupfte sich mit einer Papierserviette aus O'Malleys Dockside Bar & Grill die Augen. »Ich hab gestern sogar an der Tankstelle geheult, als der Tankwart Maeves Windschutzscheibe gereinigt hat.« Sie erzeugte den Lacher, den sie sich erhofft hatte, und gab Gwynn die Chance, sich wieder zu fassen.

»Dass Andy und ich euch heute eingeladen haben, hat einen ganz besonderen Grund. Vor drei Wochen hat meine Mutter einen Herzinfarkt erlitten, und wenn Father Mark nicht gewesen wäre und ihr das Leben gerettet hätte, hätten wir sie verloren. Wir reden viel über Helden. Wir haben Spider-Man und Superman und Baseballspieler und Filmstars, doch wie oft trifft man tatsächlich jemanden, der das, was das Wort bedeutet, auch wirklich verkörpert? Father Mark hat wieder Leben in die Lungen meiner Mutter geblasen. Ich darf nicht einmal dran denken, was wäre, wenn ...« Sie senkte den Kopf, und Kate fürchtete schon, Gwynn würde heulen, doch ihre Tochter war stärker, als sie gedacht hatte. Sie hob das tränenüberströmte Gesicht und erhob ihr Glas auf Mark.

»Danke, dass Sie an diesem Morgen da waren, Father Mark. Danke, dass Sie wussten, was zu tun war, und keine Angst hatten, es auch zu tun. Danke, dass sie Moms Leben gerettet haben und heute hier sind, um sich mit uns zu freuen.« Sie stockte, fing sich jedoch gleich wieder. »Am meisten aber danken wir Gott, dass er uns heute Abend zusammengeführt hat, um zu feiern, dass wir alle eine Familie sind.«

»Auf Mark!«, sagte Maeve. »Ein langes und glückliches Leben!«

»Auf Kate«, fügte Paul hinzu. »Gesundheit, Wohlstand und eine glänzende Zukunft!«

Das Geräusch von neun Pappbechern, die zu einem Toast zusammenstießen, mochte zwar nicht nach viel klingen, doch in Kates Ohren war es herrliche Musik. Sie ließen sie hochleben, ließen Mark hochleben, sie umarmten und küssten einander und feierten das Leben. Sogar Paul schien Mark gegenüber ehrliche Dankbarkeit zu empfinden. Sie waren eine Familie, sie alle, und in jedem Wortsinn. Sie hätte sich gewünscht, dass auch Eds Frau und ihre jüngeren Kinder dabei gewesen wären. Denn auch sie gehörten zu dieser Familie, gehörten zum Leben ihrer Tochter, und sie fehlten ihr.

Sie umarmte Gwynn (und widerstand dem Drang, ihr das Haar aus dem Gesicht zu streichen oder etwas über ihren Lidstrich zu sagen), küsste ihre Mutter, küsste Andys Mutter *und* seinen Bruder, umarmte Paul, umarmte und küsste Ed, umarmte Andy so fest, dass der arme Kerl die herzliche Geste mit dem Heimlich-Manöver verwechselte, und dann, ohne nachzudenken und ohne sich darum zu sorgen, ob sie es vielleicht ihr Leben lang bereuen würde, schlang sie die Arme um Mark und küsste ihn vor Gott, ihrer Familie und allen, die zufällig vorbeikommen mochten.

Ihr Leben lang hatte sie ihre Gefühle im Auge behalten wie ein Geizhals sein Sparbuch. Liebe war eine erneuerbare Ressource, ein Brunnen, der sich wieder füllte, je mehr man daraus trank. Allerdings hatte sie auch nie etwas empfunden, das dem wilden Begeisterungssturm glich, der sie erfasste, wann immer Mark in ihrer Nähe war. Hätte sie ihn gekannt, wäre sie bis an Ende der Welt gegangen, um ihn festzuhalten.

Genau das war Ed passiert, als er Marie kennengelernt hatte. Es war das, worüber Maeve schrieb, was sie erforschte, erkundete, wofür sie lebte. Es war der Grund, warum Paul noch immer seiner Ex nachtrauerte, warum er bei Kate nach Linderung für sein wehes Herz gesucht hatte. Es war der Grund, warum Gwynn auf Andrew blickte, als ob er ihr die Sterne vom Himmel holen könnte. Man konnte es einem, der es nie erlebt hatte, nicht erklären. Es war ein anderes Vokabular, eine andere Perspektive, als wollte man jemandem, der Showmusik liebte, den Jazz erklären.

Jetzt verstehe ich es, dachte sie. Zum ersten Mal in ihrem Leben, endlich begriff sie, worum es ging.

Doch was um Himmels willen sollte sie jetzt, da sie es begriff, damit anfangen?

* * *

Es war fast drei Uhr morgens, als sie Kates Haus in Coburn wieder erreicht hatten.

»Sie können heute nicht mehr nach Rocky Hill zurückfahren«, sagte Maeve zu Mark, als sie in die Einfahrt bogen. »Bleiben Sie hier. Wir haben ja weiß Gott genug Platz.«

Neben ihm gähnte Kate und streckte sich. »Sind wir zu Hause?«, murmelte sie.

»Jawohl, und es dämmert schon fast«, sagte Maeve. »Ich habe Mark gesagt, dass er hier übernachten soll.«

»Das ist eine sehr gute Idee.« Kate warf ihm ein schläfriges Lächeln zu. »Es ist Samstagnacht in New Jersey. Es ist wirklich besser, wenn du bis morgen wartest.«

Er setzte sich nicht groß zur Wehr – das fiel sogar ihr auf.

Maeve goss sich ein Glas Orangensaft ein, räumte ihren Laptop und ihre Notizhefte vom Küchentisch und verschwand nach oben in ihr Zimmer.

»Total untypisch für Maeve«, sagte Kate, während sie auf das Teewasser warteten. »Normalerweise hält sie bis vier oder fünf Uhr morgens durch.«

Mit der Zeigefingerspitze berührte er ihre Wange. Ich glaube, deine Mutter versucht, uns zusammenzubringen.«

Kate zuckte zusammen. »Ich hatte gehofft, du hättest es nicht bemerkt.«

»Ich hab's aber bemerkt«, sagte er und kam näher.

»Meine Mutter ist die geborene Kupplerin. Ich hab mein ganzes Leben damit verbracht, mich ihren Patentlösungen zu widersetzen. Du musst nicht bleiben, wenn du nicht willst.«

»Ich bleibe«, sagte er, »aber nicht wegen Maeve. Ich bleibe, weil ich mir keine Minute mit dir entgehen lassen will.«

Der Rest der Nacht verschwamm für Kate. Sie küssten sich in der Küche, der Diele, dem Türrahmen zum Wohnzimmer, neben ihrem Lieblingslesesessel, auf ihrem großen weichen gelben Sofa.

Und sie redeten. Dummes Zeug. Süße Worte. Sachen, die man bei Tageslicht nie aussprechen würde. Träume, von denen man sich wünschte, sie würden wahr.

»Du brauchst deinen Schlaf«, flüsterte er ihr ins Haar. »Geh jetzt zu Bett. Es ist fast fünf.«

»Ich bleibe hier.«

»Du machst mir Schuldgefühle.«

»Ich bin die Katholikin«, sagte sie. »Die stehen eigentlich mir zu.«

»Du schläfst gleich im Stehen ein.«

Sie kicherte leise. »Wie soll denn das gehen, wenn ich hier in deinen Armen liege?«

Er griff über den Sessel, schnappte sich einen ihrer blassgoldenen Mohairüberwürfe und deckte sie damit zu. Und das Letzte, was sie vor dem Einschlafen hörte, war das stetige Klopfen seines Herzens.

20

»Du musst das nicht«, sagte Mark, während sie sich auf der Route 206 Princeton näherten. »Charlotte hätte vollstes Verständnis dafür.«

»Ich will es aber«, erwiderte Kate, klappte die Sonnenblende herunter und kontrollierte im gesprungenen Spiegel ihren Lippenstift. »Das war wahrscheinlich die netteste Einladung, die ich je bekommen habe.«

»Sie will dich begutachten«, meinte Mark lachend. »Sich vergewissern, dass du auch gut genug für mich bist.«

»Ist das typisch für Anglikaner?«

»Ich weiß nicht, aber es ist typisch für Charlotte Petruzzo.«

»Also werd ich mit Charlotte um deine Aufmerksamkeit buhlen müssen, oder?«

»Man kann nie wissen«, sagte er. »Warte, bis du sie kennenlernst, und sag's mir dann.«

Zwei Stunden später musste Kate sich geschlagen geben.

»Sie ist einfach hinreißend«, meinte sie, als Mark den Wagen startete. »Man sollte sie zum nationalen Kulturgut erklären.« Gebannt hatte sie zugehört, während Charlotte Geschichten über ihre Abenteuer auf dem chinesischen Festland, ihre Jahre in Hongkong und die glücklichen Zeiten erzählte, die sie mit ihrem geliebten Ehemann in Paris verbracht hatte.

»Sie findet dich wunderbar«, sagte Mark. »Sie will, dass du sie wieder besuchst.«

»Versuch doch mal, mich von ihr fernzuhalten! Ich würde es dir nicht verübeln, wenn du ihr einen Antrag machen würdest.«

»Ich habe mich mit ihrem Arzt unterhalten«, sagte er.

»Charlotte sagt, sie sei bereit zu gehen, sobald Gott sie ruft, aber Dr. Warren meint, ihre Zeit ist noch nicht reif.«

Kate drehte die Handteller nach oben. »Da kenne ich mich nun gar nicht aus«, sagte sie. »Meiner Großmutter hat man drei Wochen gegeben, und sie hat noch acht Jahre gelebt, während ihre Schwester, der beste Gesundheit bescheinigt wurde, sechs Wochen nach ihrem Mann starb.«

»Wir tun, als wüssten wir etwas, wovon wir in Wahrheit nichts begreifen«, sagte er. »Niemand begreift es.« Ob nun der Geist bestimmender war als die Materie oder umgekehrt. Kate wusste es ebenso wenig wie er. »Der Abschied von ihr wird mir schwerfallen.«

»Musst du dich denn verabschieden?« Eine zornige Röte überzog ihre Wangen. »Ich wollte das nicht sagen. Ich weiß ja, dass du zurückmusst.«

»Ich dachte, es würde mir leicht fallen, New Jersey zu verlassen, wenn es mal so weit wäre«, sagte er. »Aber ich hab mich getäuscht.«

»Es gibt auch hier Anglikaner«, sagte sie. »Kirchen, Kanzeln, Gemeinden, richtige Messen – Halten verboten.«

»Hör zu«, sagte er, als er vor einer Ampel anhielt: »Ich habe heute Morgen einen Anruf bekommen, dass der Vater meiner Freundin Maggy gestorben ist.« Henry Boyd war ihm und Suzanne ein guter Freund gewesen. Er hatte ihn erst zwei Wochen zuvor, als er das Gespräch mit dem Bischof gehabt hatte, gesehen.

»Das tut mir leid«, sagte sie, und Vorsicht schwang in ihrer Stimme mit.

»Ich fliege morgen früh nach New Hampshire.«

»Zum Begräbnis?«

»Maggy hat mich gebeten, die Trauerrede zu halten, und ich habe zugesagt.«

»Hast du Lust auf Gesellschaft? Ich komme nicht mit zur Beerdigung, aber ich könnte mit dir hochfliegen und mich in einigen Antiquitätengeschäften dort umsehen.«

Wahrscheinlich lehnte er ihr Angebot zu schnell ab. Er sah, wie ein Schatten über ihr Gesicht fiel, und bedauerte sofort, dass er nicht ein, zwei Sekunden gewartet hatte.

»Hör zu, Kate«, sagte er und fühlte sich linkisch und ungeschickt, »es ist nicht so, dass ich dich nicht dabeihaben will, aber die Kirche schickt jemanden, der mich abholt, und ich weiß nicht genau, was sie geplant haben.«

»Verstehe.«

»Wir können das ja ein andermal machen.«

»Natürlich«, erwiderte sie und blickte zum Fenster. »Hör zu, es war eine verrückte Idee. Ich weiß nicht, was ich mir dabei gedacht habe.«

»Ich schon«, meinte er, »weil ich dasselbe denke.«

Sie blickte zu ihm hinüber, die haselnussbraunen Augen feucht vor Tränen. »Nicht mal vier Wochen«, sagte sie. »Das ist alles, was uns noch bleibt.«

»Ich komme morgen Abend wieder zurück. Ich nehme den Nachtflug und bin vor Mitternacht wieder da.«

»Mein Haus liegt näher an Newark Liberty als deins. Du könntest wieder auf der Couch schlafen.«

»Ich werde nur ein paar Stunden weg sein. Es ist wie ein normaler Arbeitstag.«

»Ich hab morgen Nachmittag meinen Termin bei Armitage und werde morgens meine üblichen zwei Stunden im Laden verbringen. Ich werde nicht mal merken, dass du weg bist.«

»Ich schon«, sagte er. »Jede Stunde, jede Minute, jede Sekunde.«

Route 1 – am nächsten Tag

»Ich bin einundvierzig und muss meine Mommy bitten, mich herumzukutschieren«, brummte Kate. »Was stört mich bloß daran?«

»Hab ich mich vielleicht beklagt?«, fragte Maeve, als sie auf der Route 1 zu Professor Armitages Büro surrten.

»Nein, hast du nicht«, sagte Kate, »und ganz offen gestanden, ich weiß gar nicht, wie du das schaffst. Wenn ich an deiner Stelle wäre, würde ich durchdrehen. Du benimmst dich geradezu heiligmäßig.«

»Mein Diktiergerät ist im Handschuhfach«, sagte Maeve. »Ich würde das gern für die Nachwelt festhalten.«

»Ich weiß gar nicht, was ich ohne dich gemacht hätte«, sagte Kate. »Ich ...«

»Ach, nun hör doch mit diesem Geschluchze auf«, meinte Maeve neckend. »Leibeigenschaft ist der natürliche Seinszustand einer Mutter.«

»Jetzt hätte ich gern ein Diktiergerät.«

Maeve schaltete den Blinker ein und wechselte auf die langsame Spur. »Ich hätte dir diesen Herzinfarkt ja nie im Leben gewünscht, Schätzchen, aber irgendwie waren diese letzten paar Wochen etwas ganz Besonderes für mich.«

Kate griff hinüber und tätschelte ihrer Mutter die Hand. »Für mich auch.«

»Mir ist, als hätte ich ein paar ganz wichtige transitorische Momente mit dir erlebt.«

»Umgangssprache, bitte. Ich verstehe diesen Ratgeber-Jargon nicht.«

»Gwynnies Verlobung.«

Sie stöhnte. »Darüber will ich nicht reden.«

»Du bist milder geworden. Sag nicht, dass das nicht stimmt. Ich hab dich auf der Party beobachtet.«

»Häng's aber nicht an die große Glocke. Ich hab einen Ruf zu verlieren.«

»Ich glaube, sie sind wirklich verliebt«, sagte Maeve, »aber es wird nicht leicht für sie werden.«

»Momentan wirkt die Armut romantisch«, sagte Kate, »aber früher oder später wird sich die Neuheit verflüchtigen, und sie wird wieder an all das denken, was sie für ihre Liebe aufgegeben hat.«

»Ich glaub nicht, dass Gwynn so ist.«

»Ich rede nicht von La-Perla-BHs, Mom. Ich rede von ihrer Ausbildung.«

»Du kannst nichts dagegen machen«, sagte Maeve. »Sie hat sich für einen anderen Weg entschieden.«

»Hast du es auch so leicht genommen, als ich dir erzählt habe, dass ich schwanger bin und mein Kleid für den Abschlussball gegen ein Brautkleid eintausche?«

»Ich hab bis einen Monat nach Gwynnies Taufe Valium genommen und mich an Grandma Natalies Schulter ausgeheult.«

»Das hab ich nicht gewusst. Ich dachte, du hättest es hingenommen, wie du auch alles andere hinzunehmen schienst.«

»Du warst siebzehn, Schätzchen. Mich hast du damals gar nicht gesehen. Das hat die Natur so eingerichtet, um uns allen die Trennung zu erleichtern.«

Sie hätte sich mit ihrer Mutter darüber streiten können. Sie hatte Munition aus mehr als vierzig Jahren, die darauf wartete, auf ihr Ziel Nummer eins abgefeuert zu werden, doch welchen Sinn hatte es jetzt noch? In zwanzig Jahren würde Gwynnie mit dem Schießen an der Reihe sein, und sie, Kate, würde die Zielscheibe sein.

Vielleicht war es einfach so, dass man sein Bestes tat, es mit ganzem Herzen tat und den Rest dann dem Schicksal oder Gott überließ.

Greenwood, New Hampshire

William Rogers »Billy« Owens war neunundzwanzig Jahre alt, acht Jahre verheiratet, dreifacher Vater. Seine Frau Marianne hatte einen Doktortitel in Theologie und selbst daran gedacht, Pfarrerin zu werden, als sie das erste ihrer zwei kleinen Mädchen bekam und sich in den Mutterberuf verliebte. Billy war klug, liebenswürdig, engagiert und auf der Suche nach einer eigenen Gemeinde.

»Er zelebriert bei der Beerdigung«, sagte Maggy. »Father

Winstead ist nach seiner Krebsoperation immer noch auf dem Wege der Besserung. Ich hätte es dir gesagt, aber ...«

»Du hast schon genug um die Ohren«, meinte Mark. »Und er scheint ein guter Mann zu sein.«

»Das ist er«, stimmte Maggy ihm zu. »Er und Dad haben sich angefreundet, als Father Billy letzten Sommer für Father Winstead nach dessen erster Operation eingesprungen ist.«

Die Rede, die er im Flugzeug verfasst hatte, wurde von den Hundertschaften, die sich in die Kirche gezwängt hatten, um sich von Henry zu verabschieden, warm aufgenommen. Dennoch war nicht zu übersehen, dass die Gemeinde die von Father Billy Owens war. Billy war einer von ihnen. Seine Kinder spielten mit den Kindern der Gemeindemitglieder. Seine Frau unterrichtete in der Sonntagsschule und buk den Kuchen für den Lehrer-Eltern-Ausschuss. Seine Begeisterung war ansteckend.

Mark sah Suzanne und sich selber vor sich – wenn Gott ihnen eine andere Vorgabe gemacht hätte.

Und es schmerzte ihn.

Nach der Beerdigung kehrte er in das Haus von Maggys Mutter zurück und sprach all die tröstenden Worte, die ihm für die dort versammelten Angehörigen und Freunde nur einfielen, doch er war nicht mit ganzem Herzen dabei, und er wusste es.

Und was schlimmer war, er war sich auch ziemlich sicher, dass die anderen es spürten.

Er suchte nach einer Möglichkeit, sich auf höfliche Art aus der Affäre zu ziehen, als er sich umdrehte und Suzannes Mutter, Catherine, entdeckte, die langsam am Arm einer Frau, die er für eine Pflegerin hielt, die Auffahrt heraufkam.

Als er zur Haustür hinaustrat, um auf sie zuzugehen, war sein erster Gedanke, dass sie alt geworden war. Der Verlust ihrer Tochter und ihres Mannes kurz nacheinander hatte Spuren in ihrem schönen Gesicht hinterlassen. Die Linien hatten sich tiefer eingegraben. Die Augen sprühten nicht mehr vor Lebensfreude und Vitalität. Instinktiv spürte er, dass er eine Frau betrachtete, die nichts mehr vom Leben erwartete und bereit war, sich zu verabschieden.

Ihre Augen begegneten sich, und einen Moment lang wich der Gram aus ihrem Gesicht, wich einer Liebe und Wärme, die der Seele wohltat.

»Mark.« Auch ihre Stimme war älter geworden, nicht mehr so voll, dennoch klang sie ihm wie Musik in den Ohren.

Im Nu stand er vor ihr, umarmte sie zärtlich, vorsichtig, der zerbrechlichen Knochen eingedenk, des einst unbezähmbaren Geists, der jetzt nur noch Erinnerung war.

Sie weinte nicht, war jedoch sehr nahe daran.

Auf der Seitenveranda fanden sie einen ruhigen Platz zum Reden, und er wartete, während die Pflegerin, eine sympathische Frau namens Joyce, Catherine beim Setzen half.

»Ich hab dich in der Kirche gesehen«, sagte Catherine, während Joyce im Haus verschwand, um Limonade zu holen. »Ich hatte gehofft, dass du kommst.«

»Ich dachte, du wärst in Florida«, erwiderte er. »Wenn ich gewusst hätte, dass du in der Stadt bist, hätte ich …«

Sie winkte ab mit einer Bewegung, die ihn an Charlotte Petruzzo erinnerte. »Morgen früh flieg ich wieder zurück.« Sie blickte sich um und schloss kurz die Augen. »Ein Riesenfehler.«

»Nach Florida zu ziehen?«

Sie schlug die Augen auf. »Nein, du.«

»Wovon sprichst du eigentlich?«

»Du hättest nicht zurückkommen sollen.«

Ihre Heftigkeit überraschte ihn. Die Catherine, die er gekannt hatte, war, ähnlich wie ihre Tochter, eine sanfte, unbekümmerte Frau gewesen. »Henry war mein Freund«, erwiderte er vorsichtig. »Es war mir eine Ehre, die Grabrede für ihn zu halten.«

Wieder diese wegwerfende Geste. »Sicher musstest du die Rede halten. Das meine ich nicht.«

Steuerte Catherine die dunkle Straße der Demenz hinunter? Er fasste sich wieder. »Tut mir leid«, sagte er, »aber ich verstehe dich nicht.«

Unter anderen Umständen hätte ihr entnervter Gesichtsausdruck vielleicht komisch gewirkt. »Deine Zeit hier ist abgelaufen, Mark. Und zwar schon lange, genau wie meine. Du hast dir in New Jersey ein neues Leben aufgebaut. Ich weiß, dass du glaubst, deinen Freunden hier Dank zu schulden, aber das Leben ist leider viel zu kurz. Verschwende keine Sekunde davon, geh nicht rückwärts.«

»Sie brauchen einen Pfarrer; und ich bin dankbar für diese Chance.« Er spürte, wie er mit einem unerwarteten Zorn rang. »Es ist nur ein Jahr, Catherine. So viel kann ich ihnen doch wohl zugestehen.«

»Aus einem Jahr werden fünf, aus fünfen zehn, und du bist immer noch am selben Ort wie am Anfang, nur dass du dann allein bist.«

»Es ist meine Heimat. Hier bin ich aufgewachsen. Wäre es denn so schlimm, wenn ich hier enden würde?«

Catherine streckte die Hand aus und ergriff die seine. »Unser Mädchen ist fort, Mark, und kommt nie wieder. Wenn du glaubst, dass du Suzanne hier unter all den Erinnerungen findest, dann liegst du entsetzlich falsch.«

Joyce tauchte mit der Limonade auf, und er blickte demonstrativ auf seine Uhr.

»Ich nehme die Maschine um 19 Uhr 20 von Manchester nach Boston«, sagte er. »Ich sollte mich langsam in Bewegung setzen.«

»Denk an das, was ich dir gesagt habe«, murmelte Catherine, als er sie auf die Wange küsste. »Als Suzie noch bei uns war, hab ich mich als Schwiegermutter nie eingemischt, aber gesteh mir zu, dass ich dir wenigstens jetzt meine Meinung sage.« Er verabschiedete sich – fast ungeduldig, wieder in seinen Mietwagen und nach Hause zu kommen.

Wo immer sein Zuhause in diesen Tagen auch sein mochte.

Coburn, New Jersey – am selben Abend

»Sag das noch mal.« Mark verputzte den Rest des Omeletts, das Kate ihm gebraten hatte. »Ich hab wohl nicht richtig gehört.«

»O doch, das hast du. Maeve und Professor Armitage haben morgen Abend ein Date.«

»Du sprichst von dem Armitage, den du am Tag deines Herzinfarkts aufsuchen wolltest?«

»Genau dem.«

»Dem hässlichen Zwerg mit den hellen Augen und dem ungepflegten Bart.«

»Dem hässlichen kleinen Kerl, der sich im selben Moment, in dem er meiner Mutter die Hand schüttelte, in Julio Iglesias verwandelt hat.«

»Also, deine Mutter, die hat schon was«, meinte Mark und strich Orangenmarmelade auf seinen perfekt getoasteten englischen Muffin. »Ich kann schon verstehen, warum er völlig vernarrt in sie ist.«

»Vernarrt!« Kate schlug sich mit der Hand vor die Stirn. »Das ist das Wort, nach dem ich gesucht habe. Dieser missgelaunte alte Dummkopf ist in meine Mutter vernarrt.«

»Und was ist mit der Kassette mit den Briefen? Hat er seinen Flirt lang genug unterbrochen, um einen Blick darauf zu werfen?«

Sie erzählte ihm von Armitages ganz und gar nicht begeisterter Reaktion auf ihren Fund. »Grundsätzlich ist das letzte Wort noch nicht gesprochen. Er bringt sie nächste Woche rüber zur University of Pennsylvania und unterhält sich mit ein paar anderen missgelaunten Historikern und guckt mal, was sie dazu zu sagen haben. Ich mache mich auf eine Enttäuschung gefasst.«

»Hast du viel dafür bezahlt?«

Sie schüttelte den Kopf. »Deswegen fliege ich ja zweimal im Jahr nach England. Der Trödel des einen Händlers ist der Schatz des anderen.« Sie goss sich eine Tasse Kräutertee ein.

»Du wirst lachen, aber ich habe tatsächlich geglaubt, diese Briefe wären vielleicht mein Ticket zu einer frühen Pensionierung.«

»Würdest du denn mit einundvierzig schon in Rente gehen wollen?«

»Wahrscheinlich nicht, aber wäre es nicht toll, die Möglichkeit zu haben?«

Sie sprachen noch ein wenig über ihre Pläne für die nächsten paar Wochen, über Kleinstädte, über Familie und Freunde und Verbindungen, die sich mit der Zeit und aufgrund der Nähe vertiefen, und solche, die es nicht tun. Doch während sie sprachen, hatte sie das deutliche Gefühl, dass sich etwas verändert hatte.

»Geht es dir auch gut?«, fragte sie, als sie sich miteinander auf dem Sofa zusammenrollten. »Du hast nichts von deiner Reise erzählt.«

»Die ganze Stadt war auf Henrys Beerdigung. Es hätte ihn gefreut, zu sehen, wie viele Menschen ihn mochten.«

»Und deine Rede?«

Er schwieg eine Sekunde. »Ist gut aufgenommen worden.«

Sie suchte nach einer passenden Antwort. »Es war sicher nicht leicht, Abschied zu nehmen.«

»Warum verschwenden wir eigentlich Zeit mit Reden«, sagte er, »wenn wir uns auch küssen könnten?«

Dagegen war nichts einzuwenden, auch wenn sie es gerne getan hätte. Er war ein Mann, und wenn Männer nicht reden wollten, dann redeten sie nicht. Seine Küsse waren umwerfend, süß und heiß und suchtgefährdend. Doch Küsse, sogar so großartige, konnten sie nicht vergessen machen, dass die Wirklichkeit – ob es ihnen nun passte oder nicht – schon auf sie wartete.

* * *

AN: marcy-n-scott@quickaccess.com
VON: kate@frenchkiss.biz
BETREFF: Ein wunderbarer Abend

Wunderbares Essen, tolle Gespräche, großartiges Pokerspiel! Meine Pechsträhne geht allmählich zu Ende. Nächste Woche: Texas Hold'Em! Seid herzlich gegrüßt von Kate

* * *

AN: kate@frenchkiss.biz
VON: annie-s@aol3.com
BETREFF: Bar-B-Q

Charlie und ich veranstalten am nächsten Samstag ein Barbecue – unsere alljährliche Grillparty. Mark ist einer der Stammgäste, und wir würden uns sehr, sehr freuen, wenn du auch kommen könntest. Es ist toll, ihn so glücklich zu sehen.

Ann S

* * *

AN: kate@frenchkiss.biz
VON: bigfish@threemilelimit.biz
BETREFF: Danke

Danke für das Essen am Samstagabend. Wir haben uns alle wunderbar unterhalten, vor allem meine Mom. Sie hat zwar keine E-Mail-Adresse, aber wenn Sie ihr das Rezept für Ihren Limetten-Pie schicken könnten, würde sie sich wahnsinnig freuen.
Gwynnie grüßt Sie.

Andy Dempsey

AN: mark.kerry@mklj.net
VON: mboyd@nh2day.net
BETREFF: Wohnung

Ab Juni wird ein kleines Haus an der Gardiner Lane zum Verkauf angeboten, aber die Maklerin meint, du könntest es jetzt schon sehen, bevor es auf den Markt kommt. Auf diese Weise müsstest du nur ein, zwei Monate im Pfarrhaus wohnen. Das ginge doch, oder?
Maggy

* * *

AN: mboyd@nh2day.net
VON: mark.kerry@mklj.net
BETREFF: Wohnung

Danke für die Information, ich werde es mir ansehen, wenn ich Ende des Monats hochkomme. Bin hier noch mit allen möglichen Erledigungen beschäftigt, werde dich aber bald anrufen.
MK

* * *

AN: kate@frenchkiss.biz
VON: paul.grantham@weissgranthamreilly.com
BETREFF: Unterwegs

Die Frischvermählten sind wieder zurück, und ich bin ein paar Tage mit Lisa auf Barbados. New York City ist nicht groß genug für uns vier. Noch nicht.
Gwynnie hat erzählt, dass dir der Arzt gerade grünes Licht zum Autofahren, etc. gegeben hat. Schön für dich. Gwynnie meinte auch, zwischen dir und dem Pfarrer

ginge »ganz schön die Post ab«. Genieß es, meine Liebe, so lange es währt, aber als Pastorenfrau kann ich mir dich einfach nicht vorstellen ...

L, PNG

* * *

AN: gwynnbann@njshorefun.net
VON: kate@frenchkiss.biz
BETREFF: Privatsphäre

Wenn ich wollte, dass dein Onkel Paul über meinen aktuellen Gesundheitszustand ODER SONST IRGENDWAS unterrichtet wird, würde ich ihm eine Kopie meines Patientenberichts faxen. Benutz deinen Kopf, Gwynnie, und FRAG MICH ZUERST. Übrigens, achte auf den Anhang: Ich schicke das Limetten-Pie-Rezept für Joanne.

Gruß und Kuss, Mom

* * *

AN: sonia@frenchkiss.biz
VON: kate@frenchkiss.biz
BETREFF: Urlaub!!!

Bis 1. Juni komme ich nicht mehr ins Geschäft. Ob du es glaubst oder nicht, ich nehme zwei Wochen Urlaub. Falls ihr mich braucht, mein Handy ist eingeschaltet. Ansonsten amüsiert euch, arbeitet fleißig und merkt euch allen Klatsch. Ich küsse und umarme euch, Kate

21

»Warte, Mom!« Kate flog zur Haustür hinaus und über den Rasen in Richtung Auffahrt. »Du hast deine Tastatur vergessen.«

Maeve trat neben dem Briefkasten auf die Bremse und kurbelte ihr Fenster herunter. »Danke, Schatz! Ohne Tastatur bin ich verloren.«

Kate schob das Gerät durch das offene Fenster und ergriff die Gelegenheit, ihre Mutter noch einmal zu umarmen.

»Du wirst mir fehlen.«

»Das hast du in der vergangenen Stunde nun schon sechs Mal gesagt!«

Maeve drückte sie an sich. »Ich wohne nur drei Ortschaften weiter. Ich denke, wir sehen uns.«

Kate nickte und trat vom Wagen zurück. »Fahr vorsichtig. Diese Kreuzung in der Nähe vom Geschäft hat's in sich. Schau in beide Richtungen, ehe du nach links zur Kirche abbiegst; es gibt eine Auffahrt, die im toten Winkel liegt und ...«

»Ich fahre seit meinem sechzehnten Lebensjahr, Kate. Ich denke, ich schaff das schon.«

»Natürlich. Du hast recht. Ich bin albern.«

»Wenn du willst, dass ich noch ein paar Tage bleibe, Schatz, tu ich das gerne.«

»Nein, nein, schon okay«, erwiderte Kate, obwohl sie sich versucht fühlte, das Angebot ihrer Mutter anzunehmen. »Dr. Lombardi meinte, es sei Zeit, folglich ist es auch Zeit.« Den Stress-Test hatte sie ohne Probleme absolviert. Ihr EKG war fantastisch. Sie hatte die Erlaubnis erhalten, alle normalen Aktivitäten wieder aufzunehmen.

Einschließlich Sex.

»Hab keine Angst«, sagte Maeve. »Es kommt alles, wie es kommen soll.«

Kate musste lachen. »Damit kannst du alles, einschließlich der großen Irischen Hungersnot und der Fernsehübertragung der Oscars, kommentieren. Was soll das denn heißen?«

»Spring, und das Netz wird sich auftun«, meinte Maeve, einen ihrer Lieblingsaphorismen zitierend. »Tu es einfach, und alles wird sich finden.«

Kate stand noch lange, nachdem Maeves Wagen um die Ecke verschwunden war, in der Auffahrt. Wäre sie ihrem Herzen gefolgt, wäre sie in ihren eigenen Wagen gesprungen, nach Rocky Hill gefahren und hätte sich Father Mark Kerry zu Füßen geworfen.

Zum ersten Mal in ihrem Erwachsenenleben hatte sie zwei Wochen vor sich, in denen sie nichts zu tun, keine Termine wahrzunehmen hatte und niemanden zufrieden stellen musste, außer sich selbst. Sie konnte gehen, wohin sie wollte, wann sie es wollte, und so lange bleiben, wie sie Lust hatte.

Systematisch brachte Mark alles zum Abschluss, was sein Leben in New Jersey betraf. In Vorbereitung auf seine Rückkehr nach New Hampshire gab er nach und nach alle seine Verpflichtungen auf. Sie sprachen nicht mehr über seine Zukunftspläne. Sie wussten beide, dass der Abschied mit jedem Tag näherrückte.

Die Verpflichtung gegenüber seiner alten Gemeinde reichte weit in die Vergangenheit. Mit den Kräften, die ihn nach Greenwood zurückzogen, konnte sie es nicht aufnehmen. Er hatte Schulden zu begleichen, Geister zu besänftigen, und ehe er das alles nicht erledigt hatte, würden sie nie eine gemeinsame Zukunft haben.

Nicht, dass sie an eine Zukunft dachte. Die Zukunft war gefährliches Territorium, unbekannt und übersät mit gebrochenen Herzen anderer Frauen, die in Liebesdingen klüger waren als Kate. Doch irgendwie hielt es diese anderen nicht davon ab, es aufs Neue zu probieren. Sie hatte sich nie darauf verstanden, für den Augenblick zu leben, aber vielleicht wurde es Zeit, dass sie den Rest ihrer Vorsicht in den Wind schlug. Liebeskummer ließ sich leicht vermeiden, wenn man sich nie verliebte, aber was war das für ein Leben?

Spring, und das Netz wird sich auftun.

Vielleicht tat es sich auf, vielleicht auch nicht. Es spielte keine Rolle. Es wurde Zeit, den Sprung zu wagen.

* * *

Alles befand sich im Wandel. Man sah ihn in den grünenden Rasenflächen, den blühenden Bäumen, den Gärten, die plötzlich farbig und lebendig erblühten. Die Landschaft schien sich von Tag zu Tag zu verändern, als der Frühling plötzlich an Fahrt gewann – und, wie es schien, auch die Landschaft von Marks Leben.

Der Frühling sollte Erneuerung bringen, doch in diesem Jahr brachte er Abschiede, und diese begannen, ihren Tribut zu fordern. Er hatte in New Jersey tiefere Wurzeln geschlagen, als er es sich hatte eingestehen wollen; sich selbst nach New Hampshire zu verpflanzen, würde nicht der leichte, schmerzlose Übergang werden, den er sich vorgestellt hatte, als der Pfarrgemeinderat zum ersten Mal mit dem Vorschlag an ihn herangetreten war, nach Greenwood zurückzukommen. Catherine hatte mit ihren Worten ins Schwarze getroffen. Er war nicht mehr der Mann, der Greenwood auf der Suche nach Genesung verlassen hatte. Er war nicht mehr der Mann, der es zufrieden war, Pastor einer Kleinstadtgemeinde zu sein, zufrieden, seine Kinder dort aufzuziehen, wo auch er aufgewachsen war, und mit seiner Frau und seinen Enkeln alt zu werden, während Urgroßenkel wie Gänseblümchen um sie herum in die Höhe sprossen.

Diese Träume waren gestorben. Doch neue Träume hatten sich aus der Asche erhoben und waren gediehen, ohne dass er es gemerkt hatte.

Inzwischen gab es hier einen Platz für ihn, einen guten Platz, nur das Timing war völlig daneben. Keine zwei Monate war es her, da hatte er seine Rückkehr nach Greenwood nicht nur als Begleichung einer alten Schuld, sondern auch als schöne Herausforderung betrachtet. Ob ein Jahr oder fünf, hatte keine Rolle für ihn gespielt. Er hatte einfach schauen wollen, wohin es ihn führte.

Doch dies war gewesen, ehe Gott beschlossen hatte, ihm Kate zu schicken und alles auf den Kopf zu stellen.

Sie erwartete ihn auf der vorderen Veranda. Das Haar hatte sie zu einem Pferdeschwanz zurückgebunden. Sie trug Jeans, einen knallroten Pullover und alte Sneakers, die offenbar schon einige Jahre auf dem Buckel hatten. Beim Geräusch des Hondas sprang sie auf und winkte, und beim Anblick ihres glücklichen Gesichts wäre er fast in die Rosenbüsche gefahren. Er fragte sich nicht mehr, ob er dieses unerwartete Glück auch verdiente. Nur Gott wusste die Antwort darauf, und der verriet einem ja nichts.

Sie rannte über den Hof und sprang in den Wagen. »Maeve ist abgereist, meine Tests waren super, und ich habe beschlossen, dass die nächsten zwei Wochen uns gehören.«

»Arbeitest du nicht mehr morgens im Laden?«

»Laden?« Sie riss die Augen auf. »Welcher Laden?«

Von Charlotte einmal abgesehen, waren seine Tage inzwischen bar aller Verpflichtungen.

»Spring Lake«, sagte er, während er das Gesicht zu einem breiten Lächeln verzog. »Ich könnte einen Cheeseburger gebrauchen.«

Sie warf ihm einen Blick zu. »Hast du je deinen Cholesterinspiegel testen lassen?«

Er begann zu lachen. »Warst du in letzter Zeit mal in der Kirche?«

»Ich vergesse das Cholesterin, wenn du die Kirche vergisst.« Sie begann zu lachen. »Abgemacht?«

»Abgemacht.«

Es gab wirklich keine Tabus zwischen ihnen. Kein Thema war zu heikel, peinlich oder persönlich. Sie hatten über ihre Familien gesprochen, ihre Ehen. Das einzige, worüber sie nicht sprachen, war die Zukunft. Stillschweigend waren sie übereingekommen, einfach zu ignorieren, dass ihre gemeinsame Zeit ein Verfallsdatum hatte, und hatten begonnen, im Hier und Jetzt zu leben.

Als sie die Landstraße erreichten, begann es zu regnen, und als sie in Spring Lake von der Schnellstraße abfuhren, regnete es stetig und heftig.

»Frühling in New Jersey«, kommentierte Kate, als sie ein paar Straßen von ihrem Lunchlokal entfernt einen Parkplatz fanden. »Das ist eben die Kehrseite.«

»Da hinten müsste irgendwo ein Regenschirm herumliegen.« Er tastete auf dem Rücksitz herum, fand aber nur ein Gebetbuch, die Sonntagsausgabe des *Newark Star-Ledger,* drei Dachziegel, eine Box mit Nägeln und ein beeindruckendes Sortiment von Verpackungen sämtlicher Fastfoodketten des Bundesstaats.

»Du stehst wohl auf McDonald's?«, fragte sie, die Verpackungen beäugend.

»Hast du ein Problem mit McDonald's?«

»Ich habe kurz vor dem Ortseingang einen gesehen. Warum fahren wir nicht durch den Drive-through?«

»McDonald's hat nicht gerade Atmosphäre.«

»Deswegen gibt's dort ja auch Essen zum Mitnehmen«, erwiderte sie mit gespielter Geduld. »Wir nehmen es mit zum Strand und essen es im Auto.«

Fünfzehn Minuten später parkten sie in einer Parklücke am Meer, in Regen, Nebel und den von seinem Big Mac mit Pommes aufsteigenden Dampf gehüllt.

»Ich bin beeindruckt«, sagte er und gestikulierte in Richtung ihres Caesar-Salats mit Hähnchenstreifen. »Ich hätte einfach nicht die Willenskraft.«

»Klar hättest du die«, sagte sie, ein Stück Romana mit den

Zinken ihrer weißen Plastikgabel aufspießend. »Du hattest die Willenskraft, um mit dem Trinken aufzuhören, oder? Davon bin ich beeindruckt.«

»Immer nur für einen Tag«, sagte er. »So weit etwa kann ich mich kontrollieren.«

»Wenn man's recht bedenkt, trifft das wohl auf uns alle zu.«

»Gott will, dass wir im Hier und Jetzt leben.«

Sie legte ihre Gabel ab. »Wenn man davon ausgeht, dass Gott überhaupt etwas von uns verlangt.«

»Du bist also Agnostikerin?«

»Keine Ahnung.«

Sie lachten beide über die Ironie, die in ihrer Antwort lag.

»Ich glaube an etwas, eine Kraft, aber ich weiß nicht genau, wie ich sie nennen soll.«

»Ich wollte eigentlich gar nicht über Religion reden, aber sie gehört wohl zu mir.« Sie bestimmte seine Denken, sein Handeln, sein tägliches Leben.

»Schon in Ordnung«, sagte sie. »Auf diese Weise habe ich auch das Recht, mich, wann und wo es mir passt, über Cholesterin auszulassen.«

»Die Wirklichkeit ist auf dem Vormarsch, was?« Er steckte ein Pommes-Stäbchen in den Mund.

»Ist mir auch aufgefallen«, sagte sie und schob einen Crouton beiseite, um ein Hähnchenstück herauszupicken. »Ich hasse das.«

Plötzlich hörte der Regen auf. Die Wolken verzogen sich. Die Sonne – nun, die Sonne zeigte sich in Bestform. Und schon machte sich die Realität aus dem Staub.

»Bist du dabei?«, fragte er, als sie die Verpackungen zusammenklaubten und sie zu ihren Brüdern auf den Rücksitz warfen.

Sie stieß die Beifahrertür auf und sprang hinaus. »Versuch mal, mich aufzuhalten.«

Es war, als wate man durch weiche Pampe. Stapfend, gleitend, in den Sand einsinkend, lachend kämpften sie sich den Strand entlang.

»Wer hatte eigentlich diese Superidee?«, fragte Kate in ihrer besten *Sopranos*-Jersey-Girl-Imitation. »Was hast du dir bloß dabei gedacht?«

»Hey, du hast doch den Regen gesehen«, sagte er. »Regen plus Sand ergibt Matsch.«

»Ein Mafiamitglied im Pastorskragen. Wir sollten die Idee einem Fernsehsender vorschlagen.«

»Ein anglikanischer Mafiafilm? Klingt mir nach 'nem echten Knüller.«

Sie hielten sich an den Händen, während sie dahinwanderten und immer alberner wurden, bis sie vor Lachen nicht mehr konnten und sich aneinander festhalten mussten.

Warm und weich schmiegte sie sich an ihn. Ihr Haar roch nach Blumen und Sonne. Das Lachen wurde plötzlich anders, heftiger, verwandelte sich in etwas, das dem Begehren ziemlich nahe kam.

Die Wirklichkeit wartete schon auf sie, und es war an ihm, sie so lange wie möglich in Schach zu halten.

* * *

Drei Besuche in Spring Lake. Eine Fahrt zu den Poconos. Ein langer Nachmittag voller Küsse im Kino.

Neun Tage, und sie zählten jeden einzelnen davon.

Sie lud ihn nicht ein, bei ihr zu übernachten, und er fragte sie nicht. Ihre Gutenachtküsse zogen sich in die Länge und waren schmerzhaft erregend, doch sie hielt die Tür geschlossen und wollte selber nicht wissen, warum.

Sie fuhren mit dem Zug nach Manhattan und verbrachten den Tag in den Museen und im Central Park.

Sie fuhren mit dem Wagen nach Philadelphia, um die Independance Hall und die Liberty Bell zu besichtigen.

Sie besuchten eine Abschiedsparty bei Scott und Marcy,

tranken Tee und aßen Cookies mit Charlotte Petruzzo, trafen sich mit Gwynn und Andy auf Linguine mit Muschelsauce in einem kleinen italienischen Restaurant in Ashbury Park.

Drei Tage, und sie zählten die Minuten.

Am Morgen, ehe Marks Hausverkauf zum Abschluss kam, fuhren sie zu Professor Armitage' Haus, um ein Formular zu unterzeichnen, in dem Kate sich einverstanden erklärte, die Dokumente an einen weiteren Experten in Boston zu schicken. Maeve, strahlend, glücklich und in karmesinrotem Seidenmorgenmantel, öffnete ihnen die Tür. Sie küsste sie beide und führte sie in das dämmrige Foyer.

Zu wissen, dass die eigene Mutter mit einem notorisch missgelaunten Geschichtsprofessor liiert war, war eine Sache. Sie so rosig im Nachglühen der Liebe zu erleben, war etwas ganz anderes.

»Chester hält heute Morgen ein Seminar. Er hat mich gefragt, ob es mir was ausmachen würde, da zu bleiben, bis ihr vorbeikommt.«

Sie umarmte sie beide. »Als ob es mir etwas ausmachen würde, euch beide zu sehen!«

Kate kontrollierte demonstrativ den Entkleidungsgrad ihrer Mutter. »Sollte ich ihn vielleicht schon Daddy nennen?«

Maeve warf lachend den Kopf zurück. »So weit sind wir noch nicht«, sagte sie, »aber ich würde es nicht völlig ausschließen.«

»Die ewige Optimistin«, sagte Kate. »Ich weiß nicht, wie du das machst.«

»Ich glaube einfach, dass Liebe möglich ist«, sagte ihre Mutter, »auch wenn die Zeichen manchmal aufs Gegenteil hinweisen.«

»Achte gar nicht auf sie«, sagte Kate zu Mark und tat, als halte sie ihm die Ohren zu. »Meine Mutter hat Grundbesitz im Lande Fantasien.«

»Das Leben ist kurz«, sagte Maeve. »Wenn du das Glück

hast, es dir aussuchen zu können, warum entscheidest du dich nicht für das Glück?«

Kate und Mark tauschen Blicke, während Maeve das Formular suchte, auf dem Kate noch unterschreiben musste.

Sich für das Glück entscheiden.

Es klang so einfach, wenn Maeve es sagte. Wer hätte sich, wenn er die Wahl hätte, nicht für das Glück entschieden?

Warum war es dann so schwer?

Als sie sich verabschiedeten, wurde Maeve ein wenig weinerlich. Sie umarmte Mark ungestüm, küsste ihn auf die Wange und rieb dann mit dem Daumen den roten Lippenstiftfleck weg. »Mit Worten kann ich dir meine Dankbarkeit gar nicht beschreiben«, sagte sie, »oder meine Zuneigung.«

Kate, die seit fast vier Tagen nicht mehr von Tränen übermannt worden war, heulte den ganzen Weg die Eingangstreppen hinunter, über den Hof und die Auffahrt bis zu ihrem Miata.

»Ich dachte wirklich, ich wäre darüber hinweg«, sagte sie, als sie sich mit einer Papierserviette die Augen trocken tupfte. »Überlass es nur Maeve, sie schafft es, mich wieder in eine Heulmaschine zu verwandeln.«

Sie aßen in einem Bio-Restaurant in Princeton zu Mittag, und zum ersten Mal hatten sie sich nicht viel zu sagen. Sie war sich nicht sicher, ob es die Worte ihrer Mutter waren, die dieses Verstummen bewirkt hatten, oder aber die Tatsache, dass sie sich bald voneinander verabschieden mussten.

Es ließ sich jedenfalls nicht leugnen; am Ende waren ihnen die Worte ausgegangen.

* * *

Der Abschluss von Marks Hausverkauf war für zwei Uhr nachmittags im Büro seines Anwalts in Plainsboro angesetzt. Die Wygrens und Bev, die Maklerin, kamen um zwölf, um noch einmal durchs Haus zu gehen, während Mark seine letzten Sachen in den U-Haul lud, den er an seinen Honda gehängt hatte. Der größte Teil seiner Möbel waren Funde aus Gebrauchtläden, die er einem Frauenhaus in der Stadt gespendet hatte. Die restlichen paar Teile hatte er den Wygrens angeboten, die sie ihm dankbar abnahmen. Papiere wurden unterschrieben. Schecks ausgestellt. Man schüttelte sich die Hand und wünschte einander alles Gute.

Um fünf Uhr nachmittags überreichte er dem glücklichen Paar die Schlüssel und steuerte auf der Route 1 Richtung Norden. Sein ursprünglicher Plan hatte einen kurzen Imbiss vorgesehen, dann wollte er sofort bis nach New Hampshire durchfahren, sodass ihm vor seinem Amtsantritt noch zwei Tage blieben.

Doch dies war vor Kate gewesen.

Entscheide dich für das Glück, hatte Maeve gesagt, aber er war sich nicht sicher, ob er überhaupt noch wusste, wie das ging.

* * *

Sie versuchten es, bemühten sich wirklich, doch es war schwer, sich zu entspannen und das von Kate zubereitete Essen miteinander zu genießen – wenn die bevorstehende Trennung drohend mit am Tisch saß.

Ihre gemeinsame Zeit ging zu Ende, und anstatt jede Minute, jede Sekunde auszukosten, benahmen sie sich, als könnten sie nicht erwarten, dass es endlich vorbei war.

Seit wann fühlten sie sich so unbehaglich miteinander?, fragte sich Kate, als sie ihre Teller in die Küche trugen und die Spülmaschine beluden. Ihre ungezwungene Kameradschaft, das Gefühl von Verbundenheit, das fast schon nicht mehr von dieser Welt gewesen war – wie konnte es über Nacht verschwunden sein?

Der Arzt hatte sie davor gewarnt: Eines Morgens werde sie aufwachen und feststellen, dass das Leben über Nacht wieder Normalmaß angenommen hatte. All die wunderbaren Technicolor-Gefühle würden wieder ins Pastellene verblassen, und es würde sein, als ob der Herzinfarkt und die darauf folgenden Wochen einer anderen zugestoßen wären.

Dass es allerdings jetzt geschah, wo ihre gemeinsame Zeit zu Ende ging, das hatte sie nicht erwartet.

Das Komische war, dass ihre Gefühle noch immer in lebhaften Technicolor-Rot-, Blau- und Grüntönen schillerten, in glänzenden Gold- und Silbernuancen. Nicht sie hatte sich verändert, sondern Mark.

Er wirkte distanziert, fast wie ein Fremder, und mechanisch, wie ein Roboter in einem schlechten Science-Fiction-Film, machte sie Kaffee und servierte den Nachtisch.

Gegen zehn waren ihnen alle Gesprächsthemen ausgegangen. Das Geschirr war ordentlich im Geschirrspüler verstaut. Die Töpfe waren geschrubbt und aufgeräumt. Die Kerzen auf dem Tisch im Freien waren erloschen und offenbar auch das letzte wärmende Flämmchen zwischen ihnen.

Als er sich erhob, um Gute Nacht zu sagen, hörte sie seine Worte, ehe er sie aussprach. Sein Haus war verkauft. Er hatte sich von allen verabschiedet. Warum sollte er die Nacht in einem Motel verbringen, wenn er auch auf der Straße und bei Tagesanbruch schon in Greenwood sein konnte?

Nur weil er ihr das Leben gerettet hatte, hieß das nicht, dass sie ein Recht auf den Rest des seinen besaß.

»Es ist spät«, sagte er. »Ich sollte …«

Entscheide dich fürs Glück … entscheide dich fürs Glück …

»Bleib.« Sie streckte die Hand nach ihm aus. »Du solltest heute Nacht bei mir bleiben.«

Nun lag die Entscheidung bei ihm.

22

Sie schafften es nur bis in die Diele. Kaum waren Kate die Worte entschlüpft, als sie in einer unbeholfenen, leidenschaftlichen und wilden Explosion von Hitze und Sehnsucht zusammenstießen, die sie, außer dem Bedürfnis zu berühren und berührt zu werden, alles vergessen ließ.

Sie schob die Hände unter seinen Pullover. Er knöpfte ihr die Bluse auf. Der Schock beim Aufeinandertreffen von Haut auf Haut war schmerzhaft, süß, atemberaubend erotisch.

Sie entkleideten einander ungeschickt, hungrig, ohne sich aus den Augen zu lassen. Sweater, Bluse, Jeans, Rock, Schuhe, alles lag in einem Haufen auf dem Boden. Vergessen, wie die Welt jenseits der Haustür.

Sie küssten sich mit weit geöffneten Augen, innig, neugierig, nichts zurückhaltend. Alles, was sie waren, brachten sie in diesen Moment ein, all ihre Hoffnungen, Träume und Enttäuschungen.

Halb auf dem Flickenteppich, halb auf dem polierten Eichenboden sanken sie auf die Knie, um sich dann, mit ineinander verschlungenen Gliedern, ganz fallen zu lassen. Er rollte auf den Rücken und zog sie auf sich.

Eine Sekunde lang, als ihr plötzlich klar wurde, wo sie war und mit wem und welche gewaltigen Auswirkungen das haben konnte, erstarrte sie. Das Ganze hatte nichts Zwangloses oder Selbstverständliches. Ihr Leben würde danach nicht mehr dasselbe sein. Sie beide würden nicht mehr dieselben sein.

Er war groß und herrlich hart. Sie liebte es, wie er sich an ihren Bauch presste. Liebte seine breite Brust und die muskulösen Schultern, wie ihm sein dichtes dunkles Haar in die

Stirn fiel. Und sie liebte die Spannung, die sich in ihr aufbaute, die Art, wie er sie streichelte, mit langen sinnlichen Bewegungen, die sie mehr erregten, als sie es jemals gewesen war. Schon allein durch die Aufregung und das Wissen, dass er jeden Moment in ihr sein konnte, kam sie beinahe, und sie ritt ihn, bis sie vor Lust völlig von Sinnen waren.

Sie beugte sich über ihn, ihre Brüste streiften seine Brust, und sie lachte leise, weil seine Brusthaare sie kitzelten. Er schnappte sich eine Brustwarze, umkreiste sie mit der Zunge, saugte heftig, bis sie durch den elektrischen Schock, der sie bei seiner Berührung durchzuckte, laut aufschrie. Er packte sie an den Hüften und platzierte sie über seine stahlharte Erektion. Er beobachtete sie, während sie sich langsam auf ihn herabsenkte, sah zu, wie sie vor schierer Freude erneut aufschrie, wandte kein Auge von ihr, während sie sich zurücklehnte und sich gegen ihn zu bewegen begann.

In diesem Moment waren sie auf jede Weise, die zählte, miteinander verbunden. Ihre Haut war äußerst empfindlich. Ihr Geist war eine erogene Zone. Sie war ganz präsent, mehr sie selbst, als sie es je gewesen war, und ohne zu fragen, wusste sie, dass es auch für ihn so war.

Er rollte sie auf den Rücken, bedeckte sie mit dem köstlichen Gewicht seines Körpers. Er war behutsam und stark, wild und kraftvoll, alles, was sie sich je bei einem Mann gewünscht hatte.

Sie schlang die Beine um seine Taille, und er atmete keuchend in ihren Mund, wurde noch tiefer in sie hineingezogen. Sie spürte, wie die Hitze in ihm anschwoll, fing die Flamme und fachte sie zu einem wütenden Feuer an, in dem alles, was vorher gewesen war, verbrannte.

»Wow«, sagte sie später, nachdem sie in seinen Armen geschlummert hatte. »Das war mit nichts, was ich kenne, vergleichbar.«

Du bist verliebt, Kate.

Das ist der Unterschied.

Er zog sie näher zu sich heran und küsste sie auf den Scheitel. »So muss es sein.«

War es so mit deiner Frau? War es das, was du hattest und verloren hast?

Was sie mit Ed gehabt hatte, reichte nicht annähernd an diese Erfahrung heran, und nun wusste sie, warum.

In eine weiche Decke gewickelt, lagen sie auf dem zitronengelben Sofa.

»Wie sind wir denn hierhergekommen?« Sie blickte sich im verdunkelten Zimmer um. Das Letzte, woran ich mich erinnere, ist, dass wir in der Diele am Boden gelegen haben.«

»Astralreise?«

»Vielleicht haben wir das Ganze ja nur geträumt.«

»Beweg dich nicht.« Er glitt unter der Decke zum Ende der Couch und legte sich ihre Beine über die Schultern. Sie spannte sich an, und er flüsterte ihr leise Worte in den Bauch, bis sie noch tiefer in die weichen Kissen sank. Sein Atem an ihrer erhitzten Haut war warm und feucht. Mit der Zunge zog er eine Linie über ihren Bauch zum Nabel und bis zur Spalte zwischen ihren Schenkeln, und bei seiner Berührung schmolz ihr letzter Widerstand. Und als er dann ihr Zentrum fand, verschwanden Logik und gesunder Menschenverstand.

Zum ersten Mal in ihrem Leben hatte Kate sich voll und ganz verloren.

Viel später

»Hast du Hunger?« Kate stützte sich auf einen Ellbogen und lächelte ihn an. »Ich mache ein tolles Omelett aus falschen Eiern.«

Sie trug nichts außer dem cremerosa Laken um ihre rosigen Schultern, und wenn es Gott gefallen hätte, jetzt allem ein Ende zu machen, hätte Mark nichts bereut. Er hatte schon einen Blick in den Himmel getan.

»Falsche Eier?«, erwiderte er und strich ihr eine Strähne

des glänzenden kastanienbraunen Haars aus dem Gesicht. »Muss man davor Angst haben?«

»Zunächst hatte ich welche«, gestand sie und verdrehte die großen haselnussbraunen Augen, »aber sie sind gar nicht so schrecklich.«

»Ich probier sie mal.«

»Aber glaub nicht, dass du hier einfach so rumliegen kannst wie ein Sultan, der seine Sklavin erwartet«, meinte sie lachend. »Ich brauche einen Souschef, und das bist du.«

»Wie lange sind wir denn schon hier oben?«

»Lange«, sagte sie, während sie in einen kurzen Baumwollmorgenmantel schlüpfte und sich den Gürtel um die Taille schlang. »Sehr lange, und ich bin sehr hungrig.«

Er setzte sich auf und blickte über das Bett auf den Wecker auf ihrem Nachttisch. »Es ist zwei Uhr morgens.«

»Sehr gut«, sagte sie und tat, als würde sie in die Hände klatschen. »Kennst du auch das Alphabet?«

Er sprang vom Bett auf, warf sie sich, ehe sie ihm entwischen konnte, wie ein Feuerwehrmann über die Schulter und trug sie hinunter in die Küche.

Er liebte ihr Lachen. Es war so rückhaltlos. Ein wenig derb, ein wenig albern und absolut unwiderstehlich. Er stellte sie auf die Füße, und sie schlug spielerisch mit dem Geschirrtuch nach ihm.

Sie ließ ihn Zwiebeln und grüne Paprika hacken, während sie mit einem feuchten Tuch weiße Champignons abwischte und sie in papierdünne Scheibchen schnitt.

»Ich hab auch falschen Käse zu den falschen Eiern«, sagte sie, »und wenn du willst, können wir auch falsche Schinken- oder Putenwürfel dazugeben.«

»Bei dir klingt das alles so … essbar.«

»Was soll ich sagen?« Sie nahm eine Packung cholesterinfreien Streichkäse aus dem Kühlschrank. »Sobald man mal einen Herzinfarkt hatte, wird einem das Falsche zur zweiten Natur.«

Sie fühlte sich ganz offenbar wohl in ihrer Küche. Sie ging von einer Verrichtung zur nächsten über und plauderte dabei unentwegt weiter.

Er war noch immer mit den Paprika zugange, während sie bereits den Tisch deckte und Orangensaft in schwere Kristallgläser goss.

Das ganze Zimmer war eine Augenweide. Von der Höhe des Kühlschranks überblickte ein Trio von Porzellanhühnern den Raum. Eine neunzig Zentimeter hohe, anatomisch korrekte Holsteiner Kuh hielt an den auf den Hof hinausgehenden Fenstertüren Wache. Über das Spinnrad in der gegenüberliegenden Ecke hatte man zum Trocknen Bündel duftender Kräuter gehängt. Überall war Farbe: Blumen blühten in Gelb, Orange und Kirschrot, wo man sie am wenigsten erwartete. Auf der Frühstückstheke stand ein elfenbeinfarbener Korb, sowohl mit goldenen spanischen als auch erstaunlich roten Zwiebeln prall gefüllt. Ein Knoblauchzopf hing an einem Nagel neben dem viel benutzten Holzblock, in dem die Messer steckten.

Es war eine richtige Arbeitsküche, und es machte ihm Freude, zuzusehen, wie sie mühelos zwischen den Aufgaben hin- und herwechselte.

»Hast du die Muffins getoastet?«, fragte sie, als sie das Omelett auf eine Platte gleiten ließ.

»Fast«, erwiderte er. »Wo bewahrst du das Gelee auf?«

»Oberstes Regal.« Sie deutete auf den Kühlschrank. »Himbeermarmelade, Orangenmarmelade und Traubengelee.«

»Traubengelee? Jetzt sag ich nichts mehr.«

Das Omelett war riesig, prallvoll mit grünen Paprikastreifen, roten Zwiebeln, Champignons, zerdrückter Chilischote und Kräutern. Sie servierte es auf einer großen Platte und wollte es auf zwei Einzelteller verteilen, als sie sich ansahen und zu lachen begannen.

»Nimm dir eine Gabel«, sagte sie. »Ich fang auf der rechten Seite an, du auf der linken. Wir treffen uns dann in der Mitte.«

Sie prosteten sich mit Orangensaft zu. Er bestrich die knusprigen Muffins mit Marmelade und fütterte sie mit kleinen Bissen. Sie verputzten das Omelett, toasteten noch einen Muffin und spülten alles mit einer großen Kanne Kräutertee hinunter.

Als sie endlich die Spülmaschine beluden, ging die Sonne auf, und sie stolperten die Treppe hinauf und fielen ins Bett.

»Hast du eine Lieblingsseite?«, fragte sie gähnend.

»Die neben dir«, sagte er.

Und dann schliefen sie ein.

* * *

AN: maevefrench@threewishes.net
CC: gwynnbann@njshorefun.net
VON: kate@frenchkiss.biz
BETREFF: Nur damit ihr Bescheid wisst

Es geht mir gut. Das Handy ist ausgeschaltet. MACHT EUCH KEINE SORGEN! Mark fährt erst am Samstag. Ich rufe euch Sonntag an, okay? Ich küsse und umarme euch

* * *

Manchmal ist es am besten, die Welt einfach auszusperren.

Kates Heim wurde zu ihrer Zuflucht, ihrem Versteck vor der Realität, die draußen vor der Tür auf sie wartete. Zusammen zu sein war die einzige Wirklichkeit, die zählte. Sie schliefen, liebten sich, aßen, lachten, unterhielten sich und blickten kein einziges Mal auf die Uhr, aber die Zeit entglitt ihnen dennoch.

In mancherlei Hinsicht war es wahrscheinlich zu leicht. Zu

vollkommen. Es gab keine Phase der Anpasssung. Ihr Sex war befriedigend und erregend und intensivierte eine Verbindung, die beide mitten ins Herz zu treffen schien. Ihre Gewohnheiten ergänzten sich perfekt. Sie mochte die Fensterseite des Betts, er schlief gern in Türnähe. Sie waren ungehemmt und offen miteinander. Sie empfand ihn nicht als Eindringling. Und er fühlte sich absolut willkommen.

Jahre hatte er damit verbracht, Gott für Suzannes Tod und sein zerstörtes Leben verantwortlich zu machen, doch mit Kate in den Armen konnte er endlich erkennen, wohin ihn sein Weg hatte führen sollen. Endlich hatte er Frieden gefunden.

Wenn nur nicht alles in knapp sieben Stunden hätte enden müssen.

Sie lagen auf ihrem weichen gelben Sofa, aßen Eis und guckten eine Wiederholung von *Die Sopranos* und versuchten beide auszublenden, dass ihre Idylle am nächsten Tag um die gleiche Zeit schon vorbei sein würde. *Die Sopranos* wurden von *Sex and the City* abgelöst, und dieses wiederum von *Entourage*. Keinem von beiden fiel es auf. Sie waren ganz in ihre Welt versunken.

»Ich will, dass du etwas für mich tust, Kate«, sagte er, als sie langsam die Treppe zu ihrem Schlafzimmer hinaufstiegen.

Sie hätte alles für ihn getan. Wusste er das denn immer noch nicht?

Er wollte sich nicht verabschieden. Wenn es am nächsten Morgen so weit war, würde er einfach gehen. Kein tränenreicher Abschied in der Auffahrt. Kein melodramatischer Abgang von der Vorderveranda. Alles, was zu sagen war, würden sie sich im Bett sagen, mit dem Leib und dem Herzen.

Mondlicht fiel durchs offene Fenster und sammelte sich auf dem Boden neben dem Bett. Eine sanfte Brise blähte den Vorhang. Sogar im Dunkeln gelang es dem Frühling mit all seiner schmerzlichen Schönheit, seinen Zauber zu verbreiten.

Jammerschade, dass der Frühling nicht irgendeinen Trick

in petto hatte, um den paradiesischen Zustand ein wenig zu verlängern.

* * *

Kate erwachte von einem Motorengeräusch in der Auffahrt. Sie streckte sich und vergrub das Gesicht tiefer in den Kissen. Der Postbote höchstwahrscheinlich. Oder vielleicht UPS. Es war egal. Sie gehörten der wirklichen Welt an, die hier im Paradies nicht existierte.

Sie öffnete ein Auge und lugte zu ihm hinüber. Seine Seite war leer. Er hatte gesagt, dass er es so machen würde, und wie sie es von ihm kannte, hatte er nicht gelogen.

Sie sprang auf, schlang sich das blassgelbe Laken um die Schultern und stürzte ans Fenster, um gerade noch seinen zerbeulten Honda langsam die Indigo Lane hinabfahren zu sehen.

Sechs Wochen vom Anfang bis zum Ende, wie der Erzählbogen in einem der Primetime-Fernsehfilme. Sie treffen sich. Sie verlieben sich, ob man die Sache nun Liebe nennen darf oder nicht. Sie trennen sich. Man schaltet den Fernseher aus und wendet sich der nächsten Sache zu, während die fiktiven Stars der Geschichte in einer »Und wenn sie nicht gestorben sind«-Traumwelt weiterleben.

Die Wirklichkeit war nicht das, in das man sie zerpflücken konnte.

Lange saß sie am Fenster. Nicht dass sie erwartete, er werde umkehren und wieder die Indigo heraufgebraust kommen, so verliebt in sie, dass er sich von seinen Träumen und Verpflichtungen abwandte, um für immer mit ihr zusammen zu sein. Sie wusste nicht, was sie erwartete, aber diese Wohnung, deren Leere in ihrem Herzen widerhallte, konnte doch unmöglich alles sein, was ihr von den glücklichsten Wochen ihres Lebens blieb.

Wenn sie nur hätte heulen können. Wochenlang hatte sie

über Parklücken, kleine Entchen, die Erkennungsmelodie von *Cheers* eimerweise Tränen vergießen können, doch ausgerechnet jetzt war sie trocken wie die Sahara.

Sie waren beide erwachsen, hatten vom ersten Augenblick an gewusst, worauf sie sich einließen. Warum also war sie so überrascht? Ihr war, als habe das Schicksal sie übers Ohr gehauen, als habe es ihr einen Blick darauf ermöglicht, was Leben sein konnte, wie Liebe sich anfühlen konnte, um es ihr in der Sekunde, wo sie daran zu glauben begann, aus den Händen zu reißen.

Hatte sie wirklich geglaubt, er werde seine Pläne, die Menschen, die ihm am Herzen lagen, aufgeben, um bei einer geschiedenen Agnostikerin zu bleiben, die er kaum kannte? So lief das einfach nicht im Leben, und die alte Kate, die Kate aus der Zeit vor Mark, verstand das besser als die meisten.

Folge deinem Herzen, sagten sie alle. Das Leben ist kurz. Worauf wartest du eigentlich? Entscheide dich für das Glück. Der Rat war derselbe, ob er von Maeve oder Charlotte Petruzzo kam. Es klang wunderbar, und vielleicht gab es da draußen ja wirklich romantische Seelen, die genau das fertig brachten, doch offenbar gehörten sie und der gute Father aus ganz unterschiedlichen Gründen nicht zu ihnen.

Sie hatte mehr Glück in kürzerer Zeit erlebt, als sie es sich für ihr ganzes Leben erwartet hatte. Sie sollte sich damit zufriedengeben und einfach zur Tagesordnung übergehen.

Genau wie er.

* * *

In New Jersey kam er gut voran, gegen acht überquerte er die Tappan-Zee-Brücke und brauste auf dem New England Thruway gen Norden. Gegen halb elf verließ er die Autobahn auf der Suche nach einem Egg McMuffin und gutem Handy-Empfang.

Schon beim ersten Klingelton hob sie ab.

»Hab ich dich geweckt?« Er wusste, wie sie im Schlaf aussah, wie sie klang, wie sie roch.

»Ich hab dich wegfahren hören«, sagte sie. »Ich habe gehofft, du würdest umkehren.«

»Das wollte ich auch.« Er presste den Hörer fester ans Ohr und versuchte, den Verkehrslärm um ihn her zu überhören. »Ich wäre beinahe umgekehrt.«

»Wenn du es nur getan hättest.«

»Ich wünschte ...« Das alles hatte keinen Sinn. Das nächste Jahr gehörte den braven Pfarrkindern von St. Stephen's, und was danach kam, wusste keiner.

»Führ deinen Satz zu Ende.«

»Ich wünschte, es wäre anders gelaufen.«

»Ich wünschte, wir hätten uns zehn Jahre früher getroffen«, sagte sie, und er hörte, wie sie scharf die Luft einzog, als sie merkte, was sie da eigentlich sagte. »Tut mir leid. Ich wollte nicht ...«

»Ich weiß.« Sie hatte es überschlagen. Hätte Suzanne noch gelebt, würden sie dieses Gespräch gar nicht führen. Wäre ihre Ehe nicht gescheitert ... wäre er nicht losgefahren ... nach New Jersey gezogen ... Hätte Gott sie an diesem sonnigen Morgen nicht auf diesen Parkplatz in Princeton geschickt ...

»Du fehlst mir«, sagte er.

»Es ist erst ein paar Stunden her.« Sie versuchte zu lachen, doch es klang falsch und gezwungen. Dann: »Du mir auch.«

»Dreihundert Meilen, das ist gar nicht so viel.«

»Natürlich nicht«, sagte er. »Lange Pendelstrecke eben.«

»Wir kriegen das schon hin, Kate.«

»Ganz sicher.«

Wie, das wussten sie allerdings nicht.

23

French Kiss – zwei Wochen später

»Bist du dir auch sicher, dass es dir gut geht?«, flüsterte Sonia Kate zu, nachdem sie eine Ladung Salzstreuer aus dem achtzehnten Jahrhundert aus der Auflösung eines Herrenhofs in Virginia ausgepackt hatten.

»Wenn die Leute nur endlich aufhören würden, mir diese Frage zu stellen«, sagte Kate und riss mit dem Daumen einen Streifen Luftpolsterfolie auf. »Blutdruck, EKG, Blutstatus, es ist alles in Ordnung.«

»Na wunderbar«, erwiderte Sonia. »Aber das habe ich nicht gemeint.«

Sie hielt kurz inne, doch Kate weigerte sich, die Schweigepause zu füllen und etwas von sich preiszugeben. »Hast du von ihm gehört?«

»Gestern Abend hab ich eine E-Mail gekriegt.« Eine eilige Mitteilung mit vielen Details über seine Tätigkeit und wenig über seine Gefühle. Ein feiner Unterschied, der der alten Kate gar nicht aufgefallen wäre.

»Und habt ihr miteinander telefoniert?«

»Was ist denn das hier, eine zweite Inquisition? Natürlich haben wir geredet. Soll ich vielleicht die Bänder mitbringen?«

»Wann siehst du ihn also wieder?«

»Sonia, also wirklich! Das geht einfach zu weit.«

»Das ist doch wichtig«, sagte Sonia. »Glaub bloß nicht, dass die Liebe mit der Entfernung zunimmt. Das Einzige, was Entfernung bewirkt, ist, dass etwas Gutes kaputtgeht.«

Kate entschuldigte sich und trat auf die hintere Veranda

hinaus, damit ihre Angestellte sie nicht heulen sah. Besser, Sonia dachte, sie ärgere sich, als dass Kate der Welt eingestand, dass sie Mark derart vermisste, dass sich jeder Tag wie ein ganzes Leben anfühlte.

Am ersten Tag hatte er sie dreiundzwanzigmal angerufen, hatte an jeder Raststätte zwischen New Jersey und New Hampshire angehalten, um ihre Stimme zu hören. Hatte keinen Zweifel an seinen Gefühlen gelassen.

Auch Kate hatte nicht den leisesten Versuch unternommen, ihr Herz vor Gefahren zu schützen. Als er an jenem ersten Abend seinen Laptop eingeschaltet hatte, um seine E-Mails downzuloaden, hatte sie dafür gesorgt, dass bereits zwölf alberne bewegte Grüße und vier lange schmalzige verliebte Schulmädchenbriefe auf ihn warteten.

Die ersten paar Tage nach der Trennung waren so entsetzlich einsam, schmerzhaft und wundersam romantisch gewesen, dass sie endlich die verrückten Dinge nachvollziehen konnte, die Frauen und Männer im Namen der Liebe taten.

Etwa daran zu glauben, dass eine vom Glauben abgefallene Katholikin aus New Jersey und ein anglikanischer Priester aus New Hampshire – verdammt noch mal – eine Chance miteinander hatten!?

Geografie, Religion und Lebenserfahrung, alles sprach gegen sie, und das war erst der Anfang. Denn er nahm seine Aufgabe in New Hampshire sehr, sehr ernst, und sie war tief in der fruchtbaren Erde des Gartenstaats verwurzelt. Bei manchen Paaren funktionierten Fernbeziehungen, insgeheim aber wusste sie, dass Mark und sie nicht zu diesen Paaren gehörten.

Ihr fehlte der gemeinsame Alltag. Die Anrufe, die raschen Fahrten an die Küste, zuzusehen, wie er sich mit Maeve am Küchentisch unterhielt.

Extreme Umstände erzeugten extreme Reaktionen. Sie hatte einen Herzinfarkt erlitten, und er hatte ihr das Leben gerettet. Emotional extremer konnte es kaum noch werden.

War es ein Wunder, dass sie sich zueinander hingezogen fühlten?

Natürlich erklärte das nicht das Begehren, das Verlangen, die tiefe Zuneigung, Achtung und das Verständnis, das aufzubauen in der wirklichen Welt, ihrer alten Welt, Jahre in Anspruch nahm. Falls man es überhaupt jemals fand.

Son'a hatte recht. Ein Jahr war eine sehr lange Zeit. Und ein Jahr in einer nagelneuen Beziehung war noch länger. Es mochte ja sein, dass junge Liebe bei Trennung gedieh, sie aber hatte einundvierzig Jahre gebraucht, um zu entdecken, was Sich-Verlieben eigentlich hieß, sodass es wirklich wunderbar gewesen wäre, wenn der Gegenstand ihrer Zuneigung nicht dreihundert Meilen von ihr entfernt gewesen wäre, um sich ein Leben aufzubauen, das nichts mit ihr zu tun hatte.

Greenwood, New Hampshire

»Du bist jetzt seit drei Wochen hier«, sagte Maggy, »und wohnst noch immer im Motel 6. Das ist für den Pfarrer von St. Stephen einfach untragbar. Die Leute beginnen zu reden, mein Lieber.«

Mark bog nach links in die Sprucewood ein und steuerte die Fahnen an, die auf ein zum Verkauf stehendes Haus hinwiesen. »Ich habe mir zwar eine Menge Häuser angesehen, Maggy, aber das richtige hab ich noch nicht gefunden.«

»Du bist schlimmer als ein Mädchen«, meinte Maggy und verdrehte die Augen. »Wir sind hier nicht in New Jersey. Wir legen hier nicht so viel Wert auf große Auswahl. Wir haben Ranches, und wir haben Hütten. Entscheide dich für das eine oder andere und bring's hinter dich.«

Das Haus auf der Sprucewood war nicht das richtige. Die auf Drake, Fremont und Garretson auch nicht.

»Es ist eine kleine Stadt«, erinnerte ihn Maggy beim Kaffee im Pancake Platter. »Mehr haben wir einfach nicht. Du wirst dich damit abfinden müssen wie wir alle.«

»Ich kann mich mal in Bedford umschauen.« – »Nein, kannst du nicht. Du bist der Pfarrer einer Kleinstadtpfarrei. Du musst am selben Ort leben wie deine Gemeindemitglieder.«

»Davon steht aber nichts im Vertrag.«

»Das hätte es aber, wenn wir geahnt hätten, dass du daran denken könntest, in Bedford zu suchen.« Sie beugte sich über den Tisch. »Was ist los, Mark? Ich weiß, was dich am Pfarrhaus stört, aber allmählich sieht es aus, als würde dich die ganze Stadt irritieren.«

»Aber das stimmt doch gar nicht.«

»Dann überzeug mich davon, dass ich mich irre.«

»Die meisten Häuser waren einfach zu groß. Ich brauche keine drei Schlafzimmer plus ein Wohnzimmer.«

»Das Haus auf der Marotte hatte nur zwei Schlafzimmer und eine Werkstatt in der Garage. Was war mit dem nicht in Ordnung?«

»Nichts«, gab er zu.

»Und warum hast du dann kein Angebot gemacht?«

»Was willst du von mir, Maggy? Ich hab noch nicht das Richtige gefunden.«

»Okay«, sagte sie und lehnte sich auf der Sitzbank zurück. »Du musst mir nichts sagen. Aber wenn du etwa fürchtest, dass ich Sam deine Geheimnisse weitererzähle, dann schwör ich dir, dass ich es nicht tue. Nur weil Sammy und ich verlobt sind, heißt das noch lange nicht, dass ich Vertrauliches bei ihm ausplaudere. Ich bewahre deine Geheimnisse im Tresor meines Herzens, so wie ich's immer getan habe.«

Er erwiderte nichts.

»Das stammt aus *Seinfeld«,* sagte sie.

Er musste wirklich mehr fernsehen.

»Es hat mit dieser Frau zu tun, oder?«

Es hatte mit ihr zu tun und auch nicht, doch Liebe war bei Maggy das sicherere Thema.

»Ich dachte, dass ich's ziemlich gut überspiele.«

»Nicht vor mir.« – »Es ist lange her, Mags, dass ich so was empfunden habe, aber ich weiß nicht, ob sie dasselbe für mich empfindet.«

»Hast du sie gefragt?«

Er schüttelte den Kopf.

»Was hat sie gesagt, als du ihr von deinen Gefühlen erzählt hast?«

»Ich hab ihr nichts davon erzählt.«

»Du hast ihr nicht gesagt, dass du sie liebst?«

»Nein.«

»Dann bist du ein noch größerer Trottel, als ich die ganze Zeit dachte.«

»Würdest du mit Father Billy auch so reden?« Billy Owens wartete immer noch auf eine eigene Pfarrstelle. In der Zwischenzeit hatte der junge Geistliche Mark beim Eingewöhnen geholfen und war dadurch tagtäglich noch populärer (und unverzichtbar) geworden.

»Mit Sicherheit – wenn er sich wie ein Trottel benähme.«

»Das richtige Haus wird sich schon finden«, sagte er. »Ich hab's nicht eilig.«

»Ich weiß«, sagte Maggy. »Ich fürchte nur, dass das Richtige in New Jersey steht.«

* * *

AN: mark.kerry@mklj.net
VON: kate@frenchkiss.biz
BETREFF: Wichtige Neuigkeiten

Ich hab versucht, dich auf dem Handy zu erreichen, hab aber nur die Mailbox erwischt, deshalb melde ich mich jetzt auf diesem Wege.

Ich wollte es dir eigentlich persönlich sagen (d.h. wenigstens mit der eigenen Stimme), aber ich kann es keine Sekunde länger für mich behalten.

Gwynn ist schwanger! Sie hat es mir gestern beim Mittagessen erzählt, und es war wieder mal so ein Augenblick, in dem ich mir gewünscht habe, immer noch gläubige Katholikin zu sein, weil ich wirklich jede Hilfe nötig hatte, um mich zu einem breiten Lächeln zu zwingen. Natürlich freut es mich, dass sie glücklich ist. (Und sie und Andrew haben gestrahlt wie das Paar auf der Hochzeitstorte.) Aber sie hat keine Ahnung, welche Verantwortung sie damit übernimmt, und ich kann ihr das auf keine ihr nachvollziehbare Weise nahebringen. Ich schätze, wir treffen alle unsere eigenen Entscheidungen, nicht wahr?
Ed und ich haben uns heute Abend lange darüber unterhalten. Er war genauso überwältigt wie ich. Nicht angesichts der Vorstellung, Großvater und Großmutter zu werden (wenn einundvierzig mir auch ziemlich jung erscheint), sondern angesichts der Erinnerungen, die das wieder aufrührt. Ich dachte immer, meine Schwangerschaft sei ein »Fehler« gewesen, doch jetzt sehe ich (im Nachhinein ist man eben klüger), dass es ganz und gar kein Fehler war. Ich wollte eine Familie. Ich wollte ein solides und verlässliches Familienleben. Und irgendwie wusste ich (sogar in meinem damaligen zarten Alter), dass Ed mir das alles bieten konnte. Liebe, echte Liebe, war es nie. Ich sah die Chance, mir mein eigenes stabiles Zuhause zu schaffen, und ich habe sie verwirklicht. Ich bereue nichts. Wir haben eine wunderbare Tochter, ein Enkel ist unterwegs, und wir sind gute Freunde geblieben. Dennoch hoffe ich, dass Gwynn mehr bekommt. Ich hoffe, sie hat wirklich die Liebe gefunden.
Das Baby soll Ende Januar kommen, sodass sie beschlossen haben, die Hochzeit statt nächstes Frühjahr schon am 15. September zu feiern. Gwynnie würde gern wissen, ob du vielleicht herunterfahren könntest,

um sie zu trauen. Sie ~~empfindet dich schon als Familienmitglied~~ hält große Stücke auf dich.
Hast du schon ein Haus gefunden? Ich hab mal in den Immo-Scout geschaut und war überrascht, wie teuer es ist. Kein Wunder, dass sich die Suche so mühsam gestaltet.
Professor Armitage (für seine Freunde Chester ...) hat für mich einen Kontakt zu John von Christie's hergestellt, und John meint, ich könnte für die Briefsammlung mit einem niedrigen sechsstelligen Betrag rechnen. Ich habe beschlossen, eine Idee, von der ich dir erzählt habe, weiterzuverfolgen, und das Geld (angenommen es gibt welches – toitoitoi) für den Kauf eines Hauses für Gwynn, Andy und das Baby zu verwenden. Was hältst du davon? Ich will die beiden nicht in Verlegenheit bringen (v.a. nicht Andy), aber das Erbe des Sohns des Senators hat mein Leben verändert. Und ich würde für Gwynn gern dasselbe tun, allerdings noch zu meinen Lebzeiten! Ich weiß jeden Rat zu schätzen.
Ich hoffe, es geht dir gut. ~~Du fehlst mir so sehr, dass ich manchmal das Gefühl habe, es bricht mir das Herz.~~ Bis bald.
PS: Gestern habe ich Charlotte Petruzzo besucht. Wir haben miteinander Tee getrunken und geredet. Sie lässt dich ganz herzlich grüßen.

* * *

Mark lehnte sich an die Kopfstütze des Motelbetts zurück und las die E-Mail ein zweites Mal. Irgendwie klang sie nicht nach Kate. Sie war in nettem Plauderton gehalten, sicherlich, aber die gewohnte herzliche und tiefe Zuneigung fehlte.

Ich hoffe, es geht dir gut. So redete man mit Geschäftsfreunden oder einer Kusine, die man zwanzig Jahre nicht mehr gesehen hatte. So was schrieb man doch nicht einem

Mann, mit dem man das Bett und, wie er geglaubt hatte, seine innersten Gefühle geteilt hatte.

Sie hatte ihn gewarnt. Das durfte er nicht vergessen. *So bin ich eigentlich gar nicht.* Das »Das Leben ist schön«-Syndrom würde irgendwann wieder abklingen, doch das hieß doch nicht, dass sie keine Zukunft miteinander haben konnten.

Er hatte sich das, während er die Bundesstaaten zwischen New Jersey und New Hampshire durchquerte, immer wieder vorgesagt, und nun war er sich zum ersten Mal nicht mehr sicher, ob er noch daran glaubte.

Schlimmer noch, er war sich nicht mehr sicher, ob sie noch daran glaubte.

Sie waren keine ungebundenen Mittzwanziger mehr, die wie zwei ferngesteuerte Geschosse aufeinanderprallten. Sie brachten ihre gesamte Lebenserfahrung mit. Man ließ nicht die letzten zwanzig Jahre seines Lebens an der Tür zurück, wenn man jemanden kennenlernte. So lief das einfach nicht.

Sie hatte eine Mutter und eine Tochter in New Jersey, eine Hochzeit, die sie mitorganisieren musste, und ein Enkelkind war unterwegs. Sie hatte einen gut gehenden Laden in einem Städtchen, wo sie geliebt und respektiert wurde, einer Stadt, die ihr in jedem Wortsinne Heimat war.

Eine solche Frau fragte man nicht, ob sie das alles hinschmeißen wollte, um einem verwitweten anglikanischen Pfarrer an einen Ort zu folgen, wo er eigentlich gar nicht mehr hingehörte. Sie hatte ein tolles Leben. Für seine Komplikationen, Verpflichtungen, seine Fehler hatte sie keine Verwendung.

Ein besserer Mann hätte sie gehen lassen. Es wäre ein Leichtes. Einen Teil der Aufgabe hatte die Geografie bereits für ihn erledigt. Und wenn seine Vermutungen stimmten, würde die Wiederkehr der wahren Kate den Rest besorgen.

Ein besserer Mann als er hätte es so gemacht.

Er jedoch bat sie, über das Feiertags-Wochenende nach Greenwood zu kommen, denn er war Priester, und Priester glaubten an Wunder.

AN: kate@frenchkiss.biz
VON: mark.kerry@mklj.net
BETREFF: Wichtige Neuigkeiten

Ich hätte dich lieber angerufen, aber es ist schon zu spät. Ich habe mir wieder Häuser angesehen und hatte danach einen Notruf ins Krankenhaus. Sarah Spruell kämpft seit sechs Jahren gegen den Krebs an. Sie dachten, sie hätte ihn besiegt, aber jetzt ist er wieder da und scheint die Schlacht zu gewinnen. Ich tippe das auf einem Computer auf der Schwesternstation (mit Webmail, falls du dich wundern solltest) und beobachte dabei Sarahs Mann und ihre Kinder, die bei ihr Wache halten. Der Arzt hat ihnen gesagt, dass es noch ein paar Tage dauern kann, aber ich glaube, er täuscht sich. Ich glaube, es wird heute passieren, und ich hoffe, dass ich die richtigen Worte finde.

Die Neuigkeiten über Gwynn hab ich gelesen und für sie und Andrew und das Baby gebetet. Ich habe ein gutes Gefühl bei ihnen. Du hast Gwynn gut erzogen, und Andrew ist ein toller Mensch. Über deine Haus-Idee muss ich mir noch Gedanken machen. Sicher gibt es eine Lösung, die das Kräftegleichgewicht in der Familie wahrt. Du schaffst das sicher auch ohne mich, aber ich würde dich gern dabei unterstützen.

Wir könnten es am Wochenende des 4. Juli besprechen. Unsere Stadt feiert ihren dreihundertsten Gründungstag, und wir begehen ihn mit einem großen Barbecue und Feuerwerk. Die Fahrt ist gar nicht so schlimm (sieben Stunden), und ich verbürge mich für großartige Verköstigung und Gesellschaft.

~~Ich sehe dich überall, Kate. Ich höre deine Stimme.~~

Das chinesische Essen ist in New Jersey besser. Nur, damit du gewarnt bist.

M K

PS: Ich habe heute Morgen mit Charlotte gesprochen. Dein Besuch hat Wunder gewirkt.

* * *

M K?

Kate beugte den Kopf näher an den Bildschirm heran und las die E-Mail noch einmal.

M K??

Kein »In Liebe«. Nichts davon, dass da mehr als Freundschaft zwischen ihnen gewesen war. Er klang nicht einmal wie ein guter Freund, nur wie ein guter Bekannter, der ein Zimmer frei hatte, das er übers Ferienwochenende vermieten wollte.

Das bekam sie nun dafür, dass sie es gewagt hatte, Hoffnungen zu hegen, vor denen vernünftige Frauen zurückscheuten. Eine höfliche Einladung von einem Mann, dessen grundlegendes Gefühl für das, was sich gehörte, von ihm verlangte, dass sie die Sache anständig zu Ende brachten, und es nicht den dreihundert Meilen überließen, das für sie zu erledigen. Eine Fahrt nach New Hampshire, und sie würde selbst begreifen, dass es niemals funktionieren konnte.

Außerdem konnte aus einer Verbindung zwischen einer vom Glauben abgefallenen Katholikin und einem anglikanischen Priester sowieso nichts werden. Man musste nicht an eine höhere Macht glauben, um die Katastrophe vorherzusehen.

Vielleicht sollte man es einfach als das akzeptieren, was es war – sechs Wochen im Paradies – und es dabei belassen, ehe ihr ramponiertes Herz einen Schlag erlitt, von dem es sich nicht mehr erholte.

Nur eines wünschte sie sich: dass sie noch hätte weinen können.

Kates Haus – am letzten Junitag

»Mom fährt jetzt doch nicht, oder?« Gwynn tunkte eine frische große Erdbeere in eine Schüssel mit fettarmer Schlagsahne und steckte sie sich in den Mund. »Wie kann man Father Marks Einladung bloß ablehnen?«

Maeve, die mit der echten Sahne kurzen Prozess machte, nickte. »Mark hat sie in seine Welt eingeladen. Das ist der nächste Teil der gemeinsamen Reise. Natürlich lässt sie sich nicht darauf ein. Das hieße ja, sich auszusetzen, und wir wissen, dass Kate das nicht macht.«

Kate, die mit ihrem Eisteelöffel herumgespielt hatte, stieß einen Urschrei aus, der das Gespräch jäh beendete. »Hört auf, über mich zu reden, als wäre ich nicht da.«

»Schön«, sagte Maeve und drehte sich zu ihr um. »Wir sind schrecklich enttäuscht von dir, Kate.«

»Aber total«, pflichtete Gwynn ihr bei. »Wenn du zugesagt hättest, wären wir mit dir hochgefahren.«

»Danke für das Angebot, meine Damen, aber wir veranstalten an dem Wochenende einen großen Flohmarkt vor dem Laden. Und ich hab einfach keine Zeit.«

Sie hatte nicht gewusst, dass ihre Mutter und ihre Tochter sich in solcher Sprache über sie austauschten.

»Ich kann's nicht mehr hören«, nuschelte sie in ihren Eistee.

»Du machst einen furchtbaren Fehler«, sagte Gwynn. »Wahre Liebe findet man nur einmal im Leben.«

Gwynns Hormone hemmten ganz offenbar ihr Urteilsvermögen.

»Er bemüht sich um dich«, sagte Maeve. Er lädt dich ein, damit du ihn in seinem Milieu erlebst, seine Gemeinde triffst. Was für ein Signal schickst du ihm denn mit deiner Absage?«

»Ihr lest zu viel in diese Einladung hinein.«

»Was könnte sie denn sonst noch bedeuten?«, wollte ihre Mutter wissen. »Er will die Beziehung fortsetzen.«

»Oder sie beenden.«

Ihre Mutter und ihre Tochter tauschten Blicke. »Außerdem hab ich ihm schon gesagt, dass ich es nicht schaffe.«

»Was hast du getan?!«, schrien Maeve und Gwynn wie aus einem Munde.

O Gott. Wo sie doch geglaubt hatte, sie habe die Schreianfälle hinter sich. »Wir haben nie über eine gemeinsame Zukunft gesprochen, okay? Wir haben kein einziges Mal darüber geredet, was wir nach seiner Rückkehr nach New Hampshire tun würden.« Abgesehen von dem scherzhaft gemeinten Vorschlag, eben die dreihundert Meilen zu pendeln, harrte das Thema noch immer einer eingehenderen Erörterung.

»Und nun redet er eben darüber.« Ihre Mutter war unnachgiebig. »Wovor hast du denn Angst, Schätzchen? Dass es vielleicht nicht so wird, wie du es dir erhofft hast? Du wirst doch wohl nicht feige auf deine alten Tage?«

»Wir haben immer nur im Hier und Jetzt gelebt. Nicht in der Vergangenheit und nicht in der Zukunft. Wolltest du mich nicht immer genau dazu bringen?«

»Ich hab versucht, dich dazu zu bringen, ein bisschen locker zu lassen und glücklich zu sein, aber so geht das nicht. Wirklich nicht.«

»Und ich hab überhaupt keine Lust auf dieses Gespräch.« Sie schob ihren Stuhl zurück und stand auf. »Ich werde jetzt die Spülmaschine einräumen.«

Gwynn blickte mit ihren großen, wehmütigen Augen zu ihr auf. »Du warst so glücklich mit Father Mark«, sagte sie, ihre schöne, alberne, schwangere Tochter. »Ich hatte so gehofft, dass ihr zwei es miteinander schafft.«

»Vielleicht war er ja gar nicht so glücklich mit mir.« Sie hielt abrupt inne. »Was weiß denn ich? Sein Leben spielt sich da droben ab, meine Damen. Ich hab es von Anfang an gewusst, und es ist okay für mich.« Wer hätte gedacht, dass sie eine so gute Lügnerin sein konnte?

»Und er will, dass du an seinem Leben teilhast«, sagte

Gwynn und schwang einen Ausdruck seiner E-Mail. »Warum sollte er dich denn sonst einladen?«

»Lies das noch mal, meine liebe Tochter«, sagte Kate. »Er will, dass ich an einem Barbecue teilnehme.« Sie ging in Richtung Tür. »Ist sowieso egal. Wie schon gesagt, ich hab ihm geschrieben, dass ich nicht komme.«

»Wer ist diese Frau?«, sagte Maeve zu Gwynn. »Ich kann nicht glauben, dass sie mit uns verwandt ist.«

»Ich weiß nicht«, schniefte Gwynn traurig. »Es macht mich einfach nur so traurig ...«

Etwas mehr als zwölf Wochen nach ihrem Herzinfarkt waren sie wieder in der Normalität angelangt. Mit Maeve und Gwynn auf der einen Seite der romantischen Wasserscheide und Kate auf der anderen.

Allein.

Greenwood, New Hampshire – 2. Juli

Mark saß am Computer und versuchte, das Kirchen-Budget zu durchblicken.

Es war davon die Rede, in der Sonntagsschule eine Kindertagesstätte einzurichten, doch derartige Projekte verlangten sowohl finanzielle Mittel als auch Zeit. Er versuchte festzustellen, wie viel sie benötigten, wie viel sie bereits beisammen hatten und wie viel sie noch aufbringen mussten, um die Idee in die Wirklichkeit umzusetzen.

Bisher hatte er nur auf den Monitor gestarrt, ohne dass ihm etwas einfiel. Seit etwas mehr als einem Monat war er nun wieder in St. Stephen's und hatte es immer noch nicht geschafft, eine annähernd normale Routine zu entwickeln.

Sein Herz, so schien es, war immer noch bei Kate in New Jersey.

Sie fehlte ihm. Ohne sie schien ihm sein Leben unvollständig, als ob er einen wesentlichen Teil seiner Seele bei ihr zurückgelassen hätte. Seit seiner Ankunft in Greenwood erfüllte er seine Pflichten wie ein Schlafwandler, bemühte sich zwar nach Kräften, war innerlich aber nicht dabei.

Die Wahrheit war schlicht und einfach, dass er nicht mehr hierher gehörte. Er wusste es, und wenn er sich nicht sehr täuschte, dann hatten es inzwischen auch alle anderen im Ort begriffen.

Sicher würde es auch Bischof Clennon zu Ohren kommen, sobald er von seiner Reise nach Kalifornien zurückgekehrt war.

Sogar die Leutchen im Motel 6 begannen schon zu reden.

Er mochte die Stadt und ihre Bewohner noch immer. Seine Erinnerungen an das Leben als Pfarrer von St. Stephen's waren wunderbar, doch sie gehörten der Vergangenheit an. Sein Leben hatte sich verändert und ebenso seine Interessen, seine Fähigkeiten; und diese Fähigkeiten hatten in New Jersey bessere Abnehmer gefunden.

Es fühlte sich gut an, sich das einzugestehen und die Wahrheit dieses Eingeständnisses im tiefsten Innern zu spüren.

Am ersten Tag seiner Rückkehr war er den Hügel hinauf zum Friedhof gefahren, wo Suzanne neben ihrem Vater und ihren Großeltern begraben lag, und hatte sich endgültig von ihr verabschiedet. Er hatte fünf Jahre gebraucht, um diesen Punkt zu erreichen, und es fühlte sich richtig an. Auch wenn Suzanne immer in seinem Herzen sein würde, es wurde Zeit, weiterzuleben.

Er war sich ziemlich sicher, dass Gott noch immer etwas mit ihm vorhatte, doch herauszubekommen, was es war – das machte ihm Kopfzerbrechen.

Dreihundert Meilen war er von der Frau, die er liebte, entfernt, steckte im ersten Monat eines Jahresvertrags mit seiner alten Heimatpfarrei fest, wohnte in einem Motel an der Schnellstraße, ernährte sich von Fastfood und trauerte der Vergangenheit nach.

Wann war New Jersey zu seinem Lebensmittelpunkt geworden?

Warum hatte er ihr nicht gesagt, dass er sie liebte? Warum hatte er nicht eine Signalleine in die Zukunft geworfen, an der sie sich beide festhalten konnten, bis sie wieder die Möglichkeit hatten, zusammen zu sein? Er hatte keine Ahnung, was sie jetzt dachte. Ihre E-Mails verrieten nichts. Die warmherzige Frau, die er in seinen Armen gehalten hatte, war darin nicht zu erkennen.

Sie hatte seine Einladung, die Feiertage um den Vierten Juli mit ihm zu verbringen, abgelehnt; ihrer Stimme auf seiner Mailbox konnte er nichts entnehmen.

Danke für die Einladung, Mark. Ich wünschte, ich könnte zu eurer Feier kommen, doch wir haben eine Veranstaltung im Laden, und ich muss zu Hause bleiben. Schade, dass wir uns verpasst haben. Wir hören voneinander.

Er kannte sie auswendig. Die Worte. Den Ton ihrer Stimme.

Die Distanz zwischen ihnen, die sich nicht in Meilen messen ließ.

»Father Mark.«

Er blickte auf und sah Billy Owens, den jungen Geistlichen, im Türrahmen stehen.

»Kann ich reinkommen?«

»Selbstverständlich.« Er nahm die Brille ab und legte sie auf den Schreibtisch. Den Burschen auch nur anzusehen, machte ihn gleich um zehn Jahre älter, als in seinem Ausweis stand. Er deutete auf den Stuhl, der neben dem Schreibtisch stand. »Machen Sie es sich bequem.«

Billy registrierte die Kirchenhauptbücher, die sich auf dem Boden neben seinem Stuhl stapelten. »Das Tagesstättenprojekt?«

»Ich versuche rauszukriegen, ob es eine Möglichkeit gibt, unsere Finanzierungslücke zu schließen.«

Billy sah aus wie ein Kind, das an Halloween ein Pfarrerskostüm trug. Er hatte einen dichten roten Haarschopf, strahlend blaue Augen hinter schlichten, schwarz gerahmten Brillengläsern und ein ansteckendes Lachen. Er besaß auch einen scharfen Intellekt und ein fast intuitives Verständnis für die menschliche Natur, und das bewirkte, dass die Menschen sich ihm anvertrauten, noch ehe sie daran dachten, sich hinter ihrer Abwehr zu verschanzen.

»Sie haben wahrscheinlich auch schon daran gedacht«, sagte Billy, »aber von der Turmrestaurierung vor ein paar Jahren muss noch ein Überschuss da sein.«

»Turmrestaurierung?«

Er musste es dem Jungen lassen. Ihm an seiner Stelle wäre es wahrscheinlich schwergefallen, sich nicht damit zu brüsten.

»Sie haben es gesammelt, während Sie weg waren«, meinte Billy leichthin. »Sprechen Sie den Haushaltsplan für 2003 an. Das Geld müsste da sein.« Der Pfarrgemeinderat, erklärte Billy, habe damals befunden, dass unbedingt auch die Kirchenglocke restauriert werden müsse, habe beschlossen, sie herunterzulassen und an einen Mann nach Georgia zu schicken, der auf die geheimnisvolle Kunst, gesprungene Kirchenglocken zu reparieren, spezialisiert war.

»Sagen Sie das noch mal«, meinte Mark. »Wie viel hat das gekostet?«

Die Zahl klang beim zweiten Mal nicht weniger verrückt als beim ersten.

»Der Mann ist aber gestorben«, meinte Billy, »und der Auftrag wurde storniert. Die Glocke befindet sich im Lager, und das Geld wartet noch auf einen guten Verwendungszweck.«

Wieder war er von Billy Owens Selbstlosigkeit beeindruckt.

»Hätten Sie vielleicht Interesse, den Ausschuss zu leiten, den ich ins Leben rufen wollte, um die Tagesstättenidee voranzutreiben?«

»Im Grunde wollte ich über all diese Dinge mit Ihnen reden. Man hat mir eine Stelle in Missouri angeboten. Eine kleine Kirche mit wachsender Gemeinde in einem Vorort von Kansas City. Ich habe mich mit Marianne darüber unterhalten, und obwohl auch sie lieber hierbleiben würde, haben wir beide das Gefühl, dass es eine Gelegenheit ist, die wir nicht ignorieren dürfen.«

Eine Idee begann in Marks Hinterkopf Gestalt anzunehmen. »Ich denke, ich spreche für alle hier, wenn ich sage, dass wir Sie nicht verlieren wollen.«

»Ich will ja auch nicht gehen, aber unsere Ersparnisse sind inzwischen weitgehend aufgebraucht. Wir haben drei Kinder, und dieses Angebot kommt gerade zur rechten Zeit.«

»Wann will man dort eine Antwort von Ihnen haben?«

»Ich habe gesagt, dass ich ihnen nach dem Vierten-Juli-Wochenende Bescheid gebe, sehe allerdings nicht viel Sinn darin, noch zu warten.«

Mark schwieg eine Weile. »Sie wollten doch die Pfarrstelle hier in St. Stephens's, nicht wahr?«

Father Billy nickte. »Ich habe den guten Kampf gekämpft, aber der Bessere hat eben den Sieg davongetragen.«

Mark sah den jungen Mann an und lächelte. »Da bin ich mir nicht so sicher.«

Pinecrest Village

»Es sieht aus, als wären Sie hier für den Vierten schon gut vorbereitet«, meinte Kate, als sie Charlotte auf beide Wangen küsste. »Onkel Sam sitzt da draußen am Empfang.«

»Das ist Kenny Gruenwald«, meinte Charlotte lachend. »Vor Jahren war er John Raitts Zweitbesetzung in *The Pajama Game*. Wenn ich an Weihnachten noch hier bin, können Sie sich seine Weihnachts-Show bei uns ansehen.«

Die Worte *Natürlich sind Sie noch hier* wollten ihr schon entschlüpfen, doch im Grunde wusste Kate es besser. Über das Bedürfnis nach leeren Versprechungen war Charlotte längst hinaus. Irgendwie war ihr das Geheimnis, jeden Tag zu genießen und sich nicht um die am Horizont dräuenden Wolken zu scheren, inzwischen vertraut.

»Lassen Sie mal sehen.« Charlotte bedeutete Kate, sich umzudrehen.

»Das ist doch ein tolles Kleid, oder?« Kate drehte eine Pirouette. »Ich habe es zwar schon seit Jahren, aber ...«

»Sie sehen furchtbar aus.«

»Ich wusste, dass es zu jugendlich für mich ist. Ich werde ja demnächst Großmutter. Wahrscheinlich sollte ich es Gwynn schenken und ...«

»Was ist los mit Ihnen?«, wollte Charlotte wissen. »Waren Sie beim Arzt? Lassen Sie diesen überbezahlten Sohn eines Schiffskochs doch mal ein paar Tests machen. Lassen Sie ihn mal was tun für sein Geld. Ist Ihnen schlecht? Haben Sie Schmerzen?«

»Es geht mir prima«, sagte sie und lachte gezwungen. »Obwohl es mich nicht gerade begeistert zu hören, wie furchtbar ich aussehe.«

Charlotte musterte sie mit einem langen und eingehenden Blick. »Ich dachte, Sie seien längst auf dem Weg nach New Hampshire.«

»Hab ich Ihnen nicht gesagt, dass ich nicht fahre?«

Charlotte schüttelte den Kopf. Ihre funkelnden Ohrringe streiften ihre zarten Schultern. »Nein, Sie haben mir das nicht erzählt. Father Mark hat es mir gesagt, als er mich gestern anrief.«

»Oh.«

»In der Tat.« Charlottes Ausdruck ließ sich nur als gebieterisch beschreiben. »Ich bin enttäuscht. Ich habe Sie für eine echte Tochter ihrer Mutter gehalten.«

Kate riss die Augen auf. »Sie kennen meine Mutter?«

»Wir alle kennen Ihre Mutter. Vor zwei Jahren hat sie auf unserem *Living the Good Life Longer*-Festival gesprochen.« Ihre gebieterische Miene wurde nun regelrecht anzüglich. »Wäre sie nur schon bei uns aufgetaucht, als ich noch in den

Achtzigern war und Tony Biondino noch lebte ...« Sie seufzte wolllüstig. »Dann hätte ich ihm noch das eine oder andere zeigen können.«

Kate goss ihr und sich selbst noch etwas Saft aus der Karaffe auf dem Nachttisch ein. »Maeve ist mit Sicherheit eine unvergessliche Erscheinung.«

»Das klingt mir nach Missbilligung.«

»Ganz und gar nicht. Ich bin absolut dafür, dass man das Leben in seiner ganzen Fülle auskostet.«

»Nun dann, liebe Kate, warum tun Sie es nicht?«

Sie setzte sich noch ein wenig gerader hin. »Ich denke, ich tue es.«

»Das glaube ich nicht.«

»Und bei allem gebührenden Respekt, Charlotte, ich glaube nicht, dass Sie mich gut genug kennen, um ein solches Urteil über mich zu fällen.«

»Ich erkenne einen Feigling, wenn ich ihn vor mir habe.«

Wäre Charlotte dreißig Jahre jünger gewesen, Kate wäre wortlos aufgestanden. Leider aber hatte man sie dazu erzogen, ältere Menschen zu respektieren, sodass sie kochend vor Wut sitzen blieb.

»Diese Behauptung nehme ich Ihnen übel«, sagte sie mit so viel Beherrschung, wie sie aufbringen konnte.

»Sie müssten nichts übelnehmen, wenn Sie unterwegs nach New Hampshire wären.«

»Charlotte, ich weiß nicht, was Sie über Mark und mich wissen, aber was zwischen uns passiert ist, geht niemanden etwas an außer uns beiden. Ich weiß Ihre Sorge zu schätzen, aber ich weiß nicht, wovon Sie eigentlich reden.«

»Auch wenn sich die Weltsicht verändert hat, junge Dame, die Menschen bleiben sich gleich. Sie denken vielleicht, Sie wären die Erste, die sich verliebt, aber Sie sind nur eine in einer langen, langen Reihe, die mit Eva begonnen hat.« Sie lehnte sich in ihr Kissen zurück und schloss die Augen, und einen Moment lang fürchtete Kate, es sei etwas Schreckliches passiert, doch dann klappten Charlottes Lider wieder auf, und sie war wieder eine junge Frau, eine Frau, die bereit war, alles zu tun, um mit dem Mann, den sie liebte, zusammen zu sein.

»Mein George hat für eine britische Firma gearbeitet und wurde nach Hongkong geschickt. Er bat mich, ihn zu heiraten, aber ich konnte mir nicht vorstellen, all die neuen Freiheiten und Chancen aufzugeben, sodass er, als er schließlich fuhr, allein abreiste.«

Kate hörte zu, während Charlotte ihre Geschichte weiterspann. Monatelang schrieben Charlotte und George sich Briefe. Er war ein feuriger, hartnäckiger Brautwerber, doch eines Tages traf ein Brief ein, der ihr anders erschien als die früheren. Charlotte spürte, dass sie womöglich zu lange gewartet hatte, dass ihr Zögern als Desinteresse ausgelegt worden war, wo es in Wirklichkeit doch nur Angst war.

»Die Liebe war eine gefährliche Sache«, sagte Charlotte. »Jedenfalls glaubte ich das mit zweiundzwanzig. Ich hatte gesehen, wie meine Schwester sich ins Bett verkroch und zur Einsiedlerin wurde, weil der Mann, den sie liebte, sie nicht mehr haben wollte. Der Gedanke, auch mir könnte so etwas passieren, war mir unerträglich.«

Noch unerträglicher aber war die Aussicht gewesen, womöglich die Liebe ihres Lebens zu verlieren. Also tat Charlotte das Einzige, was ihr noch zu tun blieb: Sie reiste nach Hongkong, um George zu schildern, wie es um sie bestellt war.

»Sie sind alleine von New Jersey nach Hongkong gereist?« Kate erstarrte buchstäblich vor Ehrfurcht. »Hatten Sie nicht entsetzliche Angst?«

Charlotte schüttelte langsam den Kopf. »Sobald ich mich einmal entschieden hatte, konnte mich nichts mehr aufhalten. Wir alle müssen uns, wenn es um unser Leben geht, entscheiden, und ich habe mich fürs Glück entschieden.«

»Ich wusste, dass Ihre Geschichte ein Happy End hat«,

meinte Kate und deutete in Richtung der auf dem Nachttisch stehenden Familienfotos. »Aber wenn es nicht so gekommen wäre? Was, wenn das Schlimmste eingetroffen wäre und Sie die ganze Reise nach China umsonst gemacht hätten, weil er Sie nicht mehr gewollt hätte? Das hätte Ihnen doch das Herz gebrochen!« Nun, da sie eine Parallele zwischen Charlottes und ihrer Situation sah …

Charlotte ergriff Kates Hand und hielt sie fest. »Ein gebrochenes Herz ist nicht das Schlimmste, was uns passieren kann, Katherine. Schlimmer ist es, nie einem anderen sein Herz zu schenken. Haben Sie das denn immer noch nicht begriffen?«

24

Vierter Juli – French Kiss

»Wer auch immer die Idee mit dem Flohmarkt hatte, sollte dafür ausgepeitscht werden«, meinte Kate, während sie ein Gähnen unterdrückte.

»Ganz meine Meinung.« Sonia goss sich einen doppelten Espresso ein. »Und das Ganze um acht Uhr morgens an einem Feiertag beginnen zu lassen, ist wirklich ein strafwürdiges Vergehen.«

»Wir sind ein Antiquitätengeschäft und nicht Target«, brummte Kate über ihrem koffeinfreien Kaffee. »Ich weigere mich, irgendetwas, das teurer als zwanzig Dollar ist, auf die Straße zu stellen – damit alle es betatschen können.«

»Was das georgianische Porzellan, das du auf deiner letzten Reise gekauft hast, ja wohl ausschließt.«

»Ich würde sagen, dass es praktisch unseren gesamten Warenbestand ausschließt«, erwiderte Kate.

»Sieh mal, was ich gefunden habe!« Liz kam mit zwei Vierzigerjahre-Figuren von Uncle Sam und einigen rotweißblauen Sternenbanner-Tellern aus den Sechzigern aus dem Lagerraum gestürmt. »Die sind zwar nicht antik, passen aber zum Vierten Juli.«

Sie legten los. Als dann die ersten Touristen die Main Street erreichten, hatten sie bereits eine effektvolle Auslage auf dem Tisch ausgebreitet.

»Du siehst andauernd auf die Uhr«, meinte Sonia, nachdem sie Liz zum Aufpassen draußen postiert hatten. »Hast du eine Verabredung oder was?«

»Nein.« Es war Viertel nach neun. Wenn sie das Tempolimit einhielt, könnte sie bis fünf beim Greenwooder Barbecue sein. Nicht dass sie etwas derart Verrücktes vorhatte. Es war nur eine Möglichkeit.

»Du hast es schon wieder gemacht.«

»Was denn?«

»Auf die Uhr geschaut.« Sonia stellte den frühen Wedgewood-Becher ab, den sie für eine Online-Kundin einpackte. »Musst du irgendwohin?«

Und plötzlich wusste sie, was sie tun musste.

»Tut mir leid, dass ich dich jetzt hängenlasse, Sonia«, sagte sie, während sie ihre Sachen zusammenklaubte und in die riesige Ledertasche stopfte, »aber du hast recht. Ich habe etwas zu erledigen.«

»Alles in Ordnung bei dir?« Sonia wirkte verwirrt und ein wenig besorgt. »Vielleicht solltest du dich kurz hinsetzen.«

»Es geht mir gut.« Sie hatte sich nie im Leben besser gefühlt. »Ich nehme mir ein paar Tage frei, Sonia. Du und Liz, ihr könnt doch die Stellung halten, oder?«

»Klar können wir das.« Sie packte Kate am Arm. »Du gehst wieder ins Krankenhaus! Ich habe gehört, dass diese Verfahren manchmal wiederholt werden müssen, und ...«

»Ich mache kein zweites Angiogramm«, warf Kate über die Schulter zurück, als sie zum Hinterausgang eilte. »Ich fahre nach New Hampshire.«

Sie überquerte den Parkplatz, den sie sich mit *Blake's Flowers* und *Geneva's Spice Shop* teilten.

»Hübsche Auslage, Kate«, rief Geneva, während sie Abfall in ihren gemeinsamen Müllcontainer entsorgte. »Ich hoffe, ich krieg was ab, falls was übrig bleibt.«

Sie hatte keine Zeit, innezuhalten und mit Geneva oder der Clique in *Danny's Coffee Shop* oder der Bäckerei zu klönen. Sie wartete nicht einmal, bis die Ampel an der Ecke Stuyvesant Street und Main Street auf Grün umsprang. Sie stürzte sich in den aus drei Autos bestehenden Verkehr und katapultierte sich wie ein Stabhochspringer auf die andere Seite.

Sie fühlte sich wie ein Forschungsreisender, der unbekannte Territorien erkundete. Sie hatte weder eine Karte noch einen Führer, nur ihr Herz hielt sie auf Kurs, und ihr Herz sagte ihr, dass sie sich beeilen musste, damit sie nicht zu spät kam.

Sie begann zu laufen. Sie hoffte, Dr. Lombardi wusste, wovon er sprach, wenn er meinte, sie sei völlig in Ordnung. Vielleicht sollte sie Maeve anrufen und sie bitten, mitzukommen, oder vielleicht schaffte sie auch noch einen Flug von Newark Liberty. Überhaupt, gegen Technik war schließlich nichts einzuwenden, oder? Warum hatte noch niemand einen Weg gefunden, Verliebte in Lichtgeschwindigkeit auf die Türschwelle ihrer Geliebten zu transportieren, ehe sie es sich anders überlegen konnten und den Mut verloren?

Sie rannte an Goodwins verrücktem Irischen Setter und an dem skateboardenden Enkel der MacDougalls vorbei.

Und wenn sie ihn nun dort gar nicht vorfand? Sie kannte weder die Stadt noch ihre Bewohner. Sie konnte ja schlecht die Hauptstraße auf und ab gehen und nach der Adresse des Pfarrers fragen. Was, wenn er gar nicht dort war? Er hatte Freunde in New Hampshire. Er hatte Familie. Er konnte Urlaub genommen haben ... mit jemand anderem irgendwo anders hingefahren sein ...

Nein. So etwas wollte sie gar nicht denken. Er würde da sein. Und sich anhören, was sie zu sagen hatte. Er würde ...

Sie hatte keine Ahnung, was er tun würde. Sie wusste, was sie sich von ihm erhoffte, worum sie betete, doch wenn es dann soweit war, wussten nur Gott und Mark, was geschehen würde.

Sie begann zu lachen. So etwas geschah, wenn man sich in einen Priester verknallte. Man begann, wie ein Pfarrer zu denken. Im Grunde gab es keine einfachen Antworten. Manchmal gab es nur Fragen. Aber das hielt einen nicht davon ab, Stellung zu beziehen.

Sie bog in die Indigo ein, geriet auf einem feuchten Grasstück in der Nähe von Terhune House ins Schlittern. Sie warf einen Blick auf ihre Armbanduhr. Fast zehn. Fünf Minuten, um schnell etwas zu essen. Fünf Minuten zum Packen. Noch mal fünf für Unerwartetes. Um Viertel nach zehn konnte sie unterwegs sein, um halb zehn auf der Schnellstraße. Sie rannte am Drake-Haus, am Eliott-Haus, dem leeren Voorhees-Haus vorbei und kam am Fuß ihrer Auffahrt rutschend zum Stehen.

Ein zerbeulter blauer Honda mit dem Kennzeichen von New Hampshire parkte im rechten Winkel zu ihrem Miata.

Eine lange, schlaksige Gestalt bog um die Hausecke, und zum zweiten Mal in ihren Leben dachte sie, das Herz müsse ihr stehenbleiben. Er ließ den Kopf hängen. In der Sommersonne blitzte sein dunkles Haar rötlich und golden auf. Er trug Jeans und das Grateful-Dead-T-Shirt, und plötzlich war ihr, als habe er immer zu ihrem Leben und in ihr Herz gehört.

Er machte noch einen Schritt und sah dann auf. Ihre Blicke begegneten sich, und plötzlich war sie in Bewegung, flog die Auffahrt hinauf und geradewegs in seine Arme. Sie war völlig ungeschützt. Zum ersten Mal in ihrem Leben hatte sie sich ganz für die Liebe geöffnet.

»Ich bin die ganze Nacht gefahren«, sagte er, küsste ihr Haar, Stirn, Nase und Mund. »Ich musste dich sehen.«

»Ich bin den ganzen Weg nach Hause gelaufen«, sagte sie und fuhr ihm mit den Händen durchs Haar, über Schultern und Brust. »Ich wollte nach New Hampshire fahren, um dich zu sehen.«

»Ich kann nicht ohne dich leben, Kate.« Er wirkte erschöpft, aber glücklich, zutiefst glücklich, und in ihrem Herzen keimte Hoffnung auf. »Ich komme zurück nach New Jersey.«

»Ich mag New England. Ich könnte ...«

»Du hörst mir nicht zu.« Er sah sie an. »Ich komme nach Hause.« Zwar würde es einen weiteren Monat dauern, bis alle Details geregelt waren, doch er hatte einen Plan ausgearbeitet, dem zufolge er die Leitung von St. Stephens's auf eine allseits zufriedenstellende Weise an Father Owens übertragen wollte. »Um den Labor Day herum müsste ich wieder hier sein«, sagte er. »Für immer.«

Die Frage »Warum?« war ihr entschlüpft, ehe sie es verhindern konnte.

»Weil ich dich liebe.« Seine Erklärung hatte nichts Gezwungenes, nichts Falsches oder Einstudiertes. Er ließ sein Herz sprechen. Er nahm ihr Gesicht in seine Hände. »Warum wolltest du denn nach New Hampshire fahren?«

»Weil ich dir sagen wollte ...« Die enorme Tragweite ihrer Worte schnürte ihr die Kehle zu. Jetzt war es soweit. Der Punkt ohne Wiederkehr war erreicht. Sobald sie die Worte aussprach, war ihr Leben nicht mehr dasselbe. War sie selbst nicht mehr dieselbe. »Ich wollte dir sagen, dass ich dich liebe.«

Es gab Küsse, die eine Frau völlig umkrempelten. Und solche, bei denen eine Frau gänzlich dahinschmolz. Und es gab Küsse, die ihr eine wunderbarere Zukunft versprachen, als sie sich jemals erhofft hatte.

»Ich will, dass du weißt, worauf du dich einlässt.«

»Ich hab die Mitford-Bücher gelesen«, sagte sie, und er lachte. »Ich weiß, dass es nicht leicht wird.«

»Meine Tage als Kleinstadtpfarrer sind wahrscheinlich gezählt. Und ich weiß nicht, was die Zukunft für mich bereithält.« Er hätte gerne mit alten Menschen und Suchtkranken weitergearbeitet, hatte diese Tür bei seiner Rückkehr nach Greenwood jedoch zugeschlagen. Nur die Zeit würde erweisen, welche sich ihm wieder öffnen würden.

»Ich bin nicht gerade die ideale Gefährtin«, begann sie vorsichtig. »Ich habe mir Bücher über die anglikanische Kirche angesehen, aber das hat keine großen Veränderungen bei mir bewirkt. Ich bin mir nicht sicher, was ich glaube oder warum. Ich war seit Jahren nicht mehr in der Kirche. Ich will dir nicht zur Last fallen.«

»Ich weiß, wer du bist, Kate, und ich will nicht, dass du dich meinetwegen oder um anderer willen änderst. Nach und nach werden wir das schon herausklamüsern.«

Es war die schönste Liebeserklärung, die sie sich nur vorstellen konnte.

»Veränderung ist gut«, sagte sie. »Hätte ich mich nicht verändert, würde ich jetzt nicht hier stehen.« Manchmal tat der Wandel auch weh, doch er gehörte zum Leben.

»Ihr Jersey-Mädels lasst euch durch nichts einschüchtern, was?«

»Doch, die Vorstellung, dich zu verlieren, macht mir Angst.« Der Gedanke, wie nah sie daran gewesen war, niemals die Erfahrung des Verliebtseins gemacht zu haben, erschreckte sie.

Er ließ sich auf der gekiesten Auffahrt aufs Knie sinken und ergriff ihre Hände. »Du musst mir nicht sofort antworten«, sagte er, »aber ich will auch keinen Zweifel daran lassen, worauf ich es abgesehen habe.«

Er wollte ihr Herz, ihren Körper, ihre Seele und ihre Zukunft, und er war bereit, ihr dafür alles zu geben, was er hatte. Er wollte den Rest seines Lebens gemeinsam mit ihr gestalten, und hatte keine Angst, alles zu riskieren und das auch zu sagen.

Das Leben bot keine Garantien. Man konnte nicht wissen, was das Schicksal – oder Gott – noch für einen bereithielt. Sie konnte vor der Liebe davonlaufen oder aber den Sprung wagen und hoffen, dass das Netz sich unter ihr auftat.

Es gab noch tausend Fragen, die einer Antwort harrten, aber nur eines war wirklich wichtig.

Entscheide dich für das Glück ... entscheide dich für das Glück ...

Letztendlich – stellte sich heraus – war sie dann doch die Tochter ihrer Mutter, und so tat sie das Einzige, was eine French-Frau tun konnte: Sie wählte das Glück.

Entschied sich für die Liebe.

Epilog

Coburn, New Jersey – ein Jahr später

Das erste Mal war es immer am schwersten.

Daniel Mark Dempsey war elf Wochen und vier Tage alt, und seine sehr erschöpften, sehr jungen Eltern wollten ihre erste Nacht ohne ihn verbringen.

»Wir hätten bei euch übernachten sollen«, meinte Mark, als Andy die letzten Babytaschen ins Haus schleppte. »Habt ihr noch irgendwas daheim gelassen?«

Andy grinste seinen Schwiegervater an. »Gwynnie wollte, dass ich das Kinderbett abbaue und mitbringe, aber irgendwo musste ich ja eine Grenze ziehen.«

»Sehr vernünftig«, meinte Mark. »Noch ein bisschen mehr Zeug, und du müsstest 'nen Sherpa anheuern.«

»Gwynnie!«, rief Andy die Treppe hinauf. »Wenn wir jetzt nicht losfahren, lassen sie uns nicht mehr rein!«

»Es ist eine lange Fahrt«, rief Mark aus, »und jede Menge Verkehr. Ihr solltet mal besser fahren.«

»Sie will den Kleinen nicht dalassen«, sagte Andy. »Sie wollte ihn mitnehmen.«

Mark grinste den jungen Mann an, den er inzwischen sehr schätzte und mochte. »Ich glaube, dazu hätten Kate und Maeve auch noch was zu sagen.« Die beiden Frauen hatten die Stunden gezählt, bis Danny endlich ihnen gehörte und sie ihn nach Herzenslust verhätscheln und verwöhnen konnten.

Schließlich war der Kleine sicher in seinem Reisebettchen verstaut, und Andy schob seine Frau in Richtung Tür.

»Seid ihr sicher, dass ihr die Windeltasche habt?«, fragte Gwynn zum zehnten Mal.

»Alle beide«, erwiderte Mark. Gwynn ließ den Blick durch die Diele schweifen.

»Ich sehe sie nicht.«

Maeve schloss ihre Enkelin in die Arme. »Eine ist oben und die andere unten.«

»Und die Milch, die ich abgepumpt habe?«

»Nach Vorschrift gelagert«, meinte Kate.

»Sein Schnulli!« Gwynn packte ihren Mann am Ärmel. »Wir haben seinen Schnulli vergessen!«

Mark hielt das kleine Gummi-Ding in die Höhe. »Schnulli«, sagte er und wurde mit einer Lachsalve belohnt.

»Ich wünschte, ich hätte das auf Kassette«, sagte Kate. »Drunten in St. Michael's würden sie sich kugeln, oder?«

Das Leben hatte ihm im letzten Jahr einige interessante berufliche Veränderungen beschert. Er hatte nicht nur seine Tätigkeit als Seelsorger bei den Alten und das Programm mit seiner Gruppe in New Hope wieder aufgenommen, er hatte auch angefangen, im St. Michael's Hospital in der Nähe von Basking Ridge Drogensüchtige zu betreuen. Es war ein erfülltes und glückliches Leben.

»Vielleicht solltest du ihn heute Abend lieber nicht baden«, sagte Gwynn. »Es ist ein bisschen frostig und ...«

»Gwynnie«, unterbrach sie Kate, »Ich glaube, ich weiß, was ich zu tun habe.«

»Und wenn sie es nicht weiß, dann ich«, meinte Maeve. »Zusammen haben wir eine Menge Erfahrung.«

»Sieh mich nicht so an«, sagte Mark lachend. »Ich übe noch.«

Arme Gwynn.

Sie tat ihm ja leid. Sie wirkte so jung, so aufgeregt, so nervös, so verliebt in das Leben, das sie führte. »Ich weiß, dass es albern ist«, sagte sie, »aber es ist eben ... es ist das erste Mal und ...«

»Es ist eine lange Fahrt«, meinte Andy und hielt die Haustür für sie auf. »Wir sollten aufbrechen.«

Gwynn war offenbar zwischen ihrer Mutterrolle und der Aussicht auf eine ungestörte Nacht mit Zimmerservice hin und her gerissen.

»Habt ihr die Nummer?«

»Aber natürlich«, sagte Kate.

»Ist eingespeichert«, fügte Mark hinzu.

»Ich lasse mein Handy die ganze Nacht eingeschaltet«, sagte Gwynn. »Falls ihr irgendwas braucht, egal wie spät es ist, ruft mich an!«

Maeve brachte sie zum Wagen hinaus, während Kate und Mark ihnen von der Veranda aus nachsahen.

»Ich verschwinde«, meinte Maeve, nachdem sie ihnen geholfen hatte, die Babyausrüstung auszupacken. »Ich habe heute Abend einen Vortrag in der Bibliothek in Bernardsville.«

* * *

»Endlich allein«, seufzte Kate, als der Wagen ihrer Mutter die Indigo Lane hinunter verschwand. »Ich dachte schon, sie würden nie mehr gehen.«

Mark zog seine Frau an sich und vergrub seine Nase in ihrem duftenden Haar. »Und ich dachte, wir könnten vielleicht ...«

Daniel Mark Dempsey war zwar winzig, aber er hatte kräftige Lungen.

Sein Schrei ließ sie auseinanderfahren wie zwei schuldbewusste Teenager.

»Besser, wir gewöhnen uns dran«, sagte Kate mit einem Lächeln. »Nur noch viereinhalb Monate, dann brauchen wir auch einen Babysitter.«

»Glücklich?«, fragte er sie.

Sie sah ihn an. »Glücklicher, als ich's je für möglich gehalten hätte.«

Mark legte die Hand auf den runden Bauch seiner Frau

und spürte das leise sich regende Leben darin. Nichts, das er im Seminar gelernt hatte, hatte das fundamentale Wunder des Lebens auch nur annähernd erklären können.

Wer hätte gedacht, dass er in einem Kutschenhaus an einer Landstraße New Jerseys einen Blick in den Himmel tun würde?

»Aha«, meinte Kate, als Daniel Mark Dempsey erneut seine Lungen testete. »Ich glaube, der kleine Kerl hat großen Hunger.«

Mark nahm die Hand seiner Frau, und gemeinsam traten sie ins Haus, um zu sehen, was ihr Enkel wollte.

Weltbild Buchverlag – Originalausgaben –
Deutsche Erstausgabe 2008

Sonderauflage 2009

Projektleitung/Redaktion: Dr. Ulrike Strerath-Bolz
Übersetzung: Maria Mill
Umschlaggestaltung: Zeichenpool, München
Umschlagabbildung: © mauritius images/Brand X Pictures
Satz: avak Publikationsdesign, München
Gesetzt aus der Sabon 10,5/12,5 pt
CPI Moravia Books s.r.o., Pohorelice
Gedruckt auf chlorfrei gebleichtem Papier

Printed in the EU

ISBN 978-3-89897-835-4